„Wer unter euch ohne Sünde ist, werfe den ersten Stein."

(Johannes, Kapitel 8, Vers 7)


Im Stollen eines stillgelegten Steinbruchs wird die stark verweste Leiche eines jungen Mannes aufgefunden. Ein Fall für den sympathischen Kommissar Bernardo Bertini aus Mailand, der im Zuge seiner Ermittlungen nicht nur einem mysteriösen Verbrechen, sondern auch den dunklen Geheimnissen des Dorfes San Giorgio gefährlich nahe kommt…


Guido Walter Müller, Jahrgang 1971, ist seit mehr als fünfzehn Jahren als selbstständiger Unternehmer tätig. Bereits in jungen Jahren beschäftigte er sich zum Ausgleich mit Literatur und dem Verfassen eigener Geschichten und Essays. Die Idee zu seinem charmanten, unterhaltsamen und spannenden Kriminalroman um den Mailänder Kommissar Bernardo Bertini entstand während einem der zahlreichen Italienaufenthalte. Guido Walter Müller lebt mit seiner Frau und einer (Gast-) Katze in Augsburg.

www.guido-walter-mueller.de

# GUIDO WALTER MÜLLER

Alte Schuld

Bibliografische Information der Deutschen Nationalbibliothek:

Die Deutsche Nationalbibliothek verzeichnet die Publikation

in der Deutschen Nationalbibliografie; detaillierte bibliografische

Daten sind im Internet über http://dnb.dnd.de abrufbar.

© 2016 Guido Walter Müller

Titelbild: fotolia

Autorenfoto: privat

Herstellung und Verlag:

BoD – Books on Demand, Norderstedt

ISBN: 9783743134546

Guido Walter Müller

# Alte Schuld

Kriminalroman

BoD

Für Tanja

## Endlich zu Hause

Kommissar Bernardo Bertini fluchte innerlich. Und wenn es so weiterginge, dann würde es sicherlich nicht bei stillen Flüchen bleiben. Leider machte der großgewachsene Mann seinem liebenswerten, wenn auch manchmal etwas unbeholfenem Image alle Ehre. Wenn sich dieses Monstrum weiterhin weigerte den Wagen zu verlassen, würde er massive Gewalt anwenden müssen. Er spürte wie ihm warm wurde und er fuhr sich mit der Hand durch sein dichtes schwarzes Haar. Gutes Zureden half hier wenig. Nur, es war eben schon einige Zeit her, dass er sich mit renitenten Widersachern alleine herumschlagen musste. Außerdem war er hier vor ihrem Haus auch nicht Kommissar, sondern einfach Bernardo, der Mann für alle anfallenden, zumeist groben Dinge. Und so nahm er seine ganze Wut und Kraft zusammen und riss den schweren Koffer mit einem so entschiedenen Ruck aus dem Fond des Wagens, dass ihn die Wucht fast selbst umgehauen hätte. Aber eigentlich war er froh wieder zu Hause zu sein.

Irene hatte über ein Jahr auf ihn eingeredet, dass so eine Kreuzfahrt genau das Richtige für sie sei. Und Luca, ihrer beider Sonnenschein, musste mit seinen fünf Jahren noch nicht zur Schule. Das würde nächstes Jahr anders aussehen, vor allem teurer,

hatte ihm Irene unmissverständlich zu verstehen gegeben. Dabei waren die Scherze im Kommissariat noch das Geringste, was es dabei zu erleiden galt. Stefano, sein langjähriger Freund und Kollege, hatte nur gemeint, er solle es wie ein Mann tragen und einfach hinter sich bringen. Zumal das Essen sicher reichlich und gar nicht so schlecht sein solle auf diesen Schiffen. Hatte der eine Ahnung. Ricardo, ihr Schönling und Beau der Mannschaft, hatte natürlich gefeixt und ihm wieder einmal ihren Altersunterschied von fast fünfzehn Jahren unter die Nase gerieben. Und natürlich, dass eine Kreuzfahrt zu Bernardos Alter ebenso dazugehöre wie Haarausfall und Gedächtnisverlust. Aber trotzdem konnte man Ricardo nicht lange böse sein. Gegen sein spitzbübisches Lachen waren nur die Wenigsten gefeit.
Während Irene den kleinen Luca, der zum Glück schon kurz nach ihrer Abfahrt in Genua eingeschlafen war, ins Haus trug, plagte sich Bernardo weiter mit den Koffern ab. Irene, aber vor allem Luca zuliebe hatte er eine Woche die bestmögliche Laune vorgetäuscht. Sowohl in den überfüllten Speisesälen als auch beim Animationsprogramm mit den gefühlt mindestens zweitausend anderen, zumeist übergewichtigen Gästen. Stets hatte Bernardo ein Lächeln auf den Lippen gehabt. Manchmal war er dabei wirklich an seine Grenzen geraten, vor allem am Buffet, mit den goldbehangenen Matronen, die das Essenfassen als einen -sicherlich den einzigen-

sportlichen Wettbewerb gesehen und zumeist durch Masse und geschicktes Drängeln auch immer für sich gewonnen hatten. Er dachte sich so manches Mal, dass die gar nicht wüssten, wie viel Glück sie hätten, dass er nicht alleine hier wäre und als gutes Vorbild für seinen Sohn alles über sich ergehen ließ. Nachdem Luca nun in seinem Zimmer schlief und er alle Gepäckstücke ins Haus getragen hatte, beschlossen Irene und er erst am morgigen Sonntag mit dem Aufräumen und Auspacken zu beginnen und es sich stattdessen mit einem Glas Wein im Wohnzimmer gemütlich zu machen. Bernardo sah gerade noch die Post der vergangenen Woche durch, als Irene sich hinter ihn stellte und ihm ein leises „Danke!" ins Ohr flüsterte. Auf die Frage nach dem „Wofür?" nahm sie seine Hand, zog ihn an sich und meinte, dass er seine Rolle in der vergangenen Woche sehr gut gespielt habe und sie wisse, dass er das nur für Luca und sie gemacht habe. Zudem glaube sie, dass er wieder sehr froh sei zu Hause zu sein, wo alles seinen geregelten Gang ginge. Entspannte Arbeitstage im Kommissariat und schöne Wochenenden zu Hause. „Ach ja… übrigens", ergänzte sie schelmisch, „fand ich es auch nicht so toll. Vor unserer goldenen Hochzeit brauche ich das auch nicht mehr." Damit schloss sie und küsste ihn auf den Mund. Dafür liebe ich dich, auch wenn du mich so schnell durchschaust, dachte sich

Bernardo und sah ihr nach wie sie in Richtung Küche verschwand. Und ohne schlechtes Gewissen freute er sich auf die Arbeit, auf seine Kollegen und die Routine, die dem zweiundfünfzigjährigen, gemütlichen, mit Hang zum Übergewicht neigenden Commissario die Ruhe gaben, die er zumeist auch ausstrahlte.

## Neustart

Nicht immer ist der erste Tag nach dem Urlaub auch ein guter Tag. Zumal, wenn es sich wie im Falle von Bernardo gleich um über zwei Wochen Urlaub gehandelt hatte. Doch darauf hatte er bestanden und Irene glaubte ihm, als er sagte, er brauche auf jeden Fall eine Woche Urlaub zur Vorbereitung auf die Kreuzfahrt und einen Tag im Anschluss als Erholung. Und so hatte es ihn gestern umso mehr gefreut, als Luca ihn vorsichtige gefragt hatte, ob er und nicht die Mama ihn morgen in den Kindergarten fahren würde. Natürlich wusste Bernardo auch warum. Luca liebte Papas Auto. Einen schnittigen Alfa Romeo GT 1600 Junior, Baujahr 1973. Und Luca liebte das Auto nicht nur der knallroten Farbe wegen, sondern auch wegen des lauten Auspuffs. Und wer verstand das besser als sein Vater?

Umso mehr freute es Bernardo, dass schon nach der ersten Umdrehung des Zündschlüssels der Motor sich laut vernehmlich zu Wort und somit zum Dienst meldete. Keine Selbstverständlichkeit wie sein stolzer Besitzer in den letzten sieben Jahren lernen musste. Er hatte sich diesen Traum zu seinem fünfundvierzigsten Geburtstag erfüllt, als Irene und er eigentlich nicht mehr vom ersehnten Nachwuchs ausgingen.

Er befestigte den Kindersitz für Luca, hob ihn hinein und der kleine Mann winkte seiner Mama stolz zum Abschied, als Bernardo den Alfa rückwärts aus der Einfahrt rollen ließ. Als er ihn beim Kindergarten verabschiedete und ihm nachsah wie er von der Kindergärtnerin begrüßt wurde, war klar, dass er nun allen anderen Kindern in den schönsten Farben von seiner Schiffsreise erzählte. Und da wurde ihm bewusst, dass auch ihm dies nun bevorstand. Seinen Kollegen zu berichten wie es war auf so einer „Rollatorenparty", wie Stefano solche Kreuzfahrten nannte.

Er parkte im Hof des Kommissariats und grüßte Sylvia am Empfang, die damals mit ihm von der Mailänder City in die Außenstelle gewechselt war. Sie erwiderte seinen Gruß mit einem zackigen "Schiff ahoi!" und somit war klar, dass sein Urlaub schon die ganz große Runde im Haus gemacht hatte. Er schenkte ihr ein schiefes Grinsen und ging die Treppen hoch zu seinem Büro. Noch bevor er die Tür erreichte, hörte er schon Ricardo und Stefano laut lachen. Na ja, dann war ja wenigstens die Stimmung an diesem Montag nicht die schlechteste. Als er eintrat, saß Ricardo mit einem Kaffee in der Hand auf seinem Schreibtisch und redete aufgeregt mit seinem Kollegen. Als sie ihn sahen, gab es erst einmal eine herzliche Begrüßung, um dann Ricardo gleich die Bühne für all seine Frotzeleien freizugeben: „Na, hast du beim Rollatorenrennen gewonnen und eine dieser schicken Millionärsdamen erobert?"

Bevor es jetzt ausuferte, musste Bernardo wohl mal wieder die Rangordnung klarmachen. Denn die beiden waren seine Mitarbeiter und er offiziell ihr Vorgesetzter. Auch wenn er selbst davon im Tagesgeschäft wenig wissen wollte. Und so wandte er sich mit einer Gegenfrage an Ricardo: „Na, Ricardo, habe ich etwa schon ein koffeinhaltiges Heißgetränk in der Hand? Wenn du also so freundlich wärst, deine Fantasie hinten anzustellen und mir einen Kaffee besorgst, verrate ich dir vielleicht wie es wirklich auf so einem Kreuzfahrtschiff zugeht." Mit gespielter Kränkung rutsche Ricardo vom Schreibtisch und trollte sich in Richtung Küche. Stefano lachte: „Schön, dass du wieder da bist! Wurde auch Zeit. Sonst hätte unser Kollege deinen Schreibtisch nicht mehr hergegeben." Bernardo musste bei dem Gedanken ebenfalls lachen und als Ricardo mit dem Kaffee zurückkam, berichtete Bernardo ausführlich von den Höhepunkten der Reise und zwar den positiven wie den negativen.

„Und was war hier los? Habt ihr außer meinen Schreibtisch zu besetzen in den letzten drei Wochen noch was anderes gemacht?", beendete er seine Ausführungen. Und Stefano und Ricardo berichteten, dass sie in dem abgeschlossenen Fall einer zuordenbaren DNA alle Berichte für den Staatsanwalt geschrieben hätten und diese nur noch auf Bernardos Unterschrift warteten.

Vor seinem Urlaub hatte ihre Abteilung, die genau genommen nur aus Bernardo als Kommissar, Stefano als Kriminaltechniker und Ricardo als Ermittlungsbeamter bestand, eine Verhaftung vornehmen können. Ihre Abteilung war vor fünf Jahren ins Leben gerufen worden, als die neue Kriminaltechnik mit den Möglichkeiten der DNA-Untersuchung es erlaubte auch ungelöste Altfälle nochmals zu untersuchen. Und Bernardo war froh darüber endlich von der Mordkommission wegzukommen. Bereits zu dieser Zeit hatte er mit den beiden zusammengearbeitet und daher war der Vorschlag seines Chefs, Ignazio Gerandino, umso verlockender gewesen. Keine blutigen Tatorte mehr sehen, keine Schichtarbeit, keine gefährlichen Einsätze mehr. Und sie bekamen ihre eigenen Büros und vor allem konnten sie mit Ignazio Gerandino in die Enklave ziehen. So nannten die Kollegen die Außenstelle am südlichen Stadtrand von Mailand, wo die Stadt mehr dörflichen Charakter hatte und man nicht jeden Tag im Stau stand. Zudem befand sich Irenes und sein Haus ebenfalls in dieser Gegend, was bei Außenterminen öfter auch ein gemütliches Mittagessen zu Hause mit sich brachte. Stefano war sofort einverstanden. Er war zwar fünf Jahre jünger als Bernardo, aber seine Karriereabsichten waren überschaubar. Nur bei Ricardo bedurfte es einiger Überzeugungsarbeit. Er meinte, er wäre noch zu jung um ins polizeilich geförderte Altenheim am Stadtrand umzuziehen.

Aber die Aussicht unter einem neuen Citychief zu arbeiten, der sicher nicht so verständnisvoll war wie Ignazio, hatte ihn dann doch überzeugt.

Bernardo überflog die Berichte und versicherte den beiden noch heute mit seiner Unterschrift die Sache zum Abschluss zu bringen. „Also", meinte Bernardo, „dann wird es wohl Zeit sich den nächsten Fall vorzuknöpfen." „Da wird die Auswahl nicht so groß sein", entgegnete Stefano. „Wir haben am Freitag noch einen Fall aus der City bekommen." Während Bernardo und seine Kollegen eigentlich nur ungelöste Altfälle aufrollten, kümmerten sich die Kollegen in der City um das aktuelle Geschehen. Daher verwunderte es ihn, als er auf dem Aktendeckel den Vermerk „City" las. Das hieß also, sie sollten diesen Fall zuerst bearbeiten. „Wenn es weiter nichts ist, dann kümmern wir uns eben darum", sagte Bernardo zu seinen beiden Mitstreitern und zeigte auf die Akte. Beide nickten zur Bestätigung und Ricardo meinte, dass Ignazio Bernardo in dieser Sache gerne heute Vormittag gesprochen hätte. Unabhängig davon hatte Bernardo schon geahnt, dass sie sich heute bestimmt treffen würden. Ignazio und er arbeiteten schon eine Ewigkeit zusammen. Gerandino war vor vielen Jahren sogar sein Ausbilder gewesen und seitdem verband beide eine tiefe Freundschaft. Und so war es üblich, sich jeweils am ersten Tag nach dem Urlaub beim anderen zu melden um sich über die Arbeit abzustimmen und natürlich auch über den Urlaub zu reden. Ohne einen Blick in die Akte zu werfen stand Bernardo auf und sagte, er werde dann gleich mal bei Ignazio vorbeischauen. Währenddessen sollten sich seine beiden Kollegen schon mal die Kopien der Akte zu Gemüte führen. Was sie am Freitag wegen des bevorstehenden Wochenendes sicher noch nicht gemacht hätten. Die beiden nickten nur und Bernardo ging ein Stockwerk höher.

**Ein neuer Fall**

Er sah Carla schon von weitem. Ignazios Sekretärin war ebenso hübsch wie freundlich und immer zu einem Scherz aufgelegt. Und ihr Kleiderschrank musste mindestens zehn Meter lang sein, denn ihre Garderobe war stets total schick und meistens auch nicht mit zu viel Stoff versehen. „Na, Bernardo, wie war es auf deiner Kreuzfahrt?", kam sie ihm zuvor. „Du siehst gut aus. Richtig erholt!" Bernardo entgegnete schmunzelnd: „Das wäre auch was für dich! Nur gutaussehende Millionäre und die meisten in einem Alter, wo man es abwarten kann gut zu erben." Carla lachte und sagte ihm, er solle ruhig gleich zum Chef hineingehen. Ignazio wäre gerade zurückgekommen und der nächste Termin sei noch nicht in Sicht. Er klopft an der schweren Holztür und Ignazio kam ihm sofort entgegen. Beide nahmen sich in den Arm und begrüßten sich herzlich. „Jetzt bist du also doch noch unter die Seefahrer gegangen. Lange genug hast du dich ja dagegen gewehrt!", lachte Ignazio.

Er hatte ein schickes Segelboot am Meer und jeden Urlaub verbrachte er mit Törns im Mittelmeer. Zusammen mit seiner Frau waren das seiner Aussage nach die schönsten Tage seines Lebens gewesen. Irene und er hatten die beiden auch hin und wieder auf ihrem Boot besucht. Bis Luca zur Welt gekommen war. Dann war das leider nicht mehr möglich

gewesen. Aber die Vier hatten auch so noch viel Zeit miteinander verbracht. Gemeinsam hatten sie vor zehn Jahren mit dem Golfen begonnen und viele schöne Runden auf den Plätzen um Mailand gespielt. Irene und Stefania hatten sich auch öfter auf einen Kaffee getroffen, für Gespräche wie sie eben nur Frauen unter sich führen konnten. So hatten sie es auf jeden Fall immer erklärt. Bis vor drei Jahren bei Stefania bösartiger Krebs festgestellt worden war. Es war für alle ein Schock gewesen. Ignazio, dieser große, grauhaarige und gutaussehende Mann schien von einem Tag auf den anderen um Jahre gealtert. Irene und er hatten die beiden so gut es ging unterstützt, aber Stefania verlor vor zwei Jahren den Kampf. Bei der Beerdigung regnete es in Strömen, als wenn der Himmel über sie alle die Tränen der endlosen Trauer vergießen wollte. Nichts war mehr wie vorher. Bernardo und Irene versuchten so oft es ging Ignazio aus seiner Lethargie herauszureißen. Sie luden ihn zum Essen ein, zum Golf spielen oder nur um ein Glas Wein zu trinken. Aber Ignazio musste diesen Teil seines Weges alleine gehen, wie er ihnen immer wieder sagte.
Daran musste Bernardo denken, als er seinen ehemaligen Ausbilder vor sich sitzen sah. Er fragte auch nicht, wie es ihm ginge, darum hatte ihn Ignazio einmal gebeten und Bernardo hatte es sich gemerkt und respektierte dies. Und so begann Ber-

nardo gleich mit den Ausführungen über seinen Urlaub. Und als er geendet hatte, sagte Ignazio: „Weißt du eigentlich, dass Stefania auch immer so eine Kreuzfahrt machen wollte? Aber sie konnte mich nicht dazu überreden. Die vielen Menschen und dann kann man da ja auch keine Segel hissen..." Er versuchte mit diesem Witz wieder seine Fassung zu erlangen, aber dann fügte er hinzu: „Weißt du, nächsten Freitag sind es zwei Jahre, dass Stefania nicht mehr da ist. Du glaubst nicht, dass man vor einem Jahrestag so viel Angst haben kann." Nein, das weiß ich zum Glück nicht, dachte Bernardo, aber er würde Irene heute Abend Blumen mitbringen. Das wusste er zumindest. Ignazio und Stefania hatten keine Kinder und jetzt dachte er sich, wäre es besser, wenn Ignazio wenigstens von den eigenen Kindern hätte Kraft und Unterstützung bekommen können. „Also, dann kommen wir mal zum Tagesgeschäft", fuhr Ignazio fort und somit war klar, dass der private Teil ihrer Unterhaltung beendet war. Und insgeheim war er auch froh darüber wie er sich eingestehen musste. „Wir haben da einen Fall von den Kollegen aus der City bekommen. Stefano hat dir wohl schon die Akte gegeben, wie ich sehe?" und er deutete auf den Pappdeckelumschlag in Bernardos Hand. „Hast du schon einen Blick reinwerfen können oder soll ich dich kurz instruieren?", fragte Ignazio. „Noch kein einziges Wort...", gestand Bernardo und so begann Ignazio mit seiner Schilderung der Aktenlage: „Also, wir haben den Fall wie gesagt von den Kollegen aus der City bekommen und die haben den Fall aus Alessandria überstellt bekommen."

„Alessandria". Bei dem Wort stellten sich dem Kommissar schon alle Nackenhaare auf. Wusste sein Chef, wie weit das weg war? Doch bevor er protestieren konnte, fuhr dieser schon fort: „Die Kommissare aus Alessandria haben zusammen mit den Kriminaltechnikern bereits alles aufgenommen. Eine männlich Leiche -der Mann wurde vor zirka zwanzig Jahren durch Gewaltanwendung ermordet- wurde in der Nähe von Merd, einem kleinen Dorf namens San Giorgio, letzte Woche in einem Steinbruch aufgefunden. San Giorgio liegt etwa 20 Kilometer südlich von Alessandria. Und bevor du jetzt protestierst, sage ich dir gleich, dass mich unser Citychief höchstpersönlich mit dem Fall betraut hat. Er meinte, unsere Auslastung sei nun einmal nicht so groß und außerdem hätten wir hier doch drei Spezialisten in unserer Sonderabteilung für lange zurückliegende, ungeklärte Morde." Bernardo wurde blass: „Weißt du, wie weit weg das ist? Wir haben bisher nur Fälle im Umkreis von fünfzig Kilometern bearbeitet und alleine davon haben wir noch jede Menge in unseren Archiven, die wir auf der Grundlage der neuen DNA-Möglichkeiten durchforsten müssen. Und wenn er schon auf unsere Auslastung anspielt, dann hast du ihm hoffentlich auch gesagt, dass wir vor drei Wochen die Verhaftung dieses Jeronimo Gonzales durchgeführt haben?" „Ja, genau, Bernardo, das habe ich ihm auch gesagt und er hat mir erwidert, dass wir doch alle diesbezüglich entscheidenden Informationen von der City erhalten hätten und die Verhaftung wohl nicht auf unser Konto gebucht werden könne. Und ehrlich gesagt, was hätte ich ihm denn entgegnen sollen?" Ignazio sah ihm dabei fest in die Augen und beide wussten, dass dies nicht ganz falsch war. „Außerdem muss ich dir wohl nicht erklären, dass wir es hier in unserer Enklave wirklich gut haben. Ich will es mir mit dem Citychief nicht verderben. Kennst du die neuen Vorschläge der Regierung zum Thema Einsparungen bei der Polizei? Bisher hatten wir es hier doch wirklich sehr gut. Wir haben unsere Freiheiten und keiner redet uns in unsere tägliche Arbeit rein und ich möchte auch, dass das so bleibt. Also bitte, Bernardo, mach es mir doch nicht so schwer! Du studierst die Akten, fährst in dieses kleine Dorf und schaust, was du dabei herausfinden kannst." „Moment, Moment, Ignazio! Was heißt denn ‚ich fahre'? Glaubst du etwa ich fahre alleine in dieses blöde Kaff, während Stefano und Ricardo sich hier auf der Piazza ihre Hintern wundsitzen?" Ignazio unterbrach ihn: „Wie du weißt, hat Stefano ab nächster Woche zwei Wochen Urlaub. So wie du eben jetzt auch zwei Wochen Urlaub hattest und Ri-

cardo muss nach Berlin auf diese Schulung für Kriminaltechnik im europäischen Verbund. Das können wir nicht absagen. Unsere Teilnahme an Weiterbildungen beschränkt sich ohnehin nur auf die wirklich geforderten jährlichen Schießübungen, an denen wir auch nur nach mindestens dreimaliger Aufforderung teilnehmen. Glaube mir, es wäre mir anders auch lieber, aber was soll ich machen?" Und als Bernardo seinen Chef so vor sich sah, dachte er wieder daran, dass es diesem genauso schwer fiele wie ihm selbst Befehle durchzusetzen. Autoritäten waren sie beide nicht. Und das machte für ihn jeden weiteren Einspruch unmöglich. Zudem hatte Ignazio auch Recht, was ihre Arbeit hier anging. Nicht für viel Geld wollte er wieder in die City wechseln. „Okay, ich gebe mich geschlagen Ignazio. Natürlich fahre ich. Gönne mir aber wenigstens einen kleinen Sieg. Gib mir dein Okay und ich fahre mit meinem Alfa. Die Spesenabteilung winkt das schon durch mit deiner Unterschrift. „Touché!", antwortete Ignazio und beide gaben sich die Hand. Wie in alten Zeiten, dachte Bernardo bevor er sich auf den Weg zur Tür und in Richtung seines Büros aufmachte.
Auf dem Gang wäre er beinahe über Luciano Sales gestolpert. Der kleine Mann mit Nickelbrille und seinen wenigen, zerzausten Haaren war ein Unikum und Bernardo glaubte auch, dass er sich in dieser Rolle gut gefiel. Mit über fünfzig wohnte er immer noch bei seiner Mutter im „Hotel Mama" wie er

selbst oft scherzhaft sagte. Er hatte sämtliche Archive im Haus unter sich und was man ihm beim besten Willen nicht ansah, er war ein Ass im Auffinden von Informationen über Kriminalfälle aller Art. Allerdings beschränkte sich sein Arbeitsort ausschließlich auf die Archive, was sicherlich auch besser so war, denn draußen im Tagesgeschäft hätte er sicher keine Woche überlebt. „Na, Luciano, wie geht's der Mama?", Bernardo musste dabei seinen Kopf nach unten senken, denn mit seinen einsfünfundfünfzig Zentimetern war Luciano wirklich leicht zu übersehen. „Danke, danke!", erwiderte der. „Alles bestens!", und dabei war er schon an ihm vorbei den Gang hinunter gelaufen.

Wenigstens hat der mich nicht wegen der Kreuzfahrt angesprochen, dachte Bernardo gerade erleichtert, da blieb Luciano plötzlich wie angewurzelt stehen, drehte sich um und rief Bernardo zu: „Na, wie war es eigentlich auf der Kreuzfahrt? Meine Mama will so was schon seit ewigen Zeiten auch mal machen." Bernardo grinste: „Ich weiß nicht, ob das so eine tolle Idee ist. Also wir fanden es nicht so prickelnd und als Heiratsmarkt für anspruchsvolle Junggesellen ist es auch nicht geeignet." „Na dann", lachte Luciano und rief ihm noch ein kurzes „Ciao!" entgegen, bevor er weiter in Richtung seines Archives verschwand.

Als Bernardo in sein Büro kam, welches eigentlich ein Einzelbüro war, aber die Schiebetür zum gemeinsamen Büro von Ricardo und Stefano stand ohnehin immer offen, saßen die beiden über ihren Akten. „Und was gibt es Neues vom Chef?", fragte Stefano und Ricardo sah ebenfalls von seiner Akte auf. Bernardo erzählte ihnen die Kurzform dessen, was der Chef ihm gesagt hatte und beide sahen ihn irgendwie betroffen an. „Ja, das ist wirklich übel…", Stefano zog dabei die Augenbrauen zusammen, „Was meinst du, kommen wir aus der Sache irgendwie raus? Ich meine, ich könnte zum Beispiel meinen Urlaub verschieben und wir mischen das kleine Nest zusammen auf. Was meinst du?" Bernardo überlegte kurz: „Ich glaube, das ist keine so gute Idee. Nicht wegen Ignazio. Der würde vielleicht noch zustimmen, aber hast du mal daran gedacht wie du das deiner Frau und deinen beiden Kindern beibringen willst? Also ganz im Ernst, es ist wirklich nett von dir, aber das schaffe ich auch so. Viel wird es ohnehin nicht zu klären geben. Der Mord geschah vor zwanzig Jahren. Weißt du, wie hoch unsere Chancen sind da noch was aufzuklären, wenn wir nicht wirklich gute DNA-Spuren in den Archiven finden? Und das bezweifle ich, da wir vor zwanzig Jahren noch keine Beweismittel, die wir nicht unmittelbar auswerten konnten, auch aufgehoben haben." Stefano überlegte: „Wahrscheinlich hast du Recht, aber wir sollten auf jeden Fall vorher die Berichte der Kollegen aus Alessandria genau studieren. Vielleicht findet sich ja doch noch ein brauchbarer Hinweis." Ricardo saß die ganze Zeit nur da und war irgendwie in seine Gedanken versunken. „Ich hab`s Leute! Das ist die Lösung!", dabei sprang er von seinem Bürostuhl auf, schnippte wie Wickie mit dem Finger und sprach feierlich zu den beiden: „Wisst ihr was? Ich fahre nicht nach Berlin, sondern mit dir Bernardo in dieses Nest. Ist doch genial! Außerdem habe ich ohnehin keine Lust bis nach Berlin zu fliegen und auf irgend so einer dämlichen Fortbildung rumzuhängen. Berlin ist sicherlich auch im Sommer verschneit und wer will schon so weit in den Norden. Und schlecht gekleidete Nordeuropäer sehen wir hier in Mailand doch jeden Tag mehr als genug. Das ist die Lösung, was meinst du, Bernardo?" Er sah ihn mit seinen schönen dunklen Augen so erwartungsvoll an wie ein kleiner Hund, der ein tolles Kunststück vollbracht hatte und jetzt auf seine Belohnung wartete. „Ja, daran hab ich auch schon gedacht…", sinnierte Bernardo. „Die Sache hat nur einen Haken. Ich habe mit Ignazio bereits darüber gesprochen. Da unsere Quote der Teilnahme an Aus- und Weiterbildungen gleich Null ist, meinte Ignazio, du müsstest da hin." Ricardo war die Enttäuschung sichtlich anzusehen. Bernardo versuchte die beiden aufzumuntern: „Jetzt kommt Jungs, was soll's. Wir studieren diese Woche die Akten und ab nächster Woche starte ich nach…", dabei stockte er, den Namen des Dorfes hatte er tatsächlich schon wieder vergessen. Stefano half ihm: „San Giorgio heißt das Nest." „Ach ja, genau „San Giorgio"! Und du Ricardo schaust mal, ob es in Berlin nicht auch hübsche Mädchen gibt. Da soll es ja wirklich attraktive Blondinen geben. Und du Stefano packst deine Frau und deine Kinder ins Auto und dann ab ans Meer. Und in spätestens zwei oder drei Wochen treffen wir uns alle hier wieder. Na, wie klingt das?" Und nachdem seine beiden Mitstreiter noch immer nicht begeistert waren, setzte er nach: „Und heute Mittag lade ich euch zu einem Kaffee bei Miguele ein. Alles klar?" Ricardo sah ihn fragend an: „Cafe con?" „Okay", meinte Bernardo, „zur Feier des Tages „Cafe con"!" Und alle drei lachten über ihr kleines Geheimnis. „Vorher schau ich mal bei Dottore Sebastiano vorbei. Hat ja doch keinen Sinn, wenn der mich nicht zuerst in den Obduktionsbericht einweist. Also, dann um ein Uhr bei Miguele?" „Klaro und viel Spaß beim Dottore in der Gruft!", hörte er noch Ricardo sagen, aber da war er schon fast im Gang auf dem Weg ins Untergeschoss.

Einer der Vorteile ihrer Enklave war, dass sich neben ihrer Abteilung auch das Archiv und die gesamte Rechtsmedizin im Hause befanden. Die Kollegen aus der City ärgerten sich zwar immer über den langen Weg zu ihnen hinaus, aber man konnte eben nicht immer gewinnen. Auf dem Weg in den

Keller überflog er schnell die Bilder vom Tatort und der Leiche, um wenigstens nicht ganz unvorbereitet beim Dottore aufzuschlagen. Aber er war einfach nicht der Typ, der sich ewig in Berichten und Beschreibungen vertiefen wollte. Lieber hörte er sich das von einem Experten an, dem er auch gleich die entsprechenden Fragen stellen konnte. Eine junge Frau, wahrscheinlich nicht älter als zwanzig, saß vor einem der beiden Obduktionsräume und war in ihre Studien vertieft, als sich Bernardo einmal räusperte um sie von der unappetitlichen Lektüre zu befreien. Eine kleine Schönheit wie er bemerkte, als sie ihm ein verlegenes Lächeln schenkte und ihn mit einer fast noch kindlichen Stimme fragte, was sie für ihn tun könne. Sicherlich eine der Medizinstudentinnen, die hier ihre Praktika machten, denn gesehen hatte er sie hier noch nicht. Mit ihren langen schwarzen Haaren und der tadellosen Figur wäre sie ihm auch als glücklicher Familienvater sicher aufgefallen. Bernardo fragte, ob der Dottore gerade Zeit habe und sie nickte in seine Richtung und meinte, sie wolle mal nachsehen. Als sie aufstand, um im Obduktionsraum nach dem Dottore zu schauen, bemerkte er, dass sie nicht nur ein schönes Gesicht hatte. Bernardo, ermahnte er sich innerlich, sie könnte deine Tochter sein! Aber wie hatte sein Vater immer gesagt? Schauen darf man, essen muss man zu Hause. So schnell sie hinter der Tür verschwunden war, so schnell kam sie auch wieder heraus. Sie sah ihn mit ihren schönen Augen freundlich an, hielt ihm die Tür auf und sagte: „Der Dottore hat Zeit."

Bernardo ging an ihr vorbei und fand Dottore Sebastiano über einen Torso auf dem Seziertisch gebeugt, irgendetwas vor sich hinmurmelnd vor. „Ciao, Bernardo!" Und ohne aufzusehen fuhr er in seiner brummigen Art fort: „Wenn du wieder willst, dass ich dir irgendeine Akte erkläre, ohne dass du vorher selbst einen Blick darauf geworfen hast, vergiss es! Wie du siehst habe ich jede Menge Arbeit." Ja, das sah Bernardo zu seinem Übel. Eine aufgeschwemmte Leiche lag vor dem Dottore auf dem Tisch und sie sah alles andere als gut aus. In diesen Momenten wusste er wieder, was er wirklich nicht vermisst hatte seit seinem Weggang aus der City und der täglichen Arbeit an Tatorten. „Ciao, Dottore!", erwiderte Bernardo. „Ich bin auch froh dich wiederzusehen. Hoffentlich geht's dir gut und du tust diesem armen Kerl nicht wirklich weh?" Der Dottore versuchte so etwas wie ein Lachen. „Sehr witzig, Herr Commissario, wirklich, ich muss sagen, diesen Witz höre ich zum ersten Mal in meiner über dreißigjährigen Arbeit. Sehr originell, aber weißt du, was mich wirklich ärgert? Müssen diese Typen immer ihre Leichen in irgendwelchen Flüssen entsorgen? Die sollten doch wissen, dass die wieder auftauchen und die Arbeit an einer Wasserleiche ist

wirklich kein Spaß!" „Ach ja, Dottore", entgegnete Bernardo, „immer noch der gleiche schwarze Humor. Lernt man das eigentlich auf der Uni, ich meine diese Art von Humor? Sollte ich also mal wieder einen Mörder fangen, werde ich ihm sagen, er solle es beim nächsten Mal einfach mit einem schönen Kopfschuss machen und dann die Leiche auf keinen Fall auch noch zu ertränken versuchen. Aber mal im Ernst, du kennst mein weiches Gemüt. Wenn es gerade unpassend ist, komme ich einfach später nochmal." Der Dottore sah kurz auf. „Wenn du noch eine Minute Zeit hast, bin ich für dich da, weil zweimal am Tag brauche ich deine Gesellschaft nun auch nicht." Na, der war ja wieder in Höchstform, dachte sich der Kommissar und drehte sich vom Dottore und seinem Opfer weg. „Aber, wenn du mir hilfst, geht es natürlich schneller, Kommissar. Na, wie sieht es aus?" „Danke, Dottore, aber dieser Witz ist jetzt fast schon so alt wie meiner vor einer Minute. Ich warte lieber draußen." „Okay", rief ihm Sebastiano nach, „aber Finger weg von meiner Studentin!" „Okay, abgemacht!"
Und so wartete Bernardo bei der kleinen Augenweide im Vorzimmer, die schon wieder fleißig vertieft in ihren Berichten las. Wie versprochen kam Sebastiano keine fünf Minuten später heraus und streckte ihm die Hand mit den blutigen Gummihandschuhen entgegen. „Na, keinen Anstand", feixte er, „normalerweise gibt man alten Freunden

doch die Hand?" Bernardo machte unwillkürlich einen Schritt zurück und sah zu wie die Studentin sofort aufsprang, dem Dottore die Handschuhe abnahm und die Desinfektionsmittel reichte. Nach einer gründlichen Reinigung ging er auf Bernardo zu, wies ihm einem Platz gegenüber seines Schreibtisches zu und fragte, ob er auch einen kleinen Espresso auf Kosten des Hauses wolle. „Danke, ich hatte heute schon genug und außerdem würde ich bei deinem Kaffee schneller als Vergiftungsopfer auf deiner Liege landen als dir lieb ist!" Dieses Ritual zwischen den beiden war so alt wie ihre Zusammenarbeit und Bernardo bemerkte wie sich die Studentin wohl mehr auf ihr Gespräch als auf ihre Lektüre konzentrierte. „Gut, was haben wir denn da?", fragte Sebastiano und Bernardo reichte ihm die Akte mit dem bereits durch einen kleinen Haftzettel gekennzeichneten Teil der Obduktionsergebnisse aus Alessandria. Der Dottore las über seine Brille hinweg und rief nur ein kurzes: „Martina, Kaffee!" und schon erhob sich seine Assistentin, um eine Minute später mit einem seltsamen Gebräu, welches nur der Farbe nach noch an Kaffee erinnerte wieder vor ihrem Chef zu stehen. Gut, dachte sich Bernardo, jetzt weiß ich wenigstens den Namen des Neuzuganges. Sie stellte die Tasse vor dem Dottore ab und ohne aufzuschauen murmelte dieser etwas in der Art von „Grazie" oder so ähnlich.

Nach fünf weiteren Minuten intensiver Lektüre und unbestimmbaren Brummens sah der Dottore auf. „Na, Bernardo, wenn du mich fragst, der ist tot." Bernardo spielte mit. Er sah ihn erschrocken an und mit tieftrauriger Stimme erwiderte er: „Nein, das kann nicht sein! Das darf nicht sein! Bist du dir wirklich sicher?" „Ziemlich sicher. So wie es aussieht, ist er sogar schon länger tot." Martina, die von ihren Studien aufsah, genoss die kleine Einlage sichtlich. Bestimmt eine willkommene Abwechslung in der Tristesse hier unten. „Aber mal im Ernst, Bernardo, was soll ich dir sagen, was nicht schon in diesem Bericht steht? Es steht keine Zuordnung hier. Das heißt die Kollegen in Alessandria haben keine Überprüfung der vermissten Personen durchgeführt?" „Nein, haben sie leider nicht, lediglich die Tatortabwicklung und die Obduktion. Dann ging der Fall in die City und unser Citychief meinte, wir hätten freie Kapazitäten und sollten den Fall übernehmen. Die Leiche wurde heute vor einer Woche aufgefunden. Ist das Geschlecht wenigstens eindeutig bestimmbar?" Der Dottore wurde rot im Gesicht: „Bernardo, du alter Lügner! Kein Wort hast du gelesen, bevor du hier aufgekreuzt bist. Hier steht es doch!" und er zeigte mit seinem Finger auf die fettgedruckte Stelle, wo klar und deutlich ‚männlich' stand. „Na sowas, das muss ich doch glatt übersehen haben...", und er schenkte seinem Gegenüber ein entschuldigendes Lächeln. „Als ob ich es nicht gewusst hätte! Gib es zu, du bist nicht nur faul, sondern kannst auch gar nicht lesen!", blaffte in Sebastiano an. „Okay, du hast mich ertappt. Aber was meinst du nun zu den Verletzungen?" Der Dottore warf nochmal einen Blick auf die Fotos und runzelte die Stirn: „In der Tat nicht ganz gewöhnlich. Der Tatgegenstand mit dem der Kopf getroffen wurde, war auf jeden Fall schmal und wahrscheinlich rechteckig. Aber kein Hammer, sonst wäre der Bruch des Schädelknochens größer. Allerdings muss der Schlag, wenn es sich um einen solchen gehandelt haben sollte, mit großer Wucht und einem sehr stabilen Gegenstand ausgeführt worden sein. Er könnte natürlich auch nur damit bewusstlos geschlagen und später anderweitig auf die große Reise geschickt worden sein…oder nach dem Schlag unglücklich gefallen sein, denn auch die Hinterseite seines Schädels weist Brüche auf. Außerdem habe ich noch Hinweise auf einen Genickbruch gefunden. Dieser könnte aber auch post mortem, also nach Eintritt des Todes, zum Beispiel durch unsachgemäßen Transport der Leiche entstanden sein. Multiple Einwirkungen in kurzer Zeit können natürlich ebenso zum Tod führen. Aber bei aller Liebe, mehr kann ich dir mit Sicherheit nicht sagen." Eigentlich hatte Bernardo gehofft mehr Informationen zu erhalten, aber er bedankte sich trotzdem überschwänglich beim Dottore und verließ die Gruft nicht ohne Martina noch ein freundliches „Ciao" und ein Lächeln zugeworfen zu haben. Bevor die Tür ins Schloss fiel, hörte er nur noch ein gequältes „Mistkerl".

Er entschied sich dies als Kompliment aufzufassen, vor allem nach seinem Patzer in puncto Geschlecht der Leiche. Die Akte warf er auf dem Rückweg auf seinen Schreibtisch und steuerte zielstrebig nach draußen in Richtung Migueles Cafe.

Stefano und Ricardo saßen bereits im Schatten einiger Bäume, hatten aber den Anstand mit ihrer Bestellung noch auf ihn zu warten. Und sie hatten natürlich die Kopie der Ermittlungsakte mitgenommen, was nach den Vorschriften streng untersagt war. Ermittlungsakten, außer bei der direkten Arbeit, hatten draußen, noch zumal am Kaffeetisch, nichts verloren. Aber so konnte man eben das Angenehme mit dem Nützlichen verbinden. „Na, was spricht unser Dottore Frankenstein? Erzähl mal!" und damit machte Ricardo etwas Platz neben sich und Stefano, um ihren Chef in der Mitte zu haben. „Na ja, wie soll ich sagen...", begann Bernardo. „Außer, dass die Kopfverletzung eher etwas klein und nicht allzu gewöhnlich ist, konnte mir Sebastiano auch nichts Neues sagen. Aber jetzt lasst uns erst einmal einen ordentliche Kaffee trinken und die Sonne genießen!" Wie auf das Stichwort steuerte Miguele schon ihren Tisch an und fragte in der seit Jahren zur Tradition gewordenen Routine nach dem

Befinden der drei. Nachdem die Antworten ebenso stereotyp wie seit Jahren ausfielen, kam dann die Frage nach dem Cafe oder Cafe con. Alle drei bestellten wie vereinbart „Cafe con".

Vor vielen Jahren hatte ihnen Miguele einen speziellen Grappa kredenzt und sie waren mehr als angetan gewesen. Das war allerdings an einem ihrer freien Abende geschehen. Und da sie auch untertags manchmal eine kleine Stärkung benötigten, wurde der Grappa also direkt in den Kaffee gegossen. Natürlich an der Bar, wo es keiner sah.

Die Sommersonne war warm und angenehm und eine ganze Weile sagte keiner der drei etwas. Sie genossen ihren Kaffee und die Freiheiten, die ihre Enklave so mit sich brachte. Das Leben konnte schon schön sein, so wie jetzt und Bernardo dachte auch an Luca, der jetzt hoffentlich im Kindergarten seinen Mittagsschlaf hielt und an Irene. Er freute sich auf heute Abend und auf das Wiedersehen mit ihnen. Das heutige Gespräch mit Ignazio hing ihm noch nach. Er dachte an früher und wie glücklich Ignazio und Stefania doch gewesen waren. An die Ausflüge zu viert und wie schnell solch ein Glück vorbei sein konnte.

„Hallo Bernardo!" Stefano winkte vor ihm mit der Hand und er merkte, dass er wohl einige Zeit tief in seinen Erinnerungen und Gedanken versunken war. Seine letzten Gedanken galten dem heutigen Abend.

Irene wollte ihm die Aussicht auf den ersten Arbeitstag nach dem Urlaub versüßen und versprach sein Leibgericht „Pasta all' arrabiata" zu kochen. Dazu noch das eine oder andere Glas Rotwein. Klang verlockend! Leider dachte er auch an seine guten Vorsätze während des Urlaubs, nach seiner Heimkehr sowohl Wein als auch die Menge des Essens zu reduzieren. Aber eigentlich war ja fast noch Urlaub.

„Was hast du gesagt?", er sah Stefano fragend an. „Ich habe dich gefragt, wer nachher ins Archiv geht und Luciano den Auftrag für das Durchstöbern der Vermisstenfälle gibt?" „Na, das kann doch unser Ricardo machen! Vielleicht trifft er unten auf Martina…!" Bernardo erzählte in den buntesten Farben vom Neuzugang im Hause. Als er aufsah, entdeckte er gegenüber Ignazio, der zielstrebig auf ihren Tisch zusteuerte. Ricardo legte schnell die Ermittlungsakte auf die Sitzfläche des einzigen noch freien Stuhls an ihrem Tisch und Bernardo und die anderen schickten sich schon an aufzustehen, als ihnen Ignazio ein Zeichen gab, bitte doch sitzen zu bleiben. „Na, schon wieder in Eile?", rief ihm Bernardo zu. „Ja, ich bin auf dem Weg zum Staatsanwalt und eigentlich schon spät dran, aber was soll's!" Er zog den Stuhl mit der Akte vom Tisch weg und hob mit einem schnellen Griff die Dokumente hoch. „Na, wer hat das denn hier vergessen?" Keiner sagte etwas. „Also Jungs, wenn das alle machen, seziert unser Dottore bald hier im Cafe seine Kundschaft im Freien und die Kollegen von der Asservatenkammer zählen ihre Drogen und ihr Falschgeld dann am Nebentisch. Alles klar? Also in Zukunft wird hier Kaffee getrunken und oben gearbeitet!" Alle drei nickten pflichtbewusst. In diesem Moment brachte Miguele den Kaffee an ihren Tisch. Er stellte die drei „Cafe con" vor ihnen ab und fragte Ignazio, was er denn wünsche. „Danke, Miguele, ich nehme mir mal Bernardos Kaffee…als kleine Strafe für gewisse Pflichtverletzungen und außerdem habe ich leider gar keine Zeit!" Und während die drei fieberhaft nach einer Ausrede suchten, hatte sich Ignazio schon den Kaffee geschnappt und trank. Man hätte eine Stecknadel fallen hören können. Alle drei saßen mit gesenkten Köpfen da, als wären sie auf der Schultoilette beim Rauchen erwischt worden. So, jetzt würde gleich ein Taifun losbrechen, darüber waren sie sich unausgesprochen einig. Ignazio aber stellte die Tasse ab und fragt Ricardo, ob er sich schon auf sein Seminar vorbereitet hätte. Der fing zu stottern an: „Ja… also ich meine…nun, ich habe…" „Okay, okay! Ich habe verstanden!", meinte Ignazio und wandte sich an Stefano. „Aber du hast dich hoffentlich auf deinen Urlaub schon vorbereitet?" „Ja, klar, Chef!", kam die Antwort und nachdem ihr Chef noch einen kräftigen Schluck „Cafe con" genommen hatte, stand er auf, bedankte sich bei Bernardo und meinte im Gehen, er solle doch heute Nachmittag noch wegen des neuen Falles kurz bei ihm vorbeischauen. Und so schnell wie er gekommen war, verschwand er auch in Richtung Justizgebäude. Da saßen die drei wie begossene Pudel. Ricardo hatte sich als erster gefangen: „Meinst du, das gibt heute Nachmittag noch einen Anpfiff?" Bernardo überlegte kurz und war sich sicher, dass es diesen wohl nicht geben würde. Er bestellte sich jetzt seinen „Cafe con" und irgendwann mussten die drei herzhaft darüber lachen, wie ihnen die Gesichter eingefroren waren, als ihr Chef den Kaffee getrunken hatte.

Und nachdem sie sich wieder gefangen hatten, ging Ricardo ins Archiv und Stefano und Bernardo nahmen den Karton, der heute aus Mailand gekommen war in ihrem Büro in Augenschein. Die Kollegen aus der City hatten die Kleidung und Schuhe des Opfers mit den entsprechenden Vermerken aufgelistet und zu ihnen geschickt. Sämtliche Untersuchungen nach Hinweisen, wie etwa einer Täter-DNA, waren ebenfalls in der City schon abgeschlossen worden, so dass die Kleidung und sämtliche bei der Leiche gefundenen Gegenstände nun zu ihrer Verfügung standen. „Es hat auch Vorteile, wenn man nach Auffinden einer Leiche erst einmal eine Woche vergehen lässt oder was meinst du, Stefano?" Bernardo zog sich Einweghandschuhe über, nicht um noch etwaige Spuren zu sichern, sondern um nicht direkt in Kontakt mit den Sachen zu kommen. „Stimmt! Wenigstens das Warten auf die Berichte haben wir somit abgekürzt!", ergänzte Stefano. Bernardo nahm als erstes eine verstaubte Jacke heraus und dann ein Paar Turnschuhe, die ebenfalls in schlechtem Zustand waren. Zuerst fielen ihm die abgelaufenen Sohlen auf. Dann griff er mit den behandschuhten Händen in die Taschen der stark verschmutzten und befleckten Jacke. Na ja, was war zu erwarten, wenn jemand in derselben Jacke stirbt und dann gleich noch einige Jahre darin rumliegt? Es war ein Parka, der sicher vor zwanzig Jahren schon nicht mehr auf der modischen Höhe seiner Zeit war. Größe XL. Wenigstens passte er zum Opfer, was die Größe betraf. „Meinst du nicht, das haben die Kollegen schon vor uns erledigt?", bemerkte Stefano und sah ihn fragend an. „Klar, ist nur so ein Tick von mir… wer wühlt denn schon gerne in einer Jacke mit Blutflecken herum? Unsere Kollegen tun das sicher auch nicht mit großer Begeisterung. Aber manchmal hat man vielleicht Glück…" Stefano sah ihn über den Schreibtisch belustigt an. Bernardo hatte eine alte Zeitung ausgelegt und darauf die Jacke ausgebreitet. „Sieh mal…" und damit wendete er das Futter der Innentasche nach außen. „Ich sehe nichts, Chef, aber vielleicht willst du mir ja was zeigen?" „Das Futter ist kaputt, ich kenne das von meinen Jacken und wenn du dann was in die Innentasche steckst, bleibt es zwar in der

Jacke, ist aber nicht mehr in der Tasche, capisci?" Und damit drehte Bernardo die Jacke herum und steckte seinen ganzen Arm in die Zwischenräume. Ricardo kam ins Büro und war noch ganz außer Atem. „Volltreffer!", verkündete er siegesgewiss. „Mann, die ist ja echt ein Hingucker! Bella figura und ein Lächeln hat sie! Wer wettet mit mir? In einer Woche, spätestens, gehe ich mit ihr zum Essen! Na, wer traut sich? Zehn Euro, gerne auch mehr, aber ihr werdet verlieren, das sage ich euch gleich!" Damit setzte er sich auf seinen Platz und sah verwundert zu Bernardo, der ganz in seine Aufgabe vertieft zu sein schien. Dann fuhr er fort: „Die kommt sicher aus einer reichen Arztfamilie, das sehe ich gleich, die hat einfach Klasse. Also, wer wettet mit mir?" Dabei sah er seine beiden Kollegen an. Stefano lachte nur und Bernardo noch immer mit dem ganzen Arm im Innenfutter der Jacke wühlend schüttelte nur den Kopf: „Du kannst es einfach nicht lassen! Außerdem, wenn sie aus so einer reichen Familie kommt, was will sie dann mit einem mittellosen Polizisten? Hmm, sage mir das mal." Ricardo überlegte kurz und mit einer Selbstsicherheit, die bei ihm wohl angeboren war, meinte er: „Ich habe andere Vorzüge und wenn sie die mal kennengelernt hat, wird sie diese nie mehr missen wollen." „Hoffentlich sieht das ihre Familie auch so", brummte Bernardo und fügte noch an: „Ach ja, ich weiß, es ist unwichtig, aber warst du bei Luciano wegen der

Recherchen?" „Ja, klar doch! Er hat eine Kopie der Akte und durchforstet jetzt alle Vermisstenfälle der letzten fünfundzwanzig Jahre in dieser Gegend. Er meinte, es wäre sicherer in den Jahren weiter nach hinten zu gehen, nachdem wir ja kein verlässliches Todesdatum haben. Nach Aussage dieser Maria Opolos ist der Stollen zwar seit 1988 verschlossen, also kann die Leiche folglich nur vorher dorthin gekommen sein, aber wir wissen ja nicht wie verlässlich diese Aussagen sind. Gefunden hat sie laut Bericht ein Raimondo Alonsi. Der war früher sowas wie der Betriebsleiter des Steinbruches und sieht wohl noch immer hin und wieder nach dem Rechten auf dem Gelände." Bernardos Gesichtsfarbe wechselte plötzlich auf Rot: „Ich fühle was, hey, jetzt mal ganz ruhig ihr beiden, psst!" und mit spitzen Fingern zog er einen kleinen Gegenstand aus dem Zwischenraum des Innenfutters und der Außenseite der Jacke hervor. Er hätte nicht um ihre Aufmerksamkeit bitten müssen, denn beide kamen sofort um den Schreibtisch gerannt und stellten sich neben ihn. Als würde er den Höhepunkt einer großen Oper inszenieren, zog er ganz langsam ein kleines Heftchen hervor und legte es behutsam neben die Jacke. „E voilà, hab ich nicht gesagt, dass man manchmal auch Glück haben muss! Wäre unser toter Freund ein Prominenter mit einem Betonsockel auf dem Grunde des Tibers, hätten die Kollegen sicherlich genauer nachgesehen. Na, was sagt ihr jetzt?" Die beiden starrten auf das vergilbte und verdreckte kleine Notizbuch wie auf das Allerheiligste. „Mann, o Mann, Bernardo", Ricardo hatte sich als erster wieder gefangen, „das ist ja unglaublich!" Bernardo musste sich eingestehen, dass er wohl doch nicht so frei aller Eitelkeiten war, wie man ihm gemeinhin nachsagte, denn er genoss für einen Augenblick seinen Erfolg. „Ja, Ricardo, während du unserer Medizinstudentin versucht hast den Kopf zu verdrehen, haben wir hier gearbeitet." Ricardo wurde rot, sagte aber nichts. „Nicht wir, du, Bernardo", meinte Stefano. „Ich hätte in diesen verdreckten und versifften Kittel nicht meinen ganzen Arm reingesteckt. Das ist wirklich dein Verdienst. Aber jetzt lass uns mal nachsehen, ob da auch was drinsteht." Sie gingen um den Schreibtisch herum, breiteten auch auf der anderen Seite eine Zeitung aus und blätterten ganz vorsichtig das kleine Notizbuch auf. „Das ist kein kleines Notizbuch, das ist ein Kalender", bemerkte Stefano. „Ich glaube es nicht, seht mal, auf der ersten Seite steht 1996 und noch etwas... Bruno Scalleri, Strada Emilia 5, San Giorgio und eine Telefonnummer. Wenn das kein Volltreffer ist!" „Stimmt, das sieht fast so aus", bemerkte Bernardo. „Aber die Schrift passt überhaupt nicht zu einem Zwanzigjährigen und so alt sollte er laut der Gerichtsmedizin ja in etwa gewesen sein, als er ermordet wurde." „Richtig, Bernardo, aber jetzt sollten wir uns erst

einmal über den Fund freuen. Das ist ja wie ein Lottogewinn! Vielleicht hat den Namen ein Kind des Opfers oder sonst jemand da reingeschrieben. Wie auch immer…" und damit griff er schon zum Telefon. „Was meint ihr, das wird wohl der kürzeste Auftrag seines Dienstlebens für unseren Luciano? Hoffentlich ist er nicht allzu traurig darüber, dass wir ihm einen Großteil seiner Arbeit abgenommen haben!" Während er das sagte, tippte er schon die Nebenstelle des Archivs und bekam auch gleich Luciano an den Apparat. „Ciao, Luciano, nochmals Ricardo hier, wegen der Sache von vorhin. Wir haben einen Kalender von 1996 mit Aufzeichnungen bis zum 21. September in der Jacke des Opfers gefunden. Und einen Namen: ‚Bruno Scalleri'. Kannst du das gleich mal checken? Ach ja und Bernardo ruft mir gerade noch zu, falls es eine Akte zum Verschwinden eines Bruno Scalleris gibt, sag uns doch bitte gleich mal Bescheid… Ja, klar, ich weiß, das hättest du auch so gemacht. Wir brauchen einfach alles, was du dazu findest." Er sah zu seinen Kollegen hinüber und verdrehte die Augen. Luciano war ein Profi, aber auch empfindlich wie eine Primadonna. Das kam vielleicht vom Hotel Mama. Mit einem „Grazie, ciao" legte er auf.
Sie hätten auch selbst im Computer nachsehen können, aber Luciano hatte alle Legitimationen für sämtliche Bereiche und so hätte ohnehin er nachsehen müssen. Bernardo und Stefano blätterten den

kleinen Kalender Seite für Seite durch. „Was meinst du zu den Haken?", fragte Stefano. Neben den Haken hinter den einzelnen Tagen waren ab Mai noch kleine Herzen an manchen Tagen hinter den Datumsangaben hingekritzelt. So musste man es sagen, denn sowohl die Haken als auch die kleinen Herzchen waren unförmig und entsprachen eher den Malversuchen eines Kindes als denen eines Zwanzigjährigen. Aber das würden sie schon noch rausfinden. Stefano tippte auf eine Seite des Kalenders und sah Bernardo an: „Sieh mal, an den Sonntagen gibt es keine Haken und auch keine Herzchen, sondern ein…na ja, was meint ihr, ich würde sagen, es sieht aus wie ein Haus?" Sie blätterten weiter, Ricardo tippte auf einen Dienstag und einen Donnerstag. An diesen Tagen war ein kleiner Kreis aufgemalt. Die verschiedenen Kennzeichnungen zogen sich durch den ganzen Kalender bis zum 21. September. Von da an waren keine Eintragungen mehr gemacht worden. Bernardo stimmte ihm zu, dass dies merkwürdig sei, sich aber sicher würde klären lassen. Nachdem sie den Kalender sorgfältig mit behandschuhten Händen durchgeblättert hatten, notierte sich Bernardo noch Namen, Adresse und Telefonnummer, die sich auf dem Kalender befanden und steckte ihn dann in einen kleinen Plastikbeutel für die weiteren Untersuchungen. „Na, wer bringt ihn in die Kriminaltechnik?", dabei blinzelte er Ricardo zu. „Ich weiß, dir wäre der Keller bei deiner

Studentin lieber, aber vielleicht gibt's ja oben im dritten Stock auch einen Neuzugang?" Somit war auch diese Aufgabe verteilt und sie sahen sich noch die anderen Habseligkeiten an, die sie gewissenhaft auf Ricardos Schreibtisch ausgebreitet hatten. Eine Rolle Bindfaden, ein Autoquartett und Streichhölzer. Irgendwie passte das auch nicht zu einem Zwanzigjährigen. „Was meint ihr zu den Schuhen? Fällt euch da was auf?", dabei sah Bernardo seine beiden Kollegen an. Ricardo lachte: „Also, wenn ihr mich fragt, waren diese Schuhe auch vor zwanzig Jahren schon ziemlich altmodisch!" Bernardo verkniff sich die Bemerkung, dass er fast die gleichen noch immer zu Hause stehen hatte. Wenn sie Irene nicht hinter seinem Rücken entsorgt hatte, was gelegentlich bei älteren, aber zumeist sehr bequemen Kleidungsstücken, vorkommen konnte. „Schuhgröße fünfundvierzig passt zur Leiche, vielleicht auch zum Alter, aber nicht zur Handschrift und zum Inhalt der Taschen", sagte er daher. Aber das würde Bernardo dann vor Ort klären oder vielleicht konnte Luciano schon im Vorfeld etwas in Erfahrung bringen.

„Ach ja, beinahe hätte ich es ja vergessen, sollte ich nicht zu Ignazio?" „Stimmt!", beide nickten ihm pflichtbewusst zu. „Also, wenn er wegen heute Mittag was sagt, dann sag, ich hätte das verbockt und er solle mir einen Eintrag in die Akte geben. Wirklich, Bernardo, mir ist das nicht so wichtig, mit meinen fünfundvierzig Jahren und einem direkten Vorgesetzten, der nur sieben Jahre älter ist und den es sich nicht zu überholen lohnt, sind meine Karriereaussichten ohnehin gedeckelt", fügte Stefano hinzu. Na, das sah Stefano ähnlich. Bernardo wusste, er konnte sich auf seine beiden Kollegen blind verlassen. Ricardo räusperte sich und meinte dann: „Nein, schieb es auf mich, bei mir wird so ein Eintrag noch eher irgendwann gelöscht, da ich mit meinen siebenunddreißig jungen Jahren ja noch ein Weilchen länger schuften muss als ihr zwei Gruffties!" Bernardo war von so viel Kollegialität richtig gerührt. „So weit wird es noch kommen!", entgegnete er ihnen. „Ich weiß euer Angebot zu schätzen, aber ich bin nun mal der Chef und halte auch meinen Kopf hin. Außerdem wäre bei mir eine Verwarnung noch das Geringste, denn ich hoffe als erster von euch meinen wohlverdienten Ruhestand erreichen zu können. Also drückt mir mal die Daumen!" Damit stand er auf und verschwand in Richtung Chefbüro. Irgendwie hatte er kein schlechtes Gefühl wegen des bevorstehenden Gesprächs mit Ignazio, dafür kannte er seinen Freund und Chef einfach schon zu lange. Er klopfte an Sylvias Tür und sie schenkte ihm wie gewohnt ein bezauberndes Lächeln und griff auch gleich zum Telefonhörer um den Besuch anzumelden. Und nach nicht einmal zehn weiteren Sekunden stand er bei Ignazio im Büro. „Ciao, Bernardo, komm setz dich zu mir!" Ignazio wies auf die kleine Besucherecke mit den gemütlichen Ledersesseln. „Alles klar soweit? Hast du Irene schon angerufen und ihr von deinem bevorstehenden Ausflug berichtet?" Bernardo verneinte: „Weißt du, damit warte ich bis heute Abend. Am Telefon ist das nicht so meine Sache." Beide mussten lachen. Auch wenn sie hier, jeder in seinem Bereich, Chefs waren, so war die Situation zu Hause doch eine andere und Ignazio kannte das bis zum Tode von Stefania genauso gut. „Ja, wahrscheinlich hast du Recht", setzte Ignazio den Dialog fort. „Was ich dir noch sagen wollte… also, an deinem besagten Fall ist irgendetwas…", er stockte, „…na, wie soll ich es sagen, …merkwürdig. Ich hatte dir doch erzählt, dass unser alleroberster Chief von der City, Carlo Lessi, mich persönlich, also damit natürlich deine Abteilung, mit der Aufklärung betraut hat. Na ja, wahrscheinlich hat es nichts zu bedeuten, aber er will von mir persönlich auf dem Laufenden gehalten werden." Bernardo überlegte kurz: „Das ist in der Tat sehr dubios. Sonst schaut er sich doch nicht einmal die Akten der aufgeklärten Fälle an. Was ich auch verstehen kann. Er bekommt von dir die Zahlen der aufgeklärten und der in Bearbeitung befindlichen Fälle. Was interessieren ihn da Details? Zumal er in der City bestimmt ganz andere Problem hat." „Eben", erwiderte Ignazio, „das habe ich mir auch gedacht. Halte mich einfach auf dem Laufenden, dann werden wir schon sehen, was es damit auf sich hat." „Bestimmt", versicherte ihm Bernardo und erzählte ihm auch gleich noch von ihrem Fund. „Sobald wir alle Fakten haben, werde ich mich auf den Weg machen. Ich denke bis Freitag müssten uns alle Informationen vorliegen, dann werde ich am Montag starten. Ist das okay? Ignazio nickte: „Na, klar ist das in Ordnung. Weißt du, es tut mir wirklich leid, aber was hätte ich denn Carlo Lessi sagen sollen? Er hat einfach die besseren Karten. Dafür habe ich schon deinen Antrag auf Nutzung deines Privatwagens für den Zeitraum der Ermittlungen unterschrieben." Na, das geht aber dieses Mal wirklich alles schnell…, dachte sich Bernardo, bedankte sich bei seinem Chef und beide standen auf um sich zu verabschieden. „Und übrigens", Bernardo holte tief Luft, denn was er jetzt zu sagen hatte, war ihm eine Herzensangelegenheit, „vielen Dank wegen heute Nachmittag. Das war wirklich ein feiner Zug von dir, mich nicht vor meinen Kollegen auf die dienstlichen Verfehlungen aufmerksam zu machen, grazie mille!" und er drückte die Hand von Ignazio fest und vielleicht etwas länger als gewöhnlich. Ignazio sah ihn fragend an: „Ich weiß jetzt wirklich nicht, was du meinst, außer, dass das wirklich ein Vergehen ist, mir in all den Jahren diesen wirklich guten Kaffee vorenthalten zu haben! Da habt ihr beim nächsten Mal, wenn wir uns zu viert bei Miguele treffen, was gutzumachen. Ich gedenke, mir diesen

Kaffee ab und zu auch mal zu gönnen." Dabei zwinkerte er ihm zu und Bernardo machte sich auf den Weg nach unten in sein Büro.
Stefano und Ricardo sahen ihn beide fragend an und er erklärte ihnen mit kurzen Worten, dass sie alle drei fristlos gefeuert seien, außer sie würden in Zukunft auch mal an Ignazio denken, wenn sie sich bei Miguele stärken wollten. Die Erleichterung war den beiden anzumerken und nachdem von Luciano noch keine Neuigkeiten gekommen waren, machte sich Bernardo in Erwartung köstlicher Penne all' arrabiata auf den Heimweg.
Er hatte gerade den Wagen in der Einfahrt geparkt, als ihm schon Luca entgegenlief und ganz aufgeregt losplapperte, ohne dass sein Papa auch nur ein Wort verstand. „Ach Luca, jetzt lass uns erst einmal ins Haus gehen und dann erzählst du mir alles in Ruhe." Gesagt, getan. Die beiden verschwanden sogleich im Inneren ihres gemütlichen Zuhauses und was ihm am meisten Freude bereitete, war, dass Irene schon mit den Vorbereitungen des Abendessens begonnen hatte. Nachdem er Luca noch eine Gute-Nacht-Geschichte vorgelesen hatte und dieser mit süßen Träumen in seinem kleinen Bettchen schlief, schlich er sich leise nach unten. Dieser Sommer machte seinem Namen wirklich alle Ehre, vor allem die lauen Nächte waren wie gemacht dafür auf der Terrasse zu sitzen und noch das eine oder andere Glas Wein zu genießen. Bernardo entschied, dass

dies der richtige Rahmen war Irene zu eröffnen, dass er wohl für ein bis zwei Wochen in diesem blöden Fall verreisen musste. Sie war nie glücklich über seine Arbeit bei der Mordkommission gewesen. Umso mehr hatte sie sich damals über die Versetzung in die Enklave gefreut. Und sie hatte es ihm richtig schmackhaft gemacht. „Das ist doch mal richtige Polizeiarbeit", hatte sie ihm zu erklären versucht, „richtige Ermittlungen mit einer Menge kriminalistischer Feinarbeit. Nicht diese Mord- und Totschlaggeschichten, bei denen die Leichen oftmals noch warm und die Täter meist auch noch in der Nähe sind." Aber eigentlich musste sie ihn damals gar nicht überzeugen. Und er hatte seine Entscheidung auch nie bereut. Vor allem die geregelten Arbeitszeiten, keine Nacht- und Wochenendarbeit mehr. Seine Fälle waren ja meist schon über zehn Jahre alt. Da kam es wirklich nicht auf die eine oder andere Stunde an.

Während er auf der Terrasse auf Irene wartete, fiel ihm ein, dass er heute Blumen für sie hätte kaufen wollen. So ein Mist! Das hatte er doch tatsächlich vergessen. In Ignazios Büro waren ihm die Blumen für seine Frau als der wichtigste Tagesordnungspunkt erschienen und jetzt hatte er es vergessen. Er beschloss das morgen sofort nachzuholen und als Irene sich zu ihm setzte, erzählte er ihr die Neuigkeiten. Dass sie nicht begeistert war, hatte er vorhergesehen, jedoch war ihre Reaktion weit gemäßigter als er es erwartet hatte.

Bevor sie ihren Sonnenschein bekamen, arbeitete Irene in der Mailänder City als Rechtsanwältin in einer großen Kanzlei, Fachbereich Steuerrecht. So hatten sie sich auch kennengelernt. Ein Fall, der auch steuerrechtlich relevant war, hatte die beiden zusammengeführt und dafür waren sie im Nachhinein auch dankbar. Als dann Luca kam, hatten sie beschlossen, dass Irene von zu Hause aus arbeiten würde und nur falls unbedingt nötig in die Kanzlei fahren würde. Ihre Chefs waren froh, sie somit weiterhin, wenn auch in geringerem Umfang, bei sich zu haben. Die Alternative wäre nämlich gewesen, dass sie ganz aufgehört hätte und vielleicht als selbstständige Rechtsanwältin sporadisch von zu Hause aus gearbeitet hätte. Es wäre auch klar gewesen, dass dabei sicher der eine oder andere größere Mandant zu ihr gewechselt wäre. Aber so war es für alle Beteiligten die beste Lösung gewesen.

„Wenn es nicht anders geht, dann musst du wohl fahren, aber du passt auf dich auf und kommst so schnell als möglich wieder nach Hause, wir brauchen dich nämlich hier!" Mit diesen Worten schmiegte sie ihren Kopf an seine Brust und beide sahen in der sternenklaren, warmen Sommernacht hinauf zum Mond, der ihr kleines Glück von oben zu beleuchten schien. „Versprochen!", flüsterte Bernardo ihr ins Ohr.

Den nächsten Tag verbrachten sie im Kommissariat mit Routinearbeiten, dem Aufarbeiten von Protokollen und all den anderen Arbeiten, die sie alle drei von Herzen verschmähten. Denn die nächsten Wochen würde ihre Abteilung verwaist sein und da war es besser, vorher nochmals einige Dinge zu erledigen. Zudem konnten sie ohne die Informationen von Luciano ohnehin nichts anderes machen. Doch, konnten sie, wie Bernardo bei seinen Kollegen feststellte. Stefano war nämlich die meiste Zeit mit Recherchen zu seinem Urlaub via Internet beschäftigt und Ricardo, ebenfalls ein Internetfreak, checkte schon mal die Möglichkeiten einer gepflegten Abendunterhaltung nach Seminarende in Berlin ab. Aber er sagte nichts, denn wenn es darauf ankam, das wusste er aus der Vergangenheit, arbeiteten die zwei auch Tag und Nacht. Am Nachmittag wurde der Kommissar dann doch irgendwie unruhig, aber eine Nachfrage bei Luciano verbot sich einfach. Er wusste, dass der kleine Kerl wie ein Spürhund hinter allen Informationen her war, die er nur bekommen konnte. Und er würde sich sofort melden, wenn er alles zusammengesucht hatte, was auch irgendwann nur einmal aktenkundig geworden war. So verging auch der Mittwoch, bis Luciano müde in ihrem Türrahmen stand, eine dünne Akte in der Hand. Sie räumten auch sogleich einen Schreibtisch frei und bereiteten die Bühne für ihre kleine Primadonna, denn Luciano brauchte seine Auftritte nach getaner Arbeit. „So, die Herren Kommissare, jetzt hört mal zu, was ich rausgefunden habe…", er blieb dabei stehen, vielleicht weil er im Sitzen noch kleiner erschien als sonst. „Leider habe ich nur wenig rausgefunden über euren Freund, wenn es auch tatsächlich der Kalender des Opfers war. Es gibt kaum etwas in den Akten. Geboren ist er am 12.10.1976. Wenn also der Todeszeitpunkt mit dem Ende der Kalendereintragungen übereinstimmt, war er zum Todeszeitpunkt 19 Jahre alt. Die Adresse auf dem Kalender ist mit dem letzten Wohnort laut Melderegister identisch. Er wohnte bei seiner Tante, Genoveva Stratore, geboren am 17.04.1935. Sie bekam im Mai 1980 vom Gericht die Vormundschaft über ihren Neffen Bruno Scalleri, nachdem seine Eltern und seine Schwester bei einem Autounfall einige Wochen vorher getötet wurden. Genoveva Stratore war verheiratet und ist seit 1987 verwitwet. Das könnte bedeuten, dass sie Bruno im Alter zwischen fünf und zwölf Jahren zusammen mit ihrem Mann großgezogen hat. Nach dem Tod ihres Mannes wohl alleine lebend. Genoveva Stratore hat bis zum Konkurs der Ziegelwerk AG San Giorgio 1994 als Hilfskraft dort gearbeitet. Dann arbeitslos gemeldet, ist jetzt Rentnerin. Ihr Mann hat übrigens bis zu seinem Tod laut Rentenversicherung ebenfalls in diesem Ziegelwerk gearbeitet. Interessant könnte sein, dass die Vormundschaft noch heute gilt. Bruno Scalleri erlitt bei dem Autounfall mit seinen Eltern und seiner Schwester schwere Gehirnverletzungen, die laut Untersuchungsberichten nie ganz verheilten. Er wurde als nicht geschäftsfähig eingestuft und wäre laut Gutachten wohl nie über das Stadium eines Zwölfjährigen hinauskommen. Originaltext der abschließenden Untersuchung: ‚Verminderte geistige Fähigkeiten mit debiler Auswirkung.'" Die drei sahen sich an, es herrschte stilles Einvernehmen. Die Schrift der Kalendereintragungen entsprach zu hundert Prozent den Schilderungen Lucianos. „Zudem erlitt er mehrere komplizierte Knochenbrüche, wobei eine Verletzung am linken Bein nicht komplett reparabel war und er laut versicherungstechnischem Gesundheitsgutachten dieses Bein sein Leben lang nicht voll belasten konnte. Hier könnte meiner Meinung nach eine nochmalige Untersuchung der Leiche Gewissheit bringen, ob es sich tatsächlich um Bruno Scalleri handelt. Auf Grund der Verletzungen erhielt er auch eine kleine Invalidenrente von der Versicherung des Unfallverursachers. Waren aber laut Versicherung nur umgerechnet etwa hundertfünfundvierzig Euro. Die Zahlungen wurden ein Jahr nach der Vermisstenanzeige eingestellt. So und jetzt die polizeilichen Ermittlungen. Am 22.09.1996, um 14.25 Uhr, wurde durch Genoveva Stratore bei der Polizeistation in San Giorgio Vermisstenanzeige erstattet. Aufgenommen durch einen gewissen Carabiniere Thomaso Baldo. Den habe ich angerufen und deswegen habe ich leider auch für den abschließenden Bericht etwas länger gebraucht. Man kann es kaum glauben, aber die haben es in den letzten fünfzehn Jahren nicht geschafft die Akten über Vermisstenfälle in ihrem Zuständigkeitsbereich zur zentralen EDV-Erfassung nach Rom zu schicken. Das erleichtert nämlich die überregionale Suche nach Vermissten und Abgleich von gefunden Leichen ungemein und wird ihnen, wie ich ihm versichert habe, auch eine Menge Ärger einbringen!" Bei solch fahrlässiger Arbeitsauffassung verstand Luciano keinen Spaß. Was die Kollegen gut verstanden, denn wenn man eine Ermittlung nicht erfolgreich abschließen konnte, weil ein fauler Kollege zu bequem war seine Bestandsakten für die zentrale Datenerfassung nach Rom zu senden, konnte man wirklich verrückt werden. „Auf jeden Fall hat sich unser Kollege nur äußerst unwillig an die Sache gemacht, nachdem ich ihm lange und breit erklärt habe, dass wahrscheinlich ein vermisster Bruno Scalleri unweit seines Wohnortes, also in seinem Zuständigkeitsbereich, tot aufgefunden wurde. Und jetzt kommt das Allerbeste. Er hat mir die Akte per Fax zugesandt. Auf Nachfrage, warum er sie nicht einscannen könne, hat er geantwortet, dass sie noch nicht so weit seien. Ich wäre vor Lachen beinahe vom Stuhl gefallen!" Bernardo musste innerlich schmunzeln. Was er bisher von diesem Carabiniere gehört hatte, fand er alles andere als erbauend, das mit dem PC jedoch machte diesen in seinen Augen schon wieder etwas sympathischer. Ging es ihm selbst doch genauso. „Die Rechtschreibfehler des Carabiniere könnt ihr dann selbst in der Akte nachlesen. Der Inhalt für euch kurz zusammengefasst: Diese Genoveva Stratore erschien also bei Thomaso Baldo und meldete, dass ihr Ziehsohn, Bruno Scalleri, letzte Nacht nicht nach Hause gekommen sei. Sie machte auf den Kollegen einen sehr aufgeregten Eindruck. Ihrer Schilderung nach sei dies bei ihrem Bruno noch nie vorgekommen und daher sei sie sicher, dass ihm etwas zugestoßen sein müsse. Der Kollege belehrte sie, dass er erst nach vierundzwanzig Stunden tätig werden könne. Dies war er dann wohl am 23.09.1996 geworden, in dem er damals die größeren Krankenhäuser in der Umgebung anrief, ohne natürlich zu vermerken, welche das gewesen sein sollten. Weitere Vermerke in der Akte sind in den darauffolgenden Monaten die Besuche der Genoveva Stratore auf der Polizeistation. Angeblich hätten die Kollegen damals auch in Mailand, Alessandria und sogar in Genua angerufen, was ich allerdings nicht glaube, da nur handschriftliche Vermerke ohne Notizen zu den Gesprächspartnern, dem jeweiligen Datum und so weiter in der Akte zu finden sind." Damit klappte Luciano die Akte zu. „Ja, das war es leider. Ich wünsche euch viel Erfolg!" „Vielen Dank, Luciano, du hast wirklich wieder gute Arbeit geleistet!" Durch das Lob von Bernardo schien es als wäre Luciano tatsächlich etwas gewachsen und mit einem Lächeln verschwand er von der großen Bühne. „Das sieht irgendwie nicht so ergiebig aus oder was meint ihr?" Stefano sah Bernardo und Ricardo an. Die beiden nickten und Bernardo gab die Parole des Tages bekannt: „Wir haben ja noch zwei Arbeitstage bis zu meiner Abreise und heute können wir ohnehin nichts mehr unternehmen. Ich denke, dass ich da vor Ort schon noch was rausfinden werde. Für heute ist Feierabend!" Er wünschte allseits einen schönen Abend und machte sich auf den Heimweg.

Nur leider sollte er sich täuschen, denn auch die nächsten zwei Tage brachten nicht mehr Licht ins Dunkel als sie durch Lucianos Recherchen bereits erhalten hatten. So ging er am Freitag zu Ignazio um sich zu verabschieden. Er wusste, heute war besagter Freitag, der Todestag von Stefania und genauso sah Ignazio auch aus. Er saß traurig hinter seinem großen Schreibtisch und wie Bernardo schon vorhergesehen hatte, lehnte er die Einladung für den Abend ab. „Du hältst mich auf dem Laufenden Bernardo und wenn du was herausgefunden hast, sag mir gleich Bescheid, dann können wir unseren Citychief beruhigen." „Klar doch", entgegnete Bernardo, „ich hab es dir doch versprochen." Die beiden Männer nahmen sich kurz in den Arm, in solchen Momenten brauchte es keine Worte. Beim Hinausgehen warf er Sylvia noch ein nettes „Ciao, bella!" entgegen und verschwand in Richtung Büro. In der Tür wäre er beinahe umgekehrt. Das konnte unmöglich ihr Büro sein, alle Akten waren entweder abgelegt oder sauber aufgestapelt, keine leeren Kaffeebecher, keine Unordnung. Es schien als stünde die Abteilung vor einer endgültigen Schließung oder Übergabe. Stefano und Ricardo sahen ihn freudestrahlend an: „Na, was sagst du? Wenn wir jetzt schon alle ausfliegen, soll es doch wenigstens einigermaßen ordentlich aussehen!" Bernardo spürte, die beiden hatten nicht nur ein Lob erwartet, sondern es auch wirklich verdient. „Wisst ihr was?", begann er. „Heute ist Freitag und wir sind doch ohnehin nur bis Mittag hier. Ich habe meine Unterlagen für meine kleine Reise bereits zusammengestellt und somit können wir doch noch zu Miguele auf einen kleinen Cafe con vorbeischauen?" Die Frage war rhetorisch. Eine Antwort der beiden war nicht nötig. Und als sie zu dritt auf der kleinen Piazza saßen, übertrafen sie sich mit ihren Vorstellungen und Erwartungen der nächsten Wochen. Ricardo hatte nach seinen Internetrecherchen seine Meinung zu Berlin grundlegend geändert, was weniger mit den Inhalten des Seminars als vielmehr mit den Möglichkeiten des Ausgehens zusammenhing. Und Stefano erzählte von dem kleinen Campingplatz am Meer, wo sie noch einen der letzten Bungalows für ihre Familienferien ergattert hatten. Bernardo hingegen war weniger gespannt, was ihn in diesem Nest erwartete, aber er freute sich zumindest einmal wieder seinen roten Flitzer über die Landstraßen bewegen zu können. Nachdem sie sich noch einen zweiten Cafe con gegönnt hatten, gingen sie zurück ins Büro.

Stefano erinnerte Ricardo nochmals daran, dass Unterhaltsklagen europaweit durchgesetzt werden konnten und natürlich wollten Stefano und Ricardo von Bernardo über den Verlauf seiner Ermittlungen per SMS auf dem Laufenden gehalten werden. Aber Bernardo konnte das nicht versprechen. Das war einfach nicht seine Welt. Die kleinen Tasten, das kleine Display und so verblieben sie, dass er wenigstens mal eine Ansichtskarte schreiben sollte, so es in San Giorgio überhaupt welche gab. „Ach, jetzt hätte ich es beinahe vergessen…!", Ricardo ging um Bernardos Schreibtisch herum und legte ihm einen Zettel hin. „Wie du mir aufgetragen hast, habe ich deinen Besuch bei den Carabinieri für Montag angekündigt. Luciano scheint nicht übertrieben zu haben, auch wenn ich nicht mit diesem ‚Thomaso Baldo', sondern mit einem ‚Carlo Fatese' gesprochen habe. Äußerst unangenehmer Kerl, außer undefinierbarem Brummen gab der kaum einen Laut von sich. Es scheint nicht so, als ob die sich über deinen Besuch freuen. Wegen der Unterkunft konnte er mir auch nichts sagen. Es gibt in diesem Nest keine Pension oder sowas ähnliches, von einem Hotel ganz zu schweigen, aber ich konnte ihn zumindest dazu bringen sich wegen einer Übernachtungsmöglichkeit für dich umzuhören. Tut mir leid, aber mehr war nicht zu machen. Auf dem Zettel habe ich dir seinen Namen und die Telefonnummer notiert." Bernardo bedankte sich, die drei wünschten sich für die kommenden Wochen alles Gute und verabschiedeten sich. Bernardo machte sich mit seinen Akten auf den Heimweg, mit dem Gefühl noch etwas Wichtiges vergessen zu haben. Aber so wichtig würde das wohl nicht gewesen sein.

**Aufbruch**

Nach einem ruhigen Wochenende musste der unausweichliche Sonntagabend kommen und somit auch das Kofferpacken. Bernardo grübelte über einer Straßenkarte, als Luca ihn am Hemd zog und für den nächsten Tag die morgendliche Tour zum Kindergarten erbettelte. Die Mühe hättest du dir eigentlich sparen können, dachte Bernardo und lächelte insgeheim. Wenn ich dich jetzt schon einige Tage nicht sehen werde, hätte ich dich morgen sowieso gefahren. Aber das würde er ihm jetzt nicht auf die Nase binden und er gönnte seinem Sohn diesen kleinen Sieg von Herzen. Luca trollte sich zufrieden in Richtung Kinderzimmer und Irene kam freudestrahlend mit einer Liste um die Ecke. „Ich habe dir mal aufgeschrieben, was du unbedingt mitnehmen musst. Nicht, dass du wieder die Hälfte vergisst!" Bernardo musste lachen. Auf dem Schiff hatte er doch tatsächlich feststellen müssen, dass er seine Badehose zu Hause gelassen hatte und daher im völlig übertaueren Bord-Shop einkaufen musste. Also hatte sie bestimmt nicht Unrecht. Und als er die Aufstellung überflog, fand er tatsächlich einige nützliche Dinge, an die er noch nicht gedacht hatte, wie das Ladekabel für sein Handy, seine Kreditkarte und noch einige nicht unwesentliche Sachen. „Willst du vielleicht mein portables Navigationsgerät mitnehmen?", hörte er Irene fragen. „Du weißt

doch…", entgegnete er resigniert, „ich verlasse mich lieber auf die altbewährte Straßenkarte…" Irene gab auf. In diesem Punkt war er wirklich unverbesserlich. Und nach einem schönen Abend mit einem noch schöneren Essen gingen sie zu Bett.
Nachdem er am nächsten Morgen Luca beim Kindergarten abgeliefert hatte, brach er in Richtung San Giorgio auf. Er hatte sich die Nebenstraße ausgesucht, als bereits nach einer halben Stunde der Motor zu stottern anfing. Vielleicht war die Idee den Alfa zu nehmen doch nicht so gut gewesen wie er sich gedacht hatte. Er kannte diese Aussetzer und wusste, dass es wahrscheinlich wieder der verstopfte Benzinfilter war. Das sagte auf jeden Fall sein Mechaniker immer dann, wenn er mit diesem Malheur bei ihm auf dem Hof stand. Aber das musste jetzt eben warten und so fuhr er in Richtung San Giorgio mit herunter gedrehten Seitenscheiben und seiner Lieblingsmusik. Adriano Celentano und andere Klassiker aus dieser Zeit erklangen in übertriebener Lautstärke. Er freute sich einmal wieder so richtig laut Musik hören zu können und mit dem Ellenbogen aus dem offenen Wagenfenster gelehnt, steuerte er seinen Oldtimer wie ein Zwanzigjähriger auf Brautschau die Straße entlang. Dabei befand er, dass es durchaus Dinge gebe, die nur ein Mann verstehen konnte. Er sah Irene vor sich, die bei solchen Machosprüchen nur die Augen verdrehen würde und er wusste, dass sie natürlich Recht hatte. Aber

trotzdem ließ er sich seine Meinung nicht nehmen. Die Landschaft flog an ihm vorbei und die Sonne tat ihr übriges, so dass er seinen Auftrag in diesem Moment eigentlich gar nicht so schlecht fand. Ihm fiel auf wie dünn besiedelt es hier war und wie flach. Eigentlich nur ein Meer aus Feldern mit kleinen Dörfern dazwischen. Von einigen wenigen Ausnahmen abgesehen kannte er die Gegend hier nur von der Autobahn aus und da sah man die meisten Dinge nun einmal nicht. Die warme Luft strömte durch den Wagen und er dachte sich, dass er den Sommer wirklich liebte. Zu heiß gab es eigentlich nicht. Das war in seiner Kindheit schon so gewesen und es hatte sich bis zum heutigen Tage nicht geändert. Er warf einen kurzen Blick auf die Landkarte neben sich. Es konnte eigentlich nur noch ein kurzes Stück bis San Giorgio sein und als er einen unbefestigten Parkplatz neben der Straße sah, lenkte er den Wagen dorthin und schaltete den Motor aus. Eine kleine Pause würde sowohl ihm als auch seinem roten Flitzer sicherlich nicht schaden. Die Sonne stand jetzt zu Mittag senkrecht über dem Land. Er stieg aus, ging um den Wagen und suchte im Handschuhfach nach etwas, was eigentlich noch da sein sollte. Als er die Schachtel mit den Zigaretten fand, fischte er sich eine heraus, zündete sie an, lehnte sich an seinen Wagen und zog den Rauch tief ein. Seit Lucas Geburt hatte er eigentlich aufgehört zu rauchen, von einigen wenigen Ausnahmen abgesehen. Irene war

mehr als erfreut darüber, aber heute war ihm einfach danach. Als er über die Felder blickte, entdeckte er ein Mädchen, das in der sengenden Hitze über die Felder lief, eigentlich sprang sie mehr. Bernardo erinnert sich, dass auf der Landkarte ein kleiner See hier in der Nähe eingezeichnet war. Das Mädchen war sicher auf dem Weg dorthin. Ihr Sommerkleidchen wirbelte bei ihren Tanzschritten lustig um sie herum und sie schien so aller Sorgen befreit wie es nur ein Kind sein konnte. Langsam verschwand sie in der von Hitze flirrenden Luft als wäre sie in dieser aufgegangen. Stille und die Melancholie eines heißen Sommertages vermischten sich. Als würde die Zeit stehenbleiben und der Augenblick ewig währen.
Er dachte an seine Kindheit am Comer See. Unweit von Cernobbio stand sein Elternhaus. Wie sehnten seine Freunde und er sich an den heißen Tagen nach dem kühlen Nass des Sees und den wunderbaren Nachmittagen unter der Sommersonne. Wie weit weg schien ihm dies jetzt. Allein diese Augenblicke des scheinbar ewigen Lichts und der tiefen Wärme empfand er auch heute noch als ganz eigene Momente für sich. Es schien, als würden selbst die Uhren unter der hochstehenden Sonne nur noch mit Mühe die Zeiger bewegen, bis sie ganz zum Stillstand kommen würden. Er dachte an die Mädchen, die damals in ihrer Gruppe waren und an den ersten Kuss im Sommer. An sein rasendes Herz und seine

feste Überzeugung, dass dies die Liebe seines Lebens werden würde. So kam es nicht, aber der Übergang vom Kind zum überlegenden Jugendlichen nahm wohl von da an seinen Lauf. Gemeinsam mit dem langsamen Verlieren der Unbefangenheit. Die Fantasie wich der Erkenntnis und die Träume verloren sich in Plänen. Die Taktungen des Tages wurden strukturierter und ein Sommertag war dann irgendwann eben ein Sommertag geworden und nicht mehr ein Leben für sich. Bernardo schreckte aus seinen Gedanken auf, als ein Lastwagen an ihm vorbeifuhr.

Nachdem er die Zigarette ausgetreten hatte, klemmte er sich wieder hinters Steuer und startet den Wagen. Von einigen kleinen Aussetzern abgesehen, hatte der Alfa die Strecke bisher gut gemeistert. Sicherlich gab es in San Giorgio eine Werkstatt, die sich um sein kleines Problem kümmern würde. Hinter einer langgezogenen Kurve sah er die Umrisse eines Dorfes. Das musste also San Giorgio sein. Während er die Silhouette aus der Entfernung als nicht wirklich große Stadt einschätzte, sprang hinter einem am Straßenrand geparkten Auto ein Carabiniere vor ihm auf die Straße, winkte mit seiner Kelle und gab ihm zu verstehen, dass er am Straßenrand anhalten solle. Jetzt erkannte er auch den zweiten Carabiniere, der hinter dem Wagen mit einer Radarpistole in der Hand zum Vorschein kam.

Der Jüngere der beiden- Bernardo schätzte den untersetzten Mann auf um die vierzig Jahre- kam mit einem wiegenden Schritt, der stark an eine Figur aus einem John-Wayne-Western erinnerte, an sein Auto. Bernardo dachte sich, es würde nur noch fehlen, wenn er jetzt auch noch die Daumen lässig im Gürtel verschränkt hätte. „Führerschein und Fahrzeugpapiere!", kam es auch sogleich von dem kleinen Westernhelden. Oh Gott, dachte der Kommissar, das geht ja gut los. Er überreichte ihm die Papiere, die dieser sorgfältig in Augenschein nahm. Sein älterer Kollege kam ebenfalls zu seinem Wagen und brachte wenigstens ein „Guten Tag" hervor, als der Jüngere mit ernster Miene ansetzte: „Sie wissen, warum wir Sie aufgehalten haben?" Und ohne eine Antwort abzuwarten fuhr er fort: „Hier gilt Tempo achtzig und wissen Sie, wie schnell Sie gefahren sind?" Wenn das jetzt eine heitere Fragerunde werden sollte, dann mal los, dachte sich Bernardo als er vor den beiden stand. „Ich kann es Ihnen leider nicht sagen, aber Sie werden es mir sicherlich gleich verraten". Dabei blickte er von einem zum anderen. Der Jüngere sah seinen Kollegen an. „Wie viel haben wir denn Thomaso?" Dieser sah nochmal auf seine Radarpistole und gab gelangweilt zur Auskunft: „Fünfundneunzig". Dann übernahm auch gleich wieder John Wayne. „Das sieht nicht gut aus für Sie. Hätte gar nicht gedacht, dass so ein alter Karren überhaupt noch so schnell fährt!" Und nachdem keiner über seinen Witz gelacht hatte, fügte er an: „Das kostet einhundertfünfzig Euro." Bernardo erinnerte sich an das, was man manchmal in der Zeitung über seine Kollegen las, die gerne mal bei Strafgeldern vergaßen eine Quittung auszustellen. So richtig geglaubt hatte er das bisher nicht, aber es würde ihn bei diesen beiden nicht verwundern und so entgegnete er: „Ich bin überzeugt, dass Sie das notwendige Messprotokoll sicher ebenso zur Hand haben wie Ihren Dienstausweis". Der Untersetzte lief rot an und machte einen Schritt auf Bernardo zu. „Da ist ja jemand mal von der ganz lustigen Truppe. Du glaubst wohl, weil wir hier auf dem Land sind und du laut deinen Papieren aus Mailand kommst, bist du uns überlegen. Ich werde dir jetzt mal was sagen, sperr mal deine Augen auf, na, was siehst du? Wir sind zu zweit und du alleine. Also wie wird die Geschichte wohl ausgehen? Schon mal was von Widerstand gegen Polizeibeamte im Dienst gehört?" Bernardo merkte, dass die Situation zu eskalieren drohte. Aber auch dem älteren Kollegen ging das hier wohl einen Schritt zu weit. Er zischte ein „Carlo, es ist jetzt gut, der Herr bekommt einen Bußgeldbescheid und fährt jetzt weiter, hast du mich verstanden?" Carlo machte wieder einen Schritt zurück und sah zu Bernardo hinauf. „Da hast du aber nochmal Glück gehabt. Wäre ich alleine gewesen, hätten wir uns gerne etwas intensiver miteinander beschäftigen können!"

Dabei funkelten seine Augen angriffslustig. Bernardo entgegnete ihm so gelassen wie es in solch einer Situation nur möglich war: „Das werden wir wahrscheinlich müssen, ob es uns gefällt oder nicht. Und wenn die Herren mir erlauben kurz in meinem Wagen etwas nachzusehen, kann ich Ihnen vielleicht auch gleich etwas mehr dazu sagen." Nachdem sich die beiden mit dem Vornamen angesprochen hatten und diese identisch mit denen der beiden Kollegen in San Giorgio waren, lag der Verdacht nahe, dass sie sich in der Tat schon bald intensiver miteinander beschäftigen würden müssen. Er ging um seinen roten Flitzer herum und griff sich durch das geöffnete Fenster seine Aktentasche mit den Unterlagen. Nach kurzem Blättern in einem der Schnellhefter sah er den Jüngeren der beiden an. „Kann es sein, dass Sie mit Familiennamen Fatese heißen?" und an dessen Partner gerichtet, „und dass Sie Thomaso Baldo sind?" Wenn der Jüngere noch vor fünf Minuten knallrot im Gesicht war, so hatte Bernardo jetzt ernsthafte Sorge um seinen Gesundheitszustand. Alle Farbe war ihm aus dem Gesicht gewichen und er sah kreidebleich aus. Ohne Rücksicht auf die verdatterten Gesichter der beiden zu nehmen fuhr er fort: „Mein Name ist Bernardo Bertini, Hauptkommissar aus Mailand, beauftragt einen Leichenfund in San Giorgio aufzuklären." Und mit einem süffisanten Lächeln fügte er noch an: „Natürlich mit der Unterstützung der örtlichen Kollegen."

Die beiden standen wie versteinert vor ihm. Fünf Minuten länger und zumindest dem Jüngeren würde der Speichel unkontrolliert aus dem Mund laufen. Aber auf diesen Anblick konnte der Kommissar gut verzichten und so wandte er sich wieder an die zwei. „Wenn Sie also jetzt so nett wären, nachdem Sie meine Ankunft wohl vergessen haben, mich nach San Giorgio zu geleiten. Es muss auch nicht mit Sirene und Blaulicht sein. Wir werden uns dann auf der Polizeistation weiter unterhalten." Mit diesen Worten warf er seine Aktentasche auf den Beifahrersitz und stieg wieder in seinen Wagen. Die beiden Interimskollegen gingen derart geduckt zu ihrem Fahrzeug, dass ein unbedarfter Zuschauer von einem möglichen bevorstehenden Luftangriff ausgehen musste.

Als die beiden vor ihm in Richtung Dorf fuhren, hätte er viel für eine Aufzeichnung des Gesprächs in ihrem Wagen gegeben. Bernardo glaubte, dass der Ältere ziemlich sauer auf seinen Kollegen war und er hatte auch wirklich allen Grund dazu. So ein Verhalten konnte beiden eine Menge Ärger bescheren. Bernardo beschloss, es bei einer kurzen mündlichen Zurechtweisung zu belassen. Er brauchte die beiden und wollte nicht unnötig länger als notwendig in diesem Dorf verweilen. An der Einfahrt zu dem Örtchen sah er eine Tankstelle mit kleiner Werkstatt. Sofort besserte sich seine Laune. Hier würde er gleich morgen sein Lieblingsspielzeug mit einem neuen Benzinfilter versehen lassen. Der Wagen vor ihm bremste ab und bog auf eine Piazza mit einer für die umliegenden Häuser viel zu groß erscheinenden Kirche ab. Vor einem der Häuser entdeckte er das Schild "Carabinieri" und parkte seinen Wagen neben dem seiner zukünftigen Kollegen. Sein Wagen war noch nicht einmal richtig zum Stehen gekommen, da standen seine beiden Übergangsadjutanten schon Gewehr bei Fuß neben dem Wagen. Es schien, als wollten sie auch gleich salutieren, nur ihre gesenkten Köpfe wollten nicht so recht zu diesem Auftritt passen. In diesem Moment vermisste er Stefano und Ricardo schon von ganzem Herzen. Schade, dass sie das nicht sehen konnten. Carlo Fatese öffnete auch sogleich die Wagentür und fragte: „Sollen wir Ihnen mit dem Gepäck helfen?" Bernardo sah ihn fragend an. „Ist das Polizeirevier meine zukünftige Herberge? Sie haben sich doch sicher um ein Zimmer für mich gekümmert?" Der Carabiniere lief schon wieder knallrot an. „Also, ähm, wie soll ich sagen… gerade habe ich meinem Kollegen erklärt, dass ich Ihre Ankunft wohl um eine Woche durcheinandergebracht habe. Aber natürlich werden wir uns sofort darum kümmern." Die beiden gingen voraus und Bernardo betrat das kleine Polizeirevier. Unwillkürlich erinnerte es ihn an eine Filmkulisse aus den sechziger Jahren. Der Vorraum war klein und der Empfang nur mit einem Holzbrett vom dahinterliegenden Büroteil abgetrennt. Dort befanden sich zwei Schreibtische, die sich gegenüberstanden und außer einigen alten grauen Aktenschränken konnte man auch nicht von Inventar sprechen. Was den Kommissar aber am meisten irritierte, war das Fehlen eines Computers, auch ein Faxgerät war nirgendwo zu erkennen. Thomaso bemerkte die Verwirrung des Kommissars und schickte sich auch sogleich zu einer beflissentlichen Erklärung an. „Unsere technische Ausstattung ist hier sicherlich nicht so wie sie es gewohnt sind. Wir haben hier aber natürlich einen PC und alles andere auch. Das finden Sie in dem Raum dort hinten." Und damit zeigte er mit der Hand auf eine der rückwärtigen Türen. Carlo Fatese schickte sich auch sofort an ihm alles zu zeigen, von der kleinen Kochnische bis zu einem Raum, in dem sich tatsächlich ein alter PC mit bauchigem Monitor und auch ein Faxgerät befanden. „Wenn Sie möchten, können Sie gerne diesen Raum beziehen. Wir brauchen den PC ohnehin nicht so oft." Das glaube ich sofort, dachte sich Bernardo und inspizierte auch noch einen weiteren kleinen leeren Raum neben der Technikzentrale. „Also nur mal so für mich, soll das eine Art Zelle sein"? „Na ja", begann Thomaso Baldo, „wenn wir mal jemanden zum Ausnüchtern haben oder kurzfristig festhalten müssen, dann kommt er da rein. Da haben Sie schon Recht. Natürlich ist das hier kein Großstadtrevier, aber für unsere Zwecke reicht es."

Bernardo hielt noch immer seinen Aktenordner in der Hand, als plötzlich die Eingangstür geöffnet wurde und ein altes Weibchen mit gekrümmten Rücken, ganz in schwarz gekleidet, ihren Kopf hineinsteckte. Sie wirkte mit ihrem fast zahnlosen Mund und mit unzähligen Falten bedeckten Gesicht, das unter einem schwarzen Kopftuch hervor sah, wie mindestens hundert Jahre alt. Aber ihre Augen funkelten lustig und neugierig. Ihre Stimme war schon etwas brüchig und sehr hoch. Als sie Bernardo sah, ging sie sogleich einen Schritt zurück. „Entschuldigung, die Herren, ich wusste nicht, dass ihr hier auch mal Besuch bekommt. Ich wollte unseren beiden Chefkommissaren nur sagen, passt heute auf euch auf! Ich habe für euch heute Morgen die Karten gelegt. Da steht nichts Gutes für den heutigen Tag…" und dabei lachte sie laut und schelmisch. Carlo Fatese hatte schon wieder die Gesichtsfarbe geändert und herrschte sie an: „Verschwinde, du alte Hexe, hast du nichts anderes zu tun als uns auf die Nerven zu fallen!" Auch wenn sie alt war, merkte sie, dass es für heute wohl genug war und mit einem kleinlauten „Ciao, die Herren" verschwand sie so schnell wie sie aufgetaucht war. Bernardo musste sich das Lachen verkneifen, so Unrecht hatte die Alte doch gar nicht gehabt. Nur, dass ihre Cassandrarufe etwas zu spät kamen. Er wandte sich wieder den beiden zu, denen der Auftritt sichtlich peinlich war. „So, meine Herren, wo können wir uns hier am besten unterhalten, ohne dass wir gestört werden?" Der untersetzte Carlo überlegte kurz und meinte, dass der Technikraum am besten dafür geeignet sei. Ihre beiden Schreibtische waren seiner Ansicht nach mit Arbeit bedeckt, wobei Bernardo nur zwei aufgeschlagene Zeitungen erkennen konnte und zudem würden sie das „Geschlossen"-Schild vor die Tür hängen, da jetzt ohnehin keine Sprechzeit war. Den angebotenen Kaffee nahm der Kommissar gerne an und so saßen die drei um den länglichen grauen Tisch herum, jeder mit einer Tasse Kaffee in der Hand. Eigentlich wollte Bernardo die zwei noch ein wenig zappeln lassen, aber beim Anblick ihrer gesenkten Köpfe entschied er sich für die harmlose Variante. „Am besten ich stelle ich mich erst einmal vor, damit Sie wissen, mit wem Sie es eigentlich zu tun haben. Mein Name ist Bernardo Bertini, ich bin zweiundfünfzig Jahre alt, verheiratet und stolzer Vater eines fünfjährigen Sohnes. Mein offizieller Titel lautet Hauptkommissar, aber das ist nicht so wichtig. Ich leite ein Sonderdezernat zur Aufklärung älterer Mordfälle, die auf Grund der neuen Möglichkeiten und Erkenntnisse der Kriminaltechnik heute aufzuklären möglich sind. Wobei unser Dezernat genaugenommen auch nur drei Personen direkt umfasst. Eigentlich sollten wir in dem Fall des hier in der Nähe aufgefunden Toten auch zu zweit ermitteln, aber Sie kennen ja sicherlich die Probleme von Personalknappheit und Terminüberschneidungen. Unsere oberste Dienststelle ist die Mailänder Polizeizentrale, wir haben unser Büro jedoch etwas außerhalb, gemeinsam mit einigen anderen Bereichen, auf Grund des räumlichen Platzmangels in der Stadt. Von dort wurden Sie auch kontaktiert. Soweit irgendwelche Fragen von Ihrer Seite?" Die beiden schüttelten die Köpfe und der Ältere begann: „Dann mache ich vielleicht mal weiter? Mein Name ist Thomaso Baldo, ich bin einundsechzig Jahre alt und seit über dreißig Jahren hier der Revierleiter. Mehr fällt mir eigentlich gar nicht ein". Carlo Fatese setzte sich noch aufrechter auf seinen Stuhl und begann ebenfalls mit seiner Vorstellung: „Mein Name ist Carlo Fatese, ich bin vierzig Jahre alt und kurz nach der Polizeiausbildung hier eingesetzt worden, das sind nun auch schon neunzehn Jahre. Mehr weiß ich auch nicht zu berichten." Sichtlich froh diese wenigen Sätze ohne Fehler über die Lippen gebracht zu haben, lehnte er sich auf seinem Stuhl zurück. Bernardo nahm das Gespräch wieder auf: „Vielen Dank, dann wissen wir nun, mit wem wir es gegenseitig zu tun haben und ich glaube, es ist das Beste, gleich unser Zusammentreffen von heute Mittag aus der Welt zu räumen, denn wir haben wichtigere Aufgaben vor uns als so unerfreuliche Dienstverfehlungen. Ich brauche wohl nicht zu erwähnen, dass Ihr Verhalten", und dabei sah er Carlo Fatese direkt an, „in keinster Weise vertretbar ist. Ehrlich gesagt bin ich ziemlich erschüttert über Ihr Auftreten. Wie sollen die Bürger denn einen guten Eindruck von der Polizei haben, wenn wir in solch einer Rambo-Manier auftreten. Kurzzeitig habe ich über den offiziellen Weg einer Dienstaufsichtsbeschwerde nachgedacht. Aber vielleicht ist es der Sache hilfreicher, wenn Sie es als eine sehr ernstgemeinte Warnung verstehen. Ich bin bereit den Vorfall nicht weiter zu verfolgen, aber nur unter zwei Bedienungen: Erstens, Sie versprechen mir, dass so etwas niemals mehr vorkommt, und zweitens, Sie unterstützen mich so gut es geht den Fall aufzuklären. Was meinen Sie?" Den beiden Carabinieri fiel nicht nur ein Stein, sondern ein ganzes Bergwerk vom Herzen. Auch wenn sie vielleicht wussten, dass diese Großzügigkeit des Mailänder Kommissars nicht ganz uneigennützig war, so empfanden sie sein Angebot mehr als fair. Carlo Fatese stand auf, ging um den Tisch und stellte sich vor den Kommissar. Etwas Trotz gemischt mit einer unangenehmen Unterwürfigkeit lag in seiner Stimme, als er loslegte: „Herr Kommissar, ich für meinen Teil kann mich nur entschuldigen für heute Mittag. Auch wenn Sie es mir nicht glauben, aber wir sind sonst nicht so. Es war einfach ein übler Morgen, auch wenn ich weiß, dass das keine Entschuldigung ist. Aber mein Versprechen haben Sie und an dieser

Stelle sage ich schon mal vielen Dank. Ihre Botschaft ist angekommen." Als Thomaso Baldo ebenfalls aufstand und auf den Kommissar zusteuerte, erhob sich auch Bernardo. „Ich kann mich meinem Kollegen nur anschließen, unsere Unterstützung haben Sie und auch von meiner Seite ein herzliches Dankeschön". „So, dann hätten wir das geklärt. Jetzt brauche ich nur noch eine Herberge, bevor wir loslegen". Carlo Fatese meldet sich gleich zu Wort: „Klar, wir kümmern uns sofort darum. Leider gibt es hier im Dorf kein Hotel oder eine Pension, aber wenn Ihnen ein kleines Zimmer genügt, werde ich bei Felizita Zerusso anfragen. Sie hat ein Haus direkt neben dem Anwesen von Silvi Sacra und beherbergt dort auch manchmal Saisonarbeiter für die Ernte." „Gut, machen Sie das bitte und in der Zwischenzeit werde ich mir mal draußen die Beine etwas vertreten".

Als Bernardo aus dem Polizeirevier nach draußen trat, traf ihn die Hitze wie ein Fausthieb. Jetzt am frühen Nachmittag wirkte die Piazza unter der sengenden Sonne wie ausgestorben. Er lief an den Häusern entlang und sah sich um. Eigentlich richtig idyllisch, dachte sich Bernardo, aber auch sehr verlassen. In Mailand waren auch bei der größten Hitze immer Menschen unterwegs und so kam ihm dieses ausgestorbene Fleckchen Erde sehr unwirklich vor. Etwas oberhalb erkannte er die alte Kirche, die er schon aus der Entfernung gesehen hatte. Eigentlich viel zu groß für dieses kleine Dorf, aber wie sie so erhaben und etwas erhöht dastand, war sie imposant. Sicher würde er ihr bei Gelegenheit einen Besuch abstatten und er überlegte, wann er zuletzt eine Messe besucht hatte. Etwas beschämt musste er sich eingestehen, dass es wohl an Weihnachten gewesen sein musste. Aber vielleicht konnte er das hier nachholen. Neben einer kleinen Bäckerei entdeckte er auch eine Bar, die mit ihrer Aufschrift „Ristorante San Marco" wohl etwas übertrieb, aber wenigstens wusste er jetzt, wo er etwas zu Essen bekam.

Nach einer kleinen Runde auf der Piazza kehrte er zurück zum Polizeirevier. Dort teilte ihm Carlo Fatese mit, dass sie Glück hätten. Er habe gerade mit Felizita telefoniert und er könne gerne vorbeikommen, sie habe ein Zimmer frei. Na, wenigstens etwas, dachte sich Bernardo und erklärte den beiden, dass er zuerst sein Zimmer beziehen und dann zu Genoveva Stratore fahren würde. Dieser Besuch behagte ihm gar nicht. Er wusste aus seiner langjährigen Erfahrung nur zu gut wie Menschen auf schlimme Nachrichten reagierten. Und wenn es sich wie hier um einen Vermisstenfall handelte, zerstörte so ein Besuch oftmals jahrelanges Hoffen und den Glauben daran, dass die vermisste Person doch irgendwann wieder vor der Tür stehen würde. Aber es ließ sich nicht vermeiden, zumal sie noch den offiziellen Teil der Identifizierung durch eine nahestehende Person benötigten, um die Identität zweifelsfrei zu klären. Die beiden hörten den Ausführungen des Kommissars zu und vereinbarten dann für den nächsten Tag um neun Uhr ein Treffen im Revier um sich weiter abzustimmen. Auf die Frage, was die beiden über Genoveva Stratore und Bruno Scalleri wussten, bekam er die einsilbige Antwort, dass Bruno eben etwas zurückgeblieben gewesen sei und dass sich die Alte seit seinem Verschwinden ziemlich zurückgezogen habe. Aber das war wohl zu erwarten. Er beschloss, es vorerst dabei zu belassen und die zwei morgen nochmals intensiver zu befragen. Irgendwie hatte er das Gefühl, dass die beiden nur ungern über Bruno, seine Tante und auch über sein Verschwinden sprechen wollten. Doch er wollte sich ohnehin selbst ein Bild von der Lage machen und so verabschiedete er sich und fuhr den Erklärungen von Carlo Fatese entsprechend der einzigen größeren Straße nach, die Richtung Osten führte. Das Angebot der beiden ihn zu begleiten, lehnte er dankend ab. Sollte er in diesem Nest seine Herberge nicht selbst finden, konnte er genauso gut auch gleich wieder abreisen. Außerdem hatte ihm ihre Gegenwart für heute gereicht.

Bald entdeckte er einen großen landwirtschaftlichen Betrieb mit Stallungen und mehreren Maschinenhallen. Hier, am Rande dieses Anwesen, sah er auch das beschriebene Haus jener Felizita. Zumindest ging er davon aus, dass es sich dabei um die besagte

Herberge handeln würde und er steuerte seinen roten Flitzer über die kleine Straße direkt vor den Eingang. Auch wenn das Wohnhaus schon bessere Tage gesehen hatte, versprühte es mit seinem landestypischen Trapezdach und dem braunen Farbton doch einen gewissen Charme. Er war noch nicht ganz ausgestiegen, als eine schwarzhaarige Frau im Türrahmen erschien und ihm zuwinkte. Wenn das Felizita Zerusso sein sollte, musste er sein inneres Bild wohl etwas revidieren. Die große Frau, deren schwarze Locken über ihre Schultern hingen, sah aus der Entfernung nicht wie eine ältere Mama aus, sondern eher wie eine Frau, die noch nicht die fünf vor ihrer Jahreszahl stehen hatte. Zuversichtlich nahm er seinen Koffer aus dem Wagen und ging auf sie zu. „Signora Zerusso?", fragte er in ihre Richtung. Zur Bestätigung hob sie den Daumen und erwiderte: „Und Sie müssen Kommissar Bertini sein? Sie wurden bereits angekündigt und so viele Gäste verirren sich nicht in mein bescheidenes Heim!" Dabei lachte sie und entblößte gleichmäßige weiße Zähne. „Ja, der bin ich", entgegnete der Kommissar und folgte ihrer Einladung nach drinnen. „Leider ist die Penthouse Suite aktuell vermietet, aber vielleicht darf ich Ihnen eines unserer anderen Zimmer zeigen?" Bernardo musste lachen und das Eis zwischen den beiden war gebrochen. „Nein, die Penthouse Suite wäre ohnehin nichts für einen staatlichen Angestellten mit Höhenangst." Jetzt musste sie lachen und ging durch einen dunklen Flur in Richtung Empfang. Soweit man das einen Empfang nennen konnte. Lediglich ein hölzerner Tresen und eine verschlissene Sitzgruppe ließen in dem Raum auf ein Hotel schließen. Dahinter war ein kleiner Schrank mit fünf Schlüsselaufhängern angebracht und ein Telefon stand auf dem kleinen Schreibtisch daneben. Sie gingen weiter einen kleinen Gang entlang und Bernardo musste sich eingestehen, dass auch die Figur und ihr Gang nicht dem entsprachen wie er sich eine Pensionsmama vorgestellt hatte. „Sie müssen entschuldigen, es ist hier wirklich alles sehr einfach, aber sauber. Darauf lege ich größten Wert." Und mit diesen Worten blieb sie vor einer Zimmertür stehen, hantierte geschickt mit dem Schlüsselbund und öffnete die Tür. Das ebenerdige Zimmer war sehr einfach mit einem Einzelbett, einem kleinen Tisch und einem Nachtkästchen eingerichtet. Eine kleine offene Tür gab den Blick in ein Badezimmer frei, das nun wirklich nur für eine Person vorgesehen war. Sie sah ihn fragend an und er nickte wohlwollend. „Ich habe sie vorgewarnt, wir sind kein Luxushotel, aber wenn Sie möchten, können Sie am Abend dort draußen sitzen." Mit diesen Worten öffnete sie eine der beiden Terrassentüren. Auf dem kleinen Platz vor seinem Zimmer standen ein Gartentisch und zwei Stühle. Trotz oder gerade wegen seiner Einfachheit fand Bernardo seine neue Bleibe zumindest heimelig. Er drehte sich zu ihr um. „Ich nehme es gerne. Es ist doch alles da, was man braucht. Allerdings benötige ich eine Rechnung für meine Spesen. Ich hoffe, das ist in Ordnung?" Felizita lachte. „Glauben Sie wirklich ich würde einem Polizisten anbieten ohne Rechnung zu bezahlen?" Ihr verschmitztes Grinsen ließ vermuten, dass sie sicherlich nichts dagegen gehabt hätte. „Ich muss Ihnen sagen", fuhr sie fort, „dass Sie aktuell der einzige Gast sind, aber Sie haben sicherlich keine Angst mit einer fremden Frau unter einem Dach zu übernachten." „Machen Sie sich darüber keine Gedanken, ich bin schließlich Polizist und außerdem sind Sie mir nun nicht mehr fremd." Beide lachten etwas verlegen, bis seine neue Hausherrin sagte: „Gut, dann wäre das geregelt. Nur leider haben wir auch kein Restaurant im Haus. Doch wenn Sie möchten, kann ich Ihnen gerne ein Frühstück machen. Ob ich für eine oder für zwei Personen in der Küche stehe, ist wirklich kein Unterschied." Bernardo bedankte sich für das Angebot, das er gerne annahm. Der Übernachtungspreis war geringer als die Parkgebühren der Mailänder Luxushotels und Felizita ließ ihn in seinem Zimmer mit der Ankündigung, in einigen Minuten mit der Anmeldung und einer Tasse Kaffee zurückzukommen. Bernardo schloss die Tür hinter sich, nicht ohne vorher mit einem herzlichen „Grazie" seine Zustimmung zum Kaffee gegeben zu haben.

Er legte seinen Koffer auf das Bett und ging auf seine kleine Terrasse hinaus. In der Ecke lehnte ein Sonnenschirm, den er sogleich öffnete und sich auf einem der Stühle niederließ. Keine zehn Minuten später erschien Felizita mit dem Anmeldeformular und einem Tablett mit zwei Tassen Kaffee. Sie nahm seine Einladung an und setzte sich zu ihm unter den Schirm. Die Sonne brannte nun unbarmherzig vom Himmel, aber er genoss trotz allem den angebotenen heißen Kaffee. Und während sie so um den kleinen Tisch saßen, begann sie freimütig zu erzählen. „Mein Mann und ich haben uns vor sechs Jahren getrennt. Er war früher auch bei der alten Ziegelei angestellt, aber als diese geschlossen wurde, ging er zu den Scaras, denen damals schon die meisten Häuser und Grundstücke im Ort gehörten. Als die Ziegelei schließlich geschlossen wurde, hat sich der alte Scara auch noch den Rest einverleibt. Auch ich habe damals in der Ziegelei in der Verwaltung gearbeitet. Nach der Schließung allerdings blieb mir nichts anderes übrig als ebenfalls in den Dienst der Scaras zu treten. Übrigens, dieses Haus gehört auch der Familie. Nachdem mein Mann gegangen war, habe ich vom alten Scara diese Herberge gepachtet, um sie an Monteure oder Reisende zu vermieten. Doch Sie haben sicherlich schon bemerkt, dass sich nicht allzu viele Menschen in unseren Ort verirren. Zusätzlich erledige ich noch den Haushalt für die alten Scaras dort drüben" Dabei zeigte ihre schlanke Hand, mit den für häusliche Arbeit eigentlich viel zu gepflegten Händen, auf ein großes Herrenhaus, welches in einiger Entfernung zu erkennen war. Dann brach sie abrupt ab. Bernardo ging es in solchen Situationen wie den meisten Männern, er wusste nicht so recht, welches Lied sein Gegenüber jetzt hören wollte und so entschied er sich für den einfachen Weg, indem er fragte: "Kinder?" „Oh, mamma mia, nein, ich möchte mich nicht versündigen, aber in meiner Situation wäre das wirklich nicht erstrebenswert. Nein, wir wollten beide keine Kinder, obwohl ich wirklich nichts gegen Kinder habe, aber es hat einfach nicht in unser Leben gepasst und jetzt ist es zu spät. Doch bereut habe ich es nie." Irgendwie war ein leicht trotziger Unterton zu vernehmen oder er bildete er sich das nur ein? Auf jeden Fall war ein Themenwechsel jetzt angebracht. „Kennen Sie eine Genoveva Stratore"? Wie auf ein Stichwort begann sie wieder zu lachen. „Wer kennt hier nicht jeden? Sie kommen aus Mailand, Kommissar. Sie können sich das nicht vorstellen, aber hier kennt wirklich jeder jeden." Bernardo wollte schon protestieren und ihr sagen, dass er selbst in einem kleinen Dorf aufgewachsen war, doch der Vergleich mit diesem Ort hier, der verlassen zwischen kilometerlangen Feldern lag und seinem Dorf in der Nähe des Comer Sees, war irgendwie jetzt nicht angebracht und so sagte er nichts und hörte ihr weiter zu. „Vielleicht ist Ihnen schon aufgefallen, dass die meisten hier schon etwas älter sind. Die Jungen ziehen aus solch einem Nest weg. Welche Perspektiven hätten sie hier auch? Außer natürlich, sie sind die Söhne des Großgrundbesitzers." Dabei lächelte sie ihn wieder an. „Aber ganz im Ernst. Die alte Genoveva kann einem wirklich leid tun. Zuerst hat sie sich wie ihr Mann im Ziegelwerk aufgearbeitet und dann ist auch noch ihr Ziehsohn Bruno verschwunden. Seither sieht man sie nur noch selten, meistens in der Kirche. Die Menschen hier sind eigentümlich. Manchmal habe ich das Gefühl, als hätten sie Angst sich am Unglück anderer anstecken zu können. Anstatt sich in einer so schweren Situation Halt zu geben und noch enger zusammenzurücken, haben sich die meisten von ihr abgewandt. Als wir alle noch im Ziegelwerk gearbeitet haben, sah ich sie öfter, aber in letzter Zeit wie gesagt nur noch selten. Stimmt es eigentlich, dass die Leiche, die im Steinbruch gefunden wurde, Bruno ist?" Sie sah ihn fragend an und Bernardo überlegte kurz, was er sagen sollte, aber es war sicherlich kein Fehler hier eine Verbündete zu haben und außerdem hatte dieses Gerücht, wie es schien, ohnehin schon die Runde gemacht. Er wollte ihr wenigstens etwas für ihre offene Art zurückgeben und sich mit seinem Vertrauen auf seine Art bedanken. „Wie kommen Sie denn darauf?", fragte er. „Na, was denken Sie denn? Seit hier das große Aufgebot bei Maria Opolos mit Ihren

Kollegen stattgefunden hat, gibt es kein anderes Thema mehr. Ist doch auch verständlich, wenn außer den kirchlichen Festtagen nur noch die Todesfälle die dörflichen Höhepunkte darstellen." „Ja, klar", entschuldigte sich Bernardo, „das hätte ich mir denken können. Also, Sie haben mich so freundlich aufgenommen, da liegt es nun an mir mich etwas zu revanchieren. Aber ich muss Sie um absolutes Stillschweigen bitten, denn wir sind noch am Anfang unserer Ermittlungen!" Nachdem sie ihm ihre Verschwiegenheit versichert hatte, erzählte der Kommissar ihr das, was ohnehin schon jeder wusste, ohne dabei Details preiszugeben. Als er geendet hatte, sah sie ihn neugierig an. „Na, dann stimmen also die Gerüchte im Dorf. Schade, ich hätte der Alten gewünscht, dass Bruno eines Tages vor ihrem Haus stehen würde und seine Abwesenheit sich irgendwie erklären ließe. Aber eigentlich war das schon vorauszusehen. Er war ein lieber Junge, wenn auch etwas zurückgeblieben. Sie haben sicherlich von dem Autounfall seiner Eltern gehört. Dabei hat es ihn auch ziemlich erwischt, aber er war groß und stark und vor allem hatte er das Herz am rechten Fleck. Doch was hilft das schon in so einer kargen Gegend." Dabei sah sie über die Felder hinweg, wo sich der Blick am Ende in der flirrenden Hitze verlor. „Wissen Sie wie gemein und unbarmherzig auch Kinder sein können? Bruno hat das, soweit ich es mitbekommen habe, mit einer stoischen

Gelassenheit ertragen. Aber ein Kind, später ein junger Mann, braucht doch Freunde. Doch sie haben ihn immer spüren lassen, dass er anders ist als sie. Aber das soll Ihnen Genoveva erzählen. Die kann Ihnen das sicher besser erklären. Waren Sie schon bei ihr?" „Nein, das habe ich mir für heute Nachmittag vorgenommen und glauben Sie mir, das ist auch für einen Polizisten keine angenehme Aufgabe." „Das glaube ich Ihnen gerne. Die Geier", und sie zeigte in Richtung Dorfmitte, „haben es sich allerdings bestimmt nicht nehmen lassen und der alten Genoveva die Gerüchte sofort brühwarm erzählt. Ich wünsche Ihnen auf jeden Fall viel Erfolg. Sie entschuldigen mich jetzt bitte, drüben gibt's noch eine Menge Arbeit." Dabei zeigte sie in Richtung Herrenhaus. Sie erhob sich, stellte die beiden Kaffeetassen auf ihr Tablett und bevor sie durch die offene Tür verschwand, sagte sie: „Und wenn Sie irgendetwas brauchen, rufen Sie mich einfach. Allzu weit weg bin ich selten." Bernardo bedankte sich und sah ihr nach, wie sie verschwand.

Es war ihm nicht entgangen, wie sie mehrmals nach einem Ehering an seinen Händen gesucht hatte und er wusste nicht, ob es ein Segen oder eher ein Fluch war, dass er keinen trug. Aber zum einen verkratzte der Ring den Schalthebel seines Alfas und zum anderen versuchte er sich einzureden, trägt Irene ihren auch nur selten. Mit diesen Gedanken im Kopf ging er in sein Zimmer und legte sich auf sein Bett. Seinen Blick zur Decke gerichtet, versuchte er seine Gedanken zu ordnen. Er war noch keinen Tag hier und hatte doch schon einiges erlebt. Dann fiel ihm ein, dass er Irene versprochen hatte sich zu melden, sobald er gut angekommen war und er schämte sich, es einfach vergessen zu haben. Er nahm sein Handy und rief sie an. Nach einer kurzen Beschreibung der bisherigen Ereignisse, wobei er Felizita und die etwas eigentümliche Übernachtungsvariante geflissentlich ausließ, beendete er das Telefonat und suchte sich die Akte des Falles und die Tüte mit der Kleidung des Toten zusammen. So ausgestattet war ihm klar, dass der Besuch der alten Dame nun unausweichlich war und er fuhr zu Genoveva Stratore. Thomaso Baldo hatte ihm auch diesen Weg beschrieben und so startete er wieder in Richtung Dorfmitte. Leider hatte sein automobiler Liebling bereits nach wenigen Metern wieder seine Aussetzer und das erinnerte ihn daran, dass er unbedingt bei dieser Werkstatt am Dorfeingang vorbeischauen musste, aber noch musste das warten. Nach nur wenigen Minuten in langsamem Tempo Richtung Dorfmitte sah er, von zwei stattlichen Häusern eingerahmt, ein kleines, fast zerfallenes Haus mit einem Gartenzaun, der mehr aus Gewohnheit als aus seinem maroden Zustand heraus den verwilderten Garten in Schach hielt. Bernardo sah noch einmal auf seine Akte und nachdem er die Adresse verglichen hatte, parkte er den Wagen in sicherem Abstand zu dem baufälligen Gartenzaun. Nicht, dass der sich genau heute überlegte seine Standhaftigkeit aufzugeben und möglicherweise sein Anlehnungsbedürfnis an seinem Wagen ausleben würde. Nachdem er ausgestiegen war, blieb er kurz stehen und betrachtete das kleine Haus. Ein typischer, einfacher und zweckmäßiger Bau der früheren Zeit entsprechend. Die zwei Fensterläden im Erdgeschoss hingen schief und drohten beim nächsten Sturm abzufallen. Die Hitze stand trotz des frühen Abend noch immer zwischen den Häusern und er bemerkte wie sein Hemd am Rücken fester anlag als es eigentlich sollte. Da draußen keine Klingel angebracht war, öffnete er quietschend das Gartentürchen, welches in seiner niedlichen Größe dem Haus entsprach. Auch an der Tür konnte er keine Klingel finden und so klopfte er zaghaft an. Mit solch schlechten Nachrichten sollte man nicht zu energisch auftreten. Oder hoffte er vielleicht innerlich, dass niemand zu Hause war? Er wusste es in diesem Moment nicht. Auch nach einigem Warten öffnete ihm niemand, so dass er dann kräftiger klopfte. „Sie müssen schon laut rufen, sonst hört Sie die Alte nicht!" Bernardo erschrak und drehte sich um. Am Gartenzaun stand eine Mittsechzigerin mit neugierigem Blick. Er bedankte sich für den Hinweis und dachte die Frau würde weitergehen. Aber da täuschte er sich. „Was wollen Sie denn von der alten Genoveva? Die hat kein Geld um Ihnen was abzukaufen." „Vielen Dank", entgegnete er und damit die neugierige Person ihren Wissensdurst stillen konnte, ging er einige Schritte auf sie zu. „Ich verkaufe auch nichts, es geht um einen Besuch, der nur Signora Stratore und mich etwas angeht. Wenn Sie also die Liebenswürdigkeit besitzen würden und Ihre kostbare Zeit nicht am Gartenzaun anderer Leute verbringen würden, könnte ich meiner Arbeit nachgehen. Schönen Tag noch!" Damit drehte er sich wieder dem Haus zu und die Neugierige zog beleidigt ab. Da stand im offenen Türrahmen eine kleine gebeugte Alte in schwarzer Kleidung. Trotz der Hitze trug sie ein schwarzes Kopftuch und sah ihn misstrauisch an. „Was wollen Sie?" Ihre Stimme war energischer als er es dieser kleinen Person zugetraut hätte und noch bevor er etwas sagen konnte, giftete sie ihn weiter an. „Also, wenn Sie mir wirklich etwas verkaufen wollen, sind Sie hier fehl am Platz. Ich habe kein Geld. Da hat Susanna, eine der größten Tratschweiber im ganzen Dorf, ganz Recht. Danke übrigens, dass Sie die Alte vertrieben haben. Deswegen habe ich auch nicht gleich geöffnet. Wenn Sie nämlich tatsächlich von einer Behörde kommen, geht das niemanden etwas an. Also, um was geht es?" Sie stand verloren vor ihrer Tür und stütze sich am Türrahmen ab. Ihre faltige Haut umrahmte kleine traurige Augen. Das Leben hat es nicht immer gut gemeint mit dir, dachte sich der Kommissar, und nun muss ich dir auch noch zusetzen, aber es hilft nichts. „Mein Name ist Bernardo Bertini, Kommissar aus Mailand." Mit diesen Worten griff er in seine Hemdtasche und suchte seinen Dienstausweis. Nur war der dort nicht. Er griff in seine Gesäßtasche, aber auch dort herrschte gähnende Leere. Die Alte beobachtete ihn halb böse und halb belustigt, wie er die Akte und den Beutel auf den Boden legte und alle Taschen seiner Kleidung nach seinem Dienstausweis absuchte. Fehlanzeige. Verdammt, den hatte er sicher in seinem Koffer in der Pension verstaut. Verärgert hob er die Akte und den Beutel wieder auf und entschuldigend ging er einen Schritt auf die Signora zu. „Es tut mir leid, ich muss meinen Ausweis in meinem Koffer vergessen haben, da ich erst vor kurzem angekommen bin. Wenn Sie möchten, fahre ich zurück und hole ihn. Dann können Sie sich überzeugen, dass ich kein Staubsaugervertreter bin." Die Alte sah ihn noch immer lauernd an, trat dann aber einen Schritt beiseite und zeigte in das Innere des Hauses. „Na, wie ein Vertreter sehen Sie wirklich nicht aus. Dann kommen Sie schon rein. Nur gut, das Sie diesen Hilfssheriff Carlo nicht mitgebracht haben. Der wird niemals einen Fuß in mein Haus setzen, solange ich noch lebe!" Bernardo folgte ihr etwas verwundert über diese Aussage und stand bereits nach wenigen Schritten in einem kleinen dunklen Wohnzimmer. Die Vorhänge waren zugezogen und die Luft abgestanden. Wie zu erwarten war auch die Einrichtung ärmlich und fast schon antik. Sie bot ihm einen Stuhl an, der unter dem Gewicht von Bernardo erbärmlich ächzte und setzte sich ihm gegenüber. „Signora Stratore", setzte er an, „vielleicht können Sie sich denken, warum ich hier bin. In Ihrem kleinen Dorf werden Neuigkeiten anscheinend sehr schnell ausgetauscht." Er sah sie fragend an und die Alte schien durch ihn hindurch zu sehen. Irgendwie hat sich ihr Zustand binnen weniger Sekunden komplett verändert. Alle Angriffslust war aus ihrer Haltung und ihrem Blick verschwunden. Ihr Rücken schien noch gebeugter, als sie die zitternden Hände übereinanderlegte. Ihr Blick verlor sich in unbestimmter Ferne und Bernardo war sich nicht sicher, ob sie ihn noch hörte. Eine Katze kam angeschlichen und legte sich bei der Alten auf den Schoß. Als ob Tiere spürten, wenn man sie brauchte, dachte er sich und fuhr fort: „Wir haben die Leiche eines jungen Mannes gefunden, auf den die Beschreibung von Bruno Scalleri passt. Mir ist bewusst, wie schmerzlich der Gedanke für Sie sein muss, aber ich brauche Ihre Hilfe für die Identifizierung. Vielleicht ist es Ihnen möglich sich einige Kleidungsstücke anzusehen und mir etwas darüber zu sagen." Noch immer blickte Genoveva Stratore scheinbar durch ihn hindurch. Er wusste nicht mehr, was er sagen sollte. Eine tiefe Stille breitete sich im ganzen Zimmer aus und Bernardo hätte am liebsten eines der Fenster aufgerissen, um frische Luft und Licht in diese Grabkammer strömen zu lassen. „Signora Stratore, hören Sie mich…!" Aber sein Gegenüber schien nicht mehr in dieser Welt zu sein. Es war, als hätte sie aufgehört zu atmen und dem Kommissar wurde das Herz schwer. Die bedrückende Stille legte sich auch auf ihn. Er lehnte sich zurück und sah auf die Akte, die er vor sich auf den Tisch gelegt hatte. Die kleine gehäkelte Decke war verrutscht und er rückte sie gerade. So musste die Ewigkeit sein. Absolute Stille und die Zeit hatte sich in sich selbst aufgelöst. Er saß nur da und wartete. Nach einer gefühlten Ewigkeit zog die Alte die Luft tief ein und mit brüchiger Stimme, in der Angst und Trauer lagen, sprach sie wie aus weiter Entfernung und mehr zu sich selbst: „Ich wusste, dass dieser Tag kommen würde. Ich wusste es." Jedes Wort entglitt ihr mehr, als dass sie es sprach. „Von dem Tag an, an dem Bruno nicht nach Hause gekommen war, wusste ich es." Wie ein Mantra wiederholte sie immer wieder diese Worte, die der Kommissar sein Leben lang nicht vergessen würde. „Ich wusste es, ich habe es gespürt. Auch wenn ich nicht seine leibliche Mutter bin, er war mir mehr als ein Sohn." Dann brach sie ab und ihre Augen füllten sich mit Tränen. Am liebsten wäre er aufgestanden und hätte sie tröstend in den Arm genommen, aber dies war nicht angebracht. Zitternd kramte sie eine alte Streichholzschachtel aus ihrer Kleidertasche hervor und schaffte es kaum die kleine Kerze in der Mitte des Tisches zu entflammen. Mit dem dritten Streichholz gelang es ihr endlich und den Blick in die kleine Flamme gerichtet, fing sie an zu beten. Bernardo fühlte sich wie ein Eindringling in dieser Intimität. Seine innere Stimme sagte ihm, er sollte jetzt nicht hier sein. Deswegen erhob er sich so leise es ihm möglich war, nahm die Akte vom Tisch und hob den Beutel neben sich auf. Er umrundete mit bedächtigen Schritten den Tisch und neben ihr stehend legte er ihr vorsichtig die Hand auf ihre zitternde Schulter. „Wenn ich irgendetwas für Sie tun kann, dann sagen Sie es mir bitte." Und nachdem keine Antwort kam, fuhr er fort: „Ich werde jetzt gehen und Sie alleine lassen. Morgen Vormittag schaue ich dann wieder vorbei." Mit diesen Worten wandte er sich von ihr ab. Im Türrahmen warf er noch einen letzten Blick auf die gebeugte Gestalt, die betend und der Welt entrückt in die Flamme starrte. Leise schloss er die Haustür von außen und das strahlende Sonnenlicht schien ihm ebenso unangebracht wie seine eigene Anwesenheit soeben in diesem Trauerhaus. Seine Augen gewöhnten sich erst langsam an das gleißende Licht und er zog tief die warme Luft in seine Lungen. Manchmal hasste er seinen Beruf. Beladen mit dieser Schwere steuerte er auf seinen Wagen zu und ließ sich in den

Fahrersitz fallen. Durch die Fahrertür zog die angestaute Hitze ab und er blickte durch die Frontscheibe auf die leere Straße. Noch immer schien es ihm als wäre der Ort ausgestorben.

Nach einem Blick auf die Uhr stellte er fest, dass es sowohl für einen Besuch im Präsidium als auch in der Werkstatt schon zu spät war und beschloss sich einen kleinen Vorrat an Getränken und Knabbereien für sein Pensionszimmer zu besorgen. Dabei wurde ihm bewusst, dass dies hier gar nicht so einfach sein würde wie in Mailand, wo es mehr Supermärkte als hier Häuser gab. Erst am Hauptplatz wurde er fündig. Ein kleines „Alimentari"-Schild verhieß Gutes und so parkte er direkt vor dem Laden. Ein älterer Herr saß hier unter der Markise auf einem einfachen Plastikstuhl, vor sich auf dem Tisch einen Aschenbecher sowie eine Zeitung und eine Kaffeetasse. Bernardo bemerkte wie der Mann verstohlen auf sein Autokennzeichen sah und ging mit einem nur spärlich erwiderten „Ciao" an ihm vorbei in den Laden. Hier hatte er zumindest den Vorteil sich nicht zwischen vielen Artikeln entscheiden zu müssen, was Irene bei ihren gemeinsamen Einkäufen manchmal zur Weißglut treiben konnte.

Bepackt mit Wasser, Wein und allerlei ungesundem Knabberzeug steuerte er auf die Kasse zu. Der Inhaber hatte die Güte sich von seinem Ruhesitz zu erheben und nahm hinter der Kasse Platz. Wobei ‚Kasse' nicht ganz stimmte wie Bernardo feststellte, denn es genügten hier ein einfacher Taschenrechner und ein Notizblock. Dass wiederum war dem wenig computerbegeisterten Bernardo sehr sympathisch, auch wenn er sich nicht vorstellen konnte, als Beamter auch nicht vorstellen wollte, wie es dann mit der Steuererklärung vor sich ging. Aber das war zum Glück nicht sein Problem. Nachdem der grimmig dreinschauende Mann die Preise seiner Einkäufe addierte hatte, nannte er ihm die Summe und fügte so beiläufig wie möglich an: „Sie sind wohl nicht von hier. Machen sie Urlaub?" Bernardo dachte zuerst, dass es ich um einen Scherz handeln müsse. Wer würde hier denn Urlaub machen? Dann wurde ihm allerdings schnell klar, dass die Neugier sich nicht auf die weiblichen Bewohner des Dorfes beschränkte und so antwortete er ebenso knapp: „So ähnlich. Kann man da drüben gut essen?", dabei zeigte er über den Platz auf die Bar San Marco. „Gut nicht, aber es ist das einzige Lokal hier", bekam er zur Antwort. Bernardo zahlte, erwiderte nur ein kurzes „Grazie", packte seine Einkäufe unter den Arm und startete seinen Wagen in Richtung Pension. Dieses Mal muckte der Motor nicht, als er den kurzen Weg zurücklegte und nachdem er geparkt hatte und seine Einkäufe in seinem Zimmer verstaut hatte, freute er sich auf eine kühle Dusche.

Nachdem er sich lange den Staub und die Hitze des Tages abgewaschen hatte, verstaute er seine getragene Kleidung in dem von Irene extra zu diesem

Zwecke eingepackten Beutel und setzte sich mit einem Glas Wein auf seine kleine Terrasse. Die Sonne war untergegangen und die Hitze des Tages war der angenehmen Wärme des Abends gewichen. Er lehnte sich zurück und genoss den ersten Schluck Wein, während sein Blick über die Felder und zum gegenüberliegenden Herrenhaus schweifte. Eine Frage beschäftigte ihn zunehmend, nämlich die des Essens und so beschloss er später noch in das Restaurant im Dorf zu gehen. Laufen würde ihm sicher gut tun und irgendwoher musste er ohnehin etwas Essbares auftreiben. Während er so da saß, kam ihm wieder der Fall in den Sinn. Warum erschlug jemand so einen armen Kerl wie Bruno. In so einem kleinen Dorf, wo jeder jeden kannte, sollte ein Mord geschehen sein? Schwer vorzustellen und doch musste es so gewesen sein. Was ihn noch mehr beschäftigte, war aber die Frage, dass es aller Wahrscheinlichkeit nach ein Bewohner dieser Enklave gewesen sein musste. Fremde verirrten sich kaum an diesen Ort. Und warum wurde er in diesem Stollen abgelegt? Denn allen Hinweisen zu Folge wurde er dort nicht getötet. Also lag die Vermutung sehr nahe, dass es jemand mit guten Ortskenntnissen gewesen sein musste und daraus ließ sich ableiten, dass der oder die Täter noch hier wohnten. Der Gedanke gefiel ihm gar nicht, auch wenn er sehr wahrscheinlich war. Seine Gedanken kreisten noch immer um diese Fragen, als Felizita mit einem vollen

Wäschekorb um das Haus herum auf die zwischen zwei Bäumen gespannte Wäscheleine zusteuerte. Sobald sie Bernardo sah, rief sie ihm ein freundliches „Ciao" zu, das er ebenso freundlich erwiderte. Sie trug nur ein weißes kurzes Baumwollkleid und aus der Entfernung sah es auch nicht so aus, als ob sie noch etwas darunter trug. Selbst in dem schon dunkler werdenden Licht konnte er den Kontrast ihrer braunen Haut zu dem weißen Kleid ausmachen. Auch ihre schwarzen Locken, die über ihre gebräunten Schultern hingen, waren nur zu gut zu erkennen. Bernardo musste wieder an den Spruch seines Vaters am Tage seiner Hochzeit mit Irene denken. „Du weißt ja, ab jetzt darfst du zwar noch schauen, doch gegessen wird zu Hause", dabei hatte sein Alter gelacht und ihm den Arm um die Schulter gelegt. Auch Bernardo musste beim Gedanken an seinen Alten und diesen Spruch von damals grinsen. Von seinem Platz aus sah er, dass Felizita eine Unmenge Leintücher auf der Leine aufgehängt hatte und nun mit dem leeren Korb auf ihn zukam. Kurz vor ihm blieb sie stehen, legte den Kopf etwas in den Nacken und sah Bernardo an: „Na, Kommissar, schon jemanden verhaftet?" Bernardo lächelte sie an: „So fleißig wie Sie ist ein italienischer Staatsbeamter nicht. Das braucht alles seine Zeit, sonst machen wir uns am Ende noch alle überflüssig." Er zwinkerte ihr zu und sein Blick fiel auf die vielen Leintücher. „Das ist aber eine ganze Menge Wäsche für ein leeres Haus!" Sein Anstand forderte es, dass er ihr einen Platz und selbstverständlich auch ein Glas Wein anbot, welches sie, nachdem sie, wie schon heute Nachmittag, auf dem kleinen Stuhl ihm gegenüber Platz genommen hatte, gerne annahm. „Habe ich Ihnen bereits erzählt, dass ich meine kranke Mutter hier im Hause pflege? Sie ist bettlägerig und kann nicht mehr aufstehen." Bernardo konnte sich nicht daran erinnern und so verneinte er ihre Frage. „Glauben Sie, ich wäre noch eine Minute länger hier, wenn ich nicht unbedingt müsste? Aber ich bin nun einmal ein Einzelkind und meine Mutter in einem Altersheim unterzubringen würde ich finanziell nicht schaffen. Aber wahrscheinlich auch emotional nicht, ich denke, es würde mir das Herz brechen und so pflege ich sie eben hier so gut es geht." Dabei nahm sie einen großen Schluck aus ihrem Glas und Bernardo schämte sich, dass er trotz dieses ernsten Themas inzwischen sicher war, dass sie wohl wirklich nichts unter ihrem Kleid trug, weil es deutlich zu erkennen war. Bei dem Gedanken errötete er ein klein wenig und hoffte inständig unabsichtlich nicht zu auffällig mit seinen Augen auf Wanderschaft gegangen zu sein und so antwortete er pflichtgemäß: „Das ist wirklich sehr ehrenhaft von Ihnen und sicherlich nicht leicht. Da haben Sie mit Ihrer Pension und der Arbeit bei den Scaras noch einen dritten Job. Das nötigt mir wirklich viel Respekt ab." Sie lächelte wieder. „Ganz so schlimm, wie es sich anhört, ist es auch wieder nicht. Wenn Sie Hunger haben, ich koche mir später noch Pasta…", dabei sah sie ihn fragend an. Der Kommissar hörte sämtliche Alarmglocken klingeln und war froh sich bereits vorher einen Plan für den heutigen Abend zurechtgelegt zu haben. „Glauben Sie mir, ich würde Ihr Angebot nur zu gerne annehmen, aber heute Abend werde ich versuchen im San Marco etwas Essbares aufzutreiben und mich dabei schon mal etwas umhören. Ganz so faul sind die italienischen Staatsbediensteten dann doch nicht." Er hoffte mit seinem Lächeln diese Abfuhr etwas gemildert zu haben und wenn sie enttäuscht war, so ließ sie es sich nicht anmerken. „Na, dann", entgegnete sie ihm, „wünsche ich Ihnen viel Erfolg, zumindest mit dem Essen. Hoffentlich überstehen Sie es!" Mit diesen Worten leerte sie ihr Glas und stand auf. „Ich muss auch noch weitermachen. Dann sehen wir uns morgen früh. Viel Erfolg und vor allem guten Appetit im San Marco!" „Ja, danke und Ihnen natürlich auch noch einen schönen Abend!" Und wie er das gesagt hatte, kam es ihm schon wie Hohn in seinen Ohren vor. Wie sollte ein Abend in diesem Haus mit einer kranken Mutter schon schön sein. Aber da war sie bereits um die Hausecke verschwunden und auch er leerte sein Glas und ging in sein Zimmer.

Nachdem er nochmals mit Irene telefoniert und sich vergewissert hatte, dass es ihr und Luca gut ging, zog er seine Lederjacke an, versicherte sich, dass er auch Geld und Handy eingesteckt hatte und machte sich auf den Weg in das Innere des Dorfes. Nach einem kurzen Fußmarsch von zehn Minuten erreichte er das Lokal und fand, wie in Italien oftmals üblich, die meisten Besucher an der Bar versammelt, wovon die eine Hälfte auf dem Bildschirm an der Wand ein Fußballspiel ansah und die andere gelangweilt ihre Kommentare dazu abgab. Die Tische vor dem Lokal waren alle leer und so nahm er Platz. Nicht ohne bemerkt zu haben, dass sein Auftauchen von den Besuchern durchaus registriert wurde. Seinen Blick ließ er über die Piazza zur großen Kirche am Ende des Platzes schweifen. Eigentlich ein schöner Flecken hier, wenn nur die Umgebung etwas weniger trostlos gewesen wäre. Diese Piazza in einem kleinen Dorf am Meer wäre sicherlich eine Goldgrube gewesen, allein schon wegen der Touristen, die bereit waren für ein mittelmäßiges Essen in einer solch typischen Umgebung ein Vermögen zu bezahlen. An seinen Tisch trat ein langer Kerl mit zurückgekämmten Haaren und einem nicht uninteressantem Gesicht. Wahrscheinlich ist er so etwas wie der Dorfgigollo, dachte sich Bernardo. „Buonasera, mein Herr, ich bin Marco und heute Abend Ihr persönlicher Stewart", dabei lachte er laut und Bernardo musste ebenfalls lächeln. „Na, wenn das so ist, dann freue ich mich natürlich sehr!", entgegnete er. „Gerne würde ich bei Ihnen essen. Was empfehlen Sie mir denn?" Während der Kellner noch überlegte, rief jemand aus dem Inneren des Lokals: „Ich empfehle Ihnen das ‚Greco'!" Bernardo drehte sich um, um den Rufer ausmachen zu können und sprach laut in die Richtung der Bar: „Was ist denn das ‚Greco'?" Da sah ein unscheinbarer Typ von der Bar ihn an: „Das ‚Greco' ist ein Restaurant fünf Kilometer von hier." Jetzt lachten alle laut und man konnte fast meinen auch etwas hämisch, obwohl sie diesen Witz sicher nicht zum ersten Mal hörten. Marco blickte säuerlich zur Menge und rief ihnen entgegen: „Stimmt wahrscheinlich, nur dass du das nicht beurteilen kannst, Paolo, weil dein Lohn nicht mal für die Vorspeise in diesem Edelschuppen reicht!" Jetzt hatte er die Lacher wieder auf seiner Seite und es schien, als ob sie sich über die überraschende Abwechslung freuten, denn nun kam Paolo mit Gelächter und Gespött unter die Räder. Während dessen widmete Marco sich wieder seinem neuen Gast und empfahl ihm „spaghetti al ragu", welche Bernardo auch sogleich mit einem „mezzo litro di vino rosso" bestellte. Der Kellner zog zufrieden ab und der Kommissar musste über dieses kleine Intermezzo innerlich schmunzeln. Irgendwie erinnerte ihn dieser Marco an Miguele in ihrem Stammcafe in Mailand. Aber wahrscheinlich lag es am selben Beruf der beiden, welcher sicherlich eine gehörige Portion Humor erforderte und so wartete er entspannt auf seine Bestellung und genoss den lauen Abend und die angenehmen Temperaturen. Die Piazza wirkte jetzt im gnädigen Lichte des Abends fast schon romantisch und etwas verträumt. Bernardo überlegte sich gerade, welche Aufgaben und Besuche er morgen machen würde, als ein tiefes Dröhnen über die Piazza hallte, gefolgt von einem roten flachen Alfa, der direkt vor dem Restaurant im Halteverbot parkte, nicht ohne noch vorher einmal den Motor im Leerlauf kurz aufheulen zu lassen. Na, das war mal ein Auftritt, dachte sich der Kommissar und betrachtete den Typen, der gerade geschmeidig und mit einer großen Portion Selbstbewusstsein die Tür seines Wagens ins Schloss warf und ohne ihn, den Neuling, auch nur eines Blickes zu würdigen direkt auf die Bar zusteuerte. Dort wurde er auch sogleich von allen Anwesenden fast unterwürfig begrüßt und ließ das huldigende Schulterklopfen gnädig über sich ergehen. Groß ist er nicht geraten, dachte sich der Kommissar. Vielleicht braucht er deswegen so einen Angeberschlitten? Zumindest war jetzt klar, dass er Emilio hieß und hier wohl einen Sonderstatus genoss.

Bernardo fiel auch augenblicklich wieder eine Begebenheit des heutigen Nachmittags ein, die er fast schon vergessen hatte.

Kurz bevor er in die Geschwindigkeitskontrolle seiner beiden Spezialkollegen gefahren war, hatte ihn genau dieser Wagen mit hoher Geschwindigkeit überholt und er hatte sich später noch darüber gewundert, dass dieser Wagen nicht angehalten worden, sondern sogar noch mit lautem Hupen an den beiden Polizisten vorbeigefahren war. Eigentlich sollte er morgen die zwei zur Rede stellen, warum die Gesetze in diesem Bezirk anscheinend nicht für alle gleich galten. Aber er konnte sich schon die fadenscheinige Ausrede der beiden vorstellen. Sicher hätte dann ein Messfehler oder sowas ähnliches vorgelegen und er beschloss die Sache morgen nicht zur Sprache zu bringen. Stattdessen aß er seine Spaghetti und trank seinen Wein, welche beide gar nicht so übel waren, wie er befürchtet hatte. Natürlich war die Pasta nicht „al dente" und hielt in keinster Weise mit Irenes Kochkünsten mit, aber auf Grund der Vorwarnungen war er fast schon positiv überrascht. Als er von seinem ‚Stewart' Marco die Rechnung erhielt, dachte er bei sich, dass es in Mailand dafür vielleicht eine Flasche Wasser gegeben hätte und im Stillen vermutete er, dass er trotz des günstigen Preises einen Touristenaufschlag bezahlt hatte.

Nachdem er sich von Marco verabschiedetet hatte, natürlich nicht ohne ihm zu versichern, dass das Essen wirklich gut war, ging er über kleine Gassen zurück zu seiner Pension. Von weitem sah das Haus ziemlich verlassen aus und erst als er näher kam, bemerkte er im oberen Stockwerk Licht hinter einem der schon etwas milchigen Fenster. Wie es wohl ist seine kranke Mutter an solch einem verlassenen Ort pflegen zu müssen, vom eigenen Mann verlassen und mit einer Perspektive, die diesen Namen nicht verdiente? Und dabei auch noch zu spüren, dass man selbst seine besten Jahre hier vergeudete? Bernardo machten diese Gedanken traurig und er schämte sich fast ein wenig, wenn er an seine eigene kleine Familie dachte und das Glück, das sie jeden Tag miteinander teilen konnten. In seinem Zimmer wunderte er sich, dass er seinen Koffer offen stehen gelassen hatte. Etwas, das sonst nicht seine Art war. „Du wirst langsam alt…!", sagte er halb im Scherz mit einer Prise Ernst zu sich selbst. In Gedanken an seinen kleinen Luca und an Irene schlief er schließlich ein.

## Ein folgenschwerer Zusammenstoß

Für gewöhnlich schlief er in einer neuen Umgebung in der ersten Nacht meistens schlecht und daher verwunderte es ihn umso mehr, dass er am nächsten Morgen ausgeschlafen und ausgeruht aufwachte. Vielleicht hatte ihn ja auch der Geruch frischen Kaffees geweckt, der durch das ganze Haus zog. Nach einem Blick auf seinen Wecker und seiner morgendlichen Wäsche steuerte er dann auch sogleich den kleinen Speiseraum an, von wo er schon das Klappern der Teller und Tassen hörte. „Buongiorno, Kommissar!", begrüßte ihn Felizita mit einem netten Lächeln. Er erwiderte ihren Gruß, peinlich berührt ob des opulent gedeckten Frühstückstisches. „Signora", hob er an, „ich bin wirklich sprachlos. Das wäre wirklich nicht nötig gewesen. Oder kommen noch andere Gäste?" „Nein", entgegnete sie. „Die drei großen Busse mit den japanischen Touristen sind schon weg." Dabei lachte sie über ihren eigenen Witz und sah ihn an. „Möchten Sie nicht Platz nehmen?" Sie wies mit der Hand auf den gedeckten Tisch. Der Stuhl gegenüber stand absichtlich oder zufällig da. Bernardo konnte es nicht einschätzen, aber seine Erziehung hätte es ihm verboten der Signora nicht wenigstens das Angebot zu unterbreiten, mit ihm zu essen. Im Grunde seines Wesens war er schon immer alles andere als ein

Morgenmensch gewesen und verbrachte die Stunden bis zum Vormittag am liebsten schweigend. Aber seit Luca auf der Welt war, hatte sich auch das geändert. Felizita nahm seine Einladung gerne an und setzte sich ihm gegenüber. Sie aß nichts, aber hatte sich einen großen Becher Kaffee eingegossen, den sie jetzt mit beiden Händen umklammerte. Ihre Augen auf ihn gerichtet fragte sie: „Na, was steht denn heute an, Kommissar? Oder ist das ein Geheimnis?" „Nein, das ist weder geheim noch, wie ich befürchte, besonders aufregend. Ich werde zuerst eine kurze Lagebesprechung im Polizeirevier abhalten und dann nochmals Signora Genoveva Stratore aufsuchen. Hoffentlich hat sie sich von ihrem gestrigen Schock etwas erholt." Felizita sah ihn nachdenklich an. Ihre Augen schienen in die Ferne gerichtet zu sein und mehr zu sich selbst sprach sie: „Was muss in ihr vorgehen? Zuerst das Hoffen und Beten Tag ein Tag aus und dann kommt die unabwendbare Gewissheit in Form eines Beamten über die Türschwelle. Bruno war wie ihr eigener Sohn, vielleicht sogar ein bisschen mehr. Komisch, dass das Schicksal ihr erst ihre Schwester nehmen musste, um ihr dann ein Kind zu geben. Finden Sie nicht auch?" „Sie haben recht", entgegnete Bernardo. „Manchmal schreibt das Leben wirklich äußerst schlimme Geschichten." Nachdem er sein Mahl beendet hatte, war es Zeit für die Arbeit und er verabschiedete sich von Felizita, nicht ohne ihr nochmals seine Dankbarkeit versichert zu haben. Die Tüte mit dem Kalender und der Kleidung packte er ebenso in seine Tasche wie auch die Akte und seine ersten Aufzeichnungen.

Im Polizeirevier sahen ihn vier müde Augen an. Er hatte die Besprechung für heute auf neun Uhr angesetzt, in der Annahme, das sei eine vertretbare Zeit für die beiden Ordnungshüter, aber da musste er sich wohl getäuscht haben. Thomaso Baldo und Carlo Fatese standen beide an der kleinen Kaffeemaschine und fragten beflissentlich, ob sie ihm auch eine Tasse einschenken sollten und nachdem er sie nicht kränken wollte, nahm er dankbar an. So steuerten sie den Technikraum an und ließen sich mit ihren Kaffeetassen nieder. Bernardo eröffnete die Besprechung: „Also, nachdem wir gestern schon kurz über den Fall ‚Bruno', und so darf ich ihn jetzt wohl offiziell nennen, gesprochen haben, benötige ich unbedingt Ihre Unterstützung. Sie beide kennen sich hier perfekt aus und können mir sicher einiges über die Menschen in San Giorgio und ihre Hintergründe berichten. Da der Ermordete nur einen kleinen Bewegungsradius hatte und die meiste Zeit wohl hier im Dorf verbracht hat, liegt die Vermutung nahe, dass sich auch der Mörder in diesem Umkreis finden lässt. Den Bericht der Kollegen aus Genua, die bei der Bergung der Leiche vor Ort waren, lasse ich Ihnen im Anschluss hier. Ohne Vorweggreifen zu wollen, sei so viel gesagt: Wie Sie wissen wurde die Leiche in einem abgesperrten und verlassenen Stollen unweit des Dorfes gefunden. Auf Grundlage mehrerer Indizien wie auch durch den Fund eines Kalenders des Opfers können wir mit großer Wahrscheinlichkeit den Todeszeitpunkt genau eingrenzen." Er führte die aktuelle Sachlage weiter aus und erzählte auch von seinem gestrigen Besuch bei Genoveva Stratore. Als er geschlossen hatte, sah er die beiden an: „So, meine Herren, was können Sie denn jetzt noch dazu beitragen?" Die beiden sahen sich an, ehe der Ältere, Thomaso Baldo, mit seinen Schilderung begann: „Also, ich habe nochmals nachgedacht, aber mir fällt beim besten Willen keine Menschenseele ein, die dem armen Bruno etwas zu Leide tun wollte. Natürlich war er nicht sonderlich beliebt bei den Kindern in seinem Alter und das änderte sich auch nicht als er älter wurde. Bruno machte manchmal den Eindruck, als wäre er etwas...", und dabei sah er hilfesuchend zu seinem Kollegen, der aber nur die Augen auf einen imaginären Punkt auf dem Tisch gerichtet hatte, „na ja... wie soll ich sagen... als wäre er etwas zurückgeblieben... was ja auch stimmte. Aber er war hilfsbereit und immer freundlich. Ich habe ihn damals, als ich hier Revierleiter wurde, so als vielleicht Zehnjährigen kennengelernt. Er hat sich auch nie was zu Schulden kommen lassen. Im Sommer fuhr er oft mit seinem Rad über die Felder oder saß an dem kleinen Fluss, der hinter San Giorgio in den

See mündet. Irgendwann dann hat er die Ausbildung bei Jose Stanza, unserem Bäcker, begonnen. Soweit ich von Jose weiß, war er sehr zufrieden mit Bruno. Ich erinnere mich an ein Gespräch in der Bar San Marco. Da hat mir Jose kurz nach Brunos Verschwinden erzählt, wie zufrieden er mit ihm gewesen sei und dass er sich das alles nicht erklären könne. Aber mehr weiß ich nicht. Aber du Carlo, du hast ihn doch besser gekannt!" Carlo Fatese blickte auf: „Ja, ja, natürlich, ich bin ja auch hier geboren und habe Bruno gekannt, seit er hierher kam. Aber befreundet waren wir nicht." Diese Versicherung kam Bernardo etwas zu schnell und übertrieben vor, aber das behielt er für sich. „Er kam regelmäßig zum Fußballplatz, aber mitgespielt hat er nie und in der Schule hatte er auch keine Freunde. Außer vielleicht den Monsignore. Der kümmerte sich um ihn und Bruno mochte ihn auch sehr. Das hat er oft erzählt. Aber sonst wüsste ich niemanden, der sich mit ihm abgegeben hätte. Er war einfach komisch und durch seine Behinderung konnte er ja auch nur eingeschränkt am Schulsport teilnehmen. Seine Noten waren auch dementsprechend. Soweit ich noch weiß, war er zwei Schulklassen unter mir, aber getroffen habe ich ihn eigentlich immer nur zufällig oder wie schon gesagt auf dem Fußballplatz. Natürlich haben wir ihn als Kinder auch gehänselt, so wie das eben überall auf der Welt mit Sonderlingen geschieht. Und dann tauchte damals die alte Genoveva hier auf und erzählte uns ziemlich aufgeregt, dass er verschwunden sei. Den Rest kennen Sie aus den Akten. Mehr kann ich Ihnen leider auch nicht sagen." Bernardo war wenig begeistert über diese beiden spärlichen Schilderungen und so fasste er nach: „Was hat Bruno dann eigentlich auf dem Fußballplatz gemacht, wenn er nicht mitspielen durfte?" Carlo schien die Frage nicht verstanden zu haben, doch nach einer kurzen Bedenkzeit erzählte er schließlich: „Er hat die Umkleideräume geputzt und manchmal auch unsere Fußballschuhe und wenn der Ball irgendwo in den Weizenfeldern landete, war Bruno immer gleich zur Stelle um ihn zu suchen." Bernardo nickte abwesend: „Also, wenn ich es richtig verstehe, konnte er zwar auf Grund seiner Behinderung nicht mitspielen, aber in den Feldern dem Ball nachzulaufen war ihm möglich. Wissen Sie, ob er eine Freundin hatte oder mit irgendjemandem kurz vor seinem Verschwinden in Streit geraten war?" Beide zuckten die Schultern, was Antwort genug war. „Okay, soweit so gut. Ich werde jetzt nochmals zu Signora Stratore fahren und die Identifizierung der Kleidungs- und Beweisstücke abschließen. Möchte mich jemand begleiten oder wollen Sie sich lieber die Akten der Ermittlungstruppe ansehen?" Die Antwort wusste er bereits, aber er wollte ihnen nicht das Gefühl geben, sie nicht dabei haben zu wollen oder sogar auszuschließen. Wie er bereits geahnt hatte, versicherten ihm beide, dass sie lieber zuerst einmal die Berichte über das Auffinden der Leiche und den Obduktionsbericht lesen wollten. Bernardo war froh darüber, denn eigentlich wollte er die beiden so wenig wie möglich an seiner Seite haben. Irgendwie wurde er das Gefühl nicht los, dass die beiden seine Ermittlungen eher erschweren als unterstützen würden. Außerdem war es sicherlich das erste Mal, dass sie einen Obduktionsbericht lesen konnten und dieses Vergnügen wollte er ihnen nicht vorenthalten. So packte er seine Sachen zusammen und vereinbarte mit den beiden für den nächsten Tag zur gleichen Zeit eine weitere Besprechung. Und um sie milde zu stimmen sagte er im Hinausgehen: „Ich bin gespannt, was Sie zu den Berichten sagen. Vielleicht fällt Ihnen noch etwas auf, das wir übersehen haben. Außerdem haben Sie ja auch noch Ihr Tagesgeschäft, das ebenfalls erledigt werden muss." Die beiden nickten artig und der Kommissar fragte sich, ob er nicht etwas zu dick aufgetragen hatte. Ihrer Reaktion entnahm er jedoch, dass sie nicht an der Aufrichtigkeit seiner Worte zweifelten.

Sein Auto ließ er vor dem Revier stehen und überquerte mit der Aktenasche unter dem Arm die Piazza, bevor er in die kleine Seitengasse einbog, die zum Hause der alten Genoveva führte. Als er scharf um die Ecke in die kleine Strada einbog, wurde er niedergestreckt. Bernardo bekam einen mächtigen Schlag gegen die Brust. Ihm wurde komplett schwarz vor den Augen. Der Schlag hatte ihn so stark im Brustbereich getroffen, dass er mit dem Rücken gegen die Hauswand fiel und langsam an ihr herunterglitt. Der Angriff kam so überraschend, dass der Kommissar komplett ausgeknockt war und sich für den Bruchteil einer Sekunde an die Worte von Felizita erinnerte, wie mysteriös das Leben sein könne. Oder hatte sie es anders ausgedrückt? Da war er viele Jahre als Polizeibeamter unbeschadet auf den Straßen Mailands unterwegs und dann wurde man in solch einem Nest hinterrücks niedergeschlagen. Er spürte den Schmerz in seiner Brust, ohne zu wissen, woher er eigentlich kam und noch ehe er mit seinem Hinterteil den Boden berührte, sah er aus dem Augenwinkel wie der Unbekannte schon wieder ausholte und ihm mit einer Art Baseballschläger den Kopf spalten wollte. Bernardo nahm instinktiv die Hände schützend über sich zusammen und überlegte wie er sein Gegenüber zumindest vorübergehend ausschalten konnte, da sauste der Baseballschläger knapp an seinem Kopf vorbei und zerbrach in zwei Teilen an seinem Schulterblatt. Komisch, dachte sich der Kommissar. Sind meine Schultern so stark, dass daran ein Baseballschläger zerbricht? Aber bevor er eine Antwort auf diese für ihn durchaus interessante Frage finden konnte, wurde es bereits wieder schwarz vor seinen Augen. Aus der Ferne hörte er ein Keuchen und eine sonore, nicht unangenehme Stimme. Seit wann sprechen gemeine Schläger friedlich auf ihre Opfer ein? Schon wieder eine Frage, die Aufschub benötigte. Er öffnete die Augen und blickte in ein erschrockenes Gesicht und auf eine schwarz gewandete Gestalt, die vor ihm niederkniete und sich permanent entschuldigte. Was Bernardo sah, war äußerst skurril. Der hinterhältige Schläger war ein Pfarrer. Deswegen sehe ich also nur noch schwarz…

Er blickte neben sich und sah den zerbrochenen Baseballschläger, der sich glücklicherweise als Stangenweißbrot entpuppte. Der Monsignore kniete noch immer vor ihm: „Mein Herr, mein Herr, es tut mir so leid! Ich habe Sie nicht gesehen! Es war meine Schuld! Ich bin wie immer zu schnell gegangen und wohl auch zu schnell um die Ecke gebogen." Er streckte ihm die Hand hin und Bernardo ergriff sie dankbar. Er schüttelte sich kurz und stand dann zaghaft auf. Seine Tasche mit den Habseligkeiten Brunos lag vor ihm und er hob sie auf. Der Schwarzgekleidete klopfte mit den Händen den Staub von Bernardos Kleidern und sah ihn fragend an: „Sollen wir einen Arzt holen? Wie geht es Ihnen?" Der Kommissar überlegte kurz und musste ob der Situation beinahe lachen. Da hörte er von der anderen Straßenseite die Stimme einer alten Frau, die fast zahnlos, in Schwarz gekleidet an den beiden vorüberging. Sie lachte und rief dem Monsignore zu: „Hochwürden, in Ihrer Position sollte man bedenken, wohin man seine Schritte lenkt!" Und mit diesen Worten war sie auch schon wieder verschwunden. Bernardo sah den Geistlichen an: „Monsignore, ich denke, das war auch meine Schuld. Bei so etwas gehören doch immer zwei dazu." Mit diesen Worten streckte er ihm die Hand entgegen: „Erlauben Sie, dass ich mich zuerst einmal vorstelle: Bernardo Bertini aus Mailand." Der Pfarrer ergriff seine Hand und erwiderte mit festem Händedruck: "Monsignore Alexandre Salardi, unnötig zu betonen aus San Giorgio. Hier ist meine Heimatkirche, aber ich betreue noch zwei weitere Gemeinden im Umkreis. Unsere Glaubensgemeinschaft hat in den letzten Jahren nun einmal nicht mit einer extremen Mitgliederzuwanderung zu kämpfen." Dabei lächelte er verschmitzt und Bernardo sah in ein zwar schon älteres, aber nicht unattraktives Gesicht. Der großgewachsene Monsignore hatte pechschwarzes Haar, das gut zu seinen dunklen Augen passte. Früher war er sicher ein begehrter Mann gewesen, wenn man sich das bei einem Geistlichen überhaupt denken darf. Dieser richtete wieder das Wort an ihn: „Sie sind nicht von hier. Was veranlasst jemanden aus Mailand in unser Dorf zu kommen?" Bernardo mochte Menschen, die klar formulierten, was sie dachten und bereits nach der kurzen Zeit war ihm dieser fast noch unbekannte Geistliche sympathisch und so erzählte er in knappen Worten:

„Das Geschäft, Hochwürden, oder besser mein Beruf." Der Monsignore überlegte kurz: „Eine etwas kryptische Antwort, die nach mehr Fragen verlangt. Wissen Sie was, ich hatte soeben einen wunderbaren Einfall. Wenn Sie heute Abend noch hier sind, lade ich Sie gerne auf ein Glas Wein und etwas Salami ein. Natürlich kaufe ich noch ein neues Brot!" Dabei zeigte er wieder dieses spitzbübische Lachen und blickte auf das zerbrochene Brot zu seinen Füßen. Bernardo musste nicht lange überlegen. „Einladung sehr gerne angenommen! Wann ist es Ihnen recht?", konterte er. Der Monsignore musste ebenso nicht lange überlegen. „Sie können gerne auch zur Messe um sieben Uhr kommen, da wird es bestimmt noch einen freien Platz geben." Wieder diese nette Süffisanz, dachte sich der Kommissar, dem durchaus bewusst war, dass die Kirchen auch auf dem Dorf selten überfüllt waren. „Wenn Sie aber noch arbeiten müssen, würde ich sagen um acht Uhr im Pfarrhaus neben der Kirche? Die ist auch von weitem gut sichtbar." Bernardo bedankte sich für die Einladung und mit der gegenseitigen Versicherung sich heute Abend zu treffen, beendeten die beiden ihre unfreiwillig komische erste Begegnung und der Kommissar setzte seinen ursprünglichen Weg in Richtung Genoveva Stratores Haus fort.

**Das Leben**

Dieses Mal schlug er einen anderen Weg ein, der ihn durch kleine Gassen mit eng aneinander stehenden Häusern führte. Nach einigen Metern spürte er ein Stechen im Brustkorb, genau an der Stelle, an der er mit dem Monsignore zusammengestoßen war. Noch immer etwas benommen war er froh eine kleine Bank unter einer alten Platane zu erblicken und steuerte darauf zu. Eigentlich war es ja gut, dass sie nicht mit den Köpfen zusammengestoßen waren, kam es ihm in den Sinn. Aber warum hatte er so einen Schmerz im Brustbereich? Als er sich niedergelassen hatte und die Beine ausstreckte, beschloss er, erst in seinem Zimmer nachzusehen, was ihn denn da getroffen hatte und ihm kam die Unterredung heute Morgen im Polizeirevier wieder in den Sinn. Hatte nicht Carlo vorhin etwas von einem Monsignore erzählt, der sich des armen Bruno angenommen hatte? Aber das würde er heute Abend klären.
Jetzt wartete erst einmal der Besuch bei der alten Genoveva auf ihn, was auch nicht besonders erfreulich war. So setzte er seinen Weg fort und nach zwei Minuten stand er tatsächlich vor dem kleinen Haus, dessen Besitzerin er gestern die unausweichliche traurige Nachricht überbracht hatte.
Das Gartentor quietschte wie gestern, aber die Angeln hielten es auch heute noch einigermaßen im Rahmen. Dieses Mal erschien die Alte bereits nach

dem ersten Klopfen. Als sie die Tür einen kleinen Spalt breit öffnete, erkannte sie den Kommissar und ihr Gesichtsausdruck ließ vermuten, dass sie auch heute nicht besonders erfreut über seinen Besuch war. Dennoch ließ sie ihn mit einer knappen Begrüßung ins Haus und ging voraus zu dem Platz, an dem er sie gestern zurückgelassen hatte. Die Gardinen waren trotz oder vielleicht wegen des warmen Wetters noch immer zugezogen und die abgestandene Luft war auch nicht besser als am Vortag. Auf dem Tisch stand nun hinter der Kerze ein Bild von Bruno in einem alten Rahmen. Es war nicht nur stickig, sondern auch ziemlich dunkel in dem kleinen Raum, in dem die Alte wahrscheinlich die meiste Zeit ihres Lebens verbracht hatte. Nachdem sie sich wie gestern einander gegenüber auf den alten Holzstühlen niedergelassen hatten, versuchte Bernardo vorsichtig ein Gespräch in Gang zu bringen. Aus seiner langjährigen Erfahrung wusste er, dass in solch einem Falle manchmal ein behutsames Gespräch schneller zum Ziel führte als ein reines Abfragen der Details. Ihr Gesicht sah noch zerfurchter aus als gestern und ihre Augen verrieten, dass sie wohl die ganze Nacht geweint hatte. Als sie so vor ihm saß, überkam ihn ein tiefes Mitleid mit dieser armen Frau, die das Leben gebeugt hatte. Sie war sicher auch einmal ein junges Mädchen mit Träumen und Hoffnungen auf ein erfülltes Leben gewesen. Er versuchte die Gedanken aus seinem Kopf zu

verbannen und begann vorsichtig: „Signora Stratore, wie geht es Ihnen?" Er sprach langsam und behutsam und dennoch hatte er das Gefühl seine Worte würden die tiefe Stille der Trauer in diesem Raum zerschneiden. Sie erschienen ihm einfach unangebracht, auch wenn dieses Gespräch unausweichlich war. Wenigstens kam die Katze und sprang der alten Frau auf den Schoß. Ein schwacher Trost, aber wenigstens ein kleinwenig Zuneigung. Wie wenig einem bleibt, wenn das Leben sein eigenes Drehbuch schreibt.
Wieder ertappte sich der Kommissar dabei, wie seine Gedanken abzuschweifen drohten, als Genoveva endlich antwortete: „Wie soll es einem schon gehen, wenn einem die letzte Hoffnung genommen wird?" Sie machte wieder eine lange Pause, die Bernardo erschien, als würde es sich dabei um Stunden handeln. „Sie müssen mich entschuldigen", begann sie wieder. „Ich habe Ihnen noch nicht einmal einen Kaffee angeboten. Möchten Sie eine Tasse?" Dabei sahen ihre Augen ihn das erste Mal versöhnlich an. Der Gedanke an die kleine Kaffeekanne auf dem alten Herd und die verstaubte Umgebung hätten ihn unter anderen Umständen sofort zu einem klaren „Nein" bewogen. Doch dieses Angebot schien mehr als nur reine Höflichkeit zu sein und so nahm er dankend an. Die Alte erhob sich und während sie zum Herd lief um den Kaffee zu holen, begann sie abermals: „Eigentlich wusste ich es von dem Morgen an,

als Bruno nicht nach Hause kam. Sicher hören Sie so etwas jeden Tag, aber es war einfach nicht seine Art. Als er damals den Unfall überlebte, sind mein Mann und ich sofort ins Krankenhaus gefahren. Ich habe mir Urlaub genommen und ein kleines Zimmer in der Nähe bezogen. Jeden Tag habe ich an seinem Bett gesessen. Oftmals, wenn eine nachsichtige Schwester Nachtschicht hatte, blieb ich auch die ganze Nacht. Er lag vier Wochen auf der Intensivstation. Am Anfang machten uns die Ärzte wenig Hoffnung, aber irgendwann, so glaubte ich zumindest, haben meine Gebete geholfen. Das Schlimmste war, als er das erste Mal erwachte und nach seinen Eltern fragte. Diesen Moment werde ich mein ganzes Leben nicht vergessen. So ein kleiner Wurm. Bandagiert, eingebunden und mit Schläuchen versehen. Da wacht so ein junges Leben das erste Mal wieder auf und fragt natürlich, was mit seiner Familie ist. Dabei sah er mich so durchdringend an, als wüsste er die Antwort schon. Mein Schweigen tat dann das Übrige. Als mein Mann schließlich am nächsten Wochenende zu Besuch kam, erklärten wir beide ihm, was geschehen war. Leider hatte Bruno durch den Aufprall auch eine Quetschung im Gehirn erlitten, so dass er seither Schwierigkeiten mit dem Reden hatte und auch manchmal nicht allem so folgen konnte. Zu diesem Zeitpunkt aber sagten uns die Ärzte, dass es an ein Wunder grenzte, dass er überhaupt überlebt hätte."

Sie stellte mit zitternden Händen die Tasse vor Bernardo, der sich bedankte und sogleich einen Schluck nahm. Beruhigt stellte er fest, dass der Kaffee besser schmeckte als die Utensilien es vermuten ließen. Sie setzte sich wieder ihm gegenüber und hielt ihre Tasse mit beiden Händen fest umklammert. Er wollte die ganze Geschichte hören und dazu gehörte auch der Anfang, das war ihm klar. Und so vermied er jeden Kommentar, der die Schilderungen der Alten unterbrechen würde. Sie stellte den Becher ab und streichelte der betagten Katze langsam über den Rücken. „Nach der Intensivstation musste er noch drei weitere Wochen im Krankenhaus bleiben. Meinem Mann und mir war klar, dass Bruno zu uns kommen würde. Uns selbst hat der Herr die Gnade eigene Kinder zu bekommen nicht zuteil werden lassen. Aber auch wenn wir eigene Kinder gehabt hätten, so wäre Bruno zu uns gekommen. Andere Verwandte gab es eigentlich nicht und so kamen ohnehin nur wir in Frage. Aber das bedeutete natürlich auch, dass Bruno seine Freunde aus dem Kindergarten nicht mehr sehen würde und auch, dass er sich an eine neue Umgebung gewöhnen musste. Meine Schwester wohnte mit ihrer Familie in der Nähe von Mailand und ein Umzug kam für uns nicht in Frage." Der Kommissar hatte den Eindruck, als würde sie ihre Geschichte eher sich selbst oder einer unsichtbaren, imaginären Person im Raum erzählen, aber nicht ihm. Doch das machte nichts. Ihre

Augen waren halb geschlossen und sie fuhr fort: „Als wir ihn dann vom Krankenhaus hierher in sein neues Zuhause brachten, ging es eigentlich leichter als wir gedacht hatten. Natürlich war er manchmal traurig und in sich gekehrt, aber mein Mann tat alles um ihm die neue Heimat schmackhaft zu machen. Sein Zimmer im oberen Stockwerk war früher eigentlich unser Abstellraum, aber Pietro, mein Mann, hat ihn an den Abenden nach der Arbeit in der Ziegelei zu einem kleinen Schmuckstück hergerichtet. An den Wochenenden nahm er Bruno mit zum See und die beiden angelten. Einmal kam Bruno zurück und konnte vor Stolz kaum laufen. Er hätte eine Forelle gefangen, aber Petro sagte, dass es sich wohl um einen kapitalen Hecht handelte. Auf jeden Fall gab es beim Abendessen nur ein Gesprächsthema und das handelte vom Fang des Fisches. Ja, wir hatten eine schöne Zeit. Nur mit den Kindern in diesem verlassenen Dorf funktionierte es nicht so wie es eigentlich sein sollte. Am Anfang wollten sie natürlich alles von dem Neuen wissen, aber bald schon merkten sie, dass Bruno vielleicht etwas anders war als sie selbst und so grenzten sie ihn aus. Aber wissen Sie was?", dabei blitzten ihre Augen auf. „Er hat es sich nie anmerken lassen. Die anderen dachten wohl, er wäre etwas zurückgeblieben und für Außenstehende konnte auch leicht der Eindruck entstehen, aber das war er nicht. Er war vielleicht etwas kindlicher, doch er war nicht dumm. Was haben mein Mann und ich nicht alles versucht ihn in die dörfliche Gemeinschaft einzubinden. Aber überall wurde er abgelehnt. Nur beim Fußball spielen, da ließen sie ihn wenigstens zusehen und dann die Umkleidekabinen putzen. Diese Monster, Sie können sich das nicht vorstellen. Vor allem Emilio und Sandro Scara und natürlich dieser widerliche Carlo. Eine eingeschworene Clique war das und wann immer sie konnten, demütigten sie Bruno. Zum Glück war er groß und stark und so hatten sie wenigstens vor seiner Kraft Respekt. Doch je älter alle wurden, desto schlimmer wurde es. Diese Scara Brüder, vor allem der Jüngere, dieser Emilio, das sind auch heute noch die Lokalmatadoren. Manchmal habe ich das Gefühl, dass mein Haus das einzige ist, welches nicht diesem skrupellosen Silvi Scara gehört. Der hat sich alles unter den Nagel gerissen, wenn es nur irgendwie Gewinn versprach und das hat sich bis heute nicht verändert. Früher sprach man von Landgrafen, heute sind es Großgrundbesitzer wie dieser Silvi Scara, die sich ihren Thron erbauen und sich anbeten lassen. Als die Ziegelei geschlossen wurde, hat er alles für einen Spotpreis aufgekauft. War auch nicht schwer, denn er war damals schon Bürgermeister. Und seine Söhne stehen ihm in nichts nach. Nur, dass sie nicht das Köpfchen des Alten haben. Dafür eine große Klappe und ein Auftreten, als wären sie die Präsidenten von Italien. Und soll ich Ihnen sagen, wer meinen Bruno ermordet hat?", dabei wurde ihre Stimme laut und energisch. Eine Wandlung, die Bernardo dieser Alten nicht zugetraut hätte. Aber bei dieser Frage kam richtig Leben in sie. Als würde sie jetzt die Chance auf eine späte Rache vor sich sehen.

Er sah sie fragend an. „Dieser Emilio hat meinen Bruno umgebracht! Jetzt, wo ich Gewissheit habe, dass er nicht eines Tages wieder vor meinem Haus stehen wird, ist mir einiges klar geworden. Schon damals habe ich diesem windigen Vasallen Carlo Fatese von meinem Verdacht berichtet. Er war leider damals schon hier Polizist. Aber es war klar, dass er gegen seinen Freund Emilio nichts unternehmen würde. Und ich hatte nun einmal auch keine Beweise. Aber heute Nacht hat sich das Bild in mir vervollständigt!" Sie war jetzt richtig aufgeregt und Bernardo schrieb auf seinem kleinen Block in Stichpunkten alles mit. Die Aufregung ging auch auf ihn über, denn mit so einer Behauptung hatte er nun wirklich nicht gerechnet. Jetzt musste er sie das erste Mal unterbrechen, denn die Alte schien sich, nachdem sie ausgesprochen hatte, was sie die ganzen Jahre vermutete, wieder in sich zurückzuziehen. „Signora Genoveva, wie kommen Sie auf diese Vermutung? Bitte glauben Sie mir, es ist auch für mich ein großes Anliegen den Mörder von Bruno zu finden und daher ist alles wichtig, was Sie wissen oder auch was Sie nur vermuten. Lassen Sie uns gemeinsam den Mörder überführen." Sie sah ihn an und das Feuer legte sich wieder in ihre Augen. Es schien, als würde sich ihr Rücken straffen und neue Kraft durch ihren Körper strömen. „Weil er es Bruno angedroht hat. Nach einem unschönen Zwischenfall hat er ihm gedroht, er würde ihn umbringen, aber Bruno hat nur gelacht und gesagt, er könne es doch mal versuchen. Das hat mir Bruno erzählt." Bernardo wusste nicht, ob sich die Alte das ausdachte oder ob es wirklich so war, aber jetzt hatte ihn das Jagdfieber endgültig gepackt und er fragte: „Bei welchem Zwischenfall ist das passiert? Waren Sie dabei?" Das erste Mal sah er die Alte lachen. „Nein, da war ich nicht dabei. Wobei die Vorstellung wie Bruno diesen Aufschwätzer von Emilio in die Mangel genommen hat mir durchaus gefallen hätte. Aber die Umgebung wäre mir nicht so recht gewesen."

Sie lehnte sich zurück und die Katze sprang ihr verschreckt vom Schoß. So hatte das arme Tier sein Frauchen sicher die letzten Jahre auch nicht mehr gesehen. Es war, als rollte eine riesige Energiewelle durch den kleinen Körper. Wenn sie ihren verlorenen Sohn, als welchen sie Bruno sah, schon nicht mehr in die Arme schließen konnte, so sollte wenigstens sein Mörder gefasst werden. Und diese Motivation schien ihr eine Menge neuer Kräfte zu verleihen. Als sie den Kommissar fragte, ob er noch eine weitere Tasse Kaffee möge, bejahte dieser und musste sich eingestehen, dass er auch gegen einen Cafe con nichts einzuwenden hätte und als hätte sie seine Gedanken gelesen, drehte sie sich vom Herd zu ihm um und fragte ihn mit einem Lächeln: „Meine zweite Tasse verträgt jetzt die Unterstützung eines guten Grappas. Ihre auch?" Unheimlich, dachte Bernardo, aber bejahte sofort und bereute es auch nicht, als er den ersten Schluck nahm. Er traute sich auch zu fragen, ob er nicht ein Fenster öffnen dürfte. Die Alte stimmte sogleich zu. „Eigentlich schäme ich mich fast ein wenig, aber jetzt, wo ich die Gewissheit habe, dass dieser miese Typ meinen Bruno auf dem Gewissen hat, werde ich mich auch nicht mehr verstecken. In diesem verlogenen Nest soll jeder ruhig hören, was ich von ihm halte. Als mein Mann mit fünfundfünfzig Jahren plötzlich starb, war es für Bruno und mich so schlimm, dass wir tagelang nicht mehr das Haus verließen. Erst bei der Beerdigung sind wir wieder nach draußen gegangen. Und als ob eine Witwe nichts anders im Kopf hätte, als den anderen Frauen ihre zumeist verhassten Ehemänner auszuspannen, haben mich auch die Letzten hier noch gemieden. Und Sie dürfen mir glauben, nach neun Stunden Schicht in einer Ziegelei als alleinerziehende Mutter, so nennt man das wohl heute, wäre manchmal eine Freundin hilfreich gewesen. Aber keine dieser verlogenen und zumeist betrogenen Weiber hat mir geholfen. Wäre da nicht

der Monsignore Salardi gewesen, der sich Brunos annahm, ich weiß nicht wie es weitergegangen wäre. Im Laufe der Zeit hatte sich zwischen den beiden eine richtige Freundschaft entwickelt. Der Monsignore half ihm auch bei den Schularbeiten und man hatte niemals das Gefühl als würde seine Unterstützung nur auf Mitleid beruhen. Er erklärte und zeigte Bruno viele Dinge, die er sonst nicht verstanden hätte. Und als Messdiener, so sagte der Monsignore oft, sei er einfach der Beste." Die Informationen prasselten nun auf Bernardo ein wie ein heftiger Gewitterregen und er hatte Mühe sich alles Wichtige zu notieren. Die frische Luft und die warmen Sonnenstrahlen, die jetzt in das Zimmer drangen, nahmen dem Raum plötzlich die Tristesse und das Schwere, die bisher in ihm zu Hause gewesen waren. Er musste unbedingt nachfragen, was es mit dieser Drohung auf sich hatte, aber er wollte auch die Alte nicht unterbrechen, die ihn jetzt ansah und unvermittelt fragte: „Haben Sie Kinder?" Bernardo war für einen kurzen Moment etwas irritiert, aber antwortete wahrheitsgemäß: „Ja, einen Sohn. Luca, er ist fünf und unser Sonnenschein." Die Alte musste nicht lange überlegen, bevor sie antwortete: „Nicht böse sein, aber das war auch nicht zu früh. Wie dreißig sehen Sie nämlich nicht mehr aus."
Vielleicht verlieh ihr auch der Grappa etwas Mut, doch Bernardo hatte mit diesem Thema noch nie ein Problem. „Da haben Sie Recht. Meine Frau und ich

hatten eigentlich schon die Hoffnung aufgegeben, aber wie das Leben so spielt. In dieser Hinsicht gleichen sich unsere Geschichten fast ein wenig. Nur, dass bei Ihnen leider zuerst ein schlimmes Unglück geschehen musste, aber bitte erzählen Sie mir doch, wo sich der Zusammenstoß zwischen Bruno und diesem…", dabei versuchte er seine Stimme etwas abfällig klingen zu lassen, „Emilio stattgefunden hat." Sie überlegte kurz: „Eigentlich sollte das doch noch irgendwo in Ihrem Polizeiarchiv zu finden sein. Ich habe damals alles haarklein zu Protokoll gegeben." Bernardo empfand keine falsche Solidarität für Kollegen, die ihren Job nicht richtig oder vielleicht sogar absichtlich schlampig machten und so antwortete er: „Nein, da steht leider nichts darüber. Und ich muss Ihnen Recht geben. Das ist nicht nur eine Schlamperei, das ist schon eine Stufe schlimmer. Und ich verspreche Ihnen, dass ich dieser Sache nachgehen werde. Vielleicht brauche ich Sie dann als Zeugin…" Sie unterbrach ihn: „Das wird mir ein besonderes Vergnügen sein. Vielleicht verstehen Sie jetzt, warum ich von Ihrem Kollegen Carlo Fatese nicht viel halte. Eigentlich gar nichts, denn er gehört ebenso zu dieser Bücklingsgruppe um die Scarabrüder."
Jetzt verstand Bernardo auch, warum keiner der beiden Carabinieri erpicht war auf diesen Besuch bei Genoveva. „Also", sprach sie weiter, „es gab damals an der Ausfallstraße in Richtung Autobahn ein

leichtes Mädchen, das dort in einem Waldweg ihre Dienste anbot. Sie war wohl noch ziemlich jung und das sprach sich auch hier im Dorf herum. Bruno besuchte sie öfter, aber nicht so wie sie denken. Die beiden haben sich gut verstanden und wenn ein Freier kam, versteckte sich Bruno irgendwo im Gebüsch und wenn die beiden dann fertig waren, kam er wieder hervor und die beiden unterhielten sich weiter. Natürlich war mir das nicht recht, aber was sollte ich machen? Bruno war ja mittlerweile ein junger Mann und ich glaubte ihm. Es wurde erst dann schwierig, als er sich in diese Dirne verliebte. Jedes Mal, wenn sie Besuch bekam und er in seinem Versteck kauerte, wurde es ihm wohl schwer ums Herz. Wir haben viel darüber gesprochen und ich habe die junge Dame sogar einmal kennengelernt."
Bernardo stutzte. Die Geschichte wird immer verrückter, dachte er bei sich. Am Grappa konnte es wohl kaum liegen, denn es war bisher nur einer gewesen, aber was er da hörte, erschien ihm wirklich etwas komisch. Die Alte fuhr fort: „Eines Tages stand eine junge Frau vor meinem Haus und bat mich um ein kurzes Gespräch. Da hatte ich schon einen leisen Verdacht und ich ließ sie eintreten."
Ausgerechnet jetzt klingelte sein Handy. Bernardo verfluchte innerlich zum hundertsten Male diese kleinen Dinger, die immer dann störten, wenn man es am wenigsten gebrauchen konnte. Er spürte wie

ihm die Röte ins Gesicht schoss und kramte ungeschickt in seiner Tasche herum, eine Entschuldigung in Richtung der Alten murmelnd. Als er es endlich geschafft hatte den Anruf wegzudrücken, bat er Genoveva fortzufahren. „Eigentlich war sie ein nettes und hübsches Ding und wohl nicht ganz unehrlich, denn sie erzählte mir von den Treffen mit Bruno, der ihr fast schon wie ein großer Bruder vorkam. Sie war nicht unglücklich darüber, wenn sie wusste, dass er in der Nähe war und bei manch angetrunkenem Freier Schlimmeres verhindern konnte. Er hatte ihr auch seine Adresse auf ein Bild von sich geschrieben und so wusste sie, wo wir wohnten. Als er ihr jedoch eines Tages einen Teil seines Lohnes geben wollte, lehnte sie immer wieder ab. Bruno meinte, dann müsste sie nicht mehr arbeiten und diesen hässlichen Job machen. Er verdiente bei Jose Stanza nicht viel, aber das Wenige wollte er ihr geben. Und als sie merkte, dass er sehr gekränkt sein würde, wenn sie weiter sein Geld ablehnen würde, brachte sie es mir. Sie versicherte mir, dass Bruno auch nicht einmal eine Gegenleistung dafür gewollt hätte. Und das rührte sie wohl zutiefst an. Auf jeden Fall habe ich mich vielmals bei ihr bedankt und das Geld für Bruno aufbewahrt, ohne ihm davon zu erzählen. Das hatte ich mit dem Mädchen so vereinbart. Außerdem hat sie mir erzählt, dass sie ohnehin bald ihren Standplatz aufgeben und in eine andere Stadt ziehen wollte. Mit der

Hoffnung auf einen anständigen Job. Wie sie das allerdings Bruno erklären sollte, wusste sie noch nicht. Wir konnten nicht ahnen, dass das schon bald auch gar nicht mehr nötig sein würde. Als ich nach dem Verschwinden von Bruno zu ihr gefahren bin, stand sie jedoch noch immer an besagter Stelle und ging ihrer Arbeit nach. Auch sie konnte mir nicht helfen, denn sie schwor mir, seit besagtem Tage nichts mehr von ihm gesehen zu haben. Lachen Sie jetzt nicht, Herr Kommissar, aber ich habe ihr geglaubt und würde es auch heute noch tun. Vielleicht habe ich damals, als ich zu ihr gefahren bin, gedacht, dass ich ihren Platz leer auffinden würde und sie mit Bruno durchgebrannt sei. Aber dem war nicht so. Wie ich dann erfahren habe, hat sie wohl einige Tage darauf wirklich das Feld geräumt und war auch nicht mehr gesehen worden." Ein Klingeln durchbrach die Erzählungen und Bernardo verfluchte sein Handy erneut. Er hatte es versäumt, das Ding zumindest auf lautlos zu stellen und so entschuldigte er sich mit einem Blick auf sein Display. Er erkannte so auf die Schnelle und ohne Brille die Nummer nicht und schaltete es aus. Der Stuhl knarrte unter ihm, als er sich erneut zurücklehnte und den Erzählungen Genovevas lauschte. „Auf jeden Fall kam eines Abends Emilio Scara zu der Dirne. Er war wohl schon ziemlich angetrunken und nachdem ihm irgendetwas missfiel, fing er zu

schreien an und zerrte das Mädchen aus ihrem Lieferwagen. Vielleicht hätte er sie auch geschlagen. Auf jeden Fall sprang Bruno aus seinem Versteck und stellte Emilio zur Rede. Der war wohl ziemlich verdutzt, als er Bruno sah und schrie ihn an, er solle verschwinden. Bruno aber drängte sich zwischen ihn und das Mädchen und forderte ihn seinerseits zum Verschwinden auf. Das wiederum konnte sich der Lokalprinz nicht gefallen lassen und nachdem der erste Schlag Brunos Wange getroffen hatte, kassierte dieser Emilio die Antwort. Allerdings hochverzinst, denn ich habe ihn zufällig am folgenden Tag im Dorf gesehen und er sah nicht gut aus. Irgendwann hat er sich dann wohl aufgerappelt und ist zu seinem Wagen gehumpelt. Nicht ohne Bruno zu drohen, er werde ihn umbringen. Das hat mir Bruno erzählt, während ich seine Wunde gereinigt habe. Dass er einen der Scaras durch die Mangel gedreht hatte, machte mich nicht unbedingt glücklich, aber auf der anderen Seite war es doch eine gewisse Genugtuung. So, Herr Kommissar, was sagen Sie jetzt?" Sie sah ihn fragend an und Bernardo lehnte sich auf dem verdächtig knarrenden Stuhl zurück.
Seine zweite Tasse Kaffee war leer und sein Kopf voll. Nun hatte er Schwierigkeiten zu antworten: „Signora Stratore, ich weiß wirklich nicht, was ich sagen soll… Denn die Tatsache, dass sich von Ihren Aussagen aber auch rein gar nichts in den Protokollen finden lässt, ist mehr als merkwürdig. Fast schon

beängstigend, doch wie ich Ihnen versprochen habe, werde ich dieser Sache nachgehen. Sie haben mir sehr geholfen und es fällt mir schwer, Sie noch um einen weiteren Gefallen bitten zu müssen. Aber wir müssen diesen Punkt abschließen und ich brauche dabei Ihre Hilfe. In dieser Tasche hier habe ich Kleidungsstücke und einen Taschenkalender, den wir bei dem Ermordeten gefunden haben. Glauben Sie, es ist Ihnen möglich, einen kurzen Blick darauf zu werfen?" Sie nickte stumm und als Bruno die Jacke, die Schuhe und den Kalender vor ihr auf dem kleinen Tisch platzierte, nickte die Alte nur jedes Mal stumm. Vorsichtig ergriff sie den Ärmel der Jacke: „Ja, Herr Kommissar, das ist seine Jacke und das sind auch seine Schuhe und auch der kleine Kalender gehörte Bruno. Kann ich die Sachen behalten?" Bernardo sprach einfühlsam: „Ja, natürlich. Aber erst, wenn alles freigegeben ist. Ich werde mich darum kümmern. Und auch die Beisetzung Ihres Brunos muss leider noch etwas warten, bis wir alle Untersuchungen restlos abgeschlossen haben. Aber ich versichere Ihnen, sobald dies geschehen ist, werde ich Sie informieren." Mit diesen Worten packte er die Sachen wieder in die Plastikbeutel und verstaute sie schnell wieder in seiner Tasche. „Eine letzte Frage habe ich noch an Sie. War einer der Beamten nach Ihrer Vermisstenanzeige in Brunos Zimmer? Vielleicht um eine Antwort auf sein Verschwinden zu erhalten?" Genoveva Stratore schüttelte traurig den Kopf: „Denken Sie an die Berichte. Wenn die schon zu faul zum Schreiben waren, warum hätten sie sich die Mühe machen sollen hierher zu kommen?" Da hatte sie zwingend Recht, aber Bernardo musste diese Frage stellen.

Er sah sie direkt an und überlegte, ob jetzt der richtige Zeitpunkt für seine nächste Frage war. Ihre Augen hielten seinem Blick stand und ihm fielen die mahnenden Worte seiner Mutter ein, die sie, als er noch ein Kind war, immer wieder an ihn gerichtet hatte. Zuerst denken, dann reden. Also lehnte er sich zurück, schloss kurz die Augen und überlegte, was er bisher gehört hatte. Das war eine Menge und würde ihm vielleicht helfen diesen Mord aufzuklären, aber er brauchte sicher noch mehr Informationen. Als er gerade das Wort an Genoveva richten wollte, sagte sie: „Im ersten Stock, Sie müssen die kleine Treppe nach oben gehen und dann gleich die linke Tür. Das wollten Sie mich doch fragen?" Bernardo stutzte, dann nickte er ihr nur dankbar zu. Darauf fuhr sie fort und hatte wieder ihren strengen Blick: „Aber bitten Sie mich nicht mitzukommen. Seit dem Tag seines Verschwindens war ich nur wenige Male in seinem Zimmer um zu lüften. Ich habe alles so gelassen, für den Fall, dass er eines Tages wiederkommt. Und bitte verlassen auch Sie sein Zimmer so, wie er es damals verlassen hat!" Und leise fügte sie hinzu: „Ich vertraue Ihnen." Bernardo

wusste dieses Vertrauen zu würdigen und es bedurfte keiner Worte der Zusicherung von seiner Seite.
Er erhob sich und stieg die enge Treppe nach oben. Als er vor der Tür stand, hielt er kurz inne und schloss die Augen. Er versuchte die Umgebung auf sich wirken zu lassen, um so einen besseren Eindruck zu gewinnen. Das war eine Angewohnheit, die ihm an vielen Tatorten schon geholfen hatte, besser zu verstehen und die Atmosphäre in sich aufzunehmen. Dann öffnete er die Tür und stand in einem kleinen Raum mit einem Holzbett an der Wand und einem kleinen Schreibtisch vor dem Fenster. Der Schrank an der gegenüberliegenden Wand war sicher schon eine Antiquität. Was ihm allerdings sofort ins Auge stach, waren die unzähligen Fotografien an der Wand neben dem Bett. Es mussten mehrere hundert sein, so schätzte Bernardo auf den ersten Blick und alle zeigten als Motiv Tiere oder Naturaufnahmen. Fein säuberlich, über- und nebeneinander, waren sie an die Wand geklebt worden. Ein ungewöhnlicher Wandschmuck für einen jungen Erwachsenen, das war das erste, was Bernardo durch den Kopf ging, als er die Bilder sah. Warum schoss ein Einundzwanzigjähriger hunderte Bilder von Bäumen, Blumen, Schmetterlingen, Vögeln und was sonst noch alles. Irritiert stand der Kommissar vor dieser Collage und versuchte auch diesen Eindruck auf sich wirken zu lassen. Von unten war

ein leises Klappern von Tassen zu hören. Zumindest, so dacht er, sitzt die Alte nicht weinend am Tisch, sondern beschäftigt sich wenigstens mit etwas. Er ließ seinen Blick über den Rest des Zimmers wandern und konnte ansonsten auf den ersten Blick nichts Ungewöhnliches entdecken. Außer, dass das Zimmer penibel aufgeräumt war und das Bett unberührt schien. Das bestätigte zumindest vage die Aussage Genovevas, dass er abends nicht nach Hause gekomen war. Natürlich hätte sie sein Bett wieder herrichten können, aber Bernardo hatte das untrügliche Gefühl, dass sie ihm die Wahrheit sagte. Vorsichtig öffnete er die Schreibtischschublade und fand dort neben Stiften und unbeschriebenem Papier nur ein Heft, welches er flüchtig durchblätterte. Eng und unbeholfen, in fast kindlicher Schrift, waren dort Sätze aufgeschrieben worden, die er in Ruhe studieren wollte und so legte er es auf den Schreibtisch. Beim Herausziehen rollten ihm zwei Filmdosen entgegen. Er schüttelte sie vorsichtig und es schien ihm als wäre in einer tatsächlich noch ein Film enthalten. Die andere war leichter und als er den Deckel anhob, sah er, dass sie tatsächlich leer war. Auch diese beiden legte er auf den Schreibtisch und schloss die Schublade. Da entdeckte er die alte Kamera, die fein säuberlich auf der Schreibtischplatte neben einem Briefbeschwerer lag. Er nahm sie in die Hand und sie kam ihm sogleich vertraut vor. So eine hatte er als Jugendlicher auch besessen.

Nur zu gut erinnerte er sich daran wie sein Vater ihm damals das gute Stück würdevoll und mit mahnenden Worten geschenkt hatte. Später wurde ihm klar, dass er dies nur getan hatte, weil er sich selbst ein neues Modell zugelegt hatte. Aber den kleinen Bernardo machte es unheimlich stolz Besitzer einer eigenen Kamera zu sein. Wie überlegt man jedes einzelne Motiv ausgewählt hatte, immer im Bewusstsein, dass bei der Entwicklung auch für jedes Bild bezahlt werden musste. Das würde er Luca mal ersparen. Mit diesen Digitalkameras von heute konnte man wirklich auch jedes noch so langweilige Motiv knipsen, ohne dafür später beim Entwickeln sein knappes Taschengeld dafür hergeben zu müssen. Heutzutage genügte ein einfaches Antippen und das Bild war gelöscht. Aber wo blieb denn dabei die Spannung, wenn man nach einer Woche warten endlich seine Meisterwerke beim Fotografen abholen konnte. Wie stolz war er damals als Kind mit den kleinen Papiertaschen nach Hause gelaufen und hatte seine Schnappschüsse vor seiner Mutter auf dem heimischen Küchentisch ausgebreitet. Geschichte, dachte sich der Kommissar, alles lange vorbei. Eine leichte Wehmut schlich sich bei ihm ein. Damals musste man noch warten, eine Eigenschaft, die heute nur noch im Umgang mit italienischen Behörden benötigt wurde. Vorsichtig besah er sich die Rückseite der Kamera und stellte fest, dass sich noch ein Film darin befand. Seitlich entdeckte er die Zahl achtundzwanzig und wusste sofort, dass es sich dabei um einen Film mit sechsunddreißig Aufnahmen handelte und davon bereits siebenundzwanzig belichtet waren. Auch die kleine Rückspulvorrichtung fand er am selben Platz wie bei seinem Modell und so drehte er mit aller Vorsicht den Film zurück, ließ den Kameradeckel aufschnappen und verstaute den Film in der leeren Filmdose. Vielleicht würde er nochmals in Brunos Zimmer kommen, aber für heute war es genug. Genoveva sollte nicht zu lange auf ihn warten müssen. Mit dem Heft und den Filmdosen trat er den Rückweg an, nicht ohne die Schreibtischschublade und auch die Zimmertür vorsichtig wieder geschlossen zu haben.

Sie empfing ihn unten mit traurig fragendem Blick: „Und, haben Sie etwas gefunden, womit wir diesen miesen Emilio Scara festnageln können?" Ihre Stimme verriet, dass sie sich tapferer gab als es ihr zumute war, aber Bernardo hielt das für ein gutes Zeichen. Zumindest gibt sie sich noch die Mühe und bricht nicht komplett unter der Last der Ereignisse zusammen. „Signora Stratore, diese Dinge…", und damit hob er das Heft und die Filmdosen in seiner Hand etwas nach oben, „würde ich mir gerne ausleihen. Vielleicht finden wir dadurch Hinweise. Sie bekommen sie natürlich zurück.

Wenn Sie noch etwas Zeit haben… vielleicht können wir uns auf die Bank vor Ihrem Haus setzen? Etwas Luftveränderung würde uns sicher beiden gut tun." Sie nickte stumm und folgte ihm etwas zögerlich nach draußen. Man konnte den Garten sicher ungepflegt nennen, aber im Moment strahlte er für den Kommissar etwas Idyllisches aus und so ließ er sich neben der Alten nieder.

Bernardo fiel auf, dass vor allem Menschen, die den Großteil ihres Lebens bereits hinter sich hatten, ihm immer das Gefühl vermittelten, dass sie besonders viel Zeit hätten. Eigentlich unlogisch und er ertappte sich, als sie so schweigend da saßen, wieder dabei mit seinen Gedanken abzuschweifen. Dennoch erschien es ihm immer beruhigend mit jemandem auch schweigen zu können und so saßen die beiden zunächst nur still nebeneinander, jeder seinen Gedanken nachhängend.

Nach einer Weile sagte Bernardo: „Ich habe die ganzen Fotos in Brunos Zimmer gesehen. Hat er die Bilder gemacht?" Sie drehte sich zu ihm und sah ihn mit glänzenden Augen an: „Ja, das war sein ganzer Stolz. Als mein Mann damals starb, war Bruno fünfzehn und der Monsignore hat sich seiner angenommen. Wie ein Vater, aber das habe ich Ihnen ja schon erzählt. Eines Tages kam Bruno dann mit diesem Fotoapparat nach Hause und erzählte mir stolz, den hätte der Monsignore Salardi ihm geschenkt. Er strahlte das erste Mal nach dem Tod meines Mannes und war so richtig unbeschwert, wie es eben nur Kinder sein können. Meinen Einwand, dass Filme doch teuer wären und die Entwicklung der Bilder viel Geld kosten würde, wischte er schnell beiseite. Der Monsignore, so erklärte er mir stolz, hätte früher selbst viel fotografiert und im Keller des Pfarrhauses eine eigene kleine Dunkelkammer eingerichtet. Jetzt hätte er keine Zeit mehr für sein Hobby, aber er würde ihm alles beibringen. Wie hätte ich dem Kleinen diese Freude nehmen können und so kam es, dass der gute Monsignore ihm tatsächlich alles über das Fotografieren lehrte. Stundenlang verschwanden die beiden im Keller des Pfarrhauses und ich kann Ihnen sagen, ich bin dem Monsignore noch heute so dankbar für die Zeit, die er geopfert hat. Natürlich bin ich sofort zu ihm gegangen und wollte zuerst das Geschenk nicht annehmen, aber er versicherte mir, dass es ihm mindestens so viel Spaß machen würde wie Bruno. Und so war es dann auch. Als Bruno damals verschwand, war auch der Monsignore tief traurig. Er wirkte fast schon verstört und manchmal habe ich den Eindruck, dass er seit dem Verschwinden Brunos auch nicht mehr der Alte ist. Vielleicht bilde ich mir das auch nur ein. Er war übrigens gestern Abend noch hier. Der Dorffunk funktioniert hier ganz ausgezeichnet, wie Sie sicher schon selbst bemerkt haben. Wir saßen gestern noch lange zusammen und auch er wirkte, als würde es ihm das Herz zerreißen. Vielleicht hat er nicht so darauf gehofft Bruno eines Tages wiederzusehen oder vielleicht hat er auch etwas geahnt, doch die Tatsache dann so unumstößlich zu hören ist nochmal etwas ganz anderes. Aber er hat sich gestern nicht seinem Schmerz hingegeben, sondern er hat mich getröstet…", dabei schwang so etwas wie Stolz in ihrer Stimme. „Wieder einmal war er der Einzige, der für mich da war. Ich bin ihm so unendlich dankbar." Bernardo ließ die Worte auf sich wirken und versuchte sich den kleinen Bruno mit der Kamera in der Hand vorzustellen. Da fiel ihm ein, dass er in seiner Tasche doch noch irgendwo ein Päckchen Zigaretten haben musste und fing an danach zu suchen. Als er sie endlich gefunden hatte, fragte er: „Ich hoffe es stört Sie nicht, aber manchmal muss das sein…" Er bot ihr ebenfalls eine Zigarette an. Die Alte lächelte ihn an: „Vielen Dank, Herr Kommissar, damit habe ich nach dem Tod meines Mannes aufgehört. Wenn der Lohn Mitte des Monats zu Ende ist, verkneift man sich eben auch die kleinen Sünden." Bernardo zündete sich seine Zigarette an und schloss die Augen. Friedlich saßen die beiden so nebeneinander und als er fertig geraucht hatte, hörte er Genoveva sagen: „Schmeißen Sie die Kippe ruhig hier in den Garten, das Gras ist so hoch, da stört sie niemanden!", und beide lachten vorsichtig ob der Bemerkung. „Signora Stratore, Sie haben mir wirklich geholfen und ich danke Ihnen aufrichtig. Sie sind eine starke Frau und hatten es bestimmt nicht immer leicht, aber ich bewundere Ihre Kraft und das meine ich aus ganzem Herzen. Ich werde alles in meiner Kraft stehende tun, den Mörder Ihres Brunos zu finden. Glauben Sie mir das." Und mit diesen Worten legte er seine Hand auf die ihre und drückte sie kurz. Dann stand er auf und sie folgte ihm mit den Worten: „Das glaube ich Ihnen. Finden Sie den feigen Mörder und suchen Sie zuerst bei den Scaras. Dieser Emilio hat meinen Bruno umgebracht, glauben Sie mir." Bernardo nickte stumm und als sie ihm bis zum Gartentor gefolgt war, legte sie ihm die Hand auf seine: „Übrigens, ich bin keine Signora, für Sie bin ich Genoveva. Mich hat noch niemand Signora genannt und so müssen Sie es am wenigsten tun." Bernardo hielt ihre Hand und sah sie an: „Und ich bin Bernardo und nicht der Herr Kommissar. Ist das in Ordnung?" Sie nickte: „Aber nur, wenn Sie mir doch eine von Ihren Zigaretten da lassen. Vielleicht versuche ich es mal wieder." Dabei schaute sie ihn mit einem, fast ein wenig spitzbübisch wirkenden, Lachen an. Er gab ihr die ganze Packung mit den Worten: „Ich will Sie aber nicht verführen." „Nein, Bernardo, dafür bist du zu jung oder ich zu alt." Beide schenkten sich ein vielsagendes Lächeln, dann machte sich Bernardo mit seiner Tasche unter dem Arm in Richtung Polizeirevier auf.

Sein Weg führte ihn durch enge Gassen und eigentlich hatte er kein richtiges Ziel vor Augen. Was ihm Genoveva da alles erzählt hatte, musste er erst einmal einordnen und so setzte er sich bereits zum zweiten Mal an diesem Tag auf eine Bank und streckte die Beine von sich. Die Sonne stand hoch am Himmel, aber die Hitze konnte dem Kommissar nichts anhaben, denn er war mit seinen Gedanken sehr weit weg. „Vertraulichkeiten mit am Prozess Beteiligten sind auf alle Fälle tunlichst zu vermeiden!" Vor seinem inneren Auge stand plötzlich Ignazio vor ihm, wie damals in der Polizeischule. So hatte der großgewachsene Mann vor den Aspiranten für die obere Polizeilaufbahn referiert und Bernardo sah ihn vor sich, als wäre es gestern gewesen. Was würde er wohl sagen, wenn er wüsste, dass Bernardo mit der Stiefmutter des Opfers bereits jetzt per du war. Innerlich sagte er sich: Lieber Ignazio, du hast fast immer Recht gehabt in deinen Vorlesungen, aber Ausnahmen bestätigen die Regel.

Da fiel ihm wieder sein Handy ein und als er es einschaltete, blinkte tatsächlich Ignazios Nummer im Präsidium auf. Na, wenn das mal kein Zufall ist! Bernardo betätigte die Wahlwiederholung und schon nach dem zweiten Klingeln hörte er Ignazios Stimme: „Na, alter Freund, wie geht es so auf dem flachen Land?" Bernardo kannte seinen Freund schon zu lange, um die gespielte Heiterkeit als solche zu erkennen, aber er ging nicht darauf ein, sondern berichtete in knappen Sätzen, was sich bisher so ereignete hatte. „Na, dann hast du den Fall doch schon bald gelöst und wir können hier wieder mit dir rechnen. Du weißt doch, jetzt wo Stefano und Ricardo nicht da sind, stehe auch ich für einen Kaffee zur Verfügung." Bernardo musste über diese Anspielung lachen. „Mein lieber Chef, ich hatte einen verdammt guten Ausbilder und der hat uns immer wieder eingetrichtert, es sei nicht alles immer so, wie es auf den ersten Blick aussehe. ‚Ihr müsst immer öfter hinsehen und hinterfragen. Erst dann könnt ihr euch sicher sein'. Na ja, so oder so ähnlich hat das damals eben geklungen. Kannst du dich noch daran erinnern?" Ignazio schnaufte tief ein: „Na, da ist zumindest noch ein bisschen was hängengeblieben. Aber jetzt mal im Ernst. Wir könnten dich hier wieder gut gebrauchen. Je schneller, desto besser. Und deinen Schilderungen nach zu folgen, bist du doch schon auf einem guten Weg." Bernardo war wie immer etwas skeptisch, aber er wollte seinem Freund dessen Optimismus nicht nehmen und so versprach er sich zu beeilen und ihn natürlich auf dem Laufenden zu halten.

So beendeten die beiden ihr Gespräch und Bernardo beschloss bei dieser Gelegenheit auch gleich wie versprochen seine beiden Kollegen auf den neuesten Stand zu bringen. Bei diesen Gesprächen erfuhr der Kommissar auch gleich von Ricardo, dass die

Frauen in Berlin wirklich alle größer waren als in Italien, aber eben nicht unbedingt schöner, was sich für Bernardo schon ziemlich desillusioniert anhörte. Zumindest nicht nach großem Jagderfolg. Stefano hingegen erholte sich eigenen Angaben nach zu Folge nicht nur prächtig, sondern langweilte sich auch. Vor allem, nachdem er bereits die fünfte Sandburg gebaut hatte und sich dabei einen mächtigen Sonnenbrand eigefangen hatte. Deswegen sah er das geschäftliche Telefonat, im Gegensatz zu seiner Frau, als willkommene Abwechslung. Eigentlich wollte er auch noch Irene anrufen, doch die war heute in Mailand in der Kanzlei und würde genug Stress damit haben, ihren kleinen Luca rechtzeitig vom Kindergarten abzuholen und deswegen würde er sie heute Abend in aller Ruhe anrufen. So ging er in Gedanken nochmal das Gespräch mit Genoveva durch und es war klar, dass als nächstes ein klärendes Gespräch mit Thomaso Baldo, eher noch mit Carlo Fatese, auf dem Plan stand. Wenn stimmte, was er eben gehört hatte, war das ein handfester Skandal. In welch einem Sumpfgebiet befand er sich eigentlich hier? Die Fragen wurden drängender und er verlangte nach Antworten, die er auf einer Bank sicher nicht finden würde. Auf dem Weg zurück zur Polizeistation überlegte er, wie er das Gespräch führen sollte. Als er auf der Piazza stand, war ihm noch immer keine geeignete Vorgehensweise eingefallen und so verließ er sich auf seine Intuition und trat in die kühle des Reviers ein. Beide hatten es sich gemütlich gemacht und wollten schon eilig ihr Mittagessen vom Schreibtisch abräumen, als Bernardo beschwichtigend die Hand hob und sie bat in aller Ruhe zu Ende zu essen. Er wollte in der Zwischenzeit im San Marco eine Kleinigkeit zu sich nehmen und sie verabredeten sich in einer Stunde am gewohnten Besprechungstisch, wo sie sich dann auch pünktlich einfanden. „Meine Herren", begann Bernardo sichtlich verärgert, „ich habe schon viel erlebt und manches Mal auch mehr als ein Auge zugedrückt, wenn es darum ging jemanden zu helfen. Aber wenn sich bewahrheitet, was ich heute Vormittag erfahren habe, wäre jede Nachsicht fehl am Platze und nicht nur unangebracht, sondern ich würde mich gemein machen mit Kollegen, die vertuschen statt aufzudecken. Dass es sich dabei um einen schwerwiegenden Straftatbestand handelt, muss ich Ihnen wohl nicht näher erläutern!" Die beiden sahen sich an und schon wieder wechselten sich Blutleere und Bluthochdruck in ihren Gesichtern ab. Sie wussten, wo der Kommissar heute Vormittag war und somit konnten sie sich auch an einer Hand abzählen, was nun auf sie zukommen würde. „Fatese, bringen Sie mir bitte die Vernehmungsprotokolle von Genoveva Stratore!" Er vermied die höfliche Anrede, denn so viel Selbstbeherrschung konnte er beim besten Willen nicht aufbringen. Der Angesprochene sprang beflissentlich auf, um kurze

Zeit später mit der gewünschten Akte vor seinem Interimschef zu stehen. Bernardo blätterte noch einmal sorgfältig alle Eintragung durch. Sollten sie doch Blut und Wasser schwitzen. Wie viele Tränen musste die alte Genoveva in den letzten Jahren vergießen und das war diesen beiden vor ihm sitzenden Dorfpolizisten auch egal gewesen. Deswegen ließ er sich viel Zeit bei der Durchsicht und legte dann behutsam die Akte vor sich auf den Tisch. Beide hielten die Köpfe gesenkt, als er sie ansprach: „Signora Stratore hat mir gegenüber heute unter der Versicherung einer eidesstattlichen Aussage bestätigt, dass sie nicht nur öfter hier gewesen ist, als Sie aufgezeichnet haben, sondern dass sie auch von einem Vorfall mit einem gewissen Emilio Scara und einer von dieser Person vorgebrachten Morddrohung gegenüber Bruno berichtet hat. Und was finde ich hier? Nichts, rein gar nichts! Haben Sie einmal in Brunos Zimmer nachgesehen, ob sich dort Hinweise auf sein Verschwinden befinden könnten? Wieder Fehlanzeige!" Jetzt war es an Bernardo, die Gesichtsfarbe auf dunkelrot zu ändern. Durch die erneute Aufzählung wurde ihm erst in aller Deutlichkeit bewusst, um welch schwere Vergehen es sich hierbei handelte. „Was denken Sie eigentlich, wer Sie hier sind? Der liebe Gott auf Erden oder der allerhöchste Richter oder was weiß ich? Sie haben durch Ihre Unterlassung vielleicht einen Mörder geschützt. Ist Ihnen das klar?" Die Worte zeigten Wirkung. Als erstes versuchte sich Thomaso Baldo in einer Erklärung: „Herr Kommissar, Sie haben sicher Recht. Und es war auch mein Fehler. Ich habe damals diesen Fall nicht bearbeitet, da ich die meiste Zeit im Urlaub war und den noch jungen Kollegen Carlo nicht alleine hätte lassen dürfen. Aber wir sind hier schon seit ewigen Zeiten nur zu zweit und was hätte ich denn machen sollen? Als ich zurückkam, war das meiste doch schon gelaufen. Und Carlo kam gerade frisch von der Polizeischule, der wusste es nicht besser!" Entschuldigend hob er die Hände. Bernardo war angewidert von so viel Feigheit. Verließen jetzt die Ratten das sinkende Schiff und hoffte der Alte somit seine baldigen Rentenansprüche aus der Gefahrenzone bugsieren zu können. Dafür konnte man schon mal einen Freund opfern oder wie sah man so etwas hier? „Bitte verschonen Sie mich mit solch fahlen Ausreden und wenn Sie schon Ihren Kollegen ans Messer liefern möchten, sollten Sie sich eine Aussage vor dem Staatsanwalt überlegen und nicht vor mir!" Bernardo war zornig wie schon lange nicht mehr und er sah Thomaso direkt an, der seinem Blick nicht lange standhalten konnte. Da platzte Carlo dazwischen: „Sie haben doch überhaupt keine Ahnung, wie das hier gelaufen ist! Sie kommen aus der feinen Stadt und behandeln uns wie Schuljungen, nur weil eine Alte irgendwelches wirres Zeug erzählt, dass sie sich zusammengesponnen hat!" Sehr gut, rede dich nur in Rage, dachte sich Bernardo und spürte wie der Jüngere getreu dem Motto Angriff ist die beste Verteidigung seine Haut zu retten versuchte. „Dann erklären Sie mir doch mal wie das hier so läuft. Und wenn Sie nicht wie dumme Schuljungen behandelt werden wollen, sollten Sie sich auch nicht so benehmen!" Bernardo hoffte, dass sich diese Provokation bei Carlo verfing, aber dieser hatte sein Pulver schon verschossen und sackte in sich zusammen. „Gut, dann eben nicht! Wenn Sie mir nichts mehr zu sagen haben, werde ich Ihnen was sagen. Sollten Sie beide mir bei den Ermittlungen auch nur ein Sandkorn in den Weg legen, werde ich Ihre sofortige Suspendierung in Mailand beantragen. Eine Sicherungsverwahrung wegen Verdunkelungsgefahr nicht ausgeschlossen!" Er überlegte noch die Androhung einer Versetzung in ein Provinznest anzubringen, aber dies griff in ihrem Falle wohl kaum und so fuhr er fort: „Genoveva Stratore hat mir erzählt, dass Bruno zu einer Prostituierten Kontakt hatte, die in einer kleinen Seitenstraße auf dem Weg zur Autobahn ihrem Gewerbe nachging. Sie werden jetzt alle Vernehmungsprotokolle und Registrierungen diesbezüglich überprüfen. Als Zeitraum nehmen Sie sich sechs Monate vor und einen Monat nach Brunos Verschwinden vor. Ansonsten gehen Sie bis auf weiteres Ihrem Tagesgeschäft nach, aber

glauben Sie mir, diese Geschichte ist für Sie beide noch nicht zu Ende. Wir sehen uns morgen früh wie gewohnt um neun Uhr und es wäre besser, wenn wir morgen den Namen besagter Dame auf dem Tisch hätten!" Damit stand er auf und verließ das Büro.
Draußen empfing ihn die Hitze des Nachmittags und er beschloss als nächstes diesen Emilio Scara aufzusuchen. Vorher würde er aber auf sein Zimmer gehen und sich etwas ausruhen. Das hatte er jetzt bitter nötig, wie er auf dem Weg in seine Pension merkte. Sein Puls klopfte wie wild und eine Zurechtweisung wie soeben hasste er mindestens so wie sein Chef Ignazio. Aber dieses Mal musste es sein. Die Tür unten stand offen und von Felizita war nichts zu sehen. Froh darüber, denn für ein fröhliches Gespräch überhaupt nicht in Stimmung, steuerte er auf sein Zimmer zu und wunderte sich, dass seine Tür nicht abgeschlossen war. Da er seine Unterlagen bei sich hatte und nur seine Kleidung im Zimmer war, hätte ein Dieb höchstens Irene eine Freude gemacht. Denn dann hätte er wirklich mit ihr den lange versprochenen Großeinkauf von Herrenkleidung antreten müssen. Doch so konnte er sich später Gedanken über die unverschlossene Tür machen. Selbige ließ er ins Schloss, die Tasche auf den Boden und sich selbst auf sein frisch gemachtes Bett fallen. Und sofort fiel er in einen tiefen Schlaf.

**Gegenwind**

Als er aufwachte, wusste er zunächst nicht, wo er sich befand, so fest hatte er geschlafen. Erschrocken blickte er auf seine Armbanduhr und stellte fest, dass es bereits später Nachmittag war. So musste nun eine Katzenwäsche genügen, bevor er sich auf den kurzen Weg über den Hof zu den Scaras machte.

Als er das Haus verließ und dieses Mal bewusst seine Tür abschloss, lief er Felizita in die Arme. Das hatte ihm gerade noch gefehlt. Sie strahlte ihn an: „Na, Herr Kommissar, wie sieht es denn heute mit einem Abendessen aus? Nicht, dass Sie glauben, es wäre umsonst… Ich brauche den Umsatz." Dabei zeigte sie wieder ihre schönen gleichmäßigen Zahnreihen und Bernardo gestand sich ein, dass das nicht ohne Wirkung auf ihn blieb. „Signora, Sie glauben es nicht, aber ich habe leider schon eine Einladung für heute Abend. Natürlich nicht mit so einer charmanten Dame, aber man kann es sich eben nicht aussuchen." Sie sah ihn fragend man: „Kann man nicht?" „Nein, leider nicht und wenn ich Ihnen sage, dass es sich heute Abend um einen Geistlichen handelt, werden Sie sicher an meiner Zurechnungsfähigkeit zweifeln und ganz ehrlich, damit sind Sie in bester Gesellschaft. Aber wir schaffen das sicher noch. Ich würde mich sehr freuen." Und mit diesen

Worten war er an ihr vorbei und spürte förmlich ihren Blick in seinem Rücken. Bernardo, ermahnte er sich selbst, das war jetzt zu viel. Aber was hätte er denn sagen sollen.

Verärgert über seine unüberlegten Worte lief er über den Hof auf das große Haus der Scaras zu. Ein imposanter Bau, für einen Bürgermeister und Großgrundbesitzer dieses Kalibers wohl ebenbürtig. Außerdem war es praktisch, wenn der Hauptverdächtige gegenüber wohnte, so waren die Wege kurz. Dabei erinnerte er sich, dass er unbedingt mit seinem Wagen diese Werkstatt am Dorfrand aufsuchen sollte, aber das musste bis morgen warten und so stand er vor dem prächtigen Wohnhaus, das aus dieser Perspektive die vielen Stallungen dahinter verdeckte. Nachdem er den polierten Messingknopf gedrückt hatte, hörte er schwere Schritte hinter der Tür und sah sich unmittelbar hernach einem kleinen, untersetzten und kahlköpfigen Mann gegenüber. Das Alter war schwer einzuschätzen, aber Bernardo hätte ihn mindestens auf sechzig plus geschätzt. Seine Erscheinung passte zu seiner rauen Stimme: „Sie wünschen?" Der Kommissar glaubte, schon in der Tonlage eine gewisse Abschätzigkeit herausgehört zu haben. Damit konnte er umgehen. Auch in Mailand gab es durchaus die eine oder andere Person, die bei Vernehmungen keinen Hehl aus ihrem sozialen Stand und ihren Verbindungen machte. Froh dieses Mal seinen Polizeiausweis eingesteckt zu haben, hielt er seinem Gegenüber diesen auch gleich unter die Nase: „Mein Name ist Bernardo Bertini, Polizeikommissar aus Mailand und ich möchte bitte mit Emilio Scara sprechen." Der Typ musterte ihn von oben bis unten und sah ihn dabei ungläubig an. Gemäß dem Motto, wie kann es jemand wagen des Königs Sohn zu stören. Nach Beendigung der Begutachtung durch den König kam auch gleich sein Urteil in Form einer Frage: „Was wollen Sie von meinem Sohn?" Bernardo kannte diese Spielchen und wenn der König Theater wollte, so bekam der König Theater. „Ich gratuliere Ihnen. Sie sind sicher glücklich darüber noch so spät Vater geworden zu sein, denn aus Ihrer Frage schließe ich, dass Ihr Sohn noch nicht volljährig und Sie somit sein gesetzlicher Vormund sind. Falls nicht, haben Sie meine Frage wohl nicht richtig verstanden. Aber ich wiederhole sie gerne." Dem alten Scara klappte der Kiefer nach unten und er rang verzweifelt nach Luft. Bernardo hätte es nicht gewundert, wenn er nun mit „Unwürdiger, was erlauben Sie sich!" beschossen worden wäre, aber so viel schnelle Denkleistung war hier wohl nicht vorhanden. Mit hochrotem Kopf trat er einen Schritt auf den Kommissar zu: „Wissen Sie eigentlich mit wem Sie hier sprechen?" Da unterbrach ihn Bernardo schnell: „Nein, da Sie leider im Gegensatz zu mir noch nicht den Anstand hatten sich vorzustellen. Allerdings können wir es jetzt auch abkürzen. Es interessiert mich nämlich nicht, wer Sie sind, außer Sie sind Emilio Scara, was ich stark bezweifle. Entweder ich spreche in einer Minute mit Emilio Scara oder einige meiner Kollegen holen ihn hier mit großem Konzert ab. Sollte er dann nicht da sein, wird er zur Fahndung ausgeschrieben, was auch für einiges Aufsehen sorgen dürfte. Straßensperren, Hausdurchsuchung und so weiter. Also, wie machen wir jetzt weiter?" Der kleine Napoleon war noch nicht verbannt, aber diese Schlacht hatte er eindeutig verloren und so drehte er sich wütend auf dem Absatz um und rief ins Haus nach seinem Sohn.

Als dieser neben ihm erschien, musste Bernardo fast lachen. Ein Abziehbild seines Vaters erschien in der Tür, nur jünger und mit etwas mehr Haaren. Bernardo erkannte in ihm den kleinen Aufschneider von gestern Abend in diesem roten Flitzer. Jetzt wusste er auch, an wen ihn der König, oder vielleicht doch besser Napoleon, erinnert hatte. Die Art hatte er auf jeden Fall auch von seinem Vater, denn er herrschte ihn in der gleichen Art an: „Was wollen Sie?" Bernardo war es nun langsam leid und beendete seine verkürzte Vorstellung mit folgenden Worten: „Entweder wir unterhalten uns wie erwachsene Menschen im Haus weiter oder auf dem Polizeipräsidium. Sie können wählen, aber bedenken Sie bitte, meine Geduld hat bereits Ihr Vater strapaziert, so dass davon nicht mehr viel übrig ist." Emilio schien mit dem Nachdenken ebenfalls Probleme zu haben, kam aber zu dem Schluss, dass ein gewisses Entgegenkommen jetzt doch für ihn besser sei und so öffnete er die Tür ganz und ließ Bernardo eintreten. Wenn das Haus von außen schon imposant war, so war es im Inneren fast schon Ehrfurcht einflößend. Im Entree befanden sich eine zu zwei Seiten nach oben führende Treppe und ein Orientteppich, der für das halbe Haus von Irene und Bernardo gereicht hätte. Der kleine Napoleon wies ihm den Weg zu einem Besprechungszimmer, dessen Einrichtungswert allein schon der Holzvertäfelung wegen für viele kleine Sünden der armen Genoveva ausgereicht hätte. Auf dem Weg dorthin bekam der Junior auch gleich die klare Anweisung nichts mehr zu sagen, sobald der Alte ihm das gebieten würde. Sie hätten genügend Anwälte, um sich gegen Verleumdungen zu wehren. Er sagte das in der richtigen Lautstärke, um auch Bernardo daran teilhaben zu lassen. An dem schweren Eichentisch waren zu beiden Seiten jeweils vier und an den Stirnseiten nochmals zwei weitere wuchtige Stühle platziert worden. Wie selbstverständlich nahm auch der alte Scara Platz und als sie sich gegenüber saßen, eröffnete der Kommissar: „Herr Emilio Scara, ich frage Sie nun und werde das auch zu Protokoll nehmen, dass es sich um eine Befragung zu einem Mordfall handelt. Sind Sie einverstanden, dass Ihr Vater, ich gehe nun einmal davon aus, dass es so ist, nachdem er sich mir leider noch immer nicht vorgestellt hat, teilnimmt?" Emilio und sein Vater sahen sich kurz an und die Frage hatte sich somit schon von selbst beantwortet. Auch wenn der Sohnemann schon vierzig Jahre alt war und sein alter Herr schon an der siebzig kratzte, war klar, wer hier das Sagen hatte. Als Emilio seine Zustimmung herauspresste, notierte sich der Kommissar dies neben den persönlichen Angaben, dem Datum und der offiziellen Adresse des Wohnhauses. Absichtlich nahm er sich dafür viel Zeit und gab dem ganzen mehr förmlichen Anstrich als eigentlich notwendig gewesen wäre. Aber das schadete den beiden sicher nicht. „Signor Emilio Scara, Sie kannten Bruno Scalleri. Ist das richtig?" Ein knappes „ja" musste als Antwort genügen und so machte Bernardo weiter: „Sie kannten ihn, aber waren nicht mit ihm befreundet?" Auch hier sowie auf die nächsten Standardfragen kam immer nur das gleich stoische „ja" oder „nein". So, dann werden wir jetzt die Zügel etwas anziehen…, dachte sich Bernardo und machte weiter: „Sie hatten kurz vor Brunos Verschwinden Streit mit ihm. Sogar eine körperliche Auseinandersetzung, in deren Verlauf Sie ihm gedroht haben ihn umzubringen. Können Sie sich daran erinnern?" Jetzt war der finale Punkt der Befragung erreicht und der Kommissar war sich dessen durchaus bewusst und hatte nach dem anfänglichen Geplänkel diesen Schuss gezielt gesetzt.

Man hätte eine Stecknadel fallen hören können, so still war es für kurze Zeit in dem großen Raum. Das war also die besagte Ruhe vor dem Sturm. Er sah beiden bei diesen Worten abwechselnd direkt ins Gesicht und konnte sehen wie die Kiefer mahlten und die kleinen Nerven um die Augen zu zucken begannen. Ein gutes Zeichen für überhastete Reaktionen von Verdächtigen. Emilio verlor die Fassung. Er sprang auf und für einen Moment dachte Bernardo schon, er würde um den Tisch springen und ihn persönlich angreifen. Aber Emilio stemmte seine Fäuste gegen die Tischplatte und beugte sich weit zu ihm herüber, während er ihn anschrie: „Wer behauptet das? Welcher verdammte Lügner will mich hier fertigmachen oder haben Sie sich das nur ausgedacht, um mir was anhängen zu können?" Sein feuerroter Kopf drohte zu zerplatzen und kleine Speicheltropfen landeten auf der Tischplatte, über deren Ausmaß Bernardo jetzt nicht unglücklich war. Sein Vater zog den Hitzkopf wieder auf seinen Stuhl und herrschte ihn an ruhig zu sein, was nur bedingt half. Der Kommissar entgegnete in aller Ruhe: „Herr Scara, erstens können wir uns in aller Ruhe unterhalten. Zweitens können Sie vielleicht Ihre Mitarbeiter, mich allerdings auf gar keinen Fall anschreien, und drittens, und jetzt kommt das Allerwichtigste: nicht ich behaupte das, sondern glaubwürdige Zeugen. Können Sie mir jetzt eine Antwort

auf meine Frage geben oder führen wir das Gespräch im Präsidium weiter?" Der kleine Napoleon atmete schwer und selbst sein Vater hatte Schwierigkeiten ihn zu beruhigen. „Mein Sohn wird Ihnen gar nichts mehr beantworten. Sie können ihn vorladen, dann werden unsere Anwälte dabei sein. Das ist alles, was wir Ihnen zu sagen haben." Doch da begehrte Emilio in Richtung seines Ernährers auf: „Lass mich in Ruhe, Vater! Ich werde sagen, was ich zu sagen habe, denn ich habe mit dem Tod von Bruno nichts zu tun. Es stimmt, dass wir Streit hatten und es ist auch richtig, dass wir uns geprügelt haben, aber ich habe Bruno nicht umgebracht. Ist das klar?" Der Alte zerrte vergeblich am Arm seines Sohnes, der schon wieder aufgestanden war. „Gut, ich nehme das so zu Protokoll. Ob das allerdings auch für den Staatsanwalt so klar ist, kann ich Ihnen nicht sagen. Sie wissen nicht zufällig, was Sie in der Nacht des 21. September 1996 gemacht haben? Sollten Sie nämlich für diese Zeit ein Alibi haben, wäre das äußerst hilfreich für uns beide." Jetzt war es am Vater die Fassung zu verlieren: „Wissen Sie vielleicht noch, was Sie an einem bestimmten Tag vor achtzehn Jahren gemacht haben? Wir haben alles gesagt und jetzt verlassen Sie umgehend unser Haus und unser Grundstück!"
Und damit standen beide auf und auch Bernardo erhob sich und ging in Richtung Haustür. Auf dem Weg dorthin zündete er noch eine Nebelkerze:

„Hoffentlich haben Sie mit Ihrem Auftritt jetzt keinen Fehler gemacht Signor Emilo Scara…" Da drehte sich dieser blitzschnell zu ihm um und zischte ihm entgegen: „Pass nur auf, dass du keinen Fehler gemacht hast! Wir haben die besten Beziehungen nach Mailand, auch zu deinem Chef und dann kannst du…!" Zu den Worten, „…den Verkehr regeln", kam er nicht mehr, denn sein Vater schlug ihm von hinten mit aller Wucht auf den Kopf und schrie ihn an: „Halt dein blödes Maul, du Dummkopf!" Mit diesen Worten zog er seinen verdatterten Sohn nach hinten ins Haus zurück und schmiss die schwere Tür mit einem Krachen ins Schloss.

Jetzt war es an Bernardo etwas verwirrt zu sein. Was hatte der Kleine da eben gesagt? Sie hatten beste Verbindungen nach Mailand? Auch zu seinem Chef? Was oder wen meinte er damit? Fragen über Fragen. Auf dem Weg zurück zur Pension konnte er keinen klaren Gedanken fassen, aber er würde die Worte sofort aufschreiben und daraus morgen ein ordentliches Protokoll anfertigen. Außerdem musste er die Filme nach Mailand zum Entwickeln schicken, doch das würde er sicherheitshalber selbst machen. Den beiden vom Revier traute er zu auch diese möglichen Beweisstücke eventuell verschwinden zu lassen. Ob absichtlich oder aus Dummheit, das Ergebnis würde dasselbe sein.

Nun hieß es erst einmal schnell duschen und vor allem Irene anrufen, um dann nicht zu spät zur Messe zu kommen. Das wäre sicherlich kein guter Auftakt bei Hochwürden. Als nach dem fünften Klingeln Luca den Hörer abnahm, freute er sich riesig, auch wenn das für seinen Zeitplan nicht von Vorteil war. Doch dieses Gespräch war ihm das Wichtigste des Tages und so schilderte er seinem zukünftigen Erben in den schillerndsten Farben seine Verbrecherjagd. Unterbrochen von zahllosen Fragen des Kleinen. Als er dann endlich Irene am Apparat hatte, reichte es nur noch für den Telegrammstil. Auch ihre Frage, ob sie am Wochenende mit ihm rechnen könnten, war nicht klar zu beantworten und es war ihm, als spürte er ihre Enttäuschung, auch wenn sie sich nichts anmerken ließ. Wie gerne hätte er verbindlich zugesagt, aber so einfach war die Lage nicht. Nachdem sie sich wie immer mit einem liebevollen „Ciao" verabschiedet hatten, zog er sich schnell aus, um unter die Dusche zu gehen. Das lauwarme Wasser war eine Wohltat und er spürte wieder die Druckstelle des Zusammenstoßes von heute Vormittag. Ein Golfball großer blauer Fleck zeichnete sich auf seiner Brust an der Stelle ab, wo er den Schmerz spürte. Während er sich abseifte, fiel ihm dafür keine Erklärung ein.

**Nachtgespräch**

Später auf dem Weg durch das Dorf in Richtung Kirche konnte er noch immer keine Erklärung dafür finden. So wie er mit dem Monsignore Brust an Brust zusammen gestoßen war, ergab das keinen Sinn. Aber die Erklärung musste auf später verschoben werden. Genauso wie die drängende Frage, was dieser kleine Fiesling Emilio Scara mit seiner Bemerkung über die Verbindungen zur Mailänder Polizei gemeint hatte.

Die Hitze hielt das kleine Dorf noch immer fest im Griff, als er aus der Ferne bereits die Glocken hörte, die zur Messe riefen. Noch einmal beschleunigte er seinen Gang und stand dann gerade noch pünktlich vor dem großen Portal dieser viel zu großen Kirche. Als er die schwere Tür aufdrückte und eintrat, stand er im Inneren eines Gotteshauses, das sich auch in Mailand nicht hätte verstecken müssen. Sowohl was die Größe als auch die prunkvolle Ausstattung anbelangte. Angenehme Kühle und der typische Geruch von Kerzenwachs und Weihrauch umgaben ihn. Aber wie trostlos wirkten die wenigen Besucher, die auf der linken Seite in einer Art unstrukturierter Gruppe verteilt saßen und wie verloren wirkte von hinten der Blick auf ein einzelnes schwarzes Kopftuch auf der rechten Seite. Mit seiner Vermutung, dass es sich dabei um Genoveva

Stratore handeln musste, bestätigte sich, als er neben ihr in die Bank trat. Sie sah auf, erkannte Bernardo und schenkte ihm ein dankbares Lächeln. Wenigstens heute war sie hier nicht alleine. Sollten sich doch die anderen wieder ihre lästernden Mäuler zerreißen. Heute zumindest gehörte die Aufmerksamkeit ihr. Kaum, dass er sich gesetzt hatte, trat auch schon der Monsignore gemeinsam mit zwei Ministranten aus der Sakristei kommend ein und Bernardo entging nicht, dass ihn Hochwürden ebenfalls erkannte, was dieser mit einem wohlwollenden, freundlichen Nicken in seine Richtung bestätigte.

Warmes Sonnenlicht brach sich in den Buntglasscheiben der oberen Fenster und sandte sein Licht auf die rechte Seite der Bänke. Wenigstens hier hatte die obere Instanz ein Einsehen und beleuchtete die richtige Seite. Bei dem Gedanken musste er schmunzeln. So ging es ihm immer in der Kirche. Bereits nach kürzester Zeit hing er seinen Gedanken nach und bekam vom Gottesdienst eigentlich nur Fragmente mit. Doch wer sagte eigentlich, dass dies nicht auch eine Art Gebet oder wenigstens innere Einkehr bedeutete? Wieder fiel im dieser Emilio ein und er musste sich eingestehen, dass zwar alles für seine Täterschaft sprach, Beweise für eine Anklage oder gar eine Verurteilung waren das aber nicht. Irgendwie werde ich dich aber bekommen, wenn du es warst! Bernardo musste sich eingestehen, dass er diesem kleinen Fiesling auch jederzeit einen Mord zutraute. Vor allem, wenn er sich von einem, aus seiner Sicht Minderbemittelten, der Art hatte demütigen lassen müssen. Nur seine Einschätzung war leider auch kein belastbarer Beweis. Plötzlich spürte er einen Stoß in der Rippengegend und erkannte Genoveva, die ihm mitteilen wollte, dass es Zeit zum Aufstehen war. Alle anderen Kirchenbesucher standen nämlich bereits. Schnell erhob er sich mit einem entschuldigenden Lächeln in ihre Richtung und sprach das gemeinsame Gebet laut und vernehmlich. Sie sollten ruhig wissen, dass auch ein Stadtmensch durchaus die Gebete der katholischen Kirche auswendig beherrschte. Während er die Hostie bei der Kommunion entgegennahm, antwortete er auf die Worte des Hochwürden mit: „…und mit deinem Geiste…" und blickte in die schwarzen, etwas traurigen Augen des Monsignores. Dieser gab ihm mit einem kurzen Zwinkern Richtung Sakristei zu verstehen, dass er sich auf ihr späteres Treffen freute. Als Bernardo wieder Platz genommen hatte, stelle er sich den Pfarrer in einem dunklen Anzug vor und stellte fest, dass er dabei trotz seines fortgeschrittenen Alters sicher eine gute Figur abgeben würde. Nachdem Schlusssegen verließ Hochwürden den Altar, geleitet von seinen beiden Ministranten und verschwand unauffällig hinter der Tür zur Sakristei. Da erhob sich die gesamte Mannschaft auf der linken Seite und alle aus dieser, fast ausschließlich aus älteren Frauen bestehenden Gruppe, warf beim Hinausgehen noch einen verstohlenen Blick auf Genoveva und den Kommissar. „Na, Bernardo, verstehst du jetzt, was ich meinte, als ich dir etwas über die Dorfbewohner erzählte?" Bernardo nickte schweigend und blickte noch immer zum Altarraum und ließ dann seinen Blick über das Kreuzgewölbe an der Decke schweifen. „Ja, Genoveva, ich glaube heute habe ich einen guten Eindruck von der christlichen Nächstenliebe in deinem Dorf bekommen. Was ich nicht verstehe, ist die Tatsache, dass in solch einer kleinen Gemeinde der Zusammenhalt doch eigentlich selbstverständlich sein sollte. Hier ist doch jeder auf jeden irgendwie angewiesen. War das eigentlich schon immer so?" „Ach, Bernardo, du hast keine Ahnung. Hier ist nicht jeder auf jeden angewiesen, sondern alle auf die Scaras. Das einzig Beständige hier sind Neid und Missgunst und das geht schon so, seit ich denken kann. Ist dir noch nicht aufgefallen, dass wir kaum Kinder im Dorf haben. Die Jungen gehen weg, studieren und nehmen gute Stellungen in den Großstädten an. Und wer bleibt hier? Na, die Antwort brauche ich dir wohl nicht zu geben. Du siehst es selbst." Wieder nickte der Kommissar schweigend. Eine Antwort schien ihm überflüssig. „Aber jetzt halte ich dich nicht länger auf. Monsignore Salardi hat mir erzählt, dass ihr euch heute Abend noch treffen wollt. Und seinen Wein solltest du dir auf keinen Fall entgehen lassen. Bei dem schönen Wetter werdet ihr ihn sicher in seinem Garten genießen. Komm mit, ich zeige dir den Weg." Mit diesen Worten nahm sie seine Hand und führte ihn aus der Kirche hinaus und um das kleine, aber sehr idyllische Pfarrhaus herum bis zum Gartentor. Dort nahm sie wieder seine Hand: „Bernardo, bitte bringe meiner Seele Ruhe und führe diesen Emilio seiner gerechten Strafe zu. Hast du heute schon mit ihm gesprochen?" Ihre Augen sahen ihn hoffnungsvoll an. Wenn er nicht schon den Anspruch des Polizisten gehabt hätte, so wäre die Bürde dieser alten Frau ihren Willen zu erfüllen mehr als genug Antrieb gewesen. „Ja, ich hatte heute schon mit dem Vater und Emilio das Vergnügen. Lass es mich so ausdrücken: Freunde werden wir sicher nicht mehr." Das schien Genoveva fürs erste zu genügen. Da erklang die angenehme sonore Stimme des großgewachsenen, schlanken Monsignore durch den Garten: „Na, Genoveva, hast du unseren Neuzugang schon wieder in Beschlag genommen? So kann er doch nicht arbeiten, wenn du ihn immer davon abhältst!" Aus dem Inneren des eingewachsenen Gartens schloss sich diesen Worten ein lautes Lachen an. Erst als er näher kam, entdeckte Bernardo zwischen all den Sträuchern und Büschen den Monsignore. „Du hast Recht", entgegnete Genoveva ihm, „ich lasse euch jetzt alleine. Aber morgen erzählst du mir alles haarklein!" Mit dieser Bemerkung verabschiedete sich Genoveva in Richtung nach Hause.

„Monsignore, Sie haben hier ja ein richtiges Kleinod!", Bernardo begleitete seine Worte mit einer ausladenden Geste ich Richtung Garten. „Treten Sie ein, es ist zwar nicht die Himmelspforte, dafür haben wir beide hoffentlich noch etwas Zeit." Er führte den Kommissar über einen kleinen Weg direkt an die Hausmauer, an der eine alte Holzbank und davor ein wettergegerbter, ebenfalls aus Holz bestehender Tisch standen. Einfach, aber äußerst hübsch, wie Bernardo bemerkte. Der Monsignore trug noch immer seine Sutane und Bernardo überlegte, ob es einem Geistlichen nicht erlaubt war in der Freizeit auch zivile Kleidung zu tragen. Sie nahmen beide Platz auf der Bank und vor ihnen stand bereits eine geöffnete Flasche Rotwein, etwas Brot und aufgeschnittene Salami. Dieser Mann hat Charisma und ein positiv einnehmendes Wesen, davon war der Kommissar schon jetzt überzeugt. Auch schaffte er es einer ersten Befangenheit keinen Platz zu geben. Und so entwickelte sich schnell ein sehr unterhaltsames Gespräch. Die offene Art des Monsignore nahm ihn sogleich ein. Nachdem dieser den Wein eingeschenkte hatte, sprach er einen Willkommensgruß gefolgt von einem „à santé". Bernardo erwiderte den Gruß nach dem ersten Schluck etwas überrascht ob der französischen Variante: „Ein

herzliches Dankeschön, aber warum französisch?"
„Das ist schnell erklärt. Bevor ich hierher kommen durfte, war ich einige Jahre Seelsorger in San Remo und das liegt ja bekanntlich direkt an der französischen Grenze. Da gewöhnt man sich so einiges an." Wieder zeigte er sein charmantes Lächeln. Nachdem sie sich zuerst über die unterschiedlichsten Dinge ausgetauscht hatten, kam der Monsignore zum eigentlichen Thema: „Aber sprechen wir von Ihnen. Warum Sie hier sind, weiß mittlerweile wohl jeder. Gestern Abend war ich bei Genoveva. Die Nachricht hat uns beide sehr getroffen, wobei es für sie natürlich noch wesentlich schlimmer war. Bereits als ich von dem Polizeiaufgebot auf dem Gelände von Maria Opolos gehört hatte, habe ich diese schreckliche Vermutung gehabt. Als ich dann gestern bei meiner abendlichen Runde noch Licht bei ihr sah, kam ich wohl zum richtigen Zeitpunkt. Aber sie hat sich schneller erholt, als ich befürchtet hatte. Bei meinem Gespräch heute hatte ich das Gefühl, dass auch eine Last von ihr abgefallen sei. Und sie hält große Stücke auf Sie. Vielleicht ist der Gedanke, den Mörder ihres Brunos zu fassen, der Antrieb, der sie aus ihrer Lethargie gerissen hat. Wie dem auch sei, sie ist auf jeden Fall sehr froh, dass sich nun ein kompetenter Polizist der Sache annimmt. Und da bin ich ihrer Meinung. Haben Sie denn schon etwas herausgefunden?" Bernardo überlegte kurz, während er sein erstes Glas Wein leerte.

Viel zu schnell wie Irene in solch einem Augenblick immer bemerkte. Der Monsignore goss beiden nach und Bernardo erzählte alles, was für die Öffentlichkeit bestimmt war. Auch den Besuch bei den Scaras ließ er nicht aus. Als er geendet hatte, lehnte er sich zurück und ein angenehmes Schweigen breitete sich zwischen den beiden aus.

Die Sonne war untergegangen und die Hauswand gab die Wärme des Tages ab. Nun war nur noch das Zirpen der Grillen zu hören und Bernardo spürte auf angenehme Weise die Wirkung des Weines. Er war überzeugt sein Gegenüber betreffend offen und ehrlich sein zu können. Und dieses Bauchgefühl hatte ihn bisher nur selten getäuscht. Auch der Monsignore lehnte sich zurück, als er zu erzählen begann: „Als Pietro damals starb, habe ich mich so gut es eben ging um Bruno gekümmert. Als Geistlicher der römisch- katholischen Kirche ist es einem nun einmal nicht erlaubt offiziell eigene Kinder zu haben. Vielleicht war das der Grund oder einfach, weil ich den kleinen Bruno gerne mochte. Er war ein guter Mensch und das meine ich so, wie ich es sage. In meinem Amt sollte ich nicht urteilen und doch, Sie verzeihen mir hoffentlich meine Worte, kenne ich den Unterschied zwischen guten und weniger guten Menschen sehr genau. Die Scaras würde ich nicht als gute Menschen bezeichnen. Nicht, weil sie nicht nach der kirchlichen Doktrin leben. Das machen viele, im Übrigen auch viele Geistliche, nicht. Sondern, weil sie habgierig sind und gemein. Ich möchte Sie nicht mit zahllosen Geschichten über diese Familie langweilen, zumal sie sich heute schon Ihr eigenes Bild machen konnten. Diese Übermacht in solch einem kleinen Dorf ist nicht gut. Manche sagen, wenn die Scaras es verbieten, dass es regnet, dann regnet es auch nicht. Vielleicht etwas übertrieben, aber ein bisschen Wahrheit ist zumindest für diesen Flecken Land schon gegeben. Als dann noch die alte Ziegelfabrik schloss, haben sie die gesamte Macht an sich gerissen. Die Kirche und das Pfarrhaus sind wohl einige der wenigen Häuser, die nicht ihnen gehören. Persönlich habe ich Sandro und später Emilio im Religionsunterricht erleben dürfen. Das war in einer Zeit, als wir hier noch eine Schule hatte. Das Gebäude finden Sie etwas außerhalb auf dem Weg zum Steinbruch. Das Haus gehört mittlerweile auch den Scaras. Auf jeden Fall war es kein Vergnügen die beiden zu unterrichten, wobei ich Sandro noch als den angenehmeren der beiden kennengelernt habe. Mit ihrem Vater hatte ich auch die eine oder andere Auseinandersetzung, wobei ich naturgemäß meistens den Kürzeren zog. Aber am meisten hat Bruno unter Emilio gelitten. Das war damals eine richtig eingeschworene Clique und mit zunehmendem Alter der Gruppe wurde es immer schlimmer. Oft saß ich mit Bruno hier auf der Bank, auf der wir jetzt sitzen und

er hat mir erzählt, wie sie ihn geärgert haben. Viel schlimmer aber war, dass er nirgends dazugehörte. Einmal sagte er aus diesem Zusammenhang heraus zu mir, wie schön es bei mir sei und dass er sehr dankbar sei, dass ich ihn mochte. Seltsame Worte für einen damals vielleicht Sechszehnjährigen."
Bernardo hörte den Schilderungen zu wie einer Darbietung im Theater. Mittlerweile hatten sie schon das dritte Glas geleert und die Geschichten von und über Bruno ließen diesen vor seinem inneren Auge immer lebendiger erscheinen. Er schreckte auf, als der Monsignore das Wort an ihn richtete: „Glauben Sie an Gott?" Bernardo musste sich sammeln. Die vorangegangene Frage, ob sie beide zusammen sündigen wollten und der Monsignore dies mit dem Hervorholen zweier Zigarren erklärte, konnte er sofort bejahen. Den dicken Rauchschwaden nachsehend überlegte er nun eine Antwort auf die zweite Frage: „Ich weiß es nicht. Wie die meisten Menschen möchte ich glauben, aber wie den meisten fällt es auch mir schwer. Wie kann es einen gütigen Gott geben, wenn Menschen wie die alte Genoveva ihr Leben lang schwer arbeiten müssen und dann immer wieder solche Schicksalsschläge ertragen müssen? Wenn es auf der anderen Seite Leute wie die Scaras gibt. Wo ist da die göttliche Gerechtigkeit? Das lässt mich zweifeln. Oder wenn Kinder sterben, wenn Menschen andere Menschen töten,

wenn Flugzeuge abstürzen und bei den Hinterbliebenen eine tiefe Trauer hinterlassen, wenn Menschen einfach so aus dem Leben gerissen werden..." Er blies den Rauch in den dunklen Abendhimmel und dachte nach: „Hochwürden, Sie sollten eigentlich die Antworten kennen. Auch wenn ich Sie noch nicht wirklich kenne, ist es mir, als hätten wir schon einen langen gemeinsamen Weg hinter uns. Deswegen erlauben Sie mir die Frage: Zweifeln Sie nie?" Der Monsignore sah ihn durch den dicken Zigarrenrauch hinweg ernst an. Er nahm bedächtig einen großen Schluck Wein und es schien, als würde er seine Worte genau abwägen: „Warum glauben alle Menschen, dass Geistliche nicht zweifeln? Wenn es darum geht, stehe ich leider ganz weit oben. Als ich damals mit meinen Eltern die ersten Male zur Messe ging, reifte bereits der Wunsch in mir Geistlicher zu werden. Und ich habe dieses Ziel nie aus den Augen verloren. Bereits im Kindesalter wusste ich, dass ich einmal anderen Menschen den Glauben näher bringen möchte. Das Helfen und Begleiten im christlichen Sinne meine Aufgabe werden sollte. Auch wenn ich dabei auf Frau und Kinder verzichten musste. Glauben Sie, ich habe das nie bereut? Vielleicht lag mir deswegen Bruno so am Herzen. Bei ihm fiel mein Samen auf fruchtbaren Boden. Er war dankbar für meine Hilfe. Aber gezweifelt habe ich mein Leben lang. Können Sie sich das vorstellen, wenn Sie am Samstagabend die

Sonntagsmesse vorbereiten und Sie hören aus den Gärten das Lachen von Kindern? Hören die Väter und Mütter, die ihren Abend zusammen genießen, vielleicht mit Freunden draußen essen und Spaß haben und Sie sitzen alleine am Schreibtisch. Leere Worthülsen wie auf einer Kette aneinanderreihend um sie am nächsten Morgen zu verkünden. Und wenn sich dann nach der Messe die Bänke leeren und alle zusammen um den sonntäglichen Mittagstisch sitzen und Sie wieder alleine in Ihrem Pfarrhaus sind. Glauben sie nicht, dass Sie da bezweifeln, ob das der Wille unseres Herrn ist? Auch wir Geistlichen sind nur aus Fleisch und Blut. Sie gehen durch die Stadt und sehen Paare, die sich Händchen haltend küssen, denken Sie nicht, dass Sie auch da an Ihrer Entscheidung zu zweifeln beginnen? Und mit den Jahren weicht Ihr Optimismus einer immer größer werdenden Ernüchterung. Das Glauben wird im Alter nicht leichter. Und was mache ich jetzt hier in diesem kleinen Dorf? Da stehe ich nun vor einer Handvoll alter Menschen, die wie ich dem Ende schon um ein Vielfaches näher sind als dem Anfang. Und von denen die meisten nur zur Kirche gehen um gesehen zu werden. Ist es das, was ich wollte? War das Gottes Wille für meinen Weg? Und dennoch glaube ich. Vielleicht in anderen Bahnen wie es sich für einen Geistlichen gehört, aber ich glaube an eine höhere Macht. Und damit meine ich nicht den Vatikan." Mit diesen Worten beendete er seine

Erklärung zum Thema Glauben. Der Wind frischte etwas auf und die angestaute Hitze wich einer angenehmen Kühle. Fast gespenstisch warfen die Büsche lange Schatten und der Garten schien eingeschlafen zu sein. Bernardo leerte sein Glas und da bereits die zweite Flasche Rotwein sich dem Ende näherte, wollte er langsam den Heimweg antreten. Ein langer Tag mit vielen Eindrücken lag hinter ihm, jedoch eine Frage beschäftigte ihn noch: „Monsignore, ich danke Ihnen für Ihr Vertrauen. Es waren sehr bewegende Worte und gerne würde ich mit Ihnen das Gespräch an einem anderen Abend fortsetzen, aber jetzt führt mich mein Weg nach Hause. Erlauben Sie mir eine letzte Frage. Glauben Sie Emilio Scara hat Bruno ermordet?" Die dichten Augenbrauen zogen sich zusammen und die Stirn legte sich in Falten, als der Monsignore tief Luft holte und langsam zu sprechen begann: „Mein lieber Kommissar, das herauszufinden ist Ihre Aufgabe, aber wenn Sie mich um meine subjektive Meinung bitten, sage ich Ihnen…", und jetzt stockte er, als müsste er nochmals überlegen und setzten dann von Neuem an, „…dann sage ich Ihnen, dass ich das nicht glaube." Bernardo glaubte sich verhört zu haben. Er hatte mit einem klaren „ja" gerechnet, bestenfalls vielleicht mit einem ausweichenden „vielleicht", aber nicht mit einem „nein". Der Monsignore ließ ihm keine Zeit darüber nachzudenken und fuhr fort: „Und fragen Sie mich nicht, wie ich zu

dieser Meinung gekommen bin. Was ich Ihnen aber auf jeden Fall verspreche ist, Sie bei der Suche nach der Wahrheit mit allen Kräften zu unterstützen. Manchmal muss man auch der Zeit eine Chance geben und so wie der zu früh gepflückte Apfel sauer schmeckt, so ist es auch mit der Wahrheit. Und manchmal braucht es Zeit, bis man sie erkennt."
Während er diese Wort in sich gekehrt und mit melancholischem Blick sprach, sah ihn Bernardo fragend an. Was wollte er ihm damit sagen? Noch ein weiteres Rätsel, das dieser Tag mit sich brachte. Und als wäre sein Gegenüber von einer langen Reise in unbekannte Tiefen sogleich wieder aufgetaucht, schickte er in leichterem Tonfall hinterher: „Wir werden zusammen die Wahrheit finden, Ehrenwort."
Nach diesen etwas kryptischen Worten bedankte sich Bernardo herzlich für den schönen Abend, den guten Wein und das Essen und trat durch das Rosenspalier auf die Straße. Als er sich zu einem letzten Gruß umsah, stand der Monsignore auf den Stufen zum Haus, umgeben von seinem schlafenden Garten, der ihn geheimnisvoll umgab. Das weiche Licht des Mondes malte ein friedliches Bild des Arrangements. Als hätte es ein Künstler so positioniert, um es als großes Ölgemälde zu verewigen. Auf dem Weg zu seiner Pension spürte er den Wein deutlicher als zuvor und er musste sich konzentrieren die richtigen Wege einzuschlagen.

Als er vor seinem neuen Zuhause stand, sah er noch Licht im ersten Stockwerk und ihm fielen wieder die Worte des Monsignore ein, dass Gott jedem sein Bündeln mitgebe, ob er wolle oder nicht. Erleichtert stellte er fest, dass seine Tür dieses Mal verschlossen war und ging mit leichten Schritten zum Schreibtisch. Eigentlich glaubte er beim Verlassen seine Schranktür offen gelassen zu haben. Irene wollte das immer so, um Luft an die Kleidung zu lassen, wie sie ihm immer wieder erklärte. Jetzt aber war die Schranktür geschlossen und sogar das Schloss versperrt. Ihm fiel ein Stein vom Herzen, dass er vorsorglich die Filmdosen, das Heft sowie die Ermittlungsakten im Kofferraum seines Wagens deponiert hatte. Aber er wusste jetzt, was er morgen als erstes besorgen würde. Beinahe wäre er schon während des Zähneputzens eingeschlafen und so war er froh, als er endlich im Bett lag. Doch bevor er einschlief, ließen ihm die Worte von Emilio Scara keine Ruhe. Was meinte er nur damit, dass er seinen Chef kennen würde? Außerdem war da noch die Einschätzung des Monsignores über die Täterschaft. Diese Fragen kreisten in einer Endlosschleife in seinem Kopf und so fand er erst zu später Stunde den wohlverdienten Schlaf.

**Wahrheiten und andere Lügen**

„Wenn der große Zeiger auf der Zwölf und der kleine Zeiger auf der Sieben sind, dann stehen wir auf." Bernardo musste an diese Worte, mit denen er versuchte Luca die Uhr zu erklären, denken, als sein Blick am Morgen auf den kleinen Reisewecker fiel. Nachdem er dem nervenden Summen ein Ende bereitet hatte, stand er auf und öffnete die Terrassentür. Es musste heute Nacht geregnet haben, denn die Luft war angenehm kühl und die Steine noch nass. Bereits unter der Dusche holten ihn die Fragen von gestern wieder ein, doch als er fertig angezogen war, nahm er sein Handy und rief zu Hause an. Lange konnte er nicht mit Irene sprechen, denn der kleine Luca wollte unbedingt noch seinen Papa begrüßen und so telefonierte er länger, als er eigentlich vorgehabt hatte und wünschte seinem kleinen Wirbelwind zum Abschluss noch einen schönen Tag.
Gerade wollte er die Tür öffnen, als er einen kleinen Zettel darunter fand. „Lieber Kommissar, leider musste ich meine Mutter gestern Abend ins Krankenhaus bringen. Ich werde die nächsten Tage bei ihr bleiben. Nicht böse sein, aber Ihr Frühstück kann ich Ihnen heute leider nicht herrichten. Liebe Grüße Felizita." Er wunderte sich etwas, da doch gestern noch Licht gebrannt hatte, als er zurückgekommen war, aber vielleicht hatte sie es in der Aufregung einfach vergessen zu löschen. Da er heute seinen

Wagen brauchen würde, ging er mit hungrigem Magen zu seinem Auto. Erleichtert darüber, dass der Kofferraum noch verschlossen war, überprüfte er, ob sich seine Unterlagen, das Heft und die Filmdosen noch im Inneren befanden. Zum Glück lag alles an seinem Platz. Zumindest hier hatte niemand spioniert.

Seinen Wagen parkte er vor dem Polizeirevier und ging die paar Schritte über die Piazza zum Supermarkt. Der Alte saß schon wieder, und wie Bernardo hoffte nicht noch immer, vor seinem Laden. An die unfreundliche Begrüßung schon gewohnt, versorgte er sich mit einer kleinen Rolle transparentem Klebefilm und einem eingeschweißten Sandwich.

So ausgerüstet betrat er dann die Polizeistation und wurde sofort von Thomaso Baldo und Carlo Fatese auf das freundlichste begrüßt und mit Kaffee versorgt. Irgendetwas stimmte nicht. Die beiden hatten beste Laune und schienen sich richtig auf den Beginn ihrer morgendlichen Besprechung zu freuen. Als er gegessen hatte, rief er die beiden zu sich: „So, meine Herren, nachdem wir bei unserer letzten Besprechung außerplanmäßig die Tagesordnung abändern mussten, möchte ich zuerst Ihre Meinung zu den Berichten hören. Sie hatten nun ausreichend Zeit dafür, also legen Sie bitte los." Was die beiden von sich gaben, würde sein Sohn hoffentlich in ein paar Jahren kürzer und inhaltlich besser wiedergeben. Das einzige, was Ihnen aufgefallen sei, sei der Ort, an dem Bruno gefunden worden sei. Eine Erklärung, warum es ausgerechnet der Stollen eines fünf Kilometer außerhalb befindlichen Steinbruches war, konnten sie allerdings auch nicht beantworten und so ging Bernardo zum nächsten Punkt über: „Haben Sie etwas über diese Prostituierte herausgefunden?" Jetzt strahlten beide wie kleine Kinder an Weihnachten und begannen auch gleichzeitig zu erzählen, bis Thomaso seinen Kollegen mit einem scharfen Blick zum Schweigen brachte. „Also, Herr Kommissar, wir haben die alten Akten vom Speicher geholt. Zum Glück haben wir die Vorschrift aus Rom nicht umgesetzt, die Akten von Bagatellverstößen oder Routineüberprüfungen nach zehn Jahren zu vernichten." So kann man seine Bequemlichkeit auch als Erfolg darstellen, dachte sich Bernardo, unterbrach Thomaso jedoch nicht. „Und so haben wir einen Eintrag im Tagebuch von 1996 gefunden. Demnach wurde bei einer Routineüberprüfung eine Prostituierte an der Ausfallstraße zur Autobahn vernommen. Denn eigentlich ist es, und war es auch damals, verboten der Straßenprostitution nachzugehen. Auf jeden Fall fanden wir einen Eintrag vom 18. Juli 1996. Ein früherer Kollege hatte die Vernehmung vor Ort durchgeführt, aber lesen Sie selbst." Mit diesen Worten schob Thomaso ihm die abgegriffene Kladde über den Tisch. Bernardo setzte seine Brille auf und seine Finger wanderten bis zu dem besagten Datum. Dort las er neben einigen Bagatelleinträgen: „16.10 Uhr, auf der Strada de Promento, in Höhe der Abzweigung zu einem Feldweg, Vernehmung der Signora Sylvia Wizoracik, ausgewiesen durch Personalausweis. Verdacht der Ausübung von Prostitution. Vergehen wurde nicht eingestanden. Über mögliche rechtliche Folgen aufgeklärt. Keine Anzeige erstattet, da kein Beweis vorlag." Bernardo hoffte, dass besagte Sylvia nicht durch die Erbringung gewisser Leistungen einer Anzeige entgangen war und schob die Kladde wieder zu Thomaso. „Sehr gut, meine Herren, wirklich sehr gut! Wenn wir diese Person ausfindig machen, kann sie uns vielleicht wertvolle Hinweise über das Verbrechen geben. Konnten Sie noch mehr über diese Person herausfinden?" Da war ihr Erfolg schon wieder dahin, denn Carlo erklärte ihm: „Wir haben in den Suchmaschinen nachgesehen und in unserem Zentralregister, aber leider kein Eintrag." Die beiden konnten jetzt eine Aufmunterung gebrauchen und so tröstete er sie mit den Worten: „Das habe ich mir fast gedacht. Damals war das Internet noch nicht verbreitet und leider hat Ihr früherer Kollege vergessen die Nationalität zu vermerken. Und wenn diese Sylvia in Italien nicht straffällig geworden ist, werden wir sie auch nicht in unserem Register finden. Aber da gibt es noch andere Möglichkeiten…" Er notierte sich den Namen auf seinen kleinen Notizblock. „Sie haben richtig gute Polizeiarbeit gemacht und ich danke Ihnen für die Unterstützung! Vielleicht finden Sie noch mehr Gesetzesverstöße in diesem Zeitraum. Das könnte uns unter Umständen nochmals einen Schritt weiterbringen. Vor allem nach dem 21. September 1996. Jede noch so kleine Information kann uns helfen. In der Zwischenzeit werde ich zu Maria Opolos fahren und mir den Fundort der Leiche nochmals ansehen. Wir treffen uns dann morgen wieder um neun Uhr hier." Die Enttäuschung war den beiden anzusehen. Die Aussicht unzählige Tagesberichte durcharbeiten zu müssen, erfüllte sie nicht gerade mit Freude. Aber aus der Erfahrung wusste Bernardo, dass mancher Fall durch solch kleine Spuren aufgelöst wurde. Natürlich war er auch froh, die beiden damit für einige Zeit ruhig gestellt zu haben und mit einem kleinen Anflug schlechten Gewissens verabschiedete er sich.

Sein Alfa startete problemlos, doch bereits nach zwei Kilometern zeigte er wieder die gewohnten Aussetzer und so steuerte er die kleine Werkstatt am Rande des Dorfes an. Diese lag ohnehin auf dem Weg zur nächsten Ortschaft, wo er vom dortigen Postamt aus die Filme an Luciano Sales in sein Mailänder Präsidium schicken wollte. Seit er den Oldtimer besaß, kannte er diese kleinen Werkstätten, in denen noch mit viel Liebe und wenig Computer ein Auto wieder zum Laufen gebracht wurde. Das Tor der kleinen Halle stand offen. An den beiden Tanksäulen herrschte gähnende Leere und so steuerte Bernardo auf das offene Tor zu. Die unvermeidlichen Poster von halb und ganz nackten Frauen, die sich auf Motorhauben räkelten, das verstreute Werkzeug zusammen mit ölverschmierten ausgebauten Teilen, der Geruch nach Benzin, all das ergab eine wunderbare und ehrliche Einheit. Auf einem Holzbrett oberhalb der Werkbank erkannte Bernardo verstaubte Modelle von alten Autos. Die hatten es wohl irgendwann vom Kinderzimmer in die eigene Werkstatt geschafft. Auch ein Modell seines Wagens befand sich darunter. Erst als er ein lautes „Ciao" gerufen hatte, ruckten zwei Köpfe über einer geöffneten Motorhaube nach oben. Zuerst dachte der Kommissar, es handle sich um Vater und Sohn, aber später stellte sich heraus, dass es sich bei dem Jüngeren um Pietro Bramanti, den Lehrling handelte. Die beiden sahen ihn fragend an und er erklärte den Grund seines Besuches. Gemeinsam gingen sie nach draußen, wo Ucello Aretini, so hatte sich der Werkstattbesitzer vorgestellt, plötzlich stehen blieb. Feierlich legte er seinem Lehrling die Hand auf die Schulter: „Hier siehst du mal ein richtig schönes Auto. Ein Alfa Romeo GT 1600 Junior, merk dir das. Wir haben auch ein Modell von dem in unserer Oldtimersammlung auf dem Holzbrett", und an Bernardo gewandt, „sagen Sie nichts, ich weiß es. Baujahr 1972 oder 1973?" Erwartungsvoll sah er ihn an. „Gratulation!", entgegnete Bernardo, „Sie haben Recht. Baujahr 1973. Leider stottert der Motor etwas. Meine Werkstatt wechselt dann meistens den Benzinfilter aus. Vielleicht sollte ich mal über einen neuen Tank nachdenken? Vielleicht stimmt es, dass sich dort Ablagerungen bilden und dann den Benzinfilter verstopfen?" Ucello Aretini, ein kleiner, aber freundlich wirkender Kerl so um die vierzig, kratzte sich am Kopf. Ein untrügliches Zeichen, dass er sich Gedanken machte, wie Bernardo vermutete. „Ja, das könnte sein, aber für's erste wird ein neuer Benzinfilter sicher helfen. Das haben wir gleich!" Während er in Richtung Werkstatt ging, lief der junge Pietro noch immer um das Auto herum und bewunderte es wie ihm geheißen worden war. Bernardo fragte ihn: „Gefällt er dir wirklich? In deinem Alter mochte ich am liebsten Ferrari!" Da strahlte ihn Pietro an: „Ich hätte nichts dagegen gehabt, wenn Sie mit einem Ferrari oder Lamborghini hier aufgekreuzt wären, aber Ihr Wagen ist auch schön. Darf ich mal ins Innere schauen?" Bernardo war ob der höflichen Frage positiv überrascht und erlaubte ihm auch hinter dem Lenkrad Platz zu nehmen. Da saß er nun und bestaunte die einfache Technik und vermisste wohl auch ein Navigationsgerät und sonstige Spielereien der Neuzeit. „Echt toll, so einen habe ich noch nie gesehen. Außer gestern im Hof bei Felizita

Zerusso." Bernardo lachte: „Das war meiner, ich wohne für kurze Zeit dort." Pietro stieg aus und nickte eifrig: „Natürlich, sonst wäre es schon ein großer Zufall gewesen innerhalb von zwei Tagen zweimal so einen Wagen zu sehen." „Stimmt, da hast du Recht!", bestätigte Bernardo seine Überlegung und schon kam Ucello Aretini mit einem Bauteil in der Hand zurück. Als er auf den Wagen zuging, bemerkte er das Mailänder Kennzeichen und fragte den Kommissar: „Sie sind wohl nicht von hier?" „Nein, ich komme aus Mailand." Der Werkstattbesitzer beugte sich in den Motorraum, nachdem er zum Schutz des Kotflügels eine Decke über diesen gelegt hatte. Vornübergebeugt fragte er Bernardo weiter: „Sind Sie der Kommissar, der den Mord an dem armen Bruno aufklären soll?", und mit diesen Worten richtete er sich auf und sah Bernardo an. „Ja, der bin ich und hoffentlich ist das kein Verbrechen", aber er merkte, dass dieser Scherz nicht gut ankam, denn Ucello Aretini hatte sich einem kompletten Gesinnungswandel unterzogen. Jede Freundlichkeit war aus seiner Stimme gewichen. Seine Worte wirkten jetzt abweisend, fast schon aggressiv: „Ich bedaure sehr, mein Herr, aber ich kann Ihnen nicht helfen. Dieser Filter passt nicht und einen anderen haben wir nicht. Außerdem muss ich jetzt weitermachen, wenn Sie dann so freundlich wären und mit Ihrem Wagen eine andere Werkstatt aufsuchen würden." Bernardo begriff nur zu gut,

aber so leicht wollte er sich nicht geschlagen geben: „Aber Sie haben es doch noch gar nicht versucht. Wenn Sie keine Zeit haben, verkaufen Sie mir den Benzinfilter und ich montiere ihn selbst." Da trat Ucello Aretini noch einen Schritt auf ihn zu: „Ich glaube Sie haben mich nicht richtig verstanden, wir verkaufen auch keine Ersatzteile. Das ist der einzige, den wir haben und der ist unverkäuflich!" Dabei blitzten seine Augen in Richtung des Kommissars, der aber eine gewisse Unsicherheit im Blick seines Gegenübers bemerkte. Zu allem Unglück wollte ihm auch noch der kleine Pietro helfen und sprach: „Aber Chef, wir haben doch eine ganze Kiste dieser Benzinfilter hinten im Lager und wir verkaufen doch…", weiter kam er nicht, denn sein Vorgesetzter schnitt ihm das Wort ab: „Halte deinen Mund und kümmere dich um den Wagen in der Halle!" Und als Pietro sich noch immer nicht von der Stelle rührte, erhob er drohend die Hand und herrschte ihn an: „Na, wird's bald!" Da verzog sich Pietro wie ein geprügelter Hund in Richtung Werkstatt mit hängenden Schultern und sich keiner Schuld bewusst. Bernardo schloss die Motorhaube und an sein Gegenüber richtete er die Worte: „Ich verstehe, Sie stehen also auch auf der Lohnliste der Scaras. Das tut mir leid. Ich wünsche Ihnen trotzdem noch einen schönen Tag!"
Als er vom Hof fuhr, sah er im Rückspiegel noch immer den kleinen Werkstattbesitzer auf seinem

Hof stehen und ihm nachblicken. Seiner Einschätzung nach hatte dieser soeben etwas gemacht, was nicht seiner eigenen Einstellung entsprach, aber so war das hier eben. Hier herrschten andere Gesetze. Auf dem Weg zum Postamt im nächsten Dorf lief sein Motor so rund, als hätte bereits die Ankündigung eines neuen Bauteils seine Wirkung gezeigt. Er ließ sich einen Umschlag geben und schickte die Filme zur Sicherheit mit einem Wertbrief an seine Mailänder Zentrale direkt zu Händen von Luciano Sales.

Auf dem Rückweg suchte er den kleinen See, von dem ihm Genoveva erzählt hatte und fand diesen zu seiner Überraschung ohne langes Suchen kurz vor San Giorgio. Dort parkte er seinen Wagen im Schatten zweier großer Bäume und ging mit dem Heft in der Tasche zum Ufer. Die Wolken des Vormittags hatten sich verzogen und eine angenehme Wärme kündigte den Sieg der Sonne für den Rest des Tages an. An lauschigen Plätzen fehlte es hier nicht und Bernardo schmunzelte bei dem Gedanken, wie viele Bewohner von San Giorgio hier wohl in lauen Sommernächten ihren Ursprung gefunden hatten. Er fand eine kleine Bank unweit des Wassers und ließ sich nieder. Außer ihm war niemand zu sehen und so entledigte er sich kurzerhand seiner Kleider und schwamm mit kräftigen Zügen hinaus auf den See. Die angenehme Kühle des Wassers erfrischte auch seinen Geist. Selten hatte er sich seit seiner Kindheit so frei gefühlt. Wann hatte sich die alte Genoveva oder Felizita in den vergangenen Jahren wohl frei gefühlt? Diese beiden hatten eine so große Last zu tragen, dass sich Bernardo beinahe schämte selbst solche Gedanken an Freiheit zu haben. Ihm ging es doch hervorragend. Er hatte seine kleine Familie, die er über alles liebte und sein Job machte ihm meistens auch Freude. Und trotzdem ertappte er sich bei dem Gedanken, wie es wohl wäre, einfach in sein Auto zu steigen und Richtung Süden zu fahren. Ohne Handy, ohne Gewissensbisse, einfach so hinein in ein neues Leben. Aber wer hatte ab und an nicht solche Gedanken. Als er wieder angezogen auf der Bank saß, waren seine Kleider zwar etwas nass, aber der Wind und die Sonne würden das schnell beheben und so wählte er die Nummer von Luciano Sales auf seinem Handy und lehnte sich zurück, während er auf eine Antwort wartete. Die ließ nicht lange auf sich warten und als er die Stimme von Luciano hörte, sah er ihn förmlich vor sich. „Ciao, Luciano, hier ist Bernardo und wie nicht anders zu erwarten, brauche ich deine Hilfe." Ein tiefes Atmen war am anderen Ende der Leitung zu hören, gefolgt von Lucianos Stimme: „Danke der Nachfrage, mir geht es auch gut. Also, um was geht es denn?" So hörte sich der kleine Luciano nur an, wenn es im Hotel Mama wieder mal Ärger gab, aber Bernardo wollte sich jetzt keine Geschichten über zwischenmenschliche Spannungen anhören und überging daher die Bemerkung. Er schilderte in kurzen Worten sein Anliegen. „Sowohl die Adresse von Sylvia Wizoracek als auch die Entwicklung der Filme könnten uns einen großen Schritt voranbringen", schloss er. „Gut, ich werde sehen, was ich machen kann und natürlich sende ich sie dir im verplombten Sicherheitsumschlag zurück. Nicht, dass deine Kollegen vielleicht zu neugierig sind. Und natürlich besser heute als morgen. Also, alles wie gehabt!", fasste Luciano zusammen. „Stimmt und vielen Dank im Voraus. Ich weiß, auf dich kann ich mich verlassen!" Diese Worte ließen Luciano jedes Mal um einige Zentimeter wachsen und Bernardo meinte es auch so, wie er es sagte. Nachdem sie sich verabschiedet hatten, wählte Bernardo die Nummer seines Chefs. Als er die sonore Stimme Ignazios vernahm, fühlte er sich mit seinen Sorgen sofort gut aufgehoben. Nach den üblichen Fragen nach dem persönlichen Befinden schilderte Bernardo im Telegrammstil die bisherigen Ermittlungsergebnisse und auch, dass noch keine konkreten Beweise vorlagen. Die dringlichste Frage sparte er sich bis zum Schluss auf. „Dieser Emilio Scara hat mir in seinem Zorn noch hinterhergerufen, ich solle mich in Acht nehmen, wenn ich nicht in Zukunft als Verkehrspolizist Dienst verrichten möchte. Sie hätten gute Kontakte zu meinem Chef in Mailand. Was hältst du davon?" Ignazios schweres Atmen war deutlich zu vernehmen und Bernardo sah ihn vor sich, wie er angestrengt überlegte, bevor er antwortete: „Gute Frage. Also mich kann er damit nicht gemeint haben, da ich weder San Giorgio kenne noch mit dem Namen Scara irgendetwas verbinden kann. Vielleicht wollte er dich nur einschüchtern, denn selbst wenn die Familie eine Verbindung zu irgendeinem Politiker oder sonst wem auch immer unterhalten würde, glaube ich kaum, dass jemand so dumm ist und damit prahlt. Auf der anderen Seite hast du mir Vater und Sohn eben nicht als besonders überlegt geschildert. Ich werde mich mal umhören, aber vergeude nicht zu viel Energie auf diese Frage. Irgendwie hört sich das doch nur nach leerer Drohung an. Wenn ich etwas in Erfahrung bringe, werde ich dich sofort anrufen." Sie verabschiedeten sich und Bernardo klappte sein Handy zu. Friedlich lag der kleine See vor ihm, aber die Ruhe strahlte nun nicht mehr zu ihm herüber. Irgendwie hatte er sich von dem Gespräch mehr erhofft. Er klappte Brunos Heft auf und blätterte die einzelnen Seiten durch. Was dem erfahrenen Kommissar sofort auffiel, war die Tatsache, dass nur die ersten zehn Seiten beschrieben waren und sich auf diesen auch keine Eintragungen über das jeweilige Datum befanden. Da aber die einzelnen Seiten mit unterschiedlichen Farbstiften beschrieben waren, ließen sie die Vermutung zu, dass es sich dabei um einzelne Tage gehandelt haben könnte und so begann er auf der ersten Seite zu lesen. „War heute wieder mit dem Fahrrad unterwegs. Da habe ich Ramona kennengelernt. Stand mit einem Kastenwagen auf dem Feldweg. Dachte zuerst, sie hätte eine Autopanne. Habe ihr meine Hilfe angeboten. Aber sie hatte gar keine Autopanne. Sie hat mir gesagt, dass sie dort stehe um Geld zu verdienen. Am Anfang war sie sehr scheu, aber ich habe ihr dann etwas von meinen Süßigkeiten aus der Bäckerei gegeben. Es hat ihr gut geschmeckt. Ramona ist sehr hübsch, aber sie spricht komisch. Sie ist nicht hier geboren. Haben uns dann länger unterhalten, bis ein Auto gekommen ist. Sie hat gesagt, dass ich jetzt gehen soll, aber ich darf sie wieder besuchen, wenn ich in der Nähe bin. Hat mich sehr gefreut. Sie ist vielleicht etwas älter als ich, aber hat sehr schöne braune Haare." Dahinter hatte Bruno ungeschickt eine Blume gemalt. Auf der zweiten Seite hatte er dann mit Rot seine Eintragung fortgesetzt. „Habe heute wieder Ramona besucht. Zuerst stand sie nicht vor ihrem Kastenwagen und ein anderes Auto stand davor. Da habe ich im dichten Gestrüpp gegenüber gewartet und als ein Mann aus ihrem Kastenwagen kam und mit seinem Wagen weggefahren ist, bin ich zu ihr gegangen. Glaube, sie hat sich gefreut. Dann hat sie erzählt, dass heute ein guter Tag war, weil sie schon viel Geld verdient hat. Habe ihr wieder Süßigkeiten mitgebracht. Sie hat sich darüber gefreut und ich habe ihr erzählt, dass ich in einer Bäckerei arbeite. Dann hat sie mir erzählt, warum die Autos zu ihr kommen. Hat mir sehr wehgetan. Wollte schon gehen, weil ich das nicht gut finde. Ramona hat mir erzählt, dass sie keine andere Arbeit finden kann, weil sie auch nicht so gut Italienisch sprechen kann. Am Sonntag arbeitet sie nicht. Habe ihr versprochen, dass ich am Montag wieder komme. Sie hat ganz schöne dunkle Augen. Außerdem hat sie mir die Hand auf die Schulter gelegt. Glaube, sie mag mich. Ich mag sie auch. Sie ist sehr freundlich zu mir. Heute haben wir viel zusammen gelacht, weil ich ihr von dem Brot erzählt habe, dass Jose heute vergessen hat in den Ofen zu schieben und wie er sich dann geärgert hat."

Damit endete die zweite Seite und Bernardo legte das Heft neben sich. Mit geschlossenen Augen sah er die beiden vor sich. Zwei von der Gesellschaft Ausgeschlossene, die eigentlich nur leben und ein bisschen Liebe wollten. Jeder auf seine Weise und jeder mit seinen eigenen kleinen Wünschen und Träumen. War das wirklich zu viel verlangt? Er klappte das kleine Schulheft auf und las weiter.

„Heute bin gleich nach der Arbeit zu Ramona gefahren. Heute ist zum Glück keine Abendmesse und ich dachte, wir hätten dann mehr Zeit zum Reden. Aber kurz bevor ich da war, ist der blaue Fiat Panda vom alten Guiseppe weggefahren. Der alte Guiseppe fährt eigentlich gar nicht mehr Auto. War sehr traurig. Aber Ramona hat sich sehr gefreut mich zu sehen. Hat mir einen Kuss auf die Backe gegeben. Sie hat mir erzählt, dass sie in einer kleinen Pension in Gardio ein Zimmer gemietet hat. Heute hatte sie wieder das kurze rote Kleid an. Wenn sie meine Freundin wäre, wollte ich nicht, dass sie so kurze Röcke anzieht. Musste leider schon bald wieder gehen, weil ein anderes Auto gekommen ist. Muss mich dann immer sehr beeilen um in mein Versteck zu kommen. Bin dann nach Hause gefahren. Ramona tut mir so leid. Wenn ich bloß mehr Geld hätte, dann würden wir vielleicht zusammen in ihrer Pension leben und sie müsste nicht mehr diese Arbeit machen."

Die vierte Seite war mit Bleistift beschrieben. „Gestern konnte ich Ramona leider nicht besuchen, weil ich bei der Abendmesse mitgeholfen habe. Dafür habe ich mich sehr darauf gefreut sie heute wieder zu sehen. Heute stand das Auto vom dicken Pietro vor dem Kastenwagen. Habe mich sehr geärgert, weil der immer so freundlich tut und jeden Sonntag mit seiner Frau und den beiden Töchtern in die Kirche geht. Und mit seiner Baufirma hat er den Kindergarten gebaut. Und dann macht er so etwas. Als er weggefahren ist, kam Ramona aus ihrem Kastenwagen und sie hat geweint. Ich habe sie dann getröstet und sogar in den Arm genommen. Ramona heißt gar nicht Ramona, sondern Sylvia, sie sagt nur, dass sie so heißt, weil sie sich schämt und nicht will, dass jemand weiß, wie sie wirklich heißt. Sie hat gesagt, dass der dicke Pietro ihr wehgetan hat. Das hat mir sehr leid getan. Aber jetzt weiß ich, wie ich Sylvia helfen kann. Sie ist sehr schön. Meinen Plan werde ich ihr aber nicht sagen. Es soll eine Überraschung werden. Hat mir heute wieder einen Kuss auf die Backe gegeben und hat gesagt, dass sie mich sehr mag. Ich habe ihr meine Adresse aufgeschrieben. Wenn sie Hilfe braucht, habe ich ihr gesagt, soll sie einfach kommen. Das hat sie sehr gefreut."

Bernardo musste tief Luft holen. In seinem Beruf war man so einiges gewohnt, aber selten hatte ihn eine Geschichte derart betroffen gemacht. Was ging wohl in Bruno vor, wenn er in seinem Versteck war und seine erste große Liebe dieser Art von Arbeit nachgehen musste?

Die Sonne stand schon hoch am Himmel, als Bernardo die nächste Seite las. „Habe heute in meinem Versteck zum ersten Mal meinen Plan erfüllt. Bin sehr gespannt, ob es so klappt, wie ich es mir wünsche. Heute stand das Auto von dem scheinheiligen Vito bei Ramona. Fast hätte ich es nicht gesehen, so weit hat er es im Wald versteckt. Der ist auch verheiratet. Die werden sich alle noch wundern. Wieso tun die einem Mädchen so weh? Die haben doch alle Frauen zu Hause? Wenn die das wüssten! Aber meine Rache wird diese ganzen Lügner an den Pranger bringen. Und dann kann keiner mehr so scheinheilig tun. Sylvia war heute guter Laune. Ich

habe ihr eine Rose aus unserem Garten mitgebracht. Hat sie sehr gefreut. Habe ihr gesagt, dass ich morgen wegen der Abendmesse nicht kommen kann, aber dafür übermorgen. Habe heute an ihren Haaren gerochen. Die riechen ganz arg nach Blumen. Vielleicht mag sie mich wirklich. Hat mir heute über den Kopf gestrichen. Hoffentlich merkt sie wie gern ich sie hab."
Bernardo hatte jetzt die erste Hälfte des Heftes hinter sich gebracht und beim Durchblättern fiel ihm auf, dass die letzten fünf Seiten deutlich kürzer gehalten waren und so las er weiter. „Nachdem ich gestern Sylvia nicht besuchen konnte, habe ich heute schon wieder ein Stück von meinem Plan fertig gebracht. Von dem hätte ich das nicht gedacht. Das wird wie eine Bombe platzen, wenn die das im Dorf alle sehen. Sylvia und ich haben heute im Spaß darüber geredet wie das wäre, wenn ich viel Geld hätte und wir um die Welt fahren könnten. Das hat uns beiden viel Spaß gemacht. Muss mich jetzt um meinen Plan kümmern." Der Eintrag der nächsten Seite war noch kürzer. „Heute habe ich das Auto von Silvi Scara bei Ramona gesehen. Das hilft mir sehr bei meinem Plan, auch wenn ich nicht darüber nachdenken möchte, was da im Kastenwagen passiert ist. Aber es wird nicht mehr lange dauern. Ich werde Sylvia helfen. Habe ihr heute Geld gegeben. Sie wollte es nicht nehmen, aber ich habe sie ganz arg darum gebeten. Dann hat sie es genommen. Sie

wollte mich nicht verletzen. Manchmal kann ich es gar nicht aushalten und dann würde ich es ihr so gerne sagen. Aber das geht nicht. Habe ihr heute Brot und Salami mitgebracht. Sie hat gesagt, dass sie oft Hunger hat. Da hat sie sich sehr gefreut. Vielleicht könnte sie auch zu uns ziehen, in meinem Zimmer könnte sie dann das Bett kriegen und ich würde auf dem Boden schlafen. Aber das traue ich mich nicht ihr zu sagen. Sylvia ist wunderschön." Bernardo blätterte zur achten Seite und las aufmerksam weiter. „Gestern habe ich wieder einen Volltreffer gelandet. Bald habe ich die ganze verlogene Bande zusammen und dann werden sie vor mir zittern. Vielleicht muss ich auch aufpassen. Jetzt, wo mein Plan kurz vor dem Ende ist. Morgen kann ich Sylvia leider nicht sehen, weil Sonntag ist. Habe ihr ein Gedicht geschrieben. Sie konnte es nicht lesen, weil sie kein Italienisch kann. Ich habe es ihr dann vorgelesen und sie hat geweint. Es hat ihr sehr gut gefallen und sie hat gesagt, dass ich ein sehr wertvoller Mensch bin. Dann hat sie mich in den Arm genommen und wir haben uns gehalten. War sehr schön. Hätte ihr beinahe von meinem Plan erzählt, aber das geht noch nicht. Wenn alles klappt, wird sie nicht mehr arbeiten und dann sorge ich für uns zwei." Dahinter hatte Bruno ein kleines, fast verstecktes Herz in Rot gezeichnet und rechts und links die Buchstaben S und B dazu gemalt. Die neunte Seite war mit einem grünen Stift aufgeschrieben

worden. „Sylvia hat ein neues Kleid. Sie ist sehr hübsch und ich will nicht, dass sie jemand anderen küsst. Heute haben wir wieder viel gelacht und ich konnte zweimal aus meinem Versteck einen Treffer landen. Das wird jetzt dann genügen. Jetzt brauche ich nur noch einen richtigen Platz, von wo aus alle meine Rache sehen können und dann werden sie Sylvia nicht mehr wehtun. Dann weiß jeder, was für böse Menschen in diesem Dorf leben. Sie hat mir heute wieder über den Kopf gestrichen und ich habe ihre Hand gehalten. Leider kam dann wieder ein Auto. Bin schnell verschwunden und habe ihr gesagt, dass ich morgen wieder komme."
Die letzte Seite war mit einem blauen Filzstift geschrieben worden und der Kommissar las folgende Zeilen: „Als ich heute Nachmittag bei Sylvia war, kam dieser Emilio. Den kann ich gar nicht leiden. Der ist nicht nur gemein, sondern auch noch feige. Ich habe ihn jetzt aber auch auf meiner Liste. Und zwar sehr gut und er hat nichts gemerkt. Als er dann mit Sylvia aus dem Kastenwagen kam, hat er sie angeschrien und an den Haaren gezogen. Ich habe ihn dann weggezogen. Er hat bestimmt wieder getrunken, denn er war sehr zornig, als er mich sah. Da hat er mir mit der Faust auf mein Auge geschlagen. Dann habe ich ihn dafür auch geschlagen. Und zwar ziemlich fest, weil er das verdient hat und weil man auch kein Mädchen schlägt. Da war er noch böser

und hat dann nicht mehr gekonnt. Da habe ich aufgehört und er hat mich angeschrien, dass er mich umbringen wird. Das glaube ich ihm aber nicht. Dann ist er ganz wild weggefahren. Ich habe dann Sylvia getröstet. Heute durfte kein Wagen mehr parken. Sie hat das rote Licht ausgeschaltet. Wir waren sehr lange auf der Motorhaube ihres Wagens gesessen und haben uns die Hände gehalten. Es war sehr schön. Jetzt habe ich auch Emilio und mit den anderen zusammen reicht das aus. Freue mich auch auf den Monsignore, denn der ist der einzige, der mich versteht und der ehrlich ist. Wenn ich alles fertig habe, zeige ich es aber als allererstes Sylvia, dass sie Bescheid weiß. Wir gehören jetzt eigentlich zusammen. Deswegen muss ich mich jetzt an die Arbeit machen."

Bernardo klappte das Heft zu. Warum Bruno, warum hast du nicht weitergeschrieben? Wehmütig blickte er über das flache Land. Ein leichter Wind kräuselte das Wasser des Sees und ein kleiner Vogel pfiff vergnügt sein Lied. Unpassend wie Bernardo feststellte, aber die Choreographie des Lebens entsprach nicht immer den eigenen Vorstellungen. Er machte sich auf den Rückweg zu seinem Wagen. Zumindest bestätigten die Eintragungen die Aussage der alten Genoveva. Aber an deren Ehrlichkeit hatte er ohnehin nicht gezweifelt. Vielleicht würden sein Besuch bei Maria Opolos und die Besichtigung des Stollens, in dem die Leiche Brunos aufgefunden worden war, etwas Licht ins Dunkel bringen.

So machte sich Bernardo auf den Weg, ohne die genaue Adresse zu kennen. Aber so schwer konnte das seiner Meinung nach nicht sein, da er wusste, sein Ziel lag etwa fünf Kilometer hinter dem Dorf in westlicher Richtung. Sein Alfa schnurrte als wäre nichts gewesen und so folgte er der verlassenen Straße in Richtung Dorf zurück. Als er das Dorf durchquert hatte und einige Kilometer in die andere Richtung gefahren war, entdeckte er an einem Feldweg ein altes, vergilbtes Schild mit der Aufschrift „Marmor- und Granitwerk Opolos". Er steuerte seinen Wagen über die staubige Straße und stand nach kurzer Zeit vor einem alten Gebäude, das sich auf dem verlassenen Firmengelände befand. Das Haus war umgeben von alten Steinbrüchen und man erkannte auf den ersten Blick, dass hier schon seit langer Zeit kein Granit oder Marmor mehr abgebaut wurde. Auch das Haus sah heruntergekommen aus. Die brüchige Fassade und die zum Teil schon milchigen Fenster unterstrichen den Eindruck. Dieser Ort könnte gut als Filmkulisse dienen, dachte sich Bernardo, während er ausstieg und auf das Gebäude zusteuerte. Er hatte die Eingangstür noch nicht erreicht, da wurde sie bereits geöffnet und er konnte im gleißenden Licht der Sonne eine ältere Frau erkennen, die ihm misstrauisch entgegensah. „Bernardo Bertini, Kommissar aus Mailand", begann er und war froh seinen Ausweis dieses Mal nicht in seinem Zimmer vergessen zu haben. Behutsam näherte er sich der Frau, die ihn noch immer ängstlich und abweisend zugleich musterte. Nachdem sie seinen Ausweis inspiziert hatte, stellte sie sich vor: „Maria Opolos. Wollen Sie zu mir?" Mit diesen Worten trat sie aus der Tür und ihm einen Schritt entgegen. „Ja, das möchte ich. Sie müssen entschuldigen, dass ich mich nicht angemeldet habe. Wenn es Ihnen ungelegen ist, komme ich gerne morgen nochmal." Bernardo schätze sein Gegenüber auf mindestens sechzig Jahre, vielleicht auch älter. Ihre schwarzen Haare hatte sie zu einem Zopf gebunden und ihre schlanke Figur und die wachsamen Augen verliehen ihr ein mädchenhaftes Auftreten. Auch ihre Kleidung entsprach nicht der Umgebung, sondern war gepflegt und stimmig ausgewählt. „Nein, Sie kommen nicht ungelegen. Ihre Kollegen haben mich schon auf weitere Besuche der Polizei hingewiesen. Wie kann ich Ihnen weiterhelfen?" Jetzt war es an Bernardo kurz zu überlegen, bevor er sich zu einer Antwort entschloss. „Bitte sehen Sie es mir nach, wenn meine Fragen etwas unstrukturiert erscheinen mögen, aber wie gesagt, ich komme aus Mailand und kenne mich weder in der Gegend hier noch mit den Gegebenheiten in Ihrem Dorf aus. Wenn es ihnen recht ist, würde ich mir gerne den Steinbruch ansehen, in dem die Leiche gefunden wurde. Vielleicht können Sie mir mit der einen oder

anderen Information weiterhelfen etwas Licht in das Dunkel dieses Falles zu bekommen." Sie sah ihn das erste Mal direkt an und der Kommissar hatte das Gefühl, dass sie sich nicht wohl in ihrer Haut fühlte. In all den Jahren seiner Tätigkeit bekam man dafür ein Gefühl und das meistens schon ziemlich schnell. „Ja natürlich, wir müssen nur über den Hof gehen. Sie sehen den Stollen schon von hier aus!" Dabei zeigte sie auf einen Steinbruch am anderen Ende des Platzes und wandte sich zum Gehen.
Als sie gemeinsam den staubigen Platz überquerten, fragte der Kommissar: „Wohnen Sie alleine hier?" Ihre Antwort kam zu schnell und er hatte den Eindruck, als ob sie die folgenden Worte oftmals im Stillen schon eingeübt hatte. „Ja, seit mein Mann gestorben ist, lebe ich hier alleine. Das Geschäft hat am Ende ohnehin nicht mehr viel abgeworfen und dann habe ich mit unserem damaligen Betriebsleiter, Raimondo Alonsi, die offenen Aufträge noch abgewickelt und dann den Betrieb geschlossen." Bernardo bemerkte wie sich rote Flecken an ihrem Hals gebildet hatten. Das bestärkte noch mehr seinen Eindruck, dass er hier nicht die Wahrheit fand, die er suchte. Es konnte natürlich auch möglich sein, dass alleine die Anwesenheit eines Polizisten die Frau nervös machte. Aber das kam seiner Erfahrung nach nur selten und in diesem Alter fast gar nicht mehr vor und so fragte er weiter: „Warum haben Sie Ihren Besitz nicht verkauft nach dem Tode

ihres Mannes?" Auch darauf erhielt er eine seiner Meinung nach einstudierte Antwort: „Wenn Sie mir einen Käufer bringen, der bereit ist mir auch nur einen halbwegs ordentlichen Preis zu bezahlen, dann wäre ich Ihnen sehr dankbar. Aber die meisten Steinbrüche hier sind schon abgebaut und wer möchte dann solch ein Geschäft hier weiter betreiben?" Bernardo nickte, denn sie standen jetzt am Eingang zum Stollen. Daneben lag eine massive Holztür am Boden. „Wenn es Ihnen nichts ausmacht, würde ich gerne hier draußen warten, aber die hier werden Sie brauchen." Mit diesen Worten bückte sie sich nach einer großen Lampe, die in einer Ecke des Eingangs deponiert war. Bernardo kannte solche Lampen nur aus dem Fernsehen, wenn es um Bergarbeiter ging, aber er nahm sie dankbar entgegen. „Natürlich, ich werde auch nicht lange brauchen." Und als er die Lampe eingeschaltet hatte, machte er den ersten Schritt in die Dunkelheit. Er musste seinen Kopf einziehen, denn der Stollen war nicht besonders groß und so ging er gebeugt an den Holzstützen und dem modrig riechenden Gestein vorbei tiefer in die Höhle. Es wunderte ihn, wie weit der Stollen reichte, als er nach dreißig Metern an dessen Ende angelangt war. Hier hatten also die Grabungen ihr Ende gefunden, die herausgebrochenen Steine lagen schräg bis zum Ende der Wand vor ihm aufgeschichtet. Er konnte die weiße

Sprühfarbe erkennen, mit der die Kollegen die Position der Leiche markiert hatten. Laut Bericht lag Bruno auf dem Rücken, schräg auf dem Haufen loser Steine, die bis zur Wand reichten. Die Hände links und rechts vom Körper, fast so, als wollte sein Mörder ihn in einer bequemen und zugleich ordentlichen Position seinem Grab übergeben. Bernardo hatte nicht erhofft hier noch Hinweise zu finden, denn seine Kollegen von der Spurensicherung waren besser ausgestattet und hatten in solchen Fällen mehr Erfahrung. Dennoch war es ihm schon oft eine Hilfe gewesen, den Tatort nochmals in Augenschein zu nehmen. Und sei es nur, um sich vor seinem geistigen Auge ein Bild zu machen. Er kehrte um und war froh am Ende des Schachts das Tageslicht zu sehen. Als er hinaustrat, fiel eine gewisse Beklemmung von ihm ab und das gleisende Sonnenlicht raubte ihm für kurze Zeit die Sicht. Maria Opolos stand noch an derselben Stelle wie vorher. „Das ging aber schnell. Leiden Sie unter Platzangst?" „Nein, eigentlich nicht, dachte ich zumindest bis soeben, aber vielleicht ändert sich das auch mit dem Alter." Sie ging nicht auf seinen Scherz ein, sondern sah ihn fragend an. Bernardo überlegte kurz: „Vielleicht können wir uns im Haus weiter unterhalten, denn hier ist es doch etwas heiß?" Sie antwortete mit einem einsilbigen: „Natürlich" und so gingen sie wieder zurück zum Haus. Als sie durch den Gang in Richtung Wohnzimmer voranging, bemerkte Bernardo, dass das Innere wesentlich gepflegter war als es von außen den Eindruck machte. Sie bot ihm einen Platz an dem runden Holztisch an und fragte aus Höflichkeit, ob er gerne eine Tasse Kaffee hätte. Sein „ja" war ebenso höflich verbunden mit der Frage, ob er wohl kurz die Toilette aufsuchen dürfe. Sie zeigte ihm den Weg und öffnete die Badezimmertür. Auch hier war alles sauber und sehr gepflegt. Er ließ den Wasserhahn laufen und öffnete die Türen des Badschrankes. Dabei fiel sein Blick auf einen Rasierapparat und zwei Zahnbürsten in einem Glas. Insgeheim freute er sich über seine Entdeckung, auch wenn er nicht wusste, ob sie ihm weiterhelfen würde. Nachdem er sich die Hände abgetrocknet hatte, ging er zurück. Auf dem Tisch stand bereits eine Tasse Kaffee, für die er sich artig bedankte. „Signora Opolos, haben Sie eine Erklärung, wie die Leiche in den Stollen gekommen ist?" Wieder zeigten sich die hektischen Flecken an ihrem Hals und auf ihren Wangen: „Nein, Herr Kommissar. Das habe ich auch schon Ihren Kollegen gesagt. Als wir vor…", jetzt überlegte sie kurz, „…es sind jetzt schon zweiundzwanzig Jahre, den Betrieb still gelegt hatten, habe ich Raimondo aufgetragen den Eingang mit einer Tür zu versehen. Ich wollte nicht, dass Kinder darin spielten und dass vielleicht noch ein Unfall geschehen würde. Mir hat das Unglück mit meinem Mann schon gereicht. Wir hatten am Anfang noch überlegt den Stollen zum Einsturz zu bringen, aber Raimondo hatte gemeint, falls sich doch noch ein Käufer finden würde, könnte dieser den Schacht vielleicht benötigen. Und so haben wir die Tür angebracht. Raimondo hat einen Schließzylinder unserer Haustür eingebaut, den wir noch übrig hatten und so haben wir den Stollen dann verschlossen."

Bernardo blickte sich während ihrer Erzählung unauffällig im Wohnzimmer um. Er konnte weder ein Bild ihres verstorbenen Mannes noch irgendwelche Erinnerungsstücke entdecken. „Als dann vor einigen Tagen Raimondo zu mir kam und um den Schlüssel bat, habe ich ihm den gegeben. Aber schon nach wenigen Minuten kam er zurück und fragte mich, ob ich das Schloss ausgewechselt hätte. Ich verneinte. Seit die Tür angebracht wurde, habe ich den Stollen nicht mehr betreten. Was hätte ich dort auch machen wollen? So waren wir beide ziemlich ratlos, bis wir beschlossen die Tür mit dem alten Traktor aufzubrechen. Raimondo wollte im Inneren einige Fuhren Bauschutt der Baustelle seines Sohnes deponieren. Auch er war seither nicht mehr im Stollen gewesen. Und als wir die Tür herausgerissen hatten, fand Raimondo die Leiche. Ich bin froh, dass mir der Anblick erspart geblieben ist. Mir hat schon das Gesicht unseres alten Betriebsleiters genügt. Und den Rest der Geschichte kennen Sie bereits." Bernardo gab sich damit noch nicht zufrieden: „Warum hat Ihr Betriebsleiter das Schloss nicht aufgebohrt, sondern hat gleich die ganze Tür herausgerissen?" Das erste Mal sah er Maria lächeln. „Das habe ich ihn auch gefragt. Raimondo war die linke und die rechte Hand unseres Betriebes, nur mit der Feinmotorik hat er es nicht so. Außerdem, so glaube ich, hätte er gerne eine neue Tür gebaut. Seit er damals bei uns aufhören musste, geht er mir immer noch manchmal zur Hand und er achtet auch auf die alten Gebäude hinter dem Steinbruch und eigentlich auf alles, was von damals noch übrig ist. Am Anfang musste ich ihn bremsen, denn er war fast jeden Tag da. Wir haben dann feste Termine vereinbart und er hält sich bis heute daran. Bezahlen kann ich ihn nun nicht mehr, aber er lässt es sich einfach nicht nehmen." Bernardo versuchte nun das Gespräch in eine andere Richtung zu bringen und stellte seine nächste Frage: „Haben Sie Kinder, Signora Opolos?" Sofort erkannte er an ihrer Mimik, dass sie wieder auf Distanz zu ihm ging. „Ich weiß zwar nicht, was das mit Ihrem Fall zu tun hat, doch ich beantworte es Ihnen gerne. Nein, uns waren keine eigenen Kinder vergönnt. Sehr zu unserem Leidwesen, aber dagegen ist man nun einmal machtlos." Der Kommissar spürte, dass er dieses Gespräch sehr überlegt führen musste, wenn er weitere Informationen erhalten wollte, deswegen schlug er einen noch verständnisvolleren Ton an:

„Das tut mir leid. Ich dachte nur, wenn sie eigene Kinder hätten, wären diese wohl auch in Kontakt mit dem Opfer gekommen. Kannten Sie Bruno persönlich?" Bevor sie antwortete, nahm sie mit leicht zitternden Händen einen Schluck Kaffee. „Natürlich kannte ich Bruno. Wer kannte ihn nicht. Mein Mann und ich haben uns etwas in der Kirche engagiert, Kirchenfeste organisiert, Tombolas veranstaltet, was man eben so macht. Bruno war Messdiener und so haben wir uns öfter gesehen. Näher gekannt habe ich ihn nicht. Aber was ich von ihm weiß ist, dass er ein herzensguter Junge war. Vielleicht gerade wegen seiner Behinderung hat er sich immer eine kindliche Freude behalten. Es ist so unvorstellbar, dass gerade ihn so ein Schicksal ereilen musste. Der liebe Gott holt seine Lieblinge wohl immer zuerst." Ihre Augen spiegelten eine wahre Betroffenheit wieder. Bernardo schwieg eine kurze Weile, bevor er sagte: „Da haben Sie sicherlich Recht. Das ist auch die Meinung aller, mit denen ich bisher gesprochen habe. Sie sind hier draußen doch ein gutes Stück vom Dorf entfernt. Hat man da überhaupt Kontakte mit den Bewohnern?" Ihr Erstaunen über seine Frage konnte er an ihren Augen ablesen. „Als wir in der Kirchengemeinde mitgearbeitet haben, kannten wir natürlich viele. Aber das war auch unser einziger Anknüpfungspunkt. Der Betrieb hat uns nicht viel Zeit gelassen und seit dem Tod meines Mannes gehe ich noch zum Einkaufen oder zur

Messe ins Dorf, das war es dann auch schon." Der Kommissar bedankte sich und überlegte fieberhaft nach einem Vorwand nochmals hierher kommen zu können. Dann hatte er die Lösung. „Signora Opolos, ich danke Ihnen herzlich für Ihre Zeit. Sie haben mir mehr geholfen als Sie sich vielleicht denken können." Das saß, denn diese Bemerkung erzeugte im Sekundenbruchteil wieder die roten Flecken auf ihrer Haut. Sicherlich überlegte sie, ob sie etwas Falsches gesagt haben könnte. Mit diesen Überlegungen würde er sie nun alleine lassen. „Es wird uns vielleicht nicht weiterbringen, aber einen Versuch ist es wert. Meinen Sie, ich könnte mich morgen mit Ihnen und Ihrem ehemaligen Betriebsleiter Signor Raimondo Alonsi hier treffen?" Sie überlegte und legte ihre Stirn in Falten: „Er wird Ihnen zwar auch nichts anderes sagen als ich, aber wenn Sie möchten, werde ich ihn anrufen. Er hat immer Zeit. Sagen wir um dieselbe Zeit?" Über das Entgegenkommen erfreut bedankte er sich nochmals und versicherte sein Kommen für den nächsten Tag. Ihre Erleichterung war förmlich zu spüren, als sie ihn verabschiedete und der Kommissar in Richtung seiner neuen Bleibe davonfuhr.

Kurz vor der Abzweigung auf die Landstraße fuhr er mit seinem Wagen an die Seite und rief Irene an. Bei seinem letzten Telefonat in der Pension hatte er das Gefühl, das seine Gastgeberin durchaus eine geneigte Zuhörerin fremder Gespräche war und so

stieg er aus und lehnte sich an seinen Wagen. Es war früher Abend und somit die beste Zeit auch seinem Sohn noch eine gute Nacht zu wünschen. Und so kam es dann auch. Leider war die Geduld des kleinen Luca wohl ziemlich erschöpft und er forderte die sehr baldige Rückkehr seines Vaters. Bernardo redete ihm gut zu und nach einigen erfundenen Geschichten war er zumindest für heute beruhigt. Leider konnte er Irene keine Auskunft geben, ob er am Wochenende zurückkommen würde und so verabschiedeten sich beide etwas traurig voneinander.
Erst jetzt merkte er, dass er den ganzen Tag noch nichts Ordentliches gegessen hatte und beschloss dem San Marco einen weiteren Besuch abzustatten. Dass er dort eine böse Überraschung erleben sollte, ahnte er zu diesem Zeitpunkt noch nicht und so parkte er direkt vor dem Restaurant. Die Bar war bereits dicht belagert und er erkannte sofort Emilio Scara und auch den Werkstattbesitzer Ucello Aretino von heute Vormittag. Fast glaubte er auch Carlo Fatese im hinteren Teil der Bar erkannt zu haben, aber sicher war er nicht. Nachdem er einen Blick ins Innere geworfen hatte, setzte er sich an einen Tisch im Außenbereich. Sofort kam Marco Ornelli auf ihn zugestürmt: „Es tut mir außerordentlich leid, heute sind alle Tische reserviert!" Bernardo blickte sich verdutzt um. Alle Tische hier draußen waren frei und so sah er den vormals so freundlichen Barbesitzer fragend an: „Was wollen Sie mir damit sagen?

Ich sehe hier kein „Reserviert" auf einem Schild?" Marco Ornelli machte eine Geste des größten Bedauerns. „Sie haben Recht. Die wollte ich soeben aufstellen. Wir haben die Reservierungen soeben erst erhalten!" Bernardo holte tief Luft: „Also, jetzt hören Sie mir gut zu. An Märchen glaube ich schon seit geraumer Zeit nicht mehr. Könnte ich wenigstens einen Teller Pasta bekommen. Dann sind Sie mich auch schon wieder los." Der Restaurantbesitzer stand mit dem Rücken zur Bar und zeigte mit seinen Augen ins Innere. Ein leichtes Kopfschütteln unterstrich seinen Hinweis. Bernardo erhob sich: „Gut, dann sagen Sie Ihrem Lokalhelden da drinnen einen schönen Gruß von mir. Wenn er die Muskeln spielen lassen möchte, dann soll er dies doch das nächste Mal von Angesicht zu Angesicht machen. Ansonsten erspare ich Ihnen jetzt weiteren Ärger und räume das Feld!"
Mit diesen Worten war er schon bei seinem Wagen und fuhr verärgert zurück zur Pension. Wenigstens hatte er noch ein großes Stück Salami und etwas Brot in seinem Zimmer. Das würde er sich auf seiner kleinen Terrasse schmecken lassen. Glaubte dieser aufgeblasene Gutsbesitzersohn eigentlich, dass er ihn mit solchen Mitteln einschüchtern konnte? Halb belustigt und halb verärgert parkte er seinen Wagen und ging ins Haus. Als er die Tür öffnete und eintrat hatte er wieder das Gefühl, als wäre jemand in seiner Abwesenheit hier gewesen. Doch

dies würde sich bald aufklären. Er hatte unterwegs transparenten Klebefilm besorgt und dieser, an den richtigen Stellen angebracht, würde bei seiner nächsten Rückkehr für Klarheit sorgen. Im ganzen Haus war es totenstill. Bernardo war froh darüber, auch wenn er es wirklich bedauerte, dass Felizita wohl immer noch bei ihrer Mutter im Krankenhaus sein musste. So konnte er jedoch sein einfaches Mahl im Freien ganz ungestört genießen.

Die Sonne ging unter und die anstrengende Hitze des Tages wich einer milden Wärme. Gerade als er den ersten Schluck Wein genossen hatte, hörte er leise Geräusche hinter dem Haus. Als würde sich jemand vorsichtig auf dem Kiesweg in seine Richtung bewegen. Sofort überlegte er, wo er eigentlich seine Dienstwaffe deponiert hatte. Da fiel ihm ein, dass sich diese unter Socken und Hemden irgendwo im Koffer befinden musste. Mit einer Schnelligkeit, die man seinem gemütlichen Wesen und seiner stämmigen Figur nicht zugetraut hätte, sprang er auf und rannte in sein Zimmer. Nachdem er den Koffer aufgerissen und in Windeseile durchwühlt hatte, spürte er den beruhigenden Griff seiner Waffe in der Hand. Mit einer schnellen Handbewegung entsicherte er sie und ging langsam wieder auf die geöffnete Terrassentür zu. Er hielt die Luft an. Die Schritte kamen langsam näher. Er stand ihm Türrahmen und als die Geräusche nur noch wenige Meter vor ihm zu hören waren, sprang er mit der Waffe im Anschlag nach draußen. Da stand der Eindringling. Allerdings nicht zum Kampf bereit, sondern aus Angst zur Salzsäule erstarrt. Bernardo ließ sofort die Waffe sinken und sicherte sie wieder. Der kleine Pietro Bramanti sah ihn mit großen Augen an. Hätte er mehr Zeit gehabt, so wäre seine Hose jetzt sicher nicht mehr trocken. Aber so starrte ihn der Lehrling aus der Autowerkstatt nur mit offenem Mund an. In der einen Hand hielt er Schraubenzieher und Zange, in der anderen erkannte Bernardo einen Benzinfilter. „Pietro, mein Gott, hast du mich erschreckt! Was macht du denn hier?" Der Kleine stand sichtlich unter Schock und so antwortete er im Roboterstil: „Ich wollte Sie nicht erschrecken, sondern nur Ihren Benzinfilter austauschen…" Bernardo merkte jetzt wie seine Knie zitterten und er entschuldigte sich vielmals bei dem kleinen Helfer. In seiner Verwirrung hätte er ihm beinahe ein Glas Wein angeboten, bemerkte aber gerade noch rechtzeitig, dass dies wohl keine so gute Idee gewesen wäre. Also holte er ihm ein Glas Wasser, während dieser sich zu ihm an den Tisch setzte. Der Kommissar leerte sein Glas in einem Zug und hörte sich die Schilderungen des Jungen an. „Ich habe meinen Chef heute zuerst nicht verstanden, aber als Sie weg waren, hat er mir ein paar Dinge erzählt. Die Werkstatt hat er nur gemietet von den Scaras. Und für das Werkzeug und die Ausstattung zahlt er immer noch an die Familie Scara einen Kredit ab. Die haben ihm und allen anderen im Dorf gesagt, dass Sie keiner unterstützen darf, weil Sie", und damit zeigte er auf den Kommissar, „wohl nur hier wären um Ärger zu machen. Der Chef weiß, dass er sich auf mich verlassen kann und dass ich schweigen kann. Er fand Sie sehr sympathisch. Auch wegen Ihres Wagens, glaube ich. Und dann hat er gemeint, dass er zwar den Filter nicht wechseln könne, aber wenn er es nicht wüsste und ich einfach einen mitnehmen würde und den an ihrem Auto austauschen würde, könne er nun mal nichts dagegen machen. Dann hat er mir zugezwinkert und ich habe verstanden, was zu tun sei. Mein Chef kann diese ganze Scara-Sippe auch nicht ausstehen. Er hat mir von Bruno erzählt und wie sie ihn damals behandelt haben. Ich glaube, er schämt sich heute noch dafür, dass er sich damals nicht mehr auf die Seite dieses Bruno gestellt hat." Bernardo fand die Geschichte so anrührend, dass er beinahe feuchte Augen bekommen hätte und um dem zuvor zu kommen, machte er sich mit Pietro zu seinem Wagen auf. Nach nur zehn Minuten hatte der kleine Mechaniker unter den Augen des Kommissars den Benzinfilter gewechselt und stand dann stolz vor dem Auto. Bernardo bedankte sich überschwänglich und entlohnte ihn fürstlich. Der Kleine wollte das Geld zuerst nicht annehmen, aber Bernardo bestand darauf. Mit dem besten Dank und vielen Grüßen an seinen Chef entließ er Pietro wieder in die anbrechende Nacht. Bis die Dunkelheit den Kleinen auf seinem Fahrrad ganz verschluckte, sah er ihm innerlich tief berührt hinterher. Es gab sie also doch noch, die gute Seite, auch an den Menschen dieses Dorfes.

**Offenbarung**

So setzte er sein begonnenes Mahl fort. Aber allzu lange sollte seine beschauliche Einkehr auch dieses Mal nicht andauern. Schon nach wenigen Minuten hörte er eine vertraute Stimme nach Felizita rufen. Das war der Monsignore, der rief. Da war sich Bernardo sehr sicher. Er ging ums Haus in Richtung Eingang und da sah er ihn in seinem schwarzen Gewand stehen. „Einen wunderschönen guten Abend, Hochwürden. Je später der Abend, desto erfreulicher die Gäste!" Mit einem erschrockenen Ruck drehte sich der Angesprochene zu ihm um. „Herr Kommissar, welch freudige Überraschung! Eigentlich wollte ich nach Felizita sehen", er verbesserte sich sofort, „natürlich nach ihrer Mutter." Und auch in der Dunkelheit konnte man sein schelmisches Grinsen über diesen Versprecher sehen. Bernardo ging auf ihn zu und schüttelte seine Hand. „Da habe ich leider schlechte Nachrichten. Die Mutter musste ins Krankenhaus und Felizita bleibt dort bei ihr. Aber vielleicht möchten Sie mir etwas Gesellschaft leisten? Leider kann ich mich nicht Ihrer Einladung entsprechend revanchieren, aber ich habe noch etwas Salami und natürlich Wein." Der Monsignore lachte: „Das nehme ich gerne an!" So gingen sie um das Haus, an dessen Wand der Monsignore sein Fahrrad lehnte, und nahmen Platz. Nach einigen freundlichen Worten über den gestrigen Abend wurde das Gespräch ernster. „Monsignore, es war ein sehr angenehmer Abend gestern mit Ihnen, auch wenn Sie mir einige Rätsel mit auf den Weg gegeben haben." Während er zwei Gläser füllte und den Rest der Salami aufschnitt, fuhr er fort: „Sie haben mir versprochen, dass wir den Schuldigen finden werden. Was lässt Sie so sicher sein, vor allem, nachdem für Sie mein Hauptverdächtiger nicht in Frage kommt?" Der Monsignore hob sein Glas und prostete dem Kommissar zu.

Nachdem sie beide einen großen Schluck genommen hatten, richtete der Geistliche seinen Blick auf die angrenzenden Felder in die Nacht hinein. Als würde er dem Dunkel seine Geschichte erzählen und nicht seinem Gegenüber. „Als ich noch ein junger Pfarrer war, das war vor meiner Zeit in San Remo, habe ich mit viel Elan meine erste Stelle angetreten. Glauben Sie mir, ich hatte eine Schiffsladung voller Ideen und Vorstellungen wie man eine aktive Pfarrgemeinde aufbauen kann und wie man auch die weniger Glaubensfesten mit einbinden kann. Und so habe ich damals viel Neues ausprobiert und das meiste war nicht mit Erfolg gekrönt. Aber ich habe gelernt. Vor allem am Widerstand der Älteren, die jeder Neuerung mit großer Skepsis entgegentraten. Und ich habe gelernt zwischen dem, was Menschen sagen und dem, was sie meinen zu unterscheiden. Auch die ganzen menschlichen Geschichten haben mich vieles gelehrt. Wenn Sie vor

einem Jahr ein junges Paar getraut haben, beide verliebt, in der Gewissheit bis an ihr Lebensende zusammen durch die Welt gehen zu wollen und dann sehen Sie wie nach so kurzer Zeit jeder den anderen betrügt. Als Geistlicher hören Sie in den Beichtstühlen mehr Lügen als ein Richter im Gerichtssaal. Glauben Sie mir, es ist schwer, wenn Sie wissen, dass das, was ein vermeintlich gläubiger Christ Ihnen offenbart auch nur eine andere Version einer weiteren Lüge ist. So verlieren Sie schnell Ihren Glauben an das Gute in jedem. Genau das sollte einem Geistlichen aber nicht passieren. Zumindest lernen Sie die Menschen besser kennen. Deswegen glaube ich nicht, dass Emilio Scara unser Mörder ist. Es gibt mehr als nur eine Wahrheit. Wir, ich und Sie ebenfalls, sprechen unsere Wahrheiten genauso schnell aus wie unsere Lügen. Manchmal ist es die Intuition und manchmal weiß man vielleicht auch mehr als man sagen kann. Oder was meinen Sie, Herr Kommissar?"
Bernardo lehnte sich zurück. Ihm war nicht entgangen, dass der Monsignore in seinen Monologen manchmal das Gefühl vermittelte, als wollte er mehr sagen, als er dann tat. Vielleicht täuschte es ihn aber auch und er bildete es sich nur ein. Sicher war er sich nicht, doch er konnte sich durchaus vorstellen, dass man mit einem Schweigegelübte manchmal viel auf die Schultern geladen bekam,

was man vielleicht gar nicht möchte und so antwortete er mit langsamen und bedächtigen Worten: „Da haben Sie sicher Recht, Hochwürden. Aber wo ist die Grenze? Darf denn ein Mörder in Freiheit leben, nur weil man selbst sich der Verschwiegenheit verpflichtet hat? Was ist mit den Hinterbliebenen, die endlich den Schuldigen vor Gericht sehen möchten, um ihren eigenen Seelenfrieden zu finden? Steht deren Anspruch hinter dem eines Schweigegelübtes?" Dunkle Augen sahen zum Kommissar herüber. Der Monsignore sah ihn über die kleine Kerze, die in der Mitte des Tisches stand, nachdenklich an. „Eine gute Frage, Herr Kommissar und Sie wissen genau, dass wir beide keine endgültige Wahrheit über die Antwort kennen. Zweifeln sei uns beiden gestattet, aber wir haben auch unterschiedliche Standpunkte, schon aus unseren Berufen heraus. Geben Sie der Zeit eine Chance, wie ich Ihnen schon gestern gesagt habe. Ich bin überzeugt, dass wir zur rechten Zeit den Schuldigen finden werden. Vielleicht wird er sogar auf uns zukommen, auch das ist möglich." Schon wieder so eine kryptische Antwort, dachte sich Bernardo. Ihm wären zwei Minuten ohne Schweigegelübte lieber gewesen, aber er hatte die unbestimmte Vermutung, dass er den sympathischen großen Mann brauchte, um der Wahrheit einen Schritt näher zu kommen. So versuchte er ihn weiter einzubinden und erzählte ihm von seinem heutigen Tag. „Sie haben sicher Recht, aber Geduld ist nicht meine Stärke. Vielleicht fällt Ihnen etwas zu meinen heutigen Erlebnissen ein, was mehr Licht ins Dunkel bringen könnte."

So erzählte er von seinem Besuch in der Werkstatt von Ucello Aretini und dessen Verhalten. Sogleich bestätigte der Monsignore die Aussage des kleinen Pietro Bramanti, dass der arme Ucello ein rechtschaffener Mann sei, aber eben wie die meisten hier in der Schuld der Scaras stehe. Bernardo ließ den Besuch und die Auswechslung des Benzinfilters in seinen Schilderungen aus. Er wollte den beiden keinen Ärger bereiten und so erzählte er von Brunos Tagebuch. „Als ich an dem kleinen See saß und die in Kinderhandschrift niedergeschriebenen Zeilen las, hätte ich geistlichen Beistand gebrauchen können. Auch wenn ich Bruno nicht persönlich gekannt habe, sind mir seine naiven, aber doch so großen Träume näher gegangen, als ich mir zu Anfang eingestehen wollte." So schilderte er in langsamen und bedächtig gewählten Worten den Inhalt und endete abrupt mit einer schnellen Frage an den Hochwürden: „Wussten Sie, dass Bruno damals Kontakt zu dieser Prostituierten hatte?" Im schwachen Licht der Kerze konnte er nur schwer die Gesichtszüge seines Gastes beobachten, aber er war sich sicher, dass dieser sein kleines Manöver durchschaut hatte. Zu schnell war die Frage an ihn gerichtet worden, um darin nicht die taktische Absicht des Polizeibeamten zu erkennen. Bernardo ärgerte sich über seinen plumpen Vorstoß. Wenn es der Monsignore erkannt hatte, dann ließ er es sich nicht anmerken. „Herr Kommissar, natürlich wusste ich zum damaligen Zeitpunkt nichts davon. Erst als Bruno verschwunden war, erzählte mir Genoveva die Geschichte." Jetzt war es an Bernardo überrascht zu sein und er zeigte es auch sofort: „Hochwürden, Sie billigen den Kontakt eines heranwachsenden, vielleicht geistig noch nicht so gefestigten jungen Mannes mit einer Prostituierten?" Hochwürden lehnte sich in seinem Stuhl nach vorne und Griff zur Weinflasche. „Sie erlauben?", und mit diesen Worten schenkte er beiden ein, die Entschuldigung Bernardos über seine schlechten Gastgebereigenschaften mit einem verständnisvollen Lächeln wegwischend. „Natürlich habe ich das damals verstanden und sehe es heute noch genauso und finde es nicht schlimm. Mit wem hat sich unser Herr Jesus denn abgegeben? Mit Huren und Zöllnern. Warum sollten wir dann urteilen? Das wäre entgegen jeder christlichen Doktrin und ich habe nicht gesagt entgegen jeder kirchlichen Doktrin. Außerdem war das Mädchen, glaubt man den Schilderungen der alten Genoveva, nicht aus so schlechtem Holz wie man vielleicht vermuten konnte. Sie hat Ihnen sicher erzählt, dass sie das Geld von Bruno zurückgebracht hat. Da gibt es genug Menschen, nicht nur hier in San Giorgio, mit vermeintlich ehrbareren Berufen, die zu solch

einer guten Tat nicht in der Lage gewesen wären. Aber um wieder zu Ihren Ermittlungen zurückzukehren. Die Einträge, so wie sie mir von Ihnen geschildert wurden, lassen vermuten, dass Bruno irgendeinen Plan hatte. Und davon weiß ich leider nichts. Was könnte er vorgehabt haben? Haben Sie eine Vermutung?" Bernardo musste nicht lange überlegen: „Nein, leider nicht, aber ich habe auch Filmdosen in seinem Zimmer gefunden. Noch nicht entwickeltes Bildmaterial. Dieses ist auf dem Weg in die Mailänder Polizeizentrale, wobei ich Ihnen ehrlich gestehen muss, dass dies der einzige offene Punkt ist, den wir aktuell haben. Viel erhoffe ich mir nicht davon. Wahrscheinlich handelt es sich dabei um Naturaufnahmen, die er in vielfacher Ausfertigung mit Ihrer Kamera angefertigt hat. Außerdem suchen wir nach der Prostituierten, vielleicht hat sie doch mit seinem Verschwinden etwas zu tun. Oder kann uns zumindest einen Hinweis geben. Das ist alles, was wir haben."
Er lehnte sich zurück und versuchte aus der Reaktion des Hochwürden auf diese Neuigkeiten etwas ablesen zu können. Dieser schien nach innen gewandt intensiv nachzudenken. Seine Stirn war im Kerzenlicht zu sehen und die Falten warfen Schatten auf sein Gesicht. Fast hätte man meinen können, er wäre eingeschlafen, aber so gut kannte ihn der Kommissar nun schon um zu wissen, das dem nicht

so war. Dieses Mal war er aufmerksamer und bemerkte die leeren Weingläser. Ohne etwas zu sagen, holte er aus seinem Zimmer eine weitere Flasche und stellte diese geöffnet auf den Tisch. Morgen musste er unbedingt Nachschub besorgen, sowohl Salami und Brot als auch Wein, das dürfte er auf keinen Fall vergessen. Zu Hause erledigte solche Sachen Irene und dies war auch besser so, wollte man nicht am Abend hungrig und durstig zu Bett gehen. Als er aus seinem Zimmer hinaus trat, massierte sich sein Gast den Nasenrücken mit den Fingern, ein Zeichen, dass seine Überlegungen noch nicht abgeschlossen waren. So holte Bernardo noch die Schachtel mit den Zigaretten und legte sie ebenfalls auf den Tisch. Nur das Zirpen der Grillen war zu hören und die Nacht hatte ihren täglichen Kampf gegen den Tag gewonnen, so wie sie ihn morgen wieder verlieren würde. Ein ewiger Kreislauf, der doch endlich war. Viele Wahrheiten ohne tatsächlichen Widerspruch. So hatte es sein Gegenüber doch gemeint oder hatte er ihn falsch verstanden?

Die angenehme Stimme seines Gegenübers beendete die Endlosschleife seiner Gedanken. „Auch hier brauchen wir Geduld. Vielleicht finden Sie diese Prostituierte oder finden auf dem Film einen erleuchtenden Hinweis. Wer weiß es? Geben wir der Zeit eine Chance…" Irgendwie schien der Monsignore mit seinen Gedanken noch weiter weg zu sein als der Kommissar es soeben noch war. Er bot ihm eine Zigarette an. „Die sind natürlich nicht so gut wie Ihre Zigarren, aber etwas anderes haben wir leider nicht." Der Monsignore hatte sich ebenso schnell wieder gefangen wie er eben noch in seinen Gedanken verloren war und so antwortete er in seiner gewöhnlichen Tonart: „Vielen Dank. Eigentlich habe ich mir das mit den Zigaretten schon vor langer Zeit abgewöhnt, aber wie ich gehört habe, haben Sie auch schon die alte Genoveva zum Rauchen verführt und dann will ich in nichts nachstehen." Er lachte und zündete sich eine von Bernardos Zigaretten an. Also auch das hatte sie dem Hochwürden schon erzählt, schmunzelte der Kommissar leise in sich hinein. „Ich gestehe in vollem Umfang. Seit der Geburt unseres Sohnes habe ich es mir schon ziemlich abgewöhnt. In seiner Gegenwart gibt es überhaupt keinen blauen Dunst mehr, aber manchmal darf man doch auch sündigen. Ich hoffe Sie sehen es mir nach." Beide lachten herzhaft und genossen den Tabak und den Wein. Eine friedliche Stille mit einem nicht unangenehmen Schweigen breitete sich zwischen beiden aus, bis der Monsignore wieder das Wort ergriff: „Hat Felizita etwas gesagt, wie es ihrer Mutter geht?" „Nein, sie hat mir nur eine kurze Nachricht hinterlassen, dass sie mit ihr im Krankhaus sei und dort wohl auch bleiben würde. Mehr weiß ich leider nicht", antwortete Bernardo wahrheitsgemäß. Wieder nahmen beide einen Schluck ihres Weines und Hochwürden sinnierte mit dem

Glas in der Hand: „Die alte Maria. Gott möge ihr ein friedliches Ende geben. Eine dieser vielen armen Seelen, die ihr ganzes Leben nur gearbeitet haben. Felizitas Mutter hat sich buchstäblich aufgearbeitet. Und was hatte sie am Schluss davon? Ich sage es Ihnen…". Bernardo bemerkte, dass nicht nur er den Wein spürte, auch Hochwürden war in eine weinseelige Stimmung verfallen. „…Nichts hatte sie davon! Als sich ihre Tochter und ihr Schwiegersohn getrennt haben, stürzte für die Alte eine Welt zusammen. Oft habe ich versucht ihr zu erklären, dass ein Eheversprechen zwar etwas Heiliges sei, aber wenn es eben nicht funktionierte, war dies auch nicht die Erbsünde. Das wiederum sieht die Alte bis heute nicht so. Die ersten Monate kam sie nicht einmal mehr zu Messe. Für sie war es neben der Kinderlosigkeit des Paares die größte Schande überhaupt. Die letzten Monate hat sich ihr Gesundheitszustand dann rapide verschlechtert und der Arzt meinte, ein gutes Herz könne auch ein Fluch sein, wenn der Rest nicht mehr funktioniere. Deswegen wollte ich auch heute nochmals nach ihr sehen. Das Sterbesakrament habe ich ihr vor zwei Wochen erteilt. Nur, was wird jetzt aus ihr? Wird sie wie so viele alte Menschen nur noch als Hülle in einem anonymen Krankhaus am Leben gehalten? Hoffentlich nicht, aber eine andere Hilfe käme für sie ohnehin nicht in Frage."

Da stutze der Kommissar. Hatte er soeben richtig gehört? „Entschuldigen Sie, Hochwürden, aber meinten Sie diese Art von Hilfe, an die ich soeben gedacht habe?" Die dunklen Augen seines Gegenübers blickten ruhig zu ihm herüber. „Sie haben mich schon richtig verstanden. Eine sehr heikle Frage, mit der ich mich in meinem Beruf oftmals auseinandersetzen muss. Fragen Sie mich als Angestellter der römisch- katholischen Kirche, brauche ich Ihnen nicht sagen, was ich Ihnen dann antworten muss. Fragen Sie mich als Mensch, sehe ich das durchaus als schwierigen, aber nicht absolut ungangbaren Weg. Sehen sie sich die Regelungen in anderen Ländern an. Dort geht es auch. Glauben Sie wirklich, dass es Gottes Wille sein kann, als langsam verwesender Körper in der Maschinerie der Medizin dahin zu vegetieren? Diese Gespräche führe ich öfter mit sehr alten Menschen. Deren einzige Bitte an mich ist dann dafür zu beten, dass sie in Ruhe zu Hause einschlafen können. Und ist dieser Wille so schwer zu verstehen? Wäre es nicht christlicher, diesen Willen zu akzeptieren und dieses Handeln, vielleicht diese Schuldgefühle, für den Nächsten zu tragen, als mit salbungsvollen Worten sein Gegenüber allein zu lassen?" Und mit seinem unverfänglichen Lächeln endete er: „Ich hoffe, Sie müssen mich jetzt nicht verhaften. Noch habe ich nichts gestanden und werde selbstverständlich alle mir zur Last gelegten Vorwürfe bestreiten!" Bernardo musste ebenfalls lachen ob der entschärfenden Leichtigkeit, mit der sein Gast seine Ausführungen beendete. Dennoch gaben ihm die Worte zu denken. „Ich werde keine Anklage erheben, denn ich bin kein Richter und unsere Unterhaltung ist rein privater Natur. Trotzdem bewundere ich Ihre Haltung. Wenn man es tatsächlich so sieht, wäre ein entsprechendes Handeln ein Akt sehr großer christlicher Nächstenliebe. Aber jetzt haben Sie den Kommissar in mir geweckt. Wie sollte das, und wir reden hier natürlich rein hypothetisch, in der Praxis denn aussehen?" Wieder lachte sein Gast und dieses Mal herzhaft und lange. „Sie verzeihen, aber dieser Vorstoß war zu durchsichtig. Aber bevor Sie heute Nacht nicht schlafen können, werde ich Ihnen etwas anvertrauen. So wie die Polizei ihre Kontakte hat, haben auch Geistliche Freunde in der ganzen Welt. Jetzt sage ich nur noch eines und dann werde ich darüber kein Wort mehr verlieren, bevor ich mich wirklich noch um Kopf und Kragen rede: ‚Schweiz'." Bernardo verstand diesen Hinweis sofort. Er wusste von mehreren Sterbehilfevereinen, die sich in der liberalen Schweiz angesiedelt hatten und die, glaubte man den einschlägigen Berichten, nach entsprechender Prüfung Tabletten verschickten, die ein schnelles Ende aller Qualen versprachen. Das war nun doch etwas viel auf einmal und

Bernardo spürte die Wirkung des Weines zunehmend. Vielleicht brachte ihn das auf eine absurde Idee. Bevor sein Gegenüber sich verabschieden würde, wollte er ihm noch von Maria Opolos erzählen. Das tat er dann auch und endete mit den Worten: „Irgendwie hatte ich heute bei meinem Besuch das Gefühl, dass ich nicht die ganze Wahrheit erfahren habe. Die Signora Opolos machte auf mich den Eindruck, als würde sie etwas verbergen. Vielleicht ist es etwas Harmloses, vielleicht lebt sie gar nicht so alleine, wie sie mir mehrmals versuchte glaubhaft zu machen. Aber das werde ich morgen bei meinem Besuch näher erkunden. Manchmal sind es auch nur zwei Zahnbürsten und ein Rasierapparat im Badeschrank, die verschiedene Wahrheiten erkennen lassen. Oder haben Sie vielleicht eine Vermutung, warum die Signora so wenig aufrichtig erschien?"

Nachdem der Geistliche sein Glas geleert hatte, setzte er an: „Leider kann ich Ihnen da nicht weiterhelfen. Seit ich die Signora Opolos kenne, war sie immer sehr hilfsbereit und freundlich, vielleicht etwas schüchtern, aber nicht unaufrichtig. Wahrscheinlich ist sie den Umgang mit der Polizei nicht gewöhnt und reagierte deswegen nervös. Sie sollten mich aber auf jeden Fall auf dem Laufenden halten." Mit diesen Worten erhob sich der Monsignore. „Es war mir heute wieder ein sehr angenehmes Vergnügen. Fast wünschte ich mir, dass Sie den Fall nicht so schnell aufklären. Denn dann sind Sie wieder in Mailand und ich sitze wieder alleine hier in meinem geliebten San Giorgio." Bernardo überhörte nicht den süffisanten Unterton über San Giorgio und bedankte sich ebenfalls für das interessante Gespräch und die angenehme Gesellschaft. Er sah dem Monsignore noch nach wie dieser, sein Rad auf Grund des Weingenusses schiebend, in Richtung Kirche verschwand. Bei einer letzten Zigarette fühlte er sich fast schlecht, dem Monsignore wegen Maria Opolos eine Falle gestellt zu haben. Andererseits war ihm viel daran gelegen bald wieder zu seiner Familie nach Hause zu kommen. Und das war das wirklich Wichtige in seinem Leben.

Die Nacht war lau und so hoffte er durch die geöffnete Terrassentür wenigstens etwas kühle Luft für seine wohlverdiente Nachtruhe zu bekommen. Die Aussagen des Monsignores würden ihm hoffentlich nicht den Schlaf rauben. Aber seine Andeutungen zur aktiven Sterbehilfe beschäftigten ihn mehr als ihm lieb war. Er versuchte diese auf morgen zu verschieben und legte sich ins Bett. Mit liebevollen Gedanken an seinen Luca und an Irene schlief er kurze Zeit später friedlich ein. Morgen war ein neuer Tag und der musste eben noch warten, bis Bernardo ausgeschlafen hatte. Das letzte, was er noch hörte, war das friedliche Zirpen der Grillen.

Wie viel Zeit vergangen war bis er merkte, dass er sich nicht mehr bewegen konnte, wusste er nicht.

Seine Arme waren schwer wie Blei und er gab sich alle Mühe aufzustehen. Doch er konnte sich unter der Last, die ihn niederdrückte keinen Zentimeter bewegen. Zuerst konnte er die Situation nicht einordnen, doch dann stieg Panik in ihm auf. Nur die Beine gehorchten noch seinem Willen. Er hörte ein lautes Atmen über sich und erkannte den Grund seiner Fixierung. Jemand kniete auf seinem Oberkörper und drückte seine Arme mit den Knien aufs Bett. Bernardo blieb die Luft weg. Er wollte um sich schlagen, hörte aber nur ein heißeres Lachen. Wer war dieser Kerl über ihm. Seine Gedanken rasten. Er musste jetzt Ruhe bewahren und überlegen. Was wollte der Eindringling von ihm. Kalter Schweiß rann an seinem Rücken entlang und er versuchte das Gesicht über ihm zu erkennen, aber da war nur Dunkelheit. Seine Arme schmerzten, doch das war jetzt nicht wichtig. Nur befreien…, dachte er sich, ich muss mich nur von diesem Monstrum befreien! Irgendwie spürte er, dass dies nur der Anfang eines schlimmen Höllentanzes war. Mit aller Kraft stieß er sich mit den Beinen ab und versuchte seinen Widersacher vom Bett zu werfen. Aber der rührte sich nicht einmal, sondern lachte ihm ins Gesicht. Ein Gesicht, das er nicht erkennen konnte. Dieser Mensch musste über wahnsinnige Kräfte verfügen, denn er holte aus und schlug Bernardo mit der Faust ins Gesicht. Wieder und wieder schlug er zu und lachte dabei diabolisch. Nur nicht das Bewusstsein verlieren…bleib wach, ermahnte sich der Kommissar. Komischerweise verspürte er durch die Schläge keine Schmerzen, vielleicht war er bereits bewusstlos. Luca und Irene traten vor sein geistiges Auge, er konnte sie deutlich sehen. Sein Sohn brauchte seinen Vater und er brauchte seine Familie. Aber was sollte er machen? Er war seinem Gegenüber hoffnungslos ausgeliefert. Da bemerkte er eine zweite Person, die hinter seinem Peiniger auftauchte. Ein Schatten ohne Gesicht, vielleicht würde er ihm helfen? Aber diese Hoffnung erlosch schlagartig, als dieser sich neben das Bett stellte und ihn anstarrte. Auch dieser Kerl lachte jetzt. Genauso tief und verachtend. Er stand nur da und lachte Bernardo aus. Was sollte dieses Theater? Wenn sie ihn fertig machen wollten, warum schlugen sie ihn dann nicht einfach zusammen und zogen ab? Da sah er wie sich die Hände seines Gegenübers in Richtung seines Halses bewegten. Bernardo war steif vor Angst. Noch immer konnte er sich kein Stück bewegen, auch wenn er es nach Leibeskräften versuchte. Er sah die Hände immer näher kommen und spürte wie sie seinen Hals umschlossen. Wenigstens schreien wollte er, aber dafür fehlte ihm die Luft. Sein Herz schien vor Angst stehengeblieben zu sein und der Druck an seinem Hals wurde immer stärker. Nur das Lachen der beiden konnte er noch hören. Seine Augen traten heraus und er ahnte, was jetzt kommen würde. Mit allerletzter Kraft bäumte er sich auf und ein Krachen durchdrang den ganzen Raum. Das Lachen war verstummt und auch das Gewicht auf seinem Körper nicht mehr zu spüren. So also fühlte sich der Tod an. Nicht ganz schwarz, aber auch nicht hell. Irgendetwas klopfte in ihm und er schlug die Augen auf. Die Decke über ihm war zuerst verschwommen, nahm aber zusehends wieder ihre Kontur an. Vorsichtig hob er den Kopf und erkannte sein Zimmer. Seinen Koffer in der Ecke und seinen Schrank gegenüber. Er richtete sich auf und spürte nun, woher das Klopfen kam. Es war sein eigenes Herz. Lange saß er an der Bettkante und ermahnte sich immer wieder ruhig zu atmen. Ein Traum, ein böser, übler Alptraum, bei dessen Finale er die Nachttischlampe heruntergestoßen hatte. Diese lag kaputt vor ihm auf dem Boden. Noch nie war er so froh gewesen, etwas kaputt gemacht zu haben. Die Lampe sollte Felizita auf die Rechnung schreiben. Für das Ende dieses Martyriums hätte er auch gerne mehr zerstört. Langsam bekam er sich wieder unter Kontrolle, auch wenn seine Hände noch immer zitterten. Als Kind hatte er öfter Alpträume gehabt und er konnte sich auch noch an den einen oder anderen erinnern, aber so realistisch wie dieser waren die wenigsten gewesen. Da war er sich sicher. Und er war sich auch sicher, dass er diesen leider auch nicht mehr vergessen würde. Nachdem er sein nasses Shirt ausgezogen hatte, stellte er sich unter die Dusche. Froh am Leben zu sein, aber mit einem Berg voller Überlegungen. War er mittlerweile zu alt für diesen Job? Oder hätte er einfach nicht alleine fahren sollen? Aber was hätte das geändert? Wie sehr nahm ihn dieser Auftrag in Beschlag, dass er solche Träume hatte? Seine anfängliche Erleichterung wich und machte nun einer aggressiven Stimmung Platz. Natürlich war er hier ein Einzelkämpfer, aber hier war auch nicht Neapel oder Mailand mit seinen dunklen Ecken. Wovor sollte er denn Angst haben? Während er das lauwarme Wasser auf seinem Körper spürte, war er fest entschlossen das kommende Wochenende nach Hause zu fahren und die Ermittlungen am Montag fortzuführen. Zumal er nun auch einen neuen Benzinfilter hatte, der wieder eine Zeitlang funktionieren würde. Froh über diesen Entschluss kehrte er zurück und überzog sein Bett mit frischen Laken, welche sich im Schrank befanden. Die Terrassentür schloss er mit der Überzeugung, dass ein Mordversuch für heute genug war. Noch lange lag er wach und versuchte wieder seine innere Ruhe zu finden. Erst als schon die ersten Vögel zu singen begannen, fiel er in tiefen und dieses Mal glücklicherweise friedlichen Schlaf.

**Pechsträhne**

Als ihn das laute Klingeln seines Handys aus dem Schlaf riss, hatte er das Gefühl nicht einmal zwei Stunden geschlafen zu haben. Nicht nur, dass er sich wie gerädert fühlte, auch die Erinnerung an die vergangene Nacht trugen zu seiner mehr als gedämpften Stimmung bei. Nachdem er auf seinem Handy gesehen hatte, dass Ignazio heute seinen persönlichen Weckdienst übernommen hatte, beschloss er erst einmal in aller Ruhe im Badezimmer einen neuen Menschen aus sich zu machen. Die Scherben der zerschlagenen Nachttischlampe versuchte er vorher noch mit den Händen aufzusammeln. Allerdings schnitt er sich bereits nach kurzer Zeit, so dass er dann laut schimpfend zur Morgentoilette überging.

Nachdem er sich soweit wiederhergestellt hatte, dass er sich der Welt zumuten konnte, ging er nach draußen in den Flur. Anscheinend war Felizita wieder zurück aus dem Krankenhaus, denn er hörte sie in der Küche hantieren. Sie stand mit dem Rücken zu ihm und er wollte sie nicht erschrecken. Deswegen klopfte er leise an den Türrahmen und schickte ein sanftes „Buongiorno" hinterher. Als sie sich zu ihm umgedrehte, sah er ihre verweinten Augen und ihr trauriges Gesicht. Sie erwiderte seinen Gruß und er nahm ihre Einladung zum Frühstück nur zu gerne an. Bis sich beide am Tisch gegenüber saßen, sprach keiner ein Wort. Erst als Bernardo einen großen Schluck Kaffee genommen hatte, durchbrach er das Schweigen: „Wie geht es Ihrer Mutter?" Sie blickte von ihrem Brot auf. „Danke der Nachfrage. Die Ärzte meinen, sie wird die nächsten Tage nicht überleben. Hoffentlich klingt das jetzt in Ihren Ohren nicht zu hart, aber je früher sie erlöst wird, umso besser für sie und auch für mich. Morgen werde ich wieder zu ihr fahren und dann bis Sonntag bleiben. Hoffentlich ist es dann nicht zu spät. Aber ich kann nicht immer an ihrem Bett sitzen und ich bin sicher, dass sie das versteht. Wenigstens hat sie keine Schmerzen…"

Während sie erzählte, fielen Bernardo wieder die Worte des Monsignores vom gestrigen Abend ein. Er konnte sich nicht vorstellen, dass dieser integere Mann zu solchen Mitteln griff, um andere von ihren Schmerzen zu befreien. Andererseits würde aber dafür sprechen, dass er, wie er selbst gesagt hatte, viel Schuld für andere auf sich nehme. Seine Überlegungen wurden jäh beendet, als er Felizitas Worte vernahm: „Herr Kommissar, ich habe noch mehr schlechte Nachrichten. Dieses Mal leider auch für Sie. Ich muss Ihr Zimmer kündigen. Nächste Woche kommen Erntehelfer und wir benötigen jeden Raum hier." Ihre Worte kamen fahrig und sie konnte oder wollte ihn nicht ansehen. Dem Kommissar war klar, wer hinter diesem Rausschmiss steckte und so ging er auch gleich in die Offensive. „Sehr geehrte Felizita, ich komme zwar aus einer Großstadt, aber so viel weiß auch ich von der Landwirtschaft, dass aktuell keine Erntezeit ist. Kann es sein, dass diese Anweisung aus dem Hause Scara kommt? Jetzt sah sie ihn an und ihre traurigen schwarzen Augen schienen ihn anzuflehen nicht weiter zu fragen. Aber das musste geklärt werden. Als sie die Augen niederschlug, sah er wie Tränen über ihre braunen Wangen liefen. „Felizita, ich mache Ihnen doch keinen Vorwurf!" Fast war er versucht um den Tisch herum zu gehen und sie in den Arm zu nehmen, aber das wäre vielleicht das falsche Signal gewesen. Und er hatte im Moment wirklich andere Sorgen als sich auch noch den Avancen einer alleinstehenden und nicht unattraktiven Frau zu erwehren. So blieb er auf seinem Stuhl sitzen und reichte ihr über den Tisch hinweg ein frisches Taschentuch. Er fuhr fort: „Sie können wirklich nichts dafür und dass Sie wegen mir jetzt auch noch Unannehmlichkeiten haben, bedaure ich außerordentlich. Aber Sie werden sicher verstehen, dass ich mit Silvi Sacra ein sehr eindeutiges Gespräch führen werde. Sie sind nicht die einzige, die er gegen mich aufzubringen versucht. Ob in der Autowerkstatt oder im San Marco, wo es nur geht, versucht er mir Steine in den Weg zu legen. Aber das werden wir heute klären!" Sie sah ihn noch flehender an: „Ich kann Sie nicht daran hindern mit ihm zu sprechen, aber bitte sagen Sie, dass ich Ihr Zimmer wegen der Erntehelfer gekündigt habe. Sonst macht er mir die Hölle heiß! Und darin versteht sich die gesamte Familie hervorragend." Bernardo versuchte es mit einem charmanten Lächeln: „Ehrenwort, ich werde es ihm so sagen wie Sie es mir gesagt haben. Und natürlich auch, dass Sie auch auf meine Nachfrage hin nichts über eine Anweisung der Scaras gesagt haben. Ist das okay"? Auch sie lächelte jetzt, als sie sagte: „Das ist okay. Außerdem werden die sich noch wundern. Wenn meine Mutter ihren Frieden gefunden hat, werde ich diesen Ausbeutern alles vor die Füße werfen und dann ein neues Leben in einer neuen Umgebung beginnen. Darauf können Sie viel Geld verwetten!" Der Kommissar lachte: „Sie wissen doch als Staatsbeamter ist illegales Glücksspiel und Wetten für mich tabu." Er beichtete noch sein Missgeschick mit der Nachttischlampe und sie kamen einstimmig zu dem Entschluss, dass diesen Schaden die Familie Scara tragen würde und zwar ungefragt.

Nachdem sie gegessen hatten, ging Bernardo nochmals in sein Zimmer. Er nahm auf seiner kleinen Terrasse Platz und rief Ignazio an. Dieser wollte sich nur nach dem Stand der Ermittlungen erkundigen und Bernardo teilte ihm auch sogleich mit, dass er morgen nach Hause fahren würde und am Montag zuerst ins Revier und dann wieder nach San Giorgio fahren würde. Wie zu erwarten hatte Ignazio nichts einzuwenden. Er ließ Bernardo stets freie

Hand und war damit bisher immer gut beraten gewesen. Allerdings musste er ihm versprechen am Montag auch bei ihm vorbeizuschauen, was der Kommissar gerne tat. Dann stellte ihn sein Chef zu Luciano durch. Dieser war froh, dass Bernardo die Bilder am Montag selbst abholen würde und versprach, sich persönlich darum zu kümmern, dass sie auch bis dahin entwickelt waren. Dann hatte der Kommissar eine Idee: „Luciano, du bist doch unser bester Ermittler in Sachen Internet. Dieser Emilio Scara hat mir gedroht seine Beziehungen im Mailänder Polizeipräsidium spielen zu lassen, wenn ich nicht pariere. Er meinte auch, dass ich dann eine Versetzung zur Verkehrspolizei erwarten dürfte. Vielleicht waren das nur hohle Phrasen. Aber irgendwie werde ich das Gefühl nicht los, dass doch etwas dahinter stecken könnte. Vielleicht kannst du etwas darüber herausfinden?" Ein lautes Stöhnen wurde hörbar und Bernardo wusste, was jetzt kam. „Mein lieber Herr Kommissar, finden Sie die Angaben nicht etwas dürftig? Einen Namen hat er nicht zufällig erwähnt? Das würde nämlich mehr Licht ins Dunkel bringen. Aber mal im Ernst, ich schaue, was ich machen kann. Wir sehen uns dann am Montag." Bernardo klappte sein Handy zu und dachte nach. Was hatte er bisher in Erfahrung gebracht? Bruno war wohl etwas zurückgeblieben gewesen. Er hatte noch bei seiner Mutter gewohnt. Alle beschrieben den Jungen als gutmütig und freundlich.

Nur die Clique um Emilio Scara hatte ihn im Fadenkreuz gehabt. Außer seiner Mutter hatte er nur noch den Monsignore gehabt, seine Arbeit und natürlich für kurze Zeit diese Sylvia. Aber die ist anscheinend wenige Tage nach seinem Verschwinden ebenfalls verschwunden. Dann gibt es noch Maria Opolos. Bei ihr hatte er das Gefühl, dass sie nicht ehrlich war. Zudem wurde Brunos Leiche in ihrem Stollen gefunden. Und er wusste, dass der Scara-Clan wirklich nicht zur Gruppe der „Mission hilfreiche Schwestern" zählte. Zudem hatte Emilio Scara gedroht Bruno umzubringen. Aber das alles war nicht viel und reichte außer zu einer Verdächtigung gerade einmal zu einer ausgiebigen Vorladung. Und was, wenn der Monsignore Recht hatte und dieser Emilio Scara nicht der Täter war? Wen hatte er denn als Alternative? Niemanden. Mit diesem Resümee war er reichlich unzufrieden, was aber wiederum gut zu diesem Tag passte.

Er ging in sein Zimmer und verschloss die Terrassentür. Nachdem er alle notwendigen Dinge für den heutigen Tag in seine Tasche gepackt hatte, präparierte er die Schranktür, seinen Koffer und als er auf den Flur ging auch seine Zimmertür unauffällig mit einem Klebestreifen. Er wollte doch zu gerne wissen, ob es an seiner Zerstreutheit lag oder ob sich jemand regelmäßig in seinem Zimmer umsah. Als er ging, bat er Felizita noch, sein Zimmer heute nicht sauber zu machen und auch nicht zu betreten.

Als Begründung gab er an, dass er sonst alle Unterlagen wegräumen musste und er sonst unter Umständen später belangt werden konnte. Natürlich war dieser Vorwand etwas dünn, aber Felizita versprach es und war anscheinend nicht böse darüber, sein Zimmer heute nicht sauber machen zu müssen. Wenigstens sein geliebter Alfa sprang sofort an und lief mustergültig bis zur Polizeistation.

Als er eintrat, wirkten Thomaso Baldo und Carlo Fatese für ihre Verhältnisse ziemlich unruhig. Ein Blick auf die alte Bürouhr sagte ihm zwar, dass er eine Stunde später als vereinbart kam, aber das konnte den beiden eigentlich nur recht sein. Zackig, wie einstudiert, begrüßten die beiden ihren Interimschef und gingen eilig ins Besprechungszimmer. „Na, meine Herren, haben Sie noch etwas herausgefunden, das uns weiterhelfen könnte?" Beide schüttelten den Kopf und Carlo Fatese berichtete: „Also, wir haben zuerst alle Eintragungen im besprochenen Zeitraum überprüft. Leider kein einziger Eintrag, der auch nur im Entferntesten mit unserem Fall zusammenhängen könnte. Dann haben wir den Zeitraum um zwei Monate erweitert. Auch da, leider kein Hinweis." Der Kommissar überlegte kurz und bemerkte wie beide ungeduldig auf ihren Stühlen hin und her rutschten. „Herr Kommissar", begann Thomaso Baldo, „wir haben eine Meldung über einen Einbruch im Nachbardorf erhalten. Die Geschädigten warten auf uns. Vielleicht sollten wir jetzt dann aufbrechen, wenn es Ihnen nichts ausmacht?" Bernardo stimmte natürlich sofort zu und ließ sich einen Schlüssel für das Revier aushändigen. So konnte er auch ohne die beiden hier arbeiten, was vielleicht kein Fehler war. Er teilte ihnen noch mit, dass es momentan keine weiteren Aufgaben für sie gab und er morgen nach Mailand zurückfahren würde. Sie verabredeten sich für Montagnachmittag und die beiden verschwanden so schnell wie Schuljungen, wenn es in die großen Ferien geht.

Der Kommissar war froh etwas Ruhe zu haben und überlegte sich, was heute alles auf seinem Plan stand. Natürlich der Termin bei Maria Opolos am Nachmittag. Vorher wollte er aber noch bei Genoveva und dem Monsignore vorbeischauen. Auch dem San Marco wollte er nochmals einen Besuch abstatten. Und ein Besuch bei Brunos ehemaligem Chef würde sicherlich auch nicht schaden. Ihm stand also ein straffes Tagesprogramm bevor. Trotzdem lehnte er sich nochmals zurück und schloss die Augen. Sein Alptraum von heute Nacht war noch immer präsent und würde dies sicherlich auch noch einige Zeit bleiben. Da war er sich leider sicher. Auch sein Resümee über die bisherigen Erkenntnisse in diesem Fall nagte an ihm. Wenn er ehrlich war, so hatte er bisher nicht viel herausgefunden. „Also dann an die Front!", ermahnte er sich selbst laut und schwang sich hoch. Mit dem Schlüssel, den ihm die beiden ausgehändigt hatten, schloss er die kleine Polizeistation ab und entschied sich als erstes für einen Besuch bei den Scaras. Das Unangenehme sollte man zuerst erledigen, hatte ihn seine Mutter immer ermahnt. Innerlich musste er dabei schmunzeln, denn früher hatte das vor allem die Hausaufgaben betroffen. Heute sah das etwas anders aus. Aber die Worte seiner Mutter hatten noch immer Gültigkeit und so steuerte er seinen Alfa zurück in Richtung des Anwesens der Scaras.

Es kam ihm vor als hätte er ein Déjà-vu, als er wieder vor der schweren Holztür ihres Wohnhauses stand. Allerdings nur, was die Kulisse betraf, denn diesmal wurde, noch bevor er klingeln konnte, die Tür bereits vom alten Silvi Scara geöffnet. Und Bernardo war mehr als überrascht, als er den kleinen stämmigen Mann lächeln sah. Dass dies in seiner Mimik überhaupt abgespeichert war, wunderte ihn ebenso wie die Begrüßung. „Ach, der Herr Kommissar. Guten Morgen. Was kann ich denn für Sie tun?" Bernardo benötigte einige Sekunden um sich auf die nicht zu erwartende Freundlichkeit einzustellen und so schaltete er auf einen geschäftsmäßig unverbindlichen Ton um. „Ebenfalls einen guten Morgen, Signor Scara, eigentlich wollte ich zu Ihrem Sohn Emilio." Der Alte zog die buschigen Augenbrauen etwas in die Höhe, bevor er antwortete: „Emilio ist leider auf den Feldern unterwegs, aber wenn Sie etwas Zeit haben, würde ich mich gerne mit Ihnen unterhalten." Dabei machte er den Weg ins Entree frei und ging voraus zu dem großen Holztisch, an dem Bernardo schon einmal das zweifelhafte Vergnügen einer Unterredung mit den Scaras hatte. Den angebotenen Kaffee lehnte er ab und überlegte, was nun wohl auf ihn zukommen würde. Deswegen wollte er es seinem Gegenüber auch nicht einfach machen, sondern wartete ab, was dieser zu sagen hatte. „Herr Kommissar, ich muss mich für unser Verhalten bei Ihrem letzten Besuch entschuldigen. Das war mehr als unerfreulich. Sie haben selbst mitbekommen wie ich meinen Junior zur Räson bringen wollte, aber uns Scaras wurde von Geburt an leider etwas zu viel Temperament mitgegeben. Natürlich sind wir an der Aufklärung des Mordes ebenso interessiert wie Sie." Bernardo hörte die Worte und die Motivation für diesen Stimmungswechsel lag auf der Hand, aber er wollte nun auch das ganze Theaterstück sehen, das ihm der Alte da aufführte und so unterbrach er ihn nicht. „Eines vorab, ich bin überzeugt, dass Emilio nicht der Mörder von Bruno ist. Sie werden sicherlich fragen, wie ich zu dieser Überzeugung komme und ich erkläre es Ihnen auch gerne. Meine Söhne tragen die Bürde eines übermächtigen Alten mit sich herum. Sandro, unser Ältester, kommt damit wohl etwas besser zurecht, aber Emilio war schon immer ein Heißsporn. Auch wenn er mein Sohn ist… verzeihen Sie mir diese Offenheit… er ist mit Worten sehr stark, aber das war es dann auch schon. Ich verrate

Ihnen etwas. Wenn unsere Tiere vom Schlachter abgeholt wurden, war es jedes Mal ein Theater mit dem Kleinen. Er kann bis heute noch nicht einmal einem Hahn den Kopf abhacken. Was soll man dazu sagen? Natürlich hoffe ich auf Ihre Verschwiegenheit, denn in seiner Clique gibt er immer den starken Mann. Aber wenn es hart auf hart kommt, müssen immer andere für ihn einspringen. Wenn er nicht mich als Vater hinter sich hätte, würde er maximal zum Stallburschen taugen. Deswegen bin ich überzeugt, dass er niemals einen Menschen töten könnte!"

Nun war es am Kommissar das Gespräch fortzuführen und er ersparte sich warme Worte und kam gleich zur Sache: „Vielen Dank für Ihre offenen Worte, aber das alleine und Sie werden das sicher verstehen, lässt ihn für mich noch nicht aus dem Kreis der Verdächtigen ausscheiden. Außerdem ist er der einzige, der ein Motiv hatte. Oder kennen Sie noch weitere Personen, die als Mörder in Frage kämen?" Wieder lehnte sich der Großgrundbesitzer zurück und wählte seine Worte mit Bedacht: „Nein, Herr Kommissar, damit kann ich leider nicht dienen und Sie können versichert sein, wenn ich einen Verdacht hätte, wären Sie der erste, der es erfahren würde." Der Kommissar beugte sich nach vorne und blickte seinem Gegenüber fest in die Augen: „Und dann ist da noch etwas. Wenn ich in den vergangenen Tagen etwas gelernt habe, dann, dass in San Giorgio fast jedes Haus Ihnen gehört. Und, dass gezielt gegen mich gearbeitet wird. In manchen Fällen ist es eine starke Vermutung, in anderen kann ich es beweisen. Aber, dass mir Felizita Zerusso heute Morgen mein Zimmer gekündigt hat mit der Begründung es würde für Erntehelfer benötigt, finde ich schon ein starkes Stück. Glauben Sie wirklich, mich mit solchen Querschüssen von meiner Arbeit abhalten zu können? Damit erreichen Sie genau das Gegenteil, dessen seien Sie versichert, so etwas spornt mich erst richtig an!"

Wenn der Alte etwas davon wusste, dann war er ein begnadeter Schauspieler, denn er schüttelte nur ungläubig den Kopf, bevor er antwortete: „Herr Kommissar, ob Sie mir glauben oder nicht, davon wusste ich nichts. Und es ist auch nicht wahr, dass wir Erntehelfer erwarten. Zumindest nicht nächste Woche. Vielleicht nächsten Monat, aber nicht am Montag nächster Woche. Sehen Sie, das ist genau das, was ich Ihnen damit sagen wollte. Gewisse Charaktere vermeiden die direkte Konfrontation und agieren dann lieber im Hintergrund. Was ich davon halte, habe ich Ihnen schon gesagt. Aber sehen Sie die Sache bereits als erledigt an. Sie behalten Ihr Zimmer so lange Sie es benötigen. Um den Rest kümmere ich mich. Und sollte Ihnen nochmals jemand Steine in den Weg legen, dann sagen Sie mir Bescheid. Wir möchten alle, dass der Mörder von Bruno so schnell wie möglich gefasst wird und wieder Ruhe in unser beschauliches Dorf eintreten kann." Im Stillen fügte Bernardo noch an: …und du deine Geschäfte weiter ausbauen kannst! Aber er ließ es unausgesprochen und entgegnete lediglich: „Vielen Dank, Signor Scara, hoffentlich muss ich nicht auf Ihr Angebot zurückkommen." Damit erhob er sich und der Alte brachte ihn zur Tür. Als er ihm die Hand entgegenstreckte, sagte er noch: „Ich weiß, die Jungs waren manchmal schrecklich zu Bruno. Es ist nicht so, dass ich das nicht weiß, aber unter denen werden Sie nicht den Mörder finden. Ich wünsche Ihnen auf jeden Fall viel Erfolg. Ach ja, was wollten Sie eigentlich von Emilio?" Bernardo überlegte kurz, welche Denkaufgabe er Silvi mitgeben sollte und entschied sich für die am nächsten liegende: „Erstens wollte ich die Zimmerfrage klären und dann wollte ich wissen, was Ihr Sohn mit den Verbindungen nach Mailand zur Polizei gemeint hatte." Jetzt wusste er, dass der Alte kein guter Schauspieler war, denn vom Hals an färbte sich seine Haut blitzschnell dunkelrot und er stammelte verlegen: „Ach, die Jugend… Er wollte sich doch nur wichtigmachen. Natürlich haben wir auch einen Anwalt, aber da hat er wohl etwas verwechselt. Vergessen Sie die Geschichte am besten." Bernardo war nicht entgangen wie unsicher Silvi Scara mit einem Mal wurde und sah dies als Beweis, dass er von der Kündigung seines Zimmers

wirklich nichts wusste, denn so wie er vorhin reagiert hatte, war es authentisch. Und mit seiner Reaktion soeben hatte er gezeigt, dass er definitiv gelogen hatte. Somit war das also auch geklärt und er würde in Mailand weiterforschen. „Wahrscheinlich haben Sie Recht, Signor Scara, vielen Dank für Ihre Zeit und noch einen schönen Tag!"
Mit diesen Worten verabschiedete er sich und brauste mit seinem Alfa in Richtung Dorf zurück. Auf der Fahrt musste er sich eingestehen, dass die Worte des Alten bis auf die Verbindung nach Mailand ehrlich geklungen hatten, was ihm so gar nicht gefiel. Musste er wirklich nach einem anderen Täter suchen und wenn ja, wo sollte er anfangen? Es gab keine Anhaltspunkte, keine Hinweise, eigentlich rein gar nicht. Aber wie hatte ihm Ignazio während seiner Ausbildungszeit immer wieder eingebläut, wenn du in deinen Ermittlungen nicht weiterkommst, mache einfach deine Routine und halte die Augen offen. Dann ergibt sich immer wieder ein neuer Ansatz. Laut sagte er zu sich: „Ach, Ignazio, hoffentlich hast du auch dieses Mal Recht!", und er steuerte seinen Wagen auf die große Piazza zurück vor die Bäckerei Stanza. Diese hatte er bereits am ersten Tag entdeckt und nun war er froh nicht lange nach dem Weg fragen zu müssen. Das Geschäft hätte gut als Filmkulisse für einen Streifen aus den 60er Jahren herhalten können. Er parkte direkt vor

dem Laden, stieg die zwei kleinen abgetretenen Stufen nach oben und trat ein. Eine blecherne Glocke oberhalb der Tür kündigte die Kundschaft an und Bernardo nahm sofort den Geruch frischen Brotes wahr. Sogleich fühlte er sich in seine Kindheit zurückversetzt. Auch in seinem Dorf am Comer See gab es eine kleine Bäckerei und mit den wenigen Lira, die seine Kameraden und er als Taschengeld erhielten, gönnten sie sich ab und an diverse Süßigkeiten. Und die Entscheidung, in welches Naschwerk man sein sauer Erspartes anlegen wollte, forderte von der Frau des Bäckers oftmals viel Geduld.
„Buongiorno, was wünschen Sie?" Bernardo schrak aus seinen Erinnerungen auf und sah sich einem Mann hinter der Theke gegenüber, der ihn etwas verwundert ansah.
„Entschuldigung, ich war in Gedanken", erklärte sich der Kommissar und blickte in die dunklen Augen des Bäckers. Dieser war klein und eher zierlich, hatte aber einen dunklen Teint, der ihn für die Damenwelt sicherlich nicht unattraktiv machte. „Mein Name ist Bernardo Bertini, Kommissar aus Mailand. Ich ermittle im Mordfall Bruno Scalleri und habe einige Fragen. Können wir uns irgendwo ungestört unterhalten?" Eigentlich hätte Bernardo erwartet von seinem Gegenüber in die hinteren Räume gebeten zu werden, stattdessen antwortete er: „Es tut mir leid, aber ich bin alleine hier und ich kann den Laden nicht unbeaufsichtigt lassen. Aber

um diese Zeit kommen ohnehin nur wenige Kunden. Wenn es Ihnen also nichts ausmacht, können Sie mich gerne auch hier fragen." Bernardo musste nicht überlegen: „Nein, mich stört das nicht. Es wird auch nicht lange dauern. Bruno war Ihr Mitarbeiter, was wissen Sie über ihn?" Der Bäcker überlegte nicht lange, bevor er antwortete: „Also, er war nicht mein Mitarbeiter, sondern der meines Vaters. Als Bruno verschwand, da hatte mein Vater noch das Sagen in der Backstube und im Laden. Und meine Schwester natürlich. Bruno und ich waren da eher gleichgestellte Arbeiter, auch wenn ich der Sohn des Chefs war. Aber vielleicht hört sich das jetzt für Sie etwas zu hart an. Mein Vater hatte kein leichtes Leben. Kurz nach der Geburt meiner Schwester starb meine Mutter und er musste uns beide und das Geschäft durchbringen. Da war für freundliche Worte wenig Platz, aber ich habe meinen alten Herren trotzdem immer sehr gemocht. Leider ist er vor drei Jahren gestorben. Also können Sie ihn nicht mehr befragen. Für mich war Bruno immer so etwas wie ein kleiner Bruder. Man musste ihn in Schutz nehmen, auch wenn er älter und stärker war als ich. Bruno war natürlich nicht der hellste, aber das haben Sie sicher schon gehört. Trotzdem oder gerade deswegen war er sehr liebenswürdig. Meinem Vater war er manchmal zu nett, vor allem meiner Schwester gegenüber. Aber die konnte sich schon selbst wehren. Da blieben die Avancen Brunos leider immer erfolglos." Dabei lachte er in Erinnerung versunken an die ungeschickten Annäherungsversuche Brunos. „Für mich war es auch nicht immer leicht mit ihm. Oftmals hatte er etwas durcheinandergebracht oder die Mengen in der Backstube verwechselt. Meistens konnten wir das vor meinem Alten vertuschen. Wenn er aber dahinter kam, gab es mächtig Ärger. Auch im Dorf stand ich manchmal zwischen Bruno und den anderen Jugendlichen. Aber irgendwie haben wir das immer hingebracht. Wie gesagt Bruno war wirklich ein verträglicher Kerl. Und er war sehr fleißig, das musste auch mein Vater zugeben." Damit endeten die Ausführungen des Jose Stanza, dessen Augen ein eigentümliches, schelmisches Grinsen umgab. Mit diesem Bäckermeister konnte man sicherlich viel lachen zu vorgerückter Stunde. Einer der Menschen, die einfach eine positive Grundeinstellung hatten und die sich auch selbst genügten. Erstrebenswerte Eigenschaften, wie Bernardo fand. „Danke für Ihre Ausführungen, Signor Stanza. Können Sie sich noch erinnern, ob Bruno vor seinem Verschwinden Ihnen gegenüber irgendetwas erwähnt hat, das uns weiterhelfen könnte? Oder hatte er sich verändert, wirkte er vielleicht zerstreuter als sonst?" Jose überlegte kurz: „Herr Kommissar, ich muss Ihnen gestehen nach so langer Zeit kann ich mich wirklich nicht mehr daran erinnern, ob Bruno in der Zeit vor seinem Verschwinden irgendwie anders gewesen wäre. Es war ohnehin ein übles Jahr für meinen Vater und mich. Deswegen war ich in Gedanken sicherlich auch nicht so auf meine Arbeit oder meine Mitmenschen fixiert."

Dabei sah ihn Jose Stanza nachdenklich an, bevor er sich erklärte: „Ach so, entschuldigen Sie. Das können Sie nicht wissen. Kurz vor Brunos Verschwinden starb meine Schwester bei einem Unfall. Deswegen sprach ich von einem üblen Jahr." In Bernardos Kopf blinkte sofort die rote Lampe mit der Aufschrift „Routine" auf. Wie hatte Ignazio gesagt, wenn du gar nicht weiterkommst, mache einfach deine Routine und sei wachsam. Sollte es Zufall sein, dass kurz vor Brunos Verschwinden eine junge Frau tödlich verunglückte? Er zog die dichten Augenbrauen nach oben und sah den etwas schmächtig wirkenden Jose an. „Das müssen Sie mir bitte näher erklären. Ihre Schwester verunglückte tödlich, bevor…?", er ließ den Satz unvollendet und Signor Stanza vervollständigte ihn. „Ja, es war ein schrecklicher Unfall. Hier hinten!", und er zeigte auf die hinter ihm liegenden Räume. „Meine Schwester hatte den Laden unter sich und wir Männer waren in der Backstube. Wahrscheinlich wollte sie irgendetwas aus dem Keller holen, wir haben es nie herausgefunden. Auf jeden Fall haben wir nur einen Schrei und anschließend ein lautes Krachen gehört. Wir sind sofort zur Kellertreppe gerannt und da lag sie auf der untersten Stufe. Ich rannte sofort zu ihr hinunter, mein Vater hinter mir, aber sie muss sofort tot gewesen sein. Genickbruch, hat der Arzt damals festgestellt. Das war ein riesiger Schock für uns, wie Sie sich sicherlich vorstellen können." Signor Stanza hatte bei der Erzählung feuchte Augen bekommen und für einen Moment war es totenstill um sie herum. Bernardo brach das Schweigen nach einigen Sekunden: „War Bruno an diesem Tag auch hier?" Jose räusperte sich kurz. „Natürlich war er hier. Er hat mir dann auch geholfen sie die schmale Treppe nach oben zu tragen." Der Kommissar überlegte kurz: „Ich meinte eigentlich, ob Bruno mit Ihnen und Ihrem Vater in der Backstube war oder ob er sich woanders aufgehalten hatte." Dieses Mal überlegte Jose länger: „Also beschwören könnte ich das nicht, aber ich glaube, er kam aus dem Laden. Manchmal hat er auch dort ausgeholfen. Vielleicht bat ihn meine Schwester auch kurz im Laden zu bleiben, während sie in den Keller wollte. Ich weiß es nicht, aber es ist auch nicht wichtig. Die Zeit heilt nicht alle Wunden, aber sie macht sie erträglicher." Bernardo dachte über die Worte Signor Stanzas nach. „Wahrscheinlich stimmt das, was Sie sagen. Und ich muss Sie schon jetzt um Entschuldigung bitten für mein Anliegen, aber dürfte ich wohl mal einen Blick auf die Treppe

werfen, wo das Unglück geschehen ist?" Jose sah in fragend an und ging dann wortlos nach hinten. Der Kommissar folgte ihm und sie blieben vor einer schmalen Holztür stehen. „Vorsicht, Herr Kommissar! Die Treppe ist wirklich steil!"
Mit diesen Worten öffnete er die Tür und Bernardo sah im einfallenden Licht einen dunklen, steil abwärts führenden Schlauch vor sich. Die Stufen waren abgetreten und es roch modrig. Man konnte sich gut vorstellen sich hier bei einem Sturz das Genick zu brechen. Er ging einen Schritt zurück und Signor Stanza schloss die Tür. „Ich gehe nur, wenn es sich gar nicht vermeiden lässt, noch nach unten. Mein Vater war nach dem Unglück kein einziges Mal mehr unten." Dies erzählte er auf dem kurzen Weg zurück in den Laden, bevor er fragte: „Herr Kommissar, Sie haben mich schon etwas neugierig gemacht. Sie vermuten doch keinen Zusammenhang zwischen dem Tod meiner Schwester und dem Verschwinden Brunos?" Bernardo zuckte mit den Schultern: „Signor Stanza, ich vermute grundsätzlich alles und nichts. Dies sollte jetzt bitte nicht arrogant klingen. Aber wer kennt die Wahrheit und falls ja, welche Wahrheit ist die richtige? Aber jetzt noch einmal zurück zu etwas Handfesterem. Wann genau war der Unglückstag Ihrer Schwester?" Jose musste nicht lange überlegen: „Veronika verunglückte am 8. August 1996." Wieder herrschte kurzes Schweigen zwischen den beiden. Bernardo

wollte sich das Datum notieren, fand aber seinen Notizblock in keiner seiner Taschen. Jose Stanza hatte sich anscheinend von den traurigen Erinnerungen wieder etwas erholt und betrachtete belustigt die Szene, wie der große und etwas unbeholfene Kommissar eine Hosen- und Jackentasche nach der andere durchsuchte, aber nichts fand. Deshalb reichte er ihm einen Stift und einen kleinen Zettel. „Für Ihre Notizen. Bis Sie Ihren eigenen wieder finden." Bernardo bedankte sich artig und notierte sich neben dem Namen Veronika Stanza auch noch das Datum.

Nachdem er sich verabschiedet und den Laden verlassen hatte, spürte er wie seine Gedanken aufgewühlt waren. Unweit sah er eine Bank auf der Piazza, der eine alte Platane Schatten spendete und nachdem niemand in der Nähe war und die Piazza wie ausgestorben wirkte, nahm er Platz und lehnte sich zurück.

Zufall oder nicht, das war die Frage. Sechs Wochen vor Brunos Verschwinden verunglückte Veronika Stanza. Die Tochter seines Chefs, der er wohl gerne etwas näher gekommen wäre. Die ihn aber abblitzen ließ. Wie passte das zu seiner Ermordung? Auf jeden Fall würde er am Montag seine beiden Hilfspolizisten befragen. Vielleicht konnten sich die beiden noch an den Unfall erinnern. Ob sie sich aber erinnern wollten, war wieder eine andere Sache. Je mehr er hin und her überlegte, desto weniger erschien ihm das alles logisch und er entschied sich eine Denkpause einzulegen. Da bot sich doch ein Besuch im San Marco an, wie er sich nicht ohne darüber schmunzeln zu müssen eingestand.

So stand er auf und schlenderte in gemütlichem Tempo über die Piazza direkt auf die leere Terrasse des San Marco zu. Marco Ornelli war gerade im Begriff die Stühle abzuwischen, als sich der Kommissar ihm von hinten näherte. Kurz bevor er ihn erreicht hatte, blieb Bernardo stehen und sprach ihn an: „Schade, dass es gestern keinen Tisch mehr für mich gab. Meinen Sie, ich habe heute mehr Glück?" Der Angesprochene wirbelte herum und sah den Kommissar mit müden Augen an, bevor er sprach: „Nehmen Sie Platz. Das mit gestern bedaure ich. Ob Sie mir glauben oder nicht. Ach, was soll`s, Sie wissen es doch ohnehin!" Dabei warf er das Tuch resigniert auf den Tisch und nahm auf einem der Stühle Platz. Mit einer Geste bot er Bernardo den gegenüberliegenden Sitzplatz an. Dann holte er seine Zigaretten hervor und bot ihm eine an. „Eigentlich zu früh für mich, aber mit einer Tasse Kaffee zusammen würde ich nicht nein sagen." Marco Ornelli verstand und ging ohne ein Wort hinter die Bar und brühte ihnen zwei Tassen dampfenden Kaffee, mit denen er nach kurzer Zeit wieder nach draußen kam und Bernardo gegenüber Platz nahm.

Der Kommissar bedankte sich artig und nahm auch die angebotene Zigarette zum Kaffee gerne an.
Nachdem sie sich eine Weile so schweigend gegenüber saßen, richtete der Kommissar das Wort an ihn. Ruhig und bedächtig wählte er seine Formulierung aus. Fast behutsam, als könnte ein einzelnes falsches Wort die Stille der gesamten Piazza für immer zerstören. „Signor Ornelli, schade, dass nicht alle Menschen so wie wir beide friedlich nebeneinander sitzen und einfach nur das Leben genießen können. Irgendeiner muss immer etwas mehr Kaffee haben oder etwas mehr genießen. Und der setzt sich dann durch. Wenn er nicht genug Gegenwind aus der Herde bekommt, wird er ihr Anführer. Ob im Tierreich, im Geschäftsleben oder in einem kleinen Dorf. Bitte widersprechen Sie mir, wenn ich mich irre. Aber in Ihrem Dorf ist dieses Phänomen schon sehr stark ausgeprägt. Vielleicht ist es bei uns in Mailand auch nicht besser, aber man sieht es zumindest nicht so offensichtlich. Sie sollen auf jeden Fall wissen, dass ich durchaus Verständnis für Ihr Verhalten gestern Abend habe und ich selbst auch nicht anders reagiert hätte. Würden Sie mir bis hierher zustimmen?" Er sah sein Gegenüber an. Marco Ornelli gelang so etwas wie ein Lächeln, als er antwortete: „Absolut richtig. Ich hätte es nicht anders formuliert. Aber was soll man machen? Jeder weiß es. Entweder man zieht weg oder man akzeptiert es. Die Guten gehen weg, der Bodensatz bleibt. Ich darf

das sagen, weil ich auch einer bin, der geblieben ist. Was soll`s, irgendwann resigniert man eben, so ist das Leben." Dabei zuckte er mit den Schultern und sah den Kommissar fragend an. Bernardo nickte ihm zu. „Ich wäre auch einer, der nicht wegginge. Glauben Sie mir, da bin ich viel zu phlegmatisch. Meine Frau würde Ihnen das bestätigen. Aber vielleicht können Sie mir doch helfen. Wie Sie wissen, ermittle ich im Mordfall Bruno Scalleri. Gerade komme ich von seinem ehemaligen Arbeitgeber. Genauer gesagt von seinem Sohn, Jose Stanza. Er hat mir auch von dem Unglück mit seiner Schwester Veronika erzählt. Können Sie sich noch daran erinnern?"

Nachdem Marco seine Zigarette im Aschenbecher ausgedrückt hatte, lehnte er sich etwas zurück. „Herr Kommissar, in diesem Nest ist die Geburt eines Kalbes schon sensationell. Wie sollte man sich da an einen so tragischen Todesfall nicht mehr erinnern können? Bei Ihnen in Mailand passiert so etwas wahrscheinlich täglich. Bei uns höchstens alle zehn Jahre. Somit sind die beiden Großereignisse, also das Unglück von Veronika und das mysteriöse Verschwinden Brunos durchaus noch in meinen grauen Zellen gespeichert. Damals lief das halbe Dorf zusammen und hat sich vor dem Laden des alten Stanza versammelt. Nein, Sie brauchen nicht glauben, dass jemand seine Hilfe angeboten hätte oder dem Alten oder Jose zur Seite stehen wollte.

Nein, so funktioniert das hier nicht. Eher wie eine Meute hungriger Aasgeier, die sich am Unglück anderer weideten, so standen sie vor seinem Laden. Das weiß ich noch genau, weil ich mit Jose befreundet war und bis heute noch bin. Als sie dann in einer Zinkwanne die arme Veronika aus dem Laden trugen, haben sich alle bekreuzigt und gemurmelt haben sie. Vor allem diese alten, bösen Weiber. Bitte nehmen Sie mir das nicht übel, aber ich lebe hier und daher darf ich auch die Wahrheit ungeschminkt beim Namen nennen. Früher war das hier so und heute ist es nicht viel besser. Mein eigener Vater hat mich zurückgehalten, als ich in den Laden gehen wollte, um meinem Freund zur Seite zu stehen. Das ist so jämmerlich. Und dann wird man irgendwann einmal selbst so. Wenn ich an mein eigenes Verhalten gestern Abend denke, wird mir dabei ganz schlecht. Aber Sie, Herr Kommissar, Sie gehen in einigen Tagen oder Wochen wieder. Und ich bleibe hier und wenn mein kleines Restaurant auf dem Index steht, fehlen in etwa neunzig Prozent der Gäste. Sie brauchen nicht nachrechnen, ich kann es Ihnen auch so sagen. Dann bin ich im Vergleich zu jetzt richtig pleite."
Damit brach er ab. Bernardo hatte aufmerksam zugehört. „Vielen Dank, Signor Ornelli, für Ihre offenen Antworten. Stimmt es, dass Bruno hinter Veronika her war?" Jetzt lachte Marco laut und herzlich.

„Entschuldigen Sie, Herr Kommissar, aber die Formulierung ist etwas nett gewählt. Veronika war der Schwarm aller jungen Männer im Dorf. Mich mit eingeschlossen. Ich will nicht schlecht über Bruno sprechen. Und sicher haben Sie gehört, dass wir nicht immer sehr nett zu ihm waren. Aber wenn Bruno es auch nur annähernd geschafft hätte bei Veronika zu landen, wäre das in etwa so, als würde ich mich um die Stelle des Hoteldirektors der Villa D'Este in Cernobbio bewerben!" Er lachte noch immer als er weiter erzählte: „Nein, das waren einfach jugendliche Schwärmereien von Bruno. Und Veronika konnte sich gut zur Wehr setzen. Sie war klug und wusste ihre optischen Vorteile durchaus geschickt einzusetzen." Bernardo nickte verständnisvoll: „Also ließ sie Bruno am langen Arm verhungern, kann man das so sagen?" Marco überlegte kurz: „Bruno und alle Männer zwischen sechzehn und sechzig. Mit Ausnahme ihres Vaters. Da flogen oft die Fetzen, der ließ sich nicht bezirzen. Das musste mir Jose nicht einmal erzählen. Das meiste bekam man auch so mit." Bernardo hörte weiterhin zu und versuchte sich die damalige Konstellation vorzustellen. Der alte Bäcker als alleinerziehender Vater von zwei Kindern und einem Mitarbeiter, der zwar fleißig, aber vielleicht nicht der klügste war. Da konnte einem schon mal der Gaul durchgehen. Beiläufig fragte Bernardo noch nach dem Verhält-

nis zwischen Jose und dem Vater. „Herr Kommissar, da war Jose einfach etwas weniger hitzköpfig als seine Schwester. Er ließ den Alten toben, wenn es mal wieder so weit war und ging meistens jedem Ärger aus dem Weg. Das war auch besser so, zumindest entspannter für alle Beteiligten."
Bernardo bedankte sich für die Auskünfte und verließ den Barbesitzer. Er beschloss den Weg zu Genoveva und dem Monsignore zu Fuß zu bewältigen, um dann den Termin bei Maria Opolos mit dem Wagen zu erledigen. Mittlerweile kannte er sich schon so gut in San Giorgio aus, dass er sich den Weg zu Genoveva nicht überlegen musste, sondern seinen Gedanken freien Lauf lassen konnte.
Eigentlich ungewöhnlich, dass sich ein junger Mann der Schwester und dem Vater beugt. Normalerweise stritten doch eher die Söhne mit den Vätern um die Nachfolge und die Geschäftsführung. Und wo war Bruno als Veronika die Treppe hinabstürzte? Gab es da eine Verbindung? Hatte sie ihn abgewiesen und er wollte ihr vielleicht nur eine kleine Abreibung verpassen? Aber das passte nicht zu dem Bild, das er sich bisher von Bruno gemacht hatte. Und selbst wenn es so gewesen wäre, wer hätte sich dann an Bruno rächen wollen? Der Vater, der vielleicht doch etwas mitbekommen hatte? Oder der brave Jose, der mehr gesehen hatte als er zugab? Warum wurde dann aber die Leiche in dem alten

Stollen abgelegt und nicht mit dem Auto meilenweit weggebracht?

Über seinen Überlegungen hatte er tatsächlich den Weg automatisch zurückgelegt und stand nun vor Genovevas Haus. Die Alte war im Garten beschäftigt und er sah nur ihren gebeugten Rücken über den Gartenzaun. Deswegen räusperte er sich kurz und das genügte, dass sich die Alte mühsam aufrichtete und sich zu ihm umsah. Freudig erstaunt straffte sie ihren alten Körper. „Was für eine schöne Überraschung! Du hast dir Zeit gelassen, eigentlich habe ich dich schon gestern erwartet. Aber wir hatten natürlich nichts ausgemacht für unser nächstes Rendezvous!" Dabei lachte sie ihn an und säuberte sich die alten knochigen Hände an ihrem Kleid, während sie ihm die quietschende Gartentür öffnete. „Genoveva, ich bin erstaunt. Fast hätte ich dich nicht wiedererkannt." Sie sah ihn fragend an. „Na, ich meine du trägst heute nicht Schwarz, was dir übrigens sehr gut steht!" Er musterte ihre geblümte Schürze. Beide ließen sich auf der Bank am Haus nieder. „Weißt du, mein lieber Kommissar, ich habe beschlossen, dass ich lange genug Schwarz getragen habe. Außerdem muss man doch für Gesprächsstoff sorgen. Sonst haben meine lieben Nachbarn doch nichts mehr zu erzählen." Dabei sah sie ihn an und Bernardo bemerkte wie ihre selbst verordnete Fröhlichkeit wieder der Trauer wich, als sie fortfuhr.

„Hast du Neuigkeiten für mich?", fragte sie ihn unverblümt. Der Kommissar musste überlegen, wie viel er ihr erzählen sollte ohne sie über die Maßen zu belasten und so schilderte er nur ansatzweise seine Begegnungen und Gespräche der letzten Tage. Das wiederum schien ihr nicht zu genügen. „Warum verhaftest du Emilio nicht einfach und nimmst ihn auf dem Präsidium in die Zange. Glaube mir, der hält nicht lange stand und dann legt er ein Geständnis ab!" Bei diesen Gedanken glühten ihre Wangen und Bernardo hatte das Gefühl, dass sie die Vernehmung am liebsten selbst durchgeführt hätte. Am besten mit glühenden Eisen um ihrer Forderung nach Wahrheit auch etwas Nachdruck zu verleihen. „Wenn du mir einen Kaffee spendierst, überlege ich mir in der Zwischenzeit meine Antwort!" Sie schlug sich mit der flachen Hand leicht auf die Stirn. „Ich bin wirklich die schlechteste Gastgeberin in ganz Italien. Aber vielleicht liegt es an der mangelnden Routine, dass ich nicht mehr weiß, was man seinen Gästen schuldig ist", entschuldigte sie sich und verschwand im Haus. Keine fünf Minuten später stand sie mit zwei Tassen dampfendem Kaffee vor ihm und reichte ihm eine Tasse. „Ich glaube, der ist so wie du ihn magst!" Dabei schenkte sie ihm wieder ein leicht verstecktes Grinsen, welches die zahlreichen Falten um ihre Augen noch vermehrte. Der Kommissar bedankte sich artig und als sie wieder neben ihm saß, begann er: „Weißt du, so einfach ist das nicht. Wenn ich ihn heute festnehme, müssen wir ihn nach spätestens vierundzwanzig Stunden wieder auf freien Fuß setzen. Und welche Beweise haben wir denn? Keine außer der Drohung, die er ausgesprochen hat. Damit wäre uns nicht geholfen. Ganz im Gegenteil. Wir müssen ihn aus der Reserve locken. Er muss einen Fehler machen, dann haben wir ihn." Von seinem Verdacht, dass es sich bei dem Täter vielleicht gar nicht um Emilio handeln könnte, erzählte er nichts. Er wollte die Alte nicht noch mehr verunsichern. Sie hatte über seine Worte nachgedacht und schwieg. Ein Schweigen, dass beiden nicht unangenehm war und so nahm er einen vorsichtigen Schluck Kaffee. Den Grappa roch er, bevor er ihn schmeckte. Ob der frühen Stunde hatte er ein schlechtes Gewissen wegen des Schnapses, aber er wollte sie nicht kränken und so beschloss er seinen Kaffee einfach zu genießen. „So wie ich ihn mag, du hattest Recht! Danke!" Sie sah ihn an und versuchte ein Lächeln, als sie sagte: „Jetzt bist du aber an der Reihe mit ausgeben!" Er musste nicht lange überlegen und reichte ihr die etwas zerknautschte Zigarettenpackung. Zuhause musste er unbedingt wieder weniger rauchen, das nahm er sich ganz fest vor, als er einen tiefen Zug nahm und mit Kaffee nachspülte. Die Sonne war noch angenehm und die Hitze nicht erdrückend. Das würde sich in wenigen Stunden ändern und so sah er sich in dem kleinen Garten etwas um. An Genoveva gewandt sprach er: „Pflegst du deinen Garten wieder?" Und er zeigte auf einen kleinen Haufen von ausgestochenem Unkraut neben einem der Beete. Sie schmunzelte: „Gut beobachtet, Herr Kommissar! Aber jetzt, wo ich die traurige Gewissheit über meinen Bruno habe, ist auch eine Last von mir abgefallen. Komisch eigentlich..." Sie hielt inne und überlegte, bevor sie weitersprach, „aber irgendwie kann man dann auch etwas abschließen. Klingt wirklich seltsam, ist aber so." Bernardo erwiderte: „Auch wenn es kein Trost ist, das geht vielen in deiner Lage so. Auch wenn da immer noch Hoffnung ist bis zu dem Punkt, wo die traurige Vermutung Gewissheit wird. Wenn man einmal weiß, was wirklich geschehen ist, lebt man manchmal vielleicht etwas leichter." Ihr kleiner Kopf nickte leicht und sollte ihm zeigen, dass sie verstand, was er ihr sagte. „Genoveva, ich war heute bei Jose in der Bäckerei. Er hat mir von dem Unglücksfall seiner Schwester erzählt. Eine schlimme Geschichte. Wie hat Bruno darauf reagiert?"

Bevor sie antwortete, nahm sie einen tiefen Schluck. „Weißt du, Bernardo, vielleicht war das ein Vorteil von Brunos Wesen oder wie andere sagen würden von seiner eingeschränkten Wahrnehmungsfähigkeit. Kurz nachdem es passiert ist, kam er nach Hause. Am Anfang verstand ich gar nicht, was er mir sagen wollte. So aufgeregt war er. Nur Wortfetzen konnte ich ihm entlocken. Er war richtig geschockt und weinte den ganzen Tag. Wir haben dann darüber gesprochen, an diesem Abend und noch an vielen weiteren. Aber schon nach kurzer Zeit schien es mir, als hätte er die Sache für sich abgeschlossen. So war er eben. Manchmal wie ein Kind, das weint, wenn die Eltern nicht da sind, aber nach ein paar Tagen hat es alles wieder vergessen. Zuweilen habe ich ihn für diese Eigenschaft fast beneidet. Das Unveränderliche zu akzeptieren und nicht immer im Gestern zu leben. Und bevor du mich fragst, Herr Kommissar, ich mochte Veronika, sie war patent und ließ sich von ihrem Vater nichts sagen. Ein resolutes und aufgewecktes Mädchen, das wusste, was es wollte. Davon gibt und gab es hier schon immer zu wenige. Entweder sie werden von den Alten so gegängelt, dass sie irgendwann nur noch Befehlsempfänger sind oder sie gehen oder werden weggeschickt. Wie die kleine Sandra damals. Die Tochter vom alten Silvi. Schade eigentlich."

Bernardo horchte auf: „Willst du mir damit sagen, dass der Alte noch mehr Kinder hat?" Sie sah ihn überrascht an: „Wusstest du das nicht. Als sich die Frau von Silvi damals das Leben genommen hat, da war die kleine vielleicht zehn Jahre alt. Und ein Mädchen hat wohl einfach nicht so gut in den Männerhaushalt gepasst. Da hat sie der Alte einfach in ein Internat nach Mailand geschickt. Von da an habe ich sie kaum mehr gesehen. Nur wenige Male war sie noch hier. Ich glaube, sie hat dann auch in Mailand studiert und ist dort geblieben. Aber so genau weiß ich das nicht." Bernardo kratzte sich am Kopf. „Nein, das wusste ich nicht, auch nicht, dass sich die Mutter von Emilio und Sandro und natürlich auch von Sandra das Leben genommen hat. Das ist wirklich tragisch." Genoveva überlegte nicht lange, bevor sie antwortete: „Tragisch war es für die Kinder, für sie selbst wäre es tragischer gewesen hier am Leben zu bleiben. Das darfst du mir glauben."

Beide schwiegen wieder eine Zeit lang. Wie musste das für einen stolzen Mann wie Silvi Scara sein, wenn sich die eigene Frau das Leben nahm? Hatte ihn dieses Schicksal mit all seiner Härte zu dem Menschen gemacht, der er heute war? Wohl kaum, sonst hätte seine Frau kaum diesen Weg genommen. „Aber warum ließ sie sich nicht einfach scheiden?" Er stellte diese Frage laut und Genoveva lieferte ihm sogleich die Antwort: „Weil man sich in einem Dorf wie dem unseren nicht scheiden lässt. Was meinst du, was er mit ihr angestellt hätte, wenn sie ihm mit Scheidung gedroht hätte? Vielleicht hat sie es sogar und dann gemerkt, dass ihr die Kraft fehlte diesen Weg zu beschreiten. Ich weiß es nicht. Aber du kannst versichert sein, dass es damals monatelang das Thema in San Giorgio war. Aber irgendwann hat man auch darüber nicht mehr gesprochen.

Seine Tochter war weg und die Söhne konnte er so formen wie es ihm passte. Daraus gelernt hat er wohl nichts, aber so ist das eben im Leben. Es geht weiter wie ein träger Fluss über dem einmal die Sonne scheint und ein anderes Mal der Regen niedergeht. Aber er fließt immer weiter. Gestern bist du mit deinem Vater am Rande des Flusses gesessen, heute sitzt du mit deinem Sohn da und morgen schon wird dieser mit seinen Kindern dort sitzen. Die Menschen kommen und gehen und mit ihnen ihre Sorgen und Ängste, aber der Fluss wird immer weiterfließen."

Der Kommissar überlegte, als sie geendet hatte. So viele philosophische Gedanken hätte er der Alten gar nicht zugetraut. „Du hast Recht, Genoveva, so ist das Leben. Deswegen sollten wir vielleicht auch nicht zu viel über das Gestern weinen und vor dem Morgen Angst haben, sondern einfach das Hier und Jetzt genießen. Aber das sagt sich immer so leicht. Du weißt, wie schwer das ist." Sie nickte still und beide tranken ihren Kaffee aus. „Ich werde morgen wieder nach Mailand fahren und das Wochenende zu Hause verbringen. Am Montagnachmittag bin ich dann wieder hier. Ich melde mich bei dir. Sie nickte gedankenverloren, als sich beide am Gartentor voneinander verabschiedeten.

So schlenderte der Kommissar gemütlich über die Straße in Richtung Kirche. Wenn ich noch länger hier bleibe, kann ich eine historische Abhandlung über dieses Dorf schreiben, dachte er sich im Stillen. Und dabei war ihm klar, dass er bisher nur die obersten Staubkörnchen einer Decke von Schicksalen und Ereignissen gesehen hatte. Nach wenigen Metern stand er vor dem kleinen Garten des Pfarrhauses. Es wirkte verlassen. Vielleicht war der Monsignore unterwegs. Er wollte sich schon zum Gehen abwenden, als er die angenehme Stimme des großgewachsenen Mannes hinter sich vernahm. „Wer suchet, der findet, wenn auch nur einen alten Priester, der vom Religionsunterricht kommt!" Dabei zeigte er sein einnehmendes Lachen und reichte Bernardo die Hand. „Was führt Sie denn zu mir? Wollen Sie mir vielleicht sagen, dass Sie den Mörder gefunden haben? Dann muss ich Sie enttäuschen, denn dann haben Sie sich bestimmt geirrt." Während er Bernardo die Gartentür mit der einen Hand öffnete, zeigte seine andere mit einladender Geste auf die dem Kommissar schon vertraute Bank, mit dem schönen Blick in den Garten. „Dann, Hochwürden, wissen Sie mehr als ich. Vielleicht wollte ich Ihnen wirklich sagen, dass ich den Mörder gefasst habe." Halb belustigt und halb ernst sah er den wie immer in seiner schwarzen Sutane gekleideten Mann an. Irgendwie wirkte er älter als er ihn noch gestern in Erinnerung gehabt hatte. Es schien ihm fast, als sei er seit ihrer ersten Begegnung um Jahre gealtert und dabei war er doch erst eine knappe Woche hier. Vielleicht bildete er sich das aber auch nur ein. Sie saßen nebeneinander auf der Bank und Bernardo spürte die angenehme Wärme der Hausmauer in seinem Rücken. „Nein, Herr Kommissar, das wollten Sie mir sicherlich nicht mitteilen, denn wenn es eine Verhaftung gegeben hätte, wäre das schon längst zu mir vorgedrungen. Aber gerne würde ich mich mit Ihnen über die Neuigkeiten in unserem Fall unterhalten. Nur erwarte ich jeden Augenblick Besuch. Die Besprechung einer Begräbnisfeier kann ich leider nicht verschieben. Wie sehen Ihre Pläne für heute Abend aus? Nach der Abendmesse würde ich mich sehr über Ihren Besuch freuen."

Bernardo überlegte kurz. Die Alternative wäre in seinem Zimmer zu sitzen und wahrscheinlich die Avancen von Felizita abzuwehren. Welche, durch ihren Entschluss bald die Zelte in San Giorgio abzubrechen, sicher nicht weniger intensiv ausfallen würden. So fiel ihm die Entscheidung nicht schwer und er verabredete sich für den Abend mit seinem Verbündeten. Nachdem er den Rückweg zu seinem roten Oldtimer, der noch vor dem Polizeirevier parkte, zurückgelegt hatte, sperrte er die Fahrertür auf und setzte sich auf den für ihn eigentlich zu kleinen Sitz. Der Vormittag hatte ihm einiges an Neuigkeiten geboten und so notierte er sich die wichtigsten Fakten noch auf seinem kleinen Notizblock und fuhr los. Ein Blick auf die Uhr zeigte ihm, dass es fast schon Zeit für seinen Besuch bei Maria Opolos war und so versorgte er sich in dem kleinen Supermarkt mit der immer gleichbleibenden Unfreundlichkeit lediglich mit einem kleinen Panino und einem Wasser.

Als er dieses gemütlich auf einer Bank sitzend verspeist hatte, kramte er sein Handy hervor und rief Irene an. Bereits nach dem dritten Klingeln hob sie ab und er kündigte sein Kommen für den morgigen Freitag an. Lange waren sie nicht mehr über Tage getrennt gewesen und so freuten sich beide sehr auf das Wiedersehen. Irene versicherte ihm mehrmals, dass es Luca gut ginge und dass er täglich nach seinem Vater frage. Das beruhigte Bernardo und mit gegenseitigen Liebesbeteuerungen beendeten sie das Gespräch.

Ich bin wirklich ein Glückspilz, schoss es ihm durch den Kopf, als er bereits mit dem Wagen in Richtung Steinbruch unterwegs war. Und dieses Glück mit seiner kleinen Familie würde er am Wochenende ganz besonders genießen. Davon war er felsenfest überzeugt.

Als er von der staubigen Straße auf das Gelände der ehemaligen Firma abbog, sah er bereits einen fremden Wagen dort stehen. Maria Opolos stand in Schwarz gekleidet in der Mitte des Hofes und sprach mit einem älteren, kleinen Mann. Wie er die beiden so stehen sah, erinnerte ihn die Szene an einen alten Westernfilm, in dem sich die beiden Kontrahenten in der Mitte der Straße zum Duell trafen. Der Kommissar fuhr langsam, um nicht zu viel Staub aufzuwirbeln und parkte seinen Wagen neben den beiden.

Als er auf sie zuging, verstummte ihr Gespräch und die Signora wirkte abermals unsicher, ihr Blick war flackernd und die etwas linkische Körperhaltung bestärkte Bernardo noch in dem Eindruck, den er schon gestern von ihr gewonnen hatte. Es war als hätte sie etwas zu verbergen. Aber der Kommissar war sich sicher, dass er heute zumindest ein klein wenig Licht in dieses Dunkel bringen wollte. Nachdem er zuerst die Dame begrüßt hatte, stellte diese ihm ihren ehemaligen Betriebsleiter, Signor Raimondo Alonsi, vor. Der kräftige Händedruck, der untersetzte Körperbau und die breiten Schultern ließen vermuten, dass sein Gegenüber früher nicht nur die Arbeit verteilt, sondern selbst auch mit angepackt hatte. Die beiden Männer blickten sich direkt an und Bernardo hatte das Gefühl einen ehrlichen Blick im Gesicht seines Gegenübers erkannt zu haben. „Signor Alonsi. Vielen Dank, dass Sie so kurzfristig kommen konnten", begann der Kommissar, „es wird sicherlich nicht lange dauern, aber einige Dinge kann ich mir noch nicht erklären und hoffe auf Ihre Unterstützung. Vielleicht gehen wir einfach zum Eingang des Stollens und Sie erzählen mir, wie

Sie damals vorgegangen sind. Signora Opolos Gesichtsausdruck ließ keinen Zweifel darüber, dass der Stollen nicht zu ihren Lieblingsplätzen zählte. Aber sie begleitete die beiden Männer bis zum Eingang. Dort angekommen begann Signor Alonsi mit seinen Schilderungen. Sachlich, in kurzen Worten, genauso wie Bernardo es von ihm vermutet hatte. „Eigentlich war ich auf der Suche nach einem alten Kompressor, den ich weder in den Hallen noch sonst wo finden konnte." Auf Bernardos fragenden Blick hin erklärte er: „Mit diesem Gerät haben wir früher kleinere Granitplatten bearbeitet. Nach dem Tod von Signor Opolos haben wir dann alle Maschinen in die große Halle dort drüben gebracht. Dabei zeigte er mit der ausgestreckten Hand hinter sich auf eine alte Halle mit löchrigem Dach. „Manche konnten wir verkaufen, aber die meisten waren damals schon alt und so steht ein Teil heute noch da drüben. Eigentlich sollte auch der Kompressor noch da sein, aber ich konnte ihn nirgendwo finden." Er kratzte sich kurz am Kopf, als wollte er nochmals darüber nachdenken, wo sich sein Kompressor wohl befand und erzählte dann weiter: „Bevor Sie fragen, wofür ich ihn gebraucht habe, kann ich Ihnen auch gleich die gewünschte Antwort liefern. An meinem Haus werde ich die Terrasse erneuern und dafür wäre er ideal gewesen." Er blickte zu Maria, die ihn ausdruckslos ansah. „Dann habe ich die Signora gefragt, aber sie wusste auch nichts über den Verbleib dieser Maschine. Als letzte Möglichkeit fiel mir der alte Stollen ein. Vielleicht hatten wir ihn dort einfach stehenlassen und vergessen. Nach dem Tod des Chefs und der Stilllegung des Betriebes haben wir dort aus Sicherheitsgründen am Eingang ein Tor angebracht. Wir wollten sicher gehen, dass nicht vielleicht Kinder dort drinnen spielten oder sich irgendwelche Obdachlosen dort einquartierten. Für das Schloss haben wir dann einen Schließzylinder vom Wohnhaus verwendet, der noch übrig war. Somit mussten wir keinen neuen anschaffen und der Schlüssel vom Haus passte auch. Als ich aber nun vor einigen Tagen aufsperren wollte, bemerkte ich, dass der Hausschlüssel, den mir die Signora gegeben hatte, nicht ins Schloss passte. Wir waren beide überrascht, aber bei näherer Betrachtung sah man, dass dort ein anderer Schließzylinder eingesetzt worden war als der, den ich damals montiert hatte. Nachdem ich die Tür anderweitig nicht aufbekommen hatte, beschlossen wir die Tür mit dem Traktor einzudrücken und anschließend mit einer Kette aus den Angeln zu reisen. Keine elegante, aber dafür umso effektivere Lösung. Den Kompressor habe ich nicht gefunden, aber dafür eine verweste Leiche am Ende des Stollens. Kein schöner Anblick, vor allem für jemanden wie mich, der das nicht gewohnt ist." Während der letzten Worte sah er zu Maria, die ihren Blick auf ein fiktives Ziel hinter dem Stollen gerichtet hatte.

Bernardo überlegte einige Sekunden, bevor er sich wieder an den pensionierten Betriebsleiter wandte. „Und Sie waren die ganzen Jahre kein einziges Mal mehr in dem Stollen?" Die Antwort kam prompt und präzise. „Nein, was hätte ich dort auch gewollt? Seit der Schließung des Betriebs komme ich zwar regelmäßig hier vorbei und sehe nach dem Rechten oder helfe Maria bei Reparaturen am Haus. Aber den Stollen habe ich seither nicht mehr betreten."
Dem Kommissar war die vertrauliche Anrede der Signora durch ihren Vornamen nicht entgangen und so wandte er sich an sie. „Und Sie Signora, waren Sie in all den Jahren auch kein einziges Mal mehr in diesem Stollen?"
Die Angesprochene schien aus ihrem Gedanken verlorenem Nachsinnen schnell erwacht zu sein, denn auch diese Antwort kam sehr schnell und überlegt. „Nein, kein einziges Mal. Das hatte ich Ihnen aber auch schon gestern erklärt." Ihr Tonfall war etwas ärgerlich und zugleich unsicher. Die Situation war ihr offensichtlich unangenehm, aber darauf konnte und wollte der Kommissar keine Rücksicht nehmen. Schließlich musste er nicht den Fahrzeughalter eines Verkehrsverstoßes ermitteln, sondern einen Mörder finden. Und so überging er ihren Einwand und fragte mit der ihm eigenen stoischen Ruhe weiter: „Haben Sie beide eine Ahnung oder einen Verdacht, wer das Schloss ausgetauscht haben könnte, wenn es keiner von Ihnen beiden war?"

Beide schüttelten fast synchron die Köpfe, als eine alte Katze hinter ihnen gemächlich über den staubigen Platz trottete. Bestimmt suchte sie ein schattiges Plätzchen für ihre Siesta und Bernardo beneidete sie dafür. „Dann bleibt mir nichts mehr weiter als Ihnen für Ihre Zeit und Mühe zu danken und falls Ihnen doch noch etwas einfällt, rufen Sie einfach im Polizeirevier an."

Mit diesen Worten reichte er beiden die Hand und wollte sich schon zum Gehen von ihnen abwenden, als er sich nochmals an Maria Opolos wandte. „Es ist mir fast etwas unangenehm, aber dürfte ich nochmals Ihre Toilette im Haus benutzen? Zuviel Kaffee fordert bei mir immer schnell seinen Tribut." Dabei lächelte er entschuldigend in ihre Richtung, während sie ihm einen durchdringenden Blick zuwarf. „Aber gerne, Herr Kommissar, die Haustür steht offen und den Weg kennen Sie bereits." Ein etwas listiges Grinsen umspielte ihre zart rot geschminkten Lippen, aber vielleicht bildete er sich das auch nur ein. Als er in dem altmodischen Badezimmer stand, drehte er den Wasserhahn auf und öffnete den Schrank über dem Waschbecken wie am Tag zuvor. Beinahe hätte er einen lauten Pfiff ausgestoßen als er sah, dass die zweite Zahnbürste fehlte und auch der Rasierapparat verschwunden war. Sofort sah er den Monsignore vor sich und dachte an die passende Bibelstelle „Du sollst nicht lügen". Leise schloss er die Tür des Schrankes und betätigte die

Toilettenspülung um seinen Aufenthalt glaubwürdig erscheinen zu lassen. Durch den Flur verließ er das Haus und sah die Signora noch immer mit ihrem ehemaligen Angestellten an der gleichen Stelle in der Mitte des Hofes unter der glühenden Sonne stehen. Die beiden unterhielten sich und er hätte nur zu gerne gewusst worüber. Er rief noch ein kurzes „Grazie" und „Ciao" in ihre Richtung und hob den Arm zur Verabschiedung, bevor er in seinen Alfa stieg und langsam in Richtung Dorf zurückfuhr.
Was sollte er davon halten? Klar war, dass der Monsignore Maria gewarnt hatte. Wusste er vielleicht, dass sie gar nicht so alleine war wie sie vorgab und wollte er sie schützen? Aber warum sollte er das tun? Ein gelegentliches Treffen zwischen einer Witwe und einem Mann stellte doch kein Verbrechen dar? Auch in San Giorgio war das Mittelalter vorbei. Wenn auch vielleicht noch nicht so lange wie an anderen Orten. Vielleicht war es aber auch das mangelnde Vertrauen des Hochwürden ihm gegenüber, dass ihn ärgerte. Glaubte er wirklich, dass Bernardo eine eventuelle Liaison eines Dorfbewohners mit der Signora sofort an die große Glocke hängen würde? Oder war am Ende gar der Monsignore selbst der männliche Part in dieser Geschichte? Nur, wenn zwischen der Ermordung Brunos und dieser möglichen Affäre kein Zusammenhang bestand, warum legte man dann so viel Wert auf deren Geheimhaltung?

Dem Kommissar brummte der Kopf, als er seinen Wagen vor der Pension abstellte. Er beschloss sich fürs erste eine kleine Auszeit in seinem Zimmer zu gönnen, bevor heute Abend der Besuch im Pfarrhaus anstand. Vor seiner Tür angekommen überprüfte er den Klebestreifen. Wieder eine Bestätigung seiner Vermutung. Dieser war ebenso lose wie die am Zimmerschrank und seinem Koffer angebrachten Streifen. Also hatte jemand in seiner Anwesenheit seine Sachen durchsucht. Aber was hoffte der- oder vielleicht diejenige dort zu finden? Hinweise auf die Ermittlungen? Vernehmungsprotokolle, aus denen hervorging, in welche Richtung die Ermittlungen liefen? Wie dem auch sei, er würde dem heimlichen Besucher bei seiner nächsten Visite sicher etwas Interessantes vorlegen. Und dann war er gespannt, wie dieser darauf reagieren würde. Einfach das Blatt umdrehen und für seine Zwecke nutzen. Genauso hatte Ignazio das damals auf der Polizeischule seinen Schülern erklärt. Jetzt würde er sich aber erst einmal ausruhen. Froh darüber beim Betreten der Pension nicht in Felizitas Fänge geraten zu sein, legte er sich auf sein Bett und war nach kurzer Zeit in einen tiefen Schlaf gefallen. Mehr als zwei Stunden waren traumlos vergangen, als ihn der nervige Klingelton seines Handys aus dem erholsamen Schlaf an die Oberfläche des Seins zurückholte. Irene bemerkte sofort, dass er geschlafen hatte und konnte sich einen liebevollen Seitenhieb auf den stressigen Alltag eines italienischen Polizeibeamten nicht verkneifen. Auch sein Stammhalter wollte mit ihm sprechen und als er die Stimme seines Sohnes vernahm, spürte er die tiefen Gefühle, die nur ein liebender Vater nachempfinden konnte. Nach unzähligen Versicherungen morgen wieder zu Hause zu sein beendeten sie das Gespräch.

Ein Blick auf die Uhr zeigte Bernardo, dass es Zeit für seinen letzten Besuch des Tages war. Wenn er sich beeilte, konnte er es sogar noch rechtzeitig zur Abendmesse schaffen. Aber ob er das überhaupt wollte, konnte er im Moment nicht beantworten. Irgendwie war sein Bild vom Monsignore ins Wanken geraten. Nur in welche Richtung konnte er noch nicht einschätzen. Vielleicht wollte er Maria Opolos nur vor unangenehmen Fragen schützen? Was für sich genommen einen edlen Wesenszug darstellte. Manchmal fand man schneller eine Antwort auf die Fragen eines Falles, wenn man sich eine kurze Pause zum Nachdenken gönnte. Sagte zumindest Ignazio immer in solchen Situationen. Und so ging er unter die Dusche, zog sich anschließend für seinen Besuch bei Hochwürden an und machte sich auf den Weg in Richtung Kirche.

Er hatte beschlossen die Messe zu besuchen ohne die Motivation für seine Entscheidung zu kennen. Es war noch keine Woche seit seiner Ankunft in San

Giorgio vergangen und schon lief er den Weg durch das Dorf zur Kirche ganz automatisch und ohne darüber nachzudenken. Die Häuser wurden im Vorübergehen zu austauschbaren Kulissen. Fließend ineinander übergehende Raumbegrenzungen leerer Straßen. Als Kind hatte er auf dem Weg zur Kirche immer eine tiefe Angst empfunden. Vor allem, wenn er zur Beichte musste. Die mahnenden Worte der Großmutter noch in den Ohren, nur keine Sünde im Beichtstuhl zu vergessen. Kam man wirklich in die Hölle, wenn man dem Pfarrer die eine oder andere Verfehlung verschwieg? Demselben Pfarrer, der in der Schule den Religionsunterricht abhielt? Bernardo spürte bei dem Gedanken an seine kindlichen Zweifel noch heute ein tiefes Unbehagen. Luca würde einmal nicht angsterfüllt vor einem aus schwarzem Holz geschnitzten Beichtstuhl ausharren müssen. Darin waren sich Irene und er einig. Gerade als er vor der imposanten Fassade des gotischen Gotteshauses angekommen war, hörte er die Glocken, welche zur Messe riefen. Wie bei seinem letzten Besuch blickte er beim Eintreten auf viele schwarze Kopftücher auf der linken Bankseite und nur auf sehr wenige in den rechten Reihen. Gerne würde er durch seine Präsenz Genoveva moralisch den Rücken stärken. Nur konnte er sie von hinten und wegen der schwarzen Kopftücher nicht ausmachen. Deswegen wählte er den Gang durch das rechte Seitenschiff. Da wurde ihm klar, warum er

sie nicht gefunden hatte. Die Frau mit dem weißen Kopftuch, die ihm jetzt den Kopf zuwandte und ihm mit einer Handbewegung zu verstehen gab, er solle neben ihr Platz nehmen, hatte er glatt übersehen. So nahm er neben ihr Platz und sie zwinkerte ihm vertraut zu. Nicht nur das Kopftuch hatte die Farbe gewechselt, sondern auch das Kleid. Dieses war nicht mehr in traurigem Schwarz, sondern in dezenten Farben gehalten. Vielleicht waren seine Komplimente heute Vormittag ihr gegenüber doch etwas zu dick aufgetragen gewesen, aber er fand, dass sie ohne die uniformierte Trauerkleidung um Jahre jünger aussah. Er hatte seine Überlegungen noch nicht zu Ende gebracht, da trat der Monsignore, begleitet von zwei Messdienern, in den Altarraum.
Der Kommissar war froh sich für den Besuch der Messe entschieden zu haben. Er spürte förmlich, dass der Hochwürden heute zerstreuter, fast fahrig wirkte. So hatte er ihn noch nie erlebt. Als er aus Versehen mit dem Handrücken auch noch eine Altarkerze umwarf, war Bernardo überzeugt, dass er sich die geänderte Stimmung nicht nur eingebildet hatte. Deshalb beschloss er auch die heilige Kommunion vom Monsignore entgegen zu nehmen. Genoveva war vor ihm aus der Bankreihe in den Mittelgang gegangen, er folgte ihr. Es waren nicht die fragenden oder vielleicht bösartigen Blicke der alten Weiber in der Reihe neben ihnen, die ihn irritierten. Es war der Monsignore selbst, wie er leicht

erhöht auf den Altarstufen stand und abwechselnd den Gläubigen der rechten und linken Seite die Hostie entweder in die zittrigen Hände oder die zumeist zahnlosen Münder legte. Weiche Sonnenstrahlen der Abendsonne trafen durch die bunten Fenster des Altarraumes und tauchten die alten Marmorplatten, auf denen der Hochwürden stand, in ein feines Licht. Es wirkte inszeniert und surreal und trotzdem oder gerade deswegen besonders anmutig. Wer die Hostie empfangen hatte, trat zur Seite und ging zurück zu seinem Platz. So rückten auch Genoveva und er unaufhörlich nach vorne auf den Pfarrer zu. Die immer gleichen Worte bei der Zeremonie der Übergabe und der Entgegennahme des symbolischen Leibes Christi hallten leise von den Wänden wider.

Als Bernardo an der Reihe war, schenkte ihm der Monsignore ein verhaltenes Lächeln. Er nahm seine Hostie entgegen und ging hinter Genoveva zurück an seinen Platz. Wie oft hatte man seine Freunde und ihn im Religionsunterricht ermahnt nach dem Empfang der heiligen Kommunion kniend seine Gebete zu sprechen. Bernardo kniete zwar, aber er betete nicht. Wie er den Pfarrer jetzt so vor dem Altar stehen sah, war er überzeugt, dass dieser Mann mehr wusste, als er sagte. Bernardo konnte seine Intuition nicht konkret beweisen, aber sein Bauchgefühl hatte ihn noch nie im Stich gelassen. Die trau-

rigen Augen auf eine fiktive Stelle am Kircheneingang geheftet, sprach der Monsignore leise ein Gebet. Warum musste sich dieser Mensch mit dem Gelübde des Schweigens geißeln? Am liebsten wäre er nach vorne gerannt und hätte ihn geschüttelt und angeschrien seinen Schwur doch nur für eine Minute zu vergessen und ihm zu sagen, wer Bruno auf dem Gewissen hatte. Aber das ging natürlich nicht, auch wenn der Kommissar das in diesem Augenblick zutiefst bedauerte. Er konnte den abwesenden Blick des Monsignores nicht einordnen. Dessen Augen wanderten immer wieder zu einem Punkt hinter ihm. Instinktiv wandte Bernardo den Kopf nach hinten und erkannte sie sofort. Trotz des schwarzen Kopftuches konnte er in der schlanken Gestalt der letzten Bankreihe Maria Opolos erkennen. War es ihre Anwesenheit, die den Pfarrer so melancholisch erscheinen ließ? Es war schwer zu sagen. Die beiden Messdiener verließen zusammen mit ihrem Chef den Altarraum und verschwanden in der Sakristei. Damit war der Gottesdienst beendet.
Bernardo stand auf und sah abermals nach hinten. Der Platz, an dem die Signora noch vor wenigen Minuten gesessen hatte, war leer. Gemeinsam mit Genoveva ging er nach draußen, den Blicken der zahnlosen Alten, die ihre Köpfe zusammen steckten und tuschelten, schenkte er keine Beachtung. Auch auf dem Platz vor der Kirche war von Maria Opolos

nichts zu sehen. Bernardo kamen schon erste Zweifel, ob er sich das Ganze nicht etwa eingebildet hatte. Aber er war überzeugt sie noch vor wenigen Augenblicken gesehen zu haben. Er plauderte noch etwas mit Genoveva, hielt sich aber jetzt mit seinen Komplimenten zu ihren neuen Kleidern bewusst etwas zurück. Lieber versprach er ihr, sich nach seiner Rückkehr aus Mailand sofort bei ihr zu melden.

Da er dem Monsignore noch etwas Zeit lassen wollte, setzte er sich auf eine Bank auf dem Kirchplatz und verweilte dort. Die kleinen Gruppen von schwarz gekleideten alten Weibern sahen ihn verstohlen von der Seite an und verteilten sich dann nach und nach schnatternd in Richtung ihrer heimatlichen Höhlen. Bernardo stand nach einer Weile auf und lenkte seine Schritte bedächtig um die Kirche und das angebaute Pfarrhaus, bis er vor dem alten Tor des Pfarrgartens stand. Von drinnen hörte er das Klappern von Geschirr gefolgt vom Geräusch einer Weinflasche, die gerade entkorkt wurde. „Monsignore, komme ich zu früh?", rief er in Richtung der geöffneten Tür, aus der ihm die bekannte und liebgewordene sonore Stimme zurief: „Sie kommen genau zum richtigen Zeitpunkt. Treten Sie ein und nehmen Sie Platz. Ich bin gleich bei Ihnen!" Bernardo bat ihm seine Hilfe beim Decken des Tisches an, was aber sofort und energisch abgelehnt wurde. Und so nahm er wie geheißen auf der Bank an der Hauswand Platz. Nicht ohne vorher den Kopf zur

Tür hineingesteckt zu haben und ein freundliches „Buonasera!" gerufen zu haben. Das sanfte Licht der untergehenden Sonne tauchte den kleinen verwunschenen Garten in warme Farben. Auch wenn die Sonne sich bereits anschickte ganz unterzugehen, war die Wärme des Tages noch deutlich zu spüren. „Herr Kommissar, ich freue mich Sie zu sehen." Nachdem er die Teller und den Wein auf den vom Wetter und der Sonne ausgebleichten Holztisch gestellt hatte, reichte er ihm die Hand. Bernardo stand auf und ergriff sie. Der gewohnt feste Händedruck seines Gegenübers war heute leicht und zittrig. „Schön, dass Sie meine Messe besucht haben. Unter der Woche predige ich nicht. Um in diesen Genuss zu kommen, müssten Sie unserem Gottesdienst schon an einem Sonntag beiwohnen. Aber so beeindruckend sind die meisten Predigten dann doch nicht, dass sich der Weg von Mailand hierher lohnen würde." Der Kommissar lachte: „Wer weiß? Vielleicht wäre es die Fahrt doch wert!" Es schien, als ob die Melancholie, welche sein Gegenüber noch in der Kirche ausgestrahlt hatte, verflogen wäre. Bernardo wunderte sich über diesen raschen Stimmungswechsel und bedankte sich für die Einladung.

Nachdem sie Schinken und Brot gegessen hatten, kam die Frage nach dem aktuellen Stand der Ermittlungen. Bernardo hatte beschlossen über den Besuch bei der Signora Opolos nur auf Nachfrage zu berichten. Er wollte sehen, wie geschickt es Hochwürden anstellen würde dieses Thema anzuschneiden. So berichtete er von seinem Besuch beim alten Scara und endete bei Raimondo Alonsi. Im sanften Licht des Abends wirkte das Gesicht des Monsignore entspannt und seine dunklen Augen blickten ihn nachdenklich an. „Und was schließen Sie aus den Gesprächen?" Eine gute Frage, dachte sich der Kommissar. Was schließe ich daraus, wiederholte er im Stillen für sich, während eine streunende Katze gemächlich durch den eingewachsenen Pfarrgarten lief ohne die beiden eines Blickes zu würdigen. Ein tiefer Seufzer entrann seiner Brust. „Wie soll ich das sagen, Hochwürden?", und dabei drehte er ihm den Kopf zu und sah ihn unvermittelt an. „Nichts scheint so zu sein wie es sich auf den ersten Blick darstellt. In meinem Beruf ist man daran gewöhnt meistens nur Halbwahrheiten oder Lügen aufgetischt zu bekommen. In diesem Fall scheint es mir nicht anders. Wenn ich durch das Dorf gehe, habe ich manchmal das Gefühl als wäre ich ein Blinder unter lauter Sehenden, als würden alle mehr wissen als ich, aber keiner sagt etwas. Ist es die Angst der Menschen vor der scheinbaren Übermacht der Scaras oder ist es den Menschen einfach egal, wer Bruno ermordet hat?" Während der Monsignore ihre Gläser erneut füllte, schwiegen beide. Das Licht verlor nun endgültig die Macht an die

Dunkelheit der Nacht und die Blicke der beiden verschwanden in den Schatten des Gartens. „Auch bei Ihnen Hochwürden beschleicht mich das Gefühl, dass Sie mehr wissen als Sie mir sagen. Aber wir haben das ja schon besprochen. Sie unterliegen der Schweigepflicht und das verstehe ich natürlich." Ihre Blicke trafen sich erneut und es schien als wäre die Traurigkeit erneut in die Seele des Monsignore zurückgekehrt. Bernardo bemerkte, dass sein Gegenüber bei seinem ersten Besuch noch nicht solch dunkle Ringe unter den Augen gehabt hatte wie er sie jetzt trotz des dämmrigen Lichts erkannte. Auch die Haltung und die Bewegungen erinnerten nun mehr an einen von Sorgen und dem Alter gedrückten Menschen als bei ihrem ersten Aufeinandertreffen. Nachdem der Pfarrer sein Glas hastig geleert hatte, erklärte er sich mit belegter Stimme: „Selbst wenn Sie mit Ihrer Vermutung mich betreffend Recht hätten und ich sage nicht, das dem so ist oder es eventuell zutrifft, könnte ich es nicht ändern. Dass Sie meine Lage verstehen, ehrt Sie, ändert aber nichts an den Tatsachen. Wir werden den Mörder von Bruno finden, das habe ich Ihnen versprochen und dazu stehe ich nach wie vor. Vielleicht ist es aber noch nicht an der Zeit. Vielleicht fehlt dem Übeltäter noch der Mut sich seiner Verantwortung und den Konsequenzen zu stellen. Oder er hofft noch davonzukommen, weil die Last der Beweise gegen ihn noch zu gering ist. Jeder Offenbarung geht ein Prozess voraus. Es bringt nichts vorgreifen zu wollen, auch wenn die Versuchung groß und verständlich ist. Ihren Worten habe ich entnommen, dass Sie von Ihrem ausschließlichen Verdacht gegen Emilio Scara etwas abgekommen sind. Könnte es sein, dass Sie vielleicht einen Zusammenhang zwischen dem Unfall von Veronika Stanza und dem Mord an Bruno vermuten?"

Auch Bernardo hatte zwischenzeitlich sein Glas geleert und während ihm der Monsignore nachschenkte, dachte er über dessen Worte nach. „Tatsächlich ist mir so etwas heute in den Sinn gekommen. Aber die einzige Theorie, die sich mir aufdrängt, ist unlogisch. Nehmen wir an, der junge Stanza arbeitet gemeinsam mit seinem Vater in der Backstube. Bruno hilft Veronika im Laden. Nachdem kein Kunde im Geschäft ist, will Veronika etwas aus dem Keller holen. Bruno versucht sich ihr anzunähern, während sie an der ersten Stufe steht. Sie erschreckt sich und stürzt hinunter. Aber dann hätte einer der beiden Stanzas etwas bemerken müssen. Warum haben sie ihn dann nicht aus Wut und Zorn die Treppe hinuntergestoßen oder zumindest bei den Carabinieri angezeigt?" „Stimmt, Herr Kommissar, das ist unlogisch und ehrlich gesagt kann ich mir diese Version auch nicht vorstellen."
Bernardo spürte, wie sie sich im Kreise drehten und er beschloss, dass es an der Zeit war die Zügel zu straffen. Vielleicht hatte Hochwürden Recht und der

richtige Zeitpunkt war noch nicht gekommen, aber er würde trotzdem versuchen etwas Bewegung in diese Sache zu bringen. „Deswegen bin ich auf Montag gespannt. Vielleicht haben meine Kollegen etwas Interessantes über Brunos Filme herausgefunden oder konnten die Adresse dieser Sylvia ausfindig machen. Es könnte durchaus sein, dass sie der entscheidende Schlüssel in dieser Sache ist. Unsere Verhörspezialisten verstehen ihr Handwerk und wenn wir sie finden, wird sie sicher auch aussagen. Davon bin ich überzeugt oder was meinen Sie?"
Der Angesprochene überlegte kurz und entfernte ein imaginäres Staubkorn von seiner Sutane. „Das könnte ein Weg sein, vorausgesetzt Sie finden sie."
Intuitiv änderte Bernardo seine Pläne bezüglich des Besuches bei Maria Opolos. Seinem Bauchgefühl zu folgen hatte sich in der Vergangenheit meist als richtig erwiesen. Und da sein Bauch, wie Irene auch im Urlaub nicht versäumte zu erwähnen, in den letzten Jahren nicht kleiner geworden war, entschied er sich für eine Änderung seiner Strategie und ging auf subtile Weise zum Angriff über. Wenn Hochwürden Kontakt zu Brunos Mörder hatte, in welcher Form auch immer, würde er ihn sicherlich von den weiteren Plänen des Kommissars berichten und ihn zu einem Geständnis drängen. Die vermeintliche Gefahr, in die er damit Sylvia Wizoracik brachte, hielt er für überschaubar. Wäre sie selbst an dem Mord beteiligt gewesen, würde er sie kaum warnen. Dafür gab

es keinen Grund. Und sollte Brunos Mörder durch die Aussage von dieser Sylvia etwas zu befürchten haben, musste er sie erst einmal finden. Nachdem seine Kollegen dies, mit all den ihnen zur Verfügung stehenden Mitteln, nicht geschafft hatten, würde es für eine Privatperson noch schwerer sein. Wenn nicht gar unmöglich. „Übrigens", begann der Kommissar, „mein Besuch im Badezimmer von Maria Opolos war negativ. Keine Hinweise auf männliche Gäste oder eine Liaison. In diesem Punkt scheint die Signora die Wahrheit gesagt zu haben." Täuschte er sich oder hatte er soeben ein kleines Lächeln auf dem Gesicht seines Gegenübers erkannt? Mittlerweile war es zu dunkel um es mit Gewissheit ausmachen zu können, aber er glaubte es gesehen zu haben und so fuhr er fort: „Kann es sein, dass ich die Signora Opolos heute bei der Messe gesehen habe?" „Natürlich", antwortete der Monsignore, „sie kommt häufig zur Abendmesse. Sie haben mir selbst soeben bestätigt, dass sie einen gottgefälligen Lebenswandel pflegt. Zumindest was die Männer angeht!", ergänzte er und lachte. „Aber zur heiligen Kommunion ist sie nicht zu Ihnen nach vorne gekommen", erwiderte Bernardo und jetzt war es an ihm sich ein vielsagendes Grinsen nicht verkneifen zu können. „Ach, mein Sohn", entgegnete der Hochwürden im leicht übertriebenen Tonfall eines Geistlichen, „die einen wünschen sich die gesamte Zeremonie und den anderen genügt das Gebet und

die Andacht. Jedes Schäfchen soll es so machen wie es ihm gefällt. Dafür durfte ich an Sie die Hostie austeilen, was mich sehr gefreut hat!"
Mit diesen Worten erhob er sich um eine neue Flasche Wein aus dem Haus zu holen. Das vernehmliche Geräusch des Entkorkens drang von der Küche zu Bernardo heraus, während dieser an Luca und Irene dachte. Wie er sich auf Morgen freute. Das bevorstehende Wiedersehen bewegte ihn tief und er spürte fast ein körperliches Verlangen nach den beiden. Seine Gedanken hatten ihn soweit fortgetragen, dass er den langen Schatten zu seiner Linken erst einen Bruchteil einer Sekunde später wahrnahm, als dieser an ihm vorbeiflog und mit einem lauten Krachen und dem Geräusch von zerberstendem Glas langgestreckt auf dem Boden lag. Sofort sprang er auf und wäre um ein Haar beinahe selbst gestürzt. Er kniete neben Hochwürden, unter dessen schlaffen Körper sich schnell eine dunkelrote Flüssigkeit ausbreitete und auf den Steinplatten verteilte. Der Kommissar hob vorsichtig den Kopf des Geistlichen etwas an, der jetzt in leichter Seitenlagen seine endgültige Parkposition gefunden zu haben schien. „Monsignore, hören Sie mich?" Als würde er selbst einem Fremden zuhören, drangen seine eigenen Worte zu ihm. Zum Glück schlug der Monsignore die Augen auf und sah ihn, wenn auch ziemlich verdutzt, an. „Da habe ich wohl einen Freiflug gewonnen...", hörte ihn Bernardo sagen und war froh

überhaupt irgendetwas von ihm zu hören. Und anscheinend hatte er auch seinen Humor nicht verloren. „Bleiben Sie bitte liegen, bis ich die Scherben um Sie herum aufgesammelt habe", ermahnte er den Geistlichen und machte sich sogleich an die Arbeit. Wie jetzt zu erkennen war, hatte der Monsignore die Flasche Wein bei seinem Sturz zum Glück in der Hand und war nicht mit seinem Oberkörper auf sie gefallen. Er richtete sich mit Bernardos Hilfe nun langsam auf. Gestützt auf den Kommissar ging er schließlich vorsichtig zurück zum Haus, wo Bernardo ihn auf einen Holzstuhl, den er mit dem Fuß in die Mitte des Raumes geschoben hatte, niedersitzen ließ. „Danke, lieber Kommissar, es geht schon wieder…" Bernardo stand vor ihm. Der Wein, von welchem seine Sutane durchtränkt war, bildete einen kleinen roten See auf den hellen Steinfliesen. „Wir müssen nachsehen, ob Sie sich verletzt haben." Mit diesen Worten hob der Kommissar ihn an und der Monsignore ließ sich widerstandslos die Sutane über den Kopf ziehen. Nachdem dies geschafft war, bot sich Bernardo ein skurriles Bild. Nur mit Unterwäsche bekleidet saß ein alter Mann mit hängenden Brüsten und besudelt vom Rotwein vor ihm. Das dunkle Haar hing ihm wirr ins Gesicht und wie er ihn so vor sich sitzen sah, erschrak er. Sein Blick war auf das viel zu große Kreuz mit dem spitzen Stein in der Mitte gerichtet, welches an einer großen Metallkette um seinen Hals hing und die

Hälfte seiner Brust verdeckte. Sofort spürte der Kommissar den Schmerz nach dem Zusammenstoß mit dem Monsignore wieder in seiner Brust. Zumindest wusste er jetzt, wovon dieser herrührte. Aber welcher normale Mensch lief mit solch einem Monstrum von Kreuz um den Hals herum? Außerdem war es sicherlich nicht nur unbequem, sondern auch ziemlich schwer.

Der Kommissar verscheuchte seine Gedanken und untersuchte ihn auf Schnittwunden und Knochenbrüche. Auch Hochwürden besah sich seine Arme und Beine und bewegte diese langsam und vorsichtig. Wie zum Beweis, dass alles noch heil war, stand er auf und ging vorsichtig einige Schritte im Zimmer umher. „Sie sehen, lieber Kommissar, außer der Flasche Wein ist alles heil geblieben!" Dies allerdings grenzte fast schon an ein Wunder, wie beide feststellten. Nur die linke Handfläche des Monsignore war aufgescheuert, aber das war das Geringste. „Hoffentlich sind Sie mir nicht böse, aber für heute sollten wir unser Gespräch vielleicht beenden. Gerne würde ich es mit Ihnen nach Ihrer Rückkehr aus Mailand fortführen, doch jetzt steht mir der Sinn eher nach einer heißen Dusche." Bernardo bot an zur Sicherheit noch dazubleiben, aber dies lehnte der Monsignore entschieden ab. So blieb ihm nur noch die Gläser und Teller ins Haus zu tragen und sich für den Abend zu bedanken.

Auf dem Rückweg durch das Dorf gingen ihm tausend Gedanken durch den Kopf. Diese beschloss er jedoch in den gleichen Tiefschlaf zu schicken wie sich selbst auch bald. Als er das Haus seiner vorübergehenden Heimstatt von weitem sah, fügte sich dessen Silhouette friedlich und dunkel in die Stille der Nacht ein. Er war froh sein Zimmer erreicht zu haben ohne Felizita über den Weg gelaufen zu sein. Jetzt musste eine Katzenwäsche genügen und dann stand morgen endlich die ersehnte Heimfahrt auf dem Programm.

**Herbstlaub**

Eine ruhige Nacht lag hinter dem Kommissar und der Duft nach frischem Kaffee und die Aussicht auf ein ruhiges Wochenende ließen ihn mit Schwung aus dem Bett steigen und die Terrassentür öffnen. Zum Glück hatte er fest und gut geschlafen und so freute er sich auf den bevorstehenden Tag. Seine wenigen Habseligkeiten hatte er schnell in seinen Koffer gepackt. Sollte wieder unliebsamer Besuch in seinem Zimmer auftauchen, würde dieser nicht einmal einen leeren Koffer vorfinden.
Von der Küche her hörte er das vertraute Klappern von Geschirr und Besteck. Felizita hatte schon sein, oder vielmehr ihr, gemeinsames Frühstück vorbereitet und so nahm er gerne Platz. Sie setzte sich ihm gegenüber und trank ihren Kaffee. „Wie geht es Ihrer Mutter?", fragt Bernardo pflichtbewusst und Felizita die Kaffeetasse wie in der Werbung zwischen den Händen haltend sah ihn mit ihren dunklen Augen freundlich an. „Danke der Nachfrage, alles unverändert. Wie gesagt, ich werde am Samstag wieder ins Krankenhaus fahren. Vielleicht haben wir Glück und sie wird an diesem Wochenende erlöst. Irgendwie habe ich so ein Gefühl, als würde es die nächsten Tage so weit sein…" Dabei ließ sie ihn nicht aus den Augen. Ihr lockiges Haar wirkte noch etwas verlegen vom Schlaf, was sie nicht weniger

attraktiv erscheinen ließ. Auch der lockere Wollpullover, den sie zu einer engen und ausgewaschenen Jeans trug, verfehlte seine Wirkung nicht. Bernardo schämte sich für seine Gedanken, vor allem wegen seiner Überlegung, ob sie wohl unter ihrem Pullover noch etwas anderes trug. Denn was sich da unter dem Stoff abzeichnete, sah nicht nach zusätzlicher Kleidung aus.

So konzentrierte er sich auf sein Essen und vor allem auf die nächsten Worte. „Ich wünsche Ihnen, dass es kommt, wie es für alle das Beste ist. Übrigens, ich habe das mit meinem Zimmer geregelt. Es handelte sich wohl um ein Missverständnis. Signor Scara hat mir persönlich zugesagt, das Zimmer so lange nutzen zu können, wie ich gerne möchte. Da sieht man doch mal wie schnell Missverständnisse entstehen können." Dabei blinzelte er ihr zu und sie erwiderte seine Geste mit einem verschwörerischen Achselzucken. „Da haben Sie aber Glück gehabt. Vielleicht habe auch ich mich geirrt und es war gar nicht so gemeint. Wenn dem so ist, entschuldige ich mich selbstverständlich gerne bei Ihnen." Beide grinsten sich an und Bernardo entgegnete ihr schelmisch: „Ich denke, das wird nicht nötig sein. Jetzt ist doch alles wieder in Ordnung!"

Nach einer weiteren Tasse Kaffee verabschiedete er sich, holte noch seinen Koffer aus dem Zimmer und lud ihn in seinen Wagen. Bevor er den Weg nach

Hause einschlug, wollte er aber noch kurz im Polizeirevier vorbeischauen und so parkte er nach der kurzen Wegstrecke direkt davor.

Voller Elan trat er ein und störte die duale Meditation der beiden Dorfpolizisten aufs äußerste. Carlo Fatese hatte die Füße auf dem Schreibtisch abgelegt und war vertieft in die Neuigkeiten der Lokalpresse, während sein Kollege Thomaso Baldo zwar die gleiche Körperhaltung eingenommen hatte, allerdings ganz offensichtlich den Schlaf des Gerechten schlief. Durch Bernardos lautes Räuspern wurden beide aus ihrem jeweiligen Zustand erweckt. Als sie den Kommissar vor sich erblickten vollführten beide eine synchrone Turnübung, indem sie ihre Beine im Bruchteil einer Sekunde mit ballettreifem Schwung unter ihren Schreibtischen parkten. Auch ihre Köpfe hatten synchron die Farbe Rot angenommen. „Wir dachten Sie kommen erst am Montag wieder…", entschuldigte sich Thomaso Baldo und sah ihn entschuldigend an. Bernardo verkniff sich ein Lachen. Wenn die beiden hier waren, konnten sie wenigsten draußen kein Unheil anrichte. So setzte er sich auf den freien Stuhl ihnen gegenüber und begann: „Die Dinge ändern sich manchmal und das ist auch gut so, sonst kämen wir nicht voran. Bei meinem Gespräch mit Jose Stanza hat mir dieser vom Unglücksfall seiner Schwester Veronika erzählt. Können Sie beide sich daran erinnern?" Carlo Fatese kratzte sich am Kopf und Bernardo hoffte, dass es seiner Erinnerung vielleicht zuträglich war. Leider wurde er enttäuscht. „Also ich war damals erst sehr kurze Zeit im Dienst. Aber mitbekommen haben wir das natürlich." „Stimmt! Du warst damals noch nicht lange da", pflichtete ihm Thomaso bei und kratzte sich ebenfalls am Kopf. Vielleicht kamen diese synchronen Handbewegungen von der engen Zusammenarbeit über die vielen Jahre hinweg. „Aber ich war schon einige Jahre im Dienst. Ich erinnere mich, dass wir damals den Fall aufgenommen haben. Eigentlich war es kein richtiger Fall, denn sie ist aus Unachtsamkeit die Kellertreppe hinuntergestürzt und wohl so unglücklich gefallen, dass sie sich das Genick gebrochen hat. Soweit ich mich daran erinnern kann…", fügte er noch schnell hinzu. Beinahe hätte sich Bernardo auch am Kopf gekratzt, konnte aber den Reflex noch rechtzeitig unterbinden. War das vielleicht ansteckend? „Gut, wie dem auch sei. Auf jeden Fall ist Veronika Stanza ungefähr sechs Wochen vor dem Mord an Bruno ums Leben gekommen. Und da wir hier nicht in Neapel oder Rom sind, sondern in einem kleinen italienischen Dorf, habe ich mir überlegt, ob es vielleicht doch einen Zusammenhang zwischen den beiden Todesfällen geben könnte. Bitte suchen Sie bis Montag die entsprechend Akte heraus. Dann können wir gleich nach meiner Rückkehr klären, ob ich mich vielleicht getäuscht habe oder ob wir in dieser Richtung noch einmal nachforschen sollten." Diensteifrig nickten beide und Bernardo konnte förmlich ihre Erleichterung spüren, als er die Tür der Polizeistation hinter sich zugezogen hatte. Vielleicht hatte er ihnen jetzt den geruhsamen Freitag verdorben, aber das war nicht sein Problem.

Als er aus dem kleinen San Giorgio Richtung Heimat fuhr, sah er die Häuser und die Kirche im Rückspiegel immer kleiner werden. Bald schon würde er ein letztes Mal dieses Dorf verlassen und dann hoffentlich mit einem aufgeklärten Mordfall in der Tasche. Seine Fahrt über die Landstraßen führte durch zahlreiche Alleen und die ersten Blätter verfärbten sich schon. Sanfte Vorboten des Herbstes, der jetzt Mitte September nicht mehr lange auf sich warten lassen würde. Durch die Hitze der vergangenen Tage hatte er noch keinen Gedanken an den bevorstehenden Wechsel der Jahreszeiten verloren. Als er aber jetzt in gemächlichem Tempo durch das flache Land fuhr, wurde es ihm bewusst. Er genoss die Fahrt und lauschte einem italienischen Tenor, dessen Aufnahme er auf einer Kassette verewigt hatte, die er schon unzählige Male abgespielt hatte. Leise Melancholie überkam ihn und seine Gedanken kreisten wieder um Bruno. Warum war seine Leiche in einem Stollen abgelegt worden, wo man sie unweigerlich irgendwann einmal finden musste und warum hatte jemand, wenn er doch dieses Risiko einging dann überhaupt das Schloss ausgewechselt? Was verbarg Maria Opolos vor ihm? Wieso hatte sich Silvi Scara so einsichtig gezeigt bei seinem letzten Besuch und wie stand es tatsächlich um die angeblichen Kontakte zur Mailänder Polizei? Würden sie diese ominöse Sylvia Wizoracik finden und wenn ja, konnte sie ihnen überhaupt weiterhelfen? Warum gab sich der Monsignore Alexandre Salardi so geheimnisvoll und gab es vielleicht wirklich einen Zusammenhang zwischen dem Tod von Veronika Stanza und dem Mord an Bruno? Vielleicht war aber auch Emilio Scara der Mörder und es erschien ihm nur zu einfach? Hatte dieser sein Zimmer durchsucht und wenn ja, was hatte er sich erhofft zu finden? Die flache Landschaft zog an ihm vorbei und die Stimme des Tenors drang nur noch aus weiter Ferne zu ihm vor. Oder wusste Carlo Fatese mehr als er als Polizist sagen konnte. Schließlich war er Emilios Freund und vielleicht auch wirtschaftlich abhängig von den Scaras? Er dachte an seinen Chef Ignazio und versuchte sich vorzustellen, was dieser ihm am Montag dazu sagen würde. Aber er kam zu keinem Ergebnis. Doch als er an Ignazio dachte, fiel ihm siedendheiß ein, dass er Irene unbedingt Blumen mitbringen wollte. Wie oft hatte er das jetzt schon vergessen?

Und es wurde einmal mehr, denn als er mit seinem Alfa in die Auffahrt ihres Zuhauses einbog, stand da schon sein kleiner Sonnenschein Luca und winkte ihm aufgeregt zu. Als er dahinter Irene sah, fiel es ihm schmerzlich ein. Doch nach der stürmischen Begrüßung durch die beiden und den tausend Geschichten, die ihm sein kleiner Sohn erzählen musste, waren die Blumen schon längst wieder vergessen.

**Familienbande**

Das Wochenende verging leider wie im Fluge. Er hatte die Tage vor allem mit Luca verbracht und die Abende dann bei gutem Essen und schmackhaftem Wein mit Irene. Von ihm aus hätte es so weitergehen können. An San Giorgio hatte er die letzten zwei Tage kaum gedacht, wie er sich bei seiner Fahrt zu seiner Arbeitsstelle eingestehen musste. Natürlich hatte er Luca noch vorher in den Kindergarten gebracht und ihm versprochen, bald wieder nach Hause zu kommen. Und daran wollte er sich unbedingt halten.

Seinen Wagen parkte er direkt vor der „Enklave" und musste unwillkürlich lachen. Die Kollegen der Cityzentrale nannten diesen Bau so, aber wenn er an das kleine Revier in San Giorgio dachte, wirkte der Bau vor ihm eher wie die Zentrale des FBI. Es war eben alles eine Frage der Perspektive. Zuerst würde er bei Luciano Sales vorbeischauen. Wenn dieser schon Neuigkeiten hatte, war es besser, diese gemeinsam mit seinen Ergebnissen dem Chef und auch Ricardo Felinosto zu präsentieren. Außerdem war Ricardo selten so früh im Präsidium. Dessen häufige nächtliche Aktivitäten forderten in den Morgenstunden ihren Tribut wie sich sein Kollege selbst eingestand.

Nachdem er die dunklen Gänge des Archivs hinter sich gebracht hatte, klopfte er an Lucianos Tür. Ob es an seiner Mutter lag, die ihn frühmorgens vielleicht weckte oder ob er einfach kein Langschläfer war, Luciano war meistens einer der ersten im Präsidium und so hörte er ein typisches, undefinierbares Gemurmel hinter der Tür, dem er entnahm, dass er eintreten durfte. Bernardos Augen mussten sich erst an die Dunkelheit in dem kleinen Raum gewöhnen. Wie sein Kollege dort überhaupt etwas sehen konnte war ihm schon immer ein Rätsel. Dieser sah kurz auf und erhob sich, was bei seiner Körpergröße keinen allzu großen Unterschied machte. „Bernardo, schön dich zu sehen. Hast du mir wieder Arbeit mitgebracht?" Der Kommissar überging den ironischen Unterton in seiner Stimme und setzte sich ihm gegenüber. „Eigentlich nicht. Ich wollte nur etwas abholen oder hast du das schon vergessen?" Der Kommissar war einer der wenigen, mit denen Luciano wirklich gut auskam, aber diese Art der Konversation gehörte dennoch dazu. „Habe ich etwa schon mal etwas vergessen, was mir der große Signor Bertini aufgegeben hat?" Bernardo hätte dieses Geplänkel gerne übersprungen, aber er wusste, dass es notwendig war und nach weiteren fünf anstrengenden Minuten kamen sie endlich auf das Wesentlich zu sprechen. Bernardo hatte alle Hoffnung auf gute Nachrichten, denn so wie der kleine Mann sich vor ihm in seinem Stuhl zurücklehnte, bedeutete das aller Wahrscheinlichkeit nach, dass er etwas herausgefunden hatte. Und das wollte dieser auskosten. „Also, wo fangen wir an. Zuerst einmal die schlechte Nachricht. Zu dieser Sylvia Wizoracik habe ich noch keine Neuigkeiten. Unsere Programme habe ich alle durch. Auch wenn sie geheiratet hätte und den Namen gewechselt hätte, müssten wir sie eigentlich finden. Aber bisher leider Fehlanzeige. Allerdings habe ich noch eine Hoffnung. Ein alter Freund von mir hat etwas erweiterte Möglichkeiten, aber ich kann ihn im Moment nicht erreichen." Bernardo überlegte kurz: „Willst du mir etwa sagen dein Freund ist, sagen wir vorsichtig, momentan verhindert? Und dass er vielleicht gar nicht für die italienische Polizei arbeitet?" Luciano lehnte sich noch weiter zurück. Bernardo hätte es nicht gewundert, wenn er sich jetzt am Kopf gekratzt hätte, aber sein Kollege legte einen Bleistift vor sich auf den Schreibtisch und sah ihn direkt an. „Sagen wir es einmal so. Man muss nicht bei der Polizei arbeiten um Zugriff zu gewissen, sagen wir mal, Melderegistern oder ähnlichem zu haben. Manchmal ist es nützlicher im Bereich EDV gewisse Kenntnisse und Möglichkeiten zu haben. Aber das hast du bitte auch sofort wieder vergessen und ich habe es natürlich auch nicht erwähnt. Also gib mir bis nächste Woche Zeit und ich kann dir vielleicht mit einer Adresse oder zumindest dem aktuell verwendeten Namen der gesuchten Person weiterhelfen."

Das hatte der Kommissar verstanden und so nickte er nur. „So, jetzt zu deinen beiden Filmrollen… die Ergebnisse sind hier…" Mit diesen Worten schob er einen braunen Umschlag über den Schreibtisch. Bernardo knipste die Schreibtischlampe an und legte die Fotos auf den Tisch. Auf den ersten Blick schienen sie alle das gleiche Motiv zu haben. Im Hintergrund stand ein heller Kastenwagen und davor parkte ein Auto. Allerdings unterschieden sich die Aufnahmen bei näherem Hinsehen doch. Zwar waren alle Aufnahmen aus einer gewissen Entfernung gemacht worden, aber die Position der Autos und er erkannte jetzt, dass es sich jeweils um verschiedene Modelle handelte, war auch jeweils unterschiedlich. Bei manchen Aufnahmen verdeckten auch Äste oder eine Art Gebüsch den Blick auf die Szene. Und doch musste er nicht lange überlegen um den Zusammenhang zu erkennen. Wenn diese Aufnahmen von Bruno gemacht worden waren, so hatte er sie aller Wahrscheinlichkeit nach aus einem Versteck heraus geschossen. Er brauchte unbedingt mehr Licht. Hier drinnen war es eindeutig zu dunkel. Außerdem spürte er seinen Jagdinstinkt in sich aufkommen und da war Stillsitzen das denkbar Ungeeignetste um klares Nachdenken zu fördern. „Luciano, ich weiß zwar noch nicht genau wie ich die Bilder einordnen soll, aber ich bin mir sicher, dass sie uns enorm weiterhelfen. Ich brauche mehr Licht.

Lass uns nach oben in mein Büro gehen. Bei Tageslicht betrachtet ergibt sich vielleicht ein besseres Bild." Luciano nickte widerwillig und folgte ihm durch die dunklen Gänge bis zum Büro des Kommissars im ersten Stock. Als er seine Bürotür öffnete, fühlte er sich sofort wieder wie Zuhause. Ricardo war wie erwartet noch nicht da und Stefano erholte sich hoffentlich noch in seinem wohlverdienten Urlaub. Er zog Luciano einen Stuhl heran und breitete wieder die Bilder aus. Jetzt bei Tageslicht konnte man wesentlich mehr erkennen, auch wenn die Aufnahmen zum Teil unscharf und etwas verwackelt wirkten. „Du kannst dir denken, Bernardo, dass ich mir die Abzüge schon angesehen habe. Vielleicht interessiert dich meine bescheidene Meinung dazu?" Ohne eine Antwort abzuwarten fuhr er fort: „Also, bei dem Film handelt es sich um einen DIN 100 Farbfilm. Unser Labor grenzt die Produktionszeit des Zelluloids auf die Jahre 1994 oder 1995 ein. Auf Grund der abgebildeten Automodelle und des vermuteten Todeszeitpunkts dieses Brunos dürfte das stimmen. Allerdings sind die Personen immer von den jeweils parkenden Wagen verdeckt. Das würde ebenso für versteckte Aufnahmen sprechen wie die Äste und Zweige, die fast auf allen Bildern vor der Linse waren. Nur bei dieser Frau, welche auf allen Aufnahmen im Hintergrund steht ist auf einigen Bildern das Gesicht, wenn auch verschwommen, zu erkennen. Deswegen habe ich dir diese Ausschnitte anfertigen lassen." Luciano zog ein weiteres Kuvert unter seiner Jacke hervor und legte es vor Bernardo auf den Tisch. Diesen Triumph wollte er sich also noch aufsparen. Eilig zog der Kommissar die einzelnen Vergrößerungen aus dem Umschlag. Diese waren zwar noch immer undeutlich, aber darauf war zweifelsfrei eine junge Frau mit blonden Haaren zu erkennen. "Übrigens habe ich die Filmdosen auch auf Fingerabdrücke untersuchen lassen. Ein hochinteressantes Ergebnis, falls es dich interessiert?"

Bernardo richtete sich auf. Konnte das möglich sein? Wieso sollten auf den Filmdosen Fingerabdrücke einer polizeilich registrierten Person zu finden sein? Er spürte wie sich sein Pulsschlag erhöhte und er hatte keine Lust sich weiter auf die Folter spannen zu lassen. "Nun sag schon Luciano, es ist jemand, den wir in der Kartei haben?" Der kleine Mann genoss seinen Auftritt immer mehr, aber er wollte den Bogen wohl nicht überspannen. "Ja, den haben wir tatsächlich in der Kartei. Männlich, kräftige Figur, einsachtundachtzig groß, wahrscheinlich knapp an der hundert Kilo Grenze und sein Name ist…", weiter kam er nicht, denn in diesem Moment wurde die Tür mit Schwung aufgestoßen und mit einem herzlichen und lauten "Buongiorno!" trat Ricardo Felinosto in einem eleganten dunkelblauen Anzug in den Raum und stürmte auf Bernardo zu. Allerdings blieb er kurz vor ihm stehen, denn dieser blickte ihn an wie ein betrunkenes Nilpferd. „Alles klar, Bernardo?" Noch immer starrte der Kommissar Ricardo ungläubig an. Nach einigen weiteren Sekunden erholte er sich, begrüßte Ricardo und gab ihm zu verstehen, dass er ihn im Anschluss über alles informieren würde, aber der Zeitpunkt jetzt aktuell äußerst ungünstig sei. Ricardo erkannte die Situation schnell und setzte sich den beiden gegenüber an seinen Schreibtisch. „Also, dann macht mal weiter und tut so als wäre ich nicht da und du, Bernardo, erklärst mir nachher alles im Detail!" Luciano hatte jetzt einen Zuschauer mehr und das spornte ihn anscheinend noch mehr an und so erzählte er: „Also, in der Kurzfassung. Bernardo hat mir zwei Filmrollen hergeschickt, die er im Schreibtisch des ermordeten Bruno Scalleri gefunden hat. Dabei handelte es sich um nicht entwickelte Negativfilme. Neben dem Entwickeln habe ich natürlich, was eigentlich selbstverständlich sein sollte, die Filmdosen auf Fingerabdrücke untersuchen lassen und bin fündig geworden. Wir haben die Person in unserer Kartei. Gerad als ich deinem Chef den Namen sagen wollte, bist du hier herein geplatzt!" Luciano machte keinen Hehl aus seiner Abneigung gegen Ricardo, war dieser doch der komplette Gegenentwurf von ihm. Groß, sehr gutaussehend und stets perfekt gekleidet, hatte er bestimmt schon mehr Abenteuer mit Frauen erlebt wie sich Luciano je erträumen konnte. „Also, die Person ist uns bekannt, männlich, einsachtundachzig groß, ungefähr einhundert Kilo Lebendgewicht, zweiundfünfzig Jahre alt und sein Name ist Bernardo Bertini!" Die letzten beiden Worte gingen fast schon in Lucianos Gelächter unter. Als er das Gesicht von Bernardo sah, welches jetzt komplett rot angelaufen war, konnte er sich nicht mehr halten vor Lachen. Tränen rannen ihm über die kleinen, feisten Backen und er hob sich den Bauch vor schallendem Gelächter. Ricardo sah Bernardo an und wusste nicht, ob er nicht lieber zehn Minuten später zum Dienst erschienen wäre. Noch hatte sich sein Chef unter Kontrolle, aber das konnte sich schlagartig ändern, wenn dieser kleine Gnom nicht bald aufhören würde mit seinem unverschämten Lachen. Dieser große Mann, der eigentlich die Ruhe selbst war, musste alleine schon beim Gedanken an diese Frechheit schwer schlucken. Aber das mit den hundert Kilo Lebendgewicht war eindeutig zu viel. Zumal Luciano diese Geschichte bald durch alle Flure posaunen würde. Und dann kam natürlich die Schmach hinzu, dass dieser kleine Zwerg nicht Unrecht hatte. Eigentlich galt bei der Beweismittelsicherung Handschuhpflicht. Was ihn in einem wirklich schlechten Licht dastehen lassen würde. Also, so entschloss er sich, würde er ihm noch genau zehn Sekunden seinen Spaß lassen, um dann der Sache nicht mehr Gewicht zu geben als unbedingt nötig.

Zum Glück schritt Ricardo ein. „Also, Luciano, jetzt ist es wirklich gut. Der Witz war gut und wir haben ihn verstanden. Solltest du auf die fehlenden Handschuhe bei der Beweismittelsicherung anspielen, so kann ich dir nur sagen, dass du Recht hast. Aber machen wir nicht alle Fehler? Und wer würde unter Kollegen so etwas schon an die große Glocke hängen. Ich würde doch auch nie erzählen, dass ich eines Abends, als ich mit Freunden in der Stadt unterwegs war, einen Kollegen aus einem Etablissement habe kommen sehen. Also ich meine damit ein Haus, in dem man als Mann durchaus auf seine Kosten kommt." Luciano starrte zu Ricardo hinüber und wenn Blicke töten könnten, wäre dieser auf der Stelle verstorben. Sein Kopf war noch immer knallrot, aber jetzt nicht mehr vor Lachen, sondern vor Wut und Scham. Wenn die beiden bisher keine Freunde waren, mit dem heutigen Tag stand fest, dass sie das auch nie mehr werden würden. Bernardo hätte Ricardo am liebsten umarmt, war aber bemüht die Situation jetzt zu entschärfen. Und so wie er sich mit Ricardo und auch Stefano bei Vernehmungen die Bälle zuwarf, klappte es auch jetzt. „Also, Luciano, vielen Dank für deine Arbeit. Das war wirklich wieder einmal perfekt. Du hast uns ein großes Stück weitergeholfen. Und beim nächsten Mal benutze ich auch Handschuhe. Versprochen." Damit schenkte er ihm ein Lächeln und der kleine Luciano nahm es nur zu gerne an. „Du lässt mir die

Bilder da und ich schaue nach, was ich darauf noch entdecken kann." Bernardo hatte das Gefühl, dass der kleine Mann nur allzu gerne jetzt aus dem Büro geflüchtet wäre, aber mit dieser Vermutung lag er falsch. Denn dieser nahm sich zusammen so gut es ging und fuhr fort: „Also, die Bilder hast du. Wegen der Adresse melde ich mich nächste Woche bei dir. Aber du hattest mich noch um einen anderen Gefallen gebeten. Diese angebliche Verbindung der Familie Scara zur Leitung der Mailänder Polizeizentrale…." Bernardo richtete sich auf. In diesem ganzen Durcheinander hätte er das fast vergessen. „Stimmt, Luciano. Auch wenn die Informationen dürftig waren. Hast du vielleicht etwas herausgefunden?" Luciano gewann wieder Oberhand, was ihm sichtlich zu gefallen schien. „Ich habe Informationen, die wirklich interessant sind. Aber vielleicht willst du die unter vier Augen hören? Denn es könnte sein, dass dies weitreichende Folgen hat." Ricardo wollte schon aufstehend, als ihm der Kommissar ein Handzeichen gab sich wieder zu setzen. „Luciano, du solltest wissen, dass ich vor meinen Mitarbeitern keine Geheimnisse habe. Auch vor dir nicht, obwohl ich nicht dein Vorgesetzter bin. Also entweder du sagst es mir hier und jetzt oder gar nicht." Die Bestimmtheit seiner Worte ließ Luciano keine Wahl. „Gut, aber sage nicht, ich hätte dich nicht vorher gewarnt. Dass dir dieser Emilio Scara

mit seinen Verbindungen zur Mailänder Polizeispitze gedroht hat, war ein großer Fehler von ihm. Wie du mir berichtet hast, wollte ihn sein Vater noch zurückhalten, konnte es jedoch nicht mehr verhindern. Was für ihn bedauerlich, für uns aber umso erhellender ist. Es hat mich einige Mühe gekostet, war aber nicht einmal illegal. Dafür reichte auch die Lektüre alter Klatschmagazine und vorgelagert etwas Recherche in den Melderegistern."
Mit diesen Worten zog er wieder etwas unter seiner Jacke hervor und Bernardo überlegte, wie viele Dinge dieser kleine Mann noch hervorzaubern würde. Dieses Mal war es eines dieser Klatschmagazine, welche meistens beim Arzt und Frisör auslagen. Die Seiten waren abgegriffen, aber Luciano hatte die betreffende Seite eingemerkt. Bernardo betrachtete die Doppelseite und traute seinen Augen nicht, als er die Überschrift las: „Ranghoher Polizeibeamter heiratet seine Traumfrau vom Lande". Darunter war auf etlichen Bildern der heutige oberste Polizeichef Carlo Lessi abgebildet und neben ihm seine Angetraute, unter deren Bild klar und deutlich der Name Sandra Lessi, geborene Scara, stand. Ihm blieb die Luft weg. Das war wirklich zu viel für ihn. Jetzt war auch klar, warum dieser bei seinem Chef Ignazio darum gebeten hatte, dass sie den Fall übernehmen sollten. Somit war er zumindest immer im Bilde über die Ermittlungen. Hätten

die Kollegen aus Alessandria den Fall übernommen, wäre es unweigerlich schwer für ihn geworden sich die gewünschten Informationen zu beschaffen. Die Ausgabe des Heftes war schon einige Jahre alt, deswegen war dort auch noch nichts vom obersten Polizeichef zu lesen gewesen, aber zumindest war er damals schon ein ranghoher Polizeibeamter. Und somit war Silvi Scara sein Schwiegervater und Emilio und Sandro seine Schwager. Er hatte das laut vor sich hingesagt und auch Ricardo hatte es die Sprache verschlagen. Was würde Ignazio wohl dazu sagen. Bernardo war überzeugt, dass sein Freund und Vorgesetzter davon keine Ahnung hatte. Sonst hätte er ihn zumindest in einem Vieraugengespräch darüber informiert. „Luciano, ich muss wirklich meinem Hut vor dir ziehen. Das hätte keiner von uns so schnell herausgefunden. Ich denke, jetzt sind wir quitt!" Und damit streckte er ihm die Hand entgegen und lächelte ihm zu. Auch wenn Lucianos Auftritt durch die Anspielung Ricardos etwas gelitten hatte, schien er mit seiner Arbeit zufrieden zu sein. Und das konnte er auch sein. Der kleine Mann stand mit stolz geschwellter Brust im Türrahmen und versicherte Bernardo noch vor dem Hinausgehen ihn umgehend zu informieren, sobald er etwas über den Aufenthaltsort dieser Sylvia in Erfahrung bringen würde.

Nachdem er die Tür hinter sich geschlossen hatte, schauten sich Bernardo und Ricardo fragend an.

„Na, Ricardo, das war doch mal ein Auftakt am ersten Arbeitstag nach deiner Fortbildung? Also, du musst mir nachher alles genau erzählen und ich bringe dich auf den aktuellen Stand der Ermittlungen. Ich schlage vor, bevor ich wieder in dieses Nest San Giorgio zurückfahre, gehen wir noch kurz auf einen Kaffee. Aber jetzt sag mal, hast du wirklich unseren kleinen Luciano aus einem Bordell kommen sehen?" Ricardo grinste sein bei Frauen sicher nicht seine Wirkung verfehlendes Lächeln. „Nein, habe ich natürlich nicht, aber manchmal genügt auch ein Schuss ins Blaue hinein. Und der Gedanke, dass ein Fünfzigjähriger, der noch bei seiner Mama wohnt, ab und zu solch ein Etablissement aufsucht, um ein wenig Spaß zu haben, ist doch nicht so weit hergeholt, wie du zugeben musst. Und außerdem hat es doch geklappt. Er glaubt, ich hätte ihn gesehen und wenn er vielleicht daran gedacht hatte, die Geschichte mit deinen Beweismitteln an die große Glocke hängen zu müssen, wird er sich das jetzt zweimal überlegen." Der Kommissar musste ob so viel Unverfrorenheit lachen und bedankte sich bei ihm.

Jetzt stand als nächstes der Besuch bei Ignazio auf dem Plan. Und dann freute er sich auf den anschließenden aktiven Informationsaustausch mit Ricardo bei einem Kaffee. Auf dem Weg zu seinem Chef versuchte er sich im Klaren darüber zu werden wie die Neuigkeiten, die Luciano über den Citychief herausgefunden hatte, einzuordnen seien. Innerlich aufgewühlt stand er vor Carla ohne es gemerkt zu haben. Erst als er ihren fragenden Blick auffing, wurde ihm bewusst, dass er im Vorzimmer seines Chefs dessen Sekretärin gegenüberstand. „Na, Bernardo, schon zurück? Hast du deinen Fall etwa schon aufgeklärt?", fragte sie ihn lächelnd. Wie er bemerkte, sah sie wie immer blendend aus und ihre Freundlichkeit wirkte irgendwie ansteckend. „Carla, entschuldige, ich war in Gedanken. Nein, der Fall ist leider noch nicht aufgeklärt. Ich werde heute wieder nach San Giorgio zurückfahren. Das wäre im Übrigen kein Ort für dich. Ich habe dort keine einzige Boutique gesehen. Bevor ich es vergesse, du siehst wieder traumhaft aus. Irgendwann will ich deinen Kleiderschrank sehen. Wahrscheinlich sind es aber mehrere Zimmer." Sie bedankte sich mit einem erneuten Lächeln. „Na, für mein Konto wäre so ein Ort mal eine richtige Erholung. Aber wir sollten den Chef nicht so lange warten lassen. Du kannst gleich reingehen. Er wartet schon auf dich." Bernardo klopfte artig und hörte die wohlvertraute Stimme seines Freundes, die ihn zum Eintreten aufforderte. Ignazio sah nicht gut aus. Seine Haut war grau und er wirkte eingefallen und müde, als er sich erhob und ihm entgegen kam. „Bernardo, ich freue mich dich zu sehen. Wie geht es dir?" Nachdem sich beide umarmt hatten und in den gemütlichen Besucherstühlen Platz genommen hatten, erzählte Bernardo alles haarklein bis zu jenen Fotos, die er selbst erst vor wenigen Minuten erhalten hatte. Sein Freund hatte ihn kein einziges Mal unterbrochen und aufmerksam seinen Schilderungen zugehört. Die Sache mit dem Citychief behielt Bernardo noch für sich. Erst wollte er eine Einschätzung seines Vorgesetzten hören.

Als er geendet hatte, lehnte sich Ignazio in seinem Stuhl zurück. „Klingt alles nicht besonders vielversprechend. Natürlich liegt der Verdacht nahe, dass sich dieser Emilio Scara gerächt hat. Andererseits könnte es tatsächlich auch eine Verbindung mit diesem mysteriösen Unglücksfall bei den Stanzas geben. Denn, dass diese Bäckerstochter einige Wochen vor dem Mord an Bruno verunglückt ist, sieht in der Tat etwas dubios aus. Vielleicht wissen auch die beiden Polizisten mehr als sie sagen oder sich zu sagen trauen? Wie willst du weiter machen?" Bernardo spürte, dass jetzt der richtige Zeitpunkt gekommen war auch noch den Rest der Geschichte zu erzählen. „Und da ist noch etwas Ignazio. Etwas, das ich selbst erst vor einigen Minuten erfahren habe. Ich habe dir doch von der Drohung dieses Emilo Scara erzählt. Von wegen seiner Verbindungen zur Mailänder Polizei." Sein Freund nickte. „Ja und ich habe nachgeforscht, aber leider nichts herausgefunden. Weißt du mehr"? Der Kommissar richtete sich etwas auf und räusperte sich verlegen. „Na ja, nicht ich habe etwas herausgefunden, sondern unser

Luciano. Du kennst doch seine Fähigkeiten das Internet zu durchstöbern und alles Mögliche und Unmögliche darin zu finden. Wie auch immer er es angestellt hat. Auf jeden Fall ist er fündig geworden." Mit diesen Worten reichte er die Ausgabe des Boulevardblattes seinem Gegenüber über den Tisch.

Es dauerte etwas, bis Ignazio die betreffenden Bilder entsprechend ihrer Tragweite einordnen konnte. Seine Augen verengten sich und sein Gesicht verlor die graue Farbe und färbte sich rötlich. Hatte Bernardo auf dem Weg zu ihm noch für einen kurzen Moment die Möglichkeit in Betracht gezogen sein Chef hätte im Vorfeld etwas über diese Konstellation gewusst, so schämte er sich jetzt überhaupt so etwas in Betracht gezogen zu haben. Ignazio studierte noch immer die entsprechende Seite und legte das Heft dann behutsam, als würde es sich um ein wichtiges Beweismittel handeln, auf den Tisch, der zwischen ihnen stand. Mit der rechten Hand massierte er sich den Nasenrücken und atmete tief aus.

„Also, das ist doch wirklich der Gipfel an Unverschämtheit. Und dieser aufgeblasene Schönling spannt uns auch noch ein, um an die entsprechenden Informationen zu gelangen. Ich weiß gar nicht, was ich davon halten soll? Die Familie des Hauptverdächtigen ist in direkter Linie mit dem Chef der Mailänder Polizei verwandt. Und dieser besitzt doch tatsächlich die Frechheit uns nichts davon zu sagen. Das kann ihn seinen Kopf kosten. Und dafür werde ich auch sorgen. So nicht, nicht mit meinen Mitarbeitern und nicht mit mir!" Ignazio redete sich in Rage und war so wütend wie schon lange nicht mehr. „Na, der soll was erleben! Den rufe ich jetzt an und dann informiere ich den Oberstaatsanwalt. Wollen wir doch mal sehen, wie lange dieser geleckte Gockel noch Polizeichef ist!" Mit diesen Worten erhob sich Ignazio und war schon auf dem Weg zu seinem Schreibtisch, auf welchem sein Telefon stand. Das war keine gute Idee, so viel war Bernardo klar. Andererseits wusste er aus Erfahrung, dass mit seinem Chef in dieser Gemütsverfassung nur schwer zu reden war. Er überlegte fieberhaft wie er dessen Vorhaben zumindest für den Moment stoppen konnte. „Ignazio!", rief er etwas lauter als beabsichtigt. „Du hast sicherlich Recht, aber warte nur einen Moment, dann kannst du deine Telefonate von mir aus erledigen." Bernardo war ebenfalls aufgestanden und stand nun vor dem Schreibtisch und sah Ignazio direkt in die Augen. „Mein bester Lehrer hat uns auf der Polizeischule etwas sehr Wichtiges beigebracht: ‚Egal, was Sie im Laufe ihrer Ermittlungen herausfinden, geben Sie niemals der Versuchung nach etwas aus dem Affekt heraus zu unternehmen. Am besten gehen Sie aus diesen emotionalen Situationen erst einmal heraus und atmen mehrmals tief durch. Wenn es die Situation erlaubt, unternehmen Sie einen Spaziergang, gehen Sie an die frische Luft oder machen Sie sonst etwas. Aber geben Sie der Zeit die Chance, Ihre emotionale Aufgewühltheit in produktive Vorgehensweise zu transformieren. Sonst schaden Sie sich und der Sache mehr als Sie glauben. Und damit ist niemand geholfen!"' Ignazio sah ihn an und erkannte seine eigenen Worte wieder. „Na ja, so oder so ähnlich hast du uns das damals auf jeden Fall beigebracht. Und ich habe es bis jetzt fast immer beherzigt und bin gut damit gefahren", ergänzte der Kommissar. Sein Chef wusste, dass er Recht hatte und ließ sich in seinen Schreibtischstuhl fallen. „Okay, du hast Recht", antwortete er nach einer Weile des Nachdenkens. „Und was meint der Polizeischüler Bernardo Bertini wie wir unser Wissen zu unserem Vorteil einsetzen können?" Auch der ehemalige Polizeischüler Bertini setzte sich nun, dieses Mal vor den Schreibtisch, in einen der unbequemen Stühle und sah zu Ignazio hinüber. „Ja, das ist das Problem. So genau weiß ich das auch nicht. Zu meiner Verteidigung sei gesagt, dass mir diese Informationen auch erst seit ungefähr einer halben Stunde vorliegen. Aber eine Idee habe ich bereits. Ich bin gespannt, was du darüber denkst. Zuerst muss ich aber noch sagen, dass ich das Verhalten unseres Citychiefs Carlo Lessi auch ziemlich unüberlegt finde. Die Gefahr, dass herauskommt, dass er mit der Schwester des Hauptverdächtigen verwandt ist, halte ich für ziemlich groß. Oder aber, er hat uns unterschätzt. Wie dem aus sei, vielleicht steigt einem die Luft in diesen Sphären etwas zu Kopf und man macht Fehler. Wie wäre es, wenn du ihn tatsächlich anrufst, aber nicht um ihn auf seine Dummheit hinzuweisen, sondern um ihm von unseren Ermittlungsergebnissen zu berichten? Vielleicht kannst du dabei erwähnen, dass wir einen Gentest bei allen Scaras durchführen möchten, da wir DNA-Spuren bei dem Toten gefunden haben. Wahrscheinlich wird er diese Information dann sogleich an seinen Schwager liefern. Dann sehen wir, wie dieser reagiert. Bleibt er gelassen und versucht nicht zu verschwinden, sind wir vielleicht wirklich auf dem Holzweg. Versucht er hingegen zu türmen, haben wir zumindest einen stichhaltigen Anhaltspunkt. Zusammen mit einem geschickten Verhör bringen wir ihn vielleicht dazu den Mord zu gestehen. Denn wenn ich ehrlich bin, weiß ich nicht, wie ich den Jungen sonst aus der Reserve locken sollte. Der ist sich seiner Sache ziemlich sicher, auch wenn er nicht der Hellste ist. Was meinst du?"

Ignazio überlegte einige Minuten, in denen nur Straßenlärm, gedämpft durch die geschlossenen Fenster, zu ihnen drang. Bernardo sah an ihm vorbei hinaus zu den Bäumen und erkannte die ersten roten Blätter. Bald würden es mehr werden und in absehbarer Zeit würde sie der Wind entreißen und auf ihre letzte Reise schicken. So wie das Leben Stefania, die Frau seines Gegenübers entwurzelt und auf die letzte Reise entsandt hatte. Ein ewiger Kreislauf, dem keiner entkam und der auch ihm, seinen Eltern und seiner Familie, in hoffentlich noch weiter Zukunft, unausweichlich bevorstand.

Ignazio riss ihn aus seinen Gedanken. „Ob diese Idee gut ist, weiß ich nicht. Aber in Ermangelung besserer Alternativen sollten wir es so machen. Heute Nachmittag werde ich diesen Widerling anrufen. Sagst du bitte noch Luciano und Ricardo Bescheid, dass sie beide unbedingt Stillschweigen bewahren müssen. Nur wir vier wissen davon und dabei soll es bis auf weiteres auch bleiben. Dein alter Lehrer hatte gar nicht so Unrecht. Wir wollen doch nicht die Ermittlungen gefährden, nur weil wir unser Temperament nicht unter Kontrolle haben." Bei den letzten Worten lächelte er und Bernardo erinnerte sich daran, dass dies früher sein eigentlicher Gesichtsausdruck gewesen war. Doch das war vor Stefanias Tod gewesen. Dieses Thema wollte er allerdings nun nicht anschneiden. Wenn diese Sache mit dem Citychief etwas Gutes hatte, dann das, dass Ignazio, wenn auch nur für einen Augenblick, seine Trauer vergaß und wieder ganz der Polizist war, der ihn einst unterrichtet hatte. Sie verabschiedeten sich und Bernardo versprach Ignazio, sich sofort zu melden, wenn er mit Carlo Lessi gesprochen hatte. Carla saß noch immer kerzengerade vor ihrem PC, als er das Büro verließ. „Na, dann weiterhin erfolgreiche Jagd!", flötete sie ihm entgegen. „Das nehme ich gerne an. Ich glaube, vor allem solltest du mir die Daumen drücken. Ich kann es wirklich gebrauchen!"

Mit diesen Worten ging er wieder zurück zu seinem Büro, wo Ricardo bereits auf ihn wartete. „Na, wie lief es?" Bernardo verstaute die Fotos wieder in einem Umschlag. Er wollte sie unbedingt Genoveva und dem Hochwürden zeigen. Vielleicht konnten sie ihm weiterhelfen. „Soweit alles okay, aber jetzt gehen wir auf einen Kaffee und dann erzählst du mir von Berlin und danach bringe ich dich auf den neuesten Stand." Bernardo war froh, als sie aus dem staubigen Gebäude heraustraten und die warme Luft und die Sonne fast augenblicklich seine Stimmung aufhellten. Zielgerichtet steuerten sie auf Migueles Cafe zu. Als dieser sie von weitem sah, winkte er ihnen zu und wies mit der Hand auf zwei freie Plätze unter einem Sonnenschirm. Sie bestellten beide Kaffee, allerdings „senza", denn Bernardo hatte noch eine längere Autofahrt vor sich. „Also, Ricardo, du beginnst. Wie war es in Berlin? Und jetzt langweile mich bitte nicht mit irgendwelchen Seminarinhalten, sondern erzähl mal wie die freien Stunden so abliefen!" Beide lachten ob der etwas sonderlichen Anweisung, die eigentlich elementaren Dinge auszusparen und gleich zu den Nebensächlichkeiten zu wechseln. Aber sie kannten sich schon zu lange, um sich mit solch langweiligen Dingen wie Weiterbildungsinhalten aufhalten zu müssen. Und so erzählte Ricardo von Berlin, den Bauwerken und Sehenswürdigkeiten, welche er im Rahmen seiner Weiterbildung letzte Woche bestaunen konnte. Anhand der Vielzahl, im Telegrammstil vorgetragenen Besichtigungen und Einkaufstouren, zweifelte Bernardo daran, dass Ricardo überhaupt noch Zeit für die Seminare gehabt hatte. „Und weißt du, was wirklich schlimm ist? Natürlich wurden alle Vorträge auf Englisch gehalten. Selbst wenn ich gewollte hätte, wäre meine Erkenntnis auf Grund der Sprachschwierigkeiten sehr übersichtlich geblieben. So habe ich mich einfach auf die freien Stunden konzentriert. Und was soll ich sagen? Die deutschen Frauen hatte ich mir alle blond, groß und mit entsprechender…", hierbei machte er mit den Händen eine eindeutige Bewegung die Figur betreffend, „na ja, du weißt schon…, vorgestellt. Aber die, welche ich getroffen habe, waren alle irgendwie langweilig und etwas steif. Irgendwie unerotisch und nicht gerade locker. Aber so sind sie wohl die Deutschen. Vielleicht sind da unsere Vorurteile gar nicht so falsch?" Lächelnd sah er zu Bernardo hinüber, der ebenfalls lächelte „Ach, weißt du, Ricardo. Wahrscheinlich hast du Recht. Ich sollte mal mit Irene darüber sprechen. Schließlich ist sie in München geboren und eine richtige Deutsche." Dabei lachte er und zwinkerte Ricardo zu, der im Überschwang seiner Erzählungen ganz vergessen hatte, dass die Frau seines Chefs aus Deutschland kam.

Sein Gesicht zeigte eine leichte Rötung und Bernardo genoss diesen Augenblick sichtlich. „Ach, Ricardo, ich weiß doch wie du es gemeint hast. Und dass du dabei vergessen hast, dass Irene aus Deutschland kommt, sehe ich mal als Kompliment an. Ihr versteht euch doch auch wirklich blendend. Nur, dass alle deutschen Frauen langweilig sind, also das werde ich ihr so vielleicht nicht sagen." Beide lachten so laut, dass sich andere Gäste zu ihnen umsahen. Zu oft hatten Irene und er schon mit Ricardo und seinen unterschiedlichen Kurzzeitpartnerinnen nächtelang gefeiert und das meistens nicht besonders langweilig. „Okay, Bernardo, ich entschuldige mich hiermit offiziell, aber jetzt erzähl mal du. Sonst sitzen wir heute Abend noch hier und San Giorgio muss ohne dich auskommen." So begann Bernardo abermals die ganze Geschichte zu erzählen. Als er geendet hatte, kamen die gleichen Fragen wie noch vor einer Stunde von Ignazio. Leider hatte aber auch Ricardo keine wirklich neuen Ideen oder Ansätze. Aber wie sollte er die auch haben? Der Fall war schwierig und aus der Entfernung vielleicht noch weniger zu übersehen als vor Ort. Zumindest versprach Ricardo sich zu melden, für den Fall, dass ihm noch etwas dazu einfallen würde. Seinen Vorschlag ihn zu begleiten lehnte der Kommissar ebenso ab wie schon bei Ignazio. Er hatte jetzt zumindest bei einigen wenigen Personen so etwas wie Vertrauen gewonnen und wenn sie jetzt zu zweit anrücken würden, konnte der kleine Vorteil schnell wieder aufgebraucht sein. Nach einer weiteren Tasse Kaffee verabschiedeten sich die beiden, Bernardo stieg in seinen Wagen und fuhr in Richtung San Giorgio davon.

**Alte Sünden**

Er wählte wieder denselben Weg, der ihm jetzt schon vertrauter war. Auf dieser Strecke war wenig Verkehr und die Fahrt in seinem roten Oldtimer ein wahrer Genuss. Er hatte noch einen kurzen Stopp vor einem Delikatessenladen eingelegt. Die dort erstandenen Pralinen für Genoveva und die Salami für den Hochwürden waren zwar unübliche Zuwendungen im Verhältnis von Polizeibeamten zu Zeugen, aber das störte Bernardo wenig. Sicherlich würden sie den Beschenkten eine kleine Freude bereiten. Dass er für sich selbst auch noch Parmaschinken eingekauft hatte, war sicherlich auch kein Nachteil. Die Straße nach San Giorgio verlief zum Teil nahe der Autobahn und diese mobile Hauptader des Verkehrs erschien ihm von der Landstraße aus surreal. Froh darüber, dass er die meisten Kilometer doch weit von diesem riesigen Teerband entfernt zurückzulegen hatte, fuhr er gemütlich mit offenen Seitenscheiben in langsamen Tempo dahin.
Was hatte Ricardo über die deutschen Frauen gesagt? Bei dem Gedanken an diese Unterhaltung musste er lächeln. Als wäre es gestern gewesen, dachte er an den Moment, als er Irene das erste Mal gesehen hatte. Das war in einem Gerichtssaal in Mailand gewesen. Sie als Anwältin eines Münchner Geschäftsmannes und er als Zeuge für die Mailänder Polizei. An den Namen des Angeklagten konnte

er sich nicht mehr erinnern. Aber der Auftritt dieser überaus attraktiven Anwältin würde ihm bis zu seinem letzten Tag in Erinnerung bleiben. Ruhig und distanziert wirkte diese junge Frau. Aber vor allem charmant und konzentriert. Als Zeuge durfte er nur zur Einvernahme in den Gerichtssaal. Da stand sie dann, nachdem er zuerst vor dem Staatsanwalt seine Aussage gemacht hatte, vor ihm. Ihre dunklen Augen und ihre schönen lockigen Haare machten es schwer sich auf die Fragen zu konzentrieren. Damals interessierte es ihn eher wie alt diese Frau war und ob sie vielleicht alleine lebte. Nach der Verhandlung trafen sie sich zufällig vor dem Gerichtsgebäude und er nahm seinen ganzen Mut zusammen und fragte sie, woher sie so gut Italienisch könne. Etwas irritiert sah sie ihn an, entschloss sich aber dann doch auf seine Frage zu antworten. So erfuhr er, dass sie in München geboren sei und dort auch lebe. Sie vertrete eine renommierte Anwaltskanzlei mit Schwerpunkt Wirtschaftsrecht. Italienisch habe sie bereits in der Schule gelernt und später, weil sie das Land liebe, im Privatunterricht vertieft. Als er ihr das Kompliment über ihre Sprachkenntnisse gemacht hatte, bemerkte er, dass sie kurz verlegen die Augen niederschlug und sich ihre Wangen röteten. Er war bis zu diesem Zeitpunkt eher ein Jäger gewesen, dem niemand in seinem Umfeld eine längere Beziehung zugetraut hätte und so wusste er dieses Zeichen zu deuten. Und nachdem ihr Flug nach

München erst für den nächsten Tag gebucht war, konnte er sie zu einem Abendessen überreden. Damals spürte er schon, dass dies keine dieser kurzen Episoden werden würde und entsprechend nervös war er auch an diesem Abend. Allerdings brach ihre unbeschwerte und lustige Art, die so gar nicht zu der taffen Anwältin im Gerichtssaal passte, schnell das Eis. Es folgten dann häufige gegenseitige Besuche, bis beide sich ziemlich schnell sicher waren, dass es wohl doch die große Liebe geben müsste.

Das Klingeln seines Handys holte ihn auf grausame Art wieder zurück aus seinen Erinnerungen und mit einem Blick auf das Display stellte er fest, dass es Ignazio war. Eigentlich hätte er es wissen müssen, dass sein Freund sich keine Zeit mit dem angekündigten Anruf lassen würde. Er nahm den Anruf entgegen und bat Ignazio kurz zu warten, bis er eine geeignete Stelle gefunden hatte um seinen Wagen zu parken. Leider bot sich nur ein staubiger Platz neben der Straße an und Bernardo fuhr so vorsichtig es ging dort hin und stellte den Motor ab. „Entschuldige, Ignazio, dass du warten musstest, aber über eine Freisprechanlage verfügt mein Auto leider nicht." „Kein Problem, Bernardo. Also, ich habe Signor Lessi angerufen und ihm mitgeteilt, dass auf Grundlage deiner Ermittlungen Emilio Scara in der engeren Auswahl der Mordverdächtigen steht. Daraufhin hat er nur gefragt, wie wir weitermachen würden und ich habe ihm erzählt, dass wir versuchen würden DNA-fähiges Material an der Leiche zu finden und dann über einen Speicheltest den entsprechenden Abgleich mit der DNA von Emilio Scara richterlich anordnen lassen würden." Bernardo hatte sich an seinen Wagen gelehnt und der Versuchung nicht nachgegeben sich eine Zigarette anzuzünden. „Meinst du nicht, dass ein Polizeichef weiß, dass es eigentlich ausgeschlossen ist nach zwanzig Jahren noch verwertbare DNA-Spuren zu finden?" Bernardo konnte seinen Freund vor sich sehen, wie er über dieses Argument nachdachte, aber die Antwort kam ziemlich schnell. „Du hast Recht. Das gleiche habe ich mir auch überlegt. Doch erstens, was haben wir für eine Wahl, und zweitens, wenn ein Polizeichef so dumm ist und glaubt, dass seine Verwandtschaftsverhältnisse zu dem Hauptverdächtigen im Laufe der Ermittlungen nicht ans Tageslicht gelangen, kann es mit seiner Intelligenz auch nicht zum Besten bestellt sein. Er bat mich jedenfalls, ihn ab sofort über alle weiteren Schritte unmittelbar zu informieren. Und so wie er das sagte, hatte ich den Eindruck, dass ihm die Richtung, in die unsere Ermittlungen laufen nicht sehr gefällt. Auf jeden Fall habe ich es ihm zugesagt. Versprich mir, dass du mich ab sofort über alles informierst. Irgendwie habe ich kein gutes Gefühl bei der Sache. Ich bereue jetzt schon, dass ich deinem Vorschlag zugestimmt habe ohne Ricardo nochmals nach San Giorgio zu fahren. Vielleicht war das keine gute Idee. Außerdem haben wir ein richtig großes Problem, wenn unser Citychief auf unsere Finte hereingefallen ist und seinen Schwager warnt. Dann ist der über alle Berge und wir stehen mit leeren Händen da!" Daran hatte Bernardo auch gedacht. „Aber dann wissen wir zumindest, dass er es war. Ein kleiner Trost, aber zumindest haben wir dann den Mörder. Wenn auch nicht im Gefängnis, sondern vielleicht auf einer kleinen Südseeinsel ohne Auslieferungsabkommen, dafür mit hübschen Mädchen und gutem Wetter." Ignazio atmete hörbar ein, bevor er antwortete: „Bernardo, das ist nicht lustig. Aber wie gesagt eine andere Wahl haben wir ohnehin nicht. Dann mach einfach das Beste daraus. Ich drücke dir die Daumen und vergiss nicht dich zu melden."

Damit war das Gespräch beendet und Bernardo stieg wieder in seinen Wagen und fuhr weiter in Richtung San Giorgio. Die Silhouette der kleinen Stadt tauchte am Horizont auf und er bedauerte es fast schon, dass seine Fahrt sich dem Ende zuneigte. Als er vor seiner Pension ankam, sah er bereits Felizita, die ganz in Schwarz gekleidet vor der Haustür stand und telefonierte. Mit seinem Koffer bepackt ging er auf sie zu und sah, als er dicht an ihr vorbei zu seinem Zimmer ging, dass sie Tränen in den Augen hatte. Er wusste, was das zu bedeuten hatte.

Und die wenigen Gesprächsfetzen, die er im Vorübergehen aufschnappte, bestätigten seine Befürchtung. Felizita gab ihm ein Zeichen, dass er eintreten sollte und sie dann zu ihm kommen würde. Er sperrte sein Zimmer auf, ließ die Tür offen und verstaute seinen Koffer im Schrank. Kurze Zeit später stand sie im Türrahmen. Wenn der Anlass auch ein sehr trauriger war, so sah sie in diesem Moment unheimlich verletzlich, aber auch anziehend aus. Für diesen Gedanken schämte er sich, aber was sollte er machen. Ihre Erscheinung hatte etwas Madonnenhaftes und im einfallenden Licht des Terrassenfensters sahen ihre Gesichtszüge zugleich unendlich traurig, aber auch erleichtert aus. Sie trat einen Schritt auf ihn zu und ihre Stimmt klang belegt: „Meine Mutter hat es geschafft. Am Freitagabend ist sie friedlich eingeschlafen. Zum Glück in meinen Armen…" Weiter kam sie nicht, dann versagte ihr die Stimme. In diesem Moment konnte er nicht anders und ging auf sie zu und nahm sie in den Arm. Ihren Kopf an seine Schulter gelegt weinte sie und Bernardo spürte das aufgeregte Schlagen ihres Herzens an seiner Brust. Wie lange sie so dastanden, konnte er nicht sagen, aber irgendwann löste sie sich von ihm und sah ihn traurig an. „Danke, aber jetzt habe ich Ihr Hemd nass gemacht!" Er versuchte ein Lächeln: „Wenn das alles ist, dann bin ich beruhigt. Sie werden sich jetzt nach draußen vor mein Zimmer setzen und ich hole uns ein Glas Wein. Ist das in Ordnung?" Sie nickte brav wie ein Schulmädchen und ging an ihm vorbei auf die kleine Terrasse vor seinem Zimmer, wo sie nicht zum ersten Mal zusammen an diesem kleinen Tisch saßen. Er hatte von letzter Woche noch eine geöffnete Flasche Rotwein und so kam er nach kurzer Zeit zu ihr nach draußen. Sie erzählte ihm, dass alles sehr schnell gegangen sei. Eigentlich hätte sie erst am Samstag wieder zu ihrer Mutter fahren wollen, aber das Krankenhaus habe angerufen und sie gebeten schnellstmöglich zu kommen. Sie habe bei Signor Salardi angerufen und dieser habe sich bereit erklärt sie zu begleiten. Bernardo musste an dieser Stelle kurz überlegen, wer denn Signor Salardi sei, aber dann fiel ihm ein, dass dies der Name des Hochwürden war. Eigentlich, so erzählte sie weiter, sei sie auch froh, dass ihre Mutter endlich erlöst sei. Sie habe von anderen Fällen gehört, wo sich der Prozess des Sterbens jahrelang hingezogen habe. So etwas sei kein menschenwürdiges Leben. Zum Glück sei ihrer Mutter das erspart geblieben.

Bei diesen Worten wurde Bernardo sofort hellhörig. Waren dies nicht die Worte des Hochwürden gewesen? Sie kamen ihm seltsam vertraut vor. Felizita sprach noch eine ganze Weile weiter, mehr zu sich selbst als zu ihm. Nachdem sie auch das zweite Glas geleert hatten, stand sie auf und bedankte sich für seine Zeit. „Ich habe Sie jetzt mit meinem langweiligen Kram aufgehalten. Das tut mir leid, aber es hat

gut getan. Am Mittwoch ist die Beerdigung und ich muss noch eine Menge organisieren. Sie sind mir sicher nicht böse. Wir können uns gerne ein anderes Mal zu unterhaltsameren Themen austauschen, doch jetzt ruft die Pflicht."
So saß Bernardo plötzlich alleine vor seinem leeren Weinglas und blickte über die weiten Felder. Die Zeit der Ernte rückte näher. Hoffentlich galt das auch für seinen Fall. Die beiden Gläser in der Hand ging er zurück in sein Zimmer und putzte sich die Zähne. Die Fotos und die Salami verstaute er in seiner abgewetzten braunen Ledertasche und machte sich damit auf den Weg zum Polizeirevier. Schließlich sollten die beiden nicht seinetwegen auch noch Überstunden machen müssen.
Er entschied sich für einen kleinen Fußmarsch und als er vor der Tür des Reviers angekommen war, stellte er fest, dass er zu Fuß auch nicht langsamer gewesen war als mit dem Auto. Als er eintrat, saßen sowohl Thomaso Baldo als auch Carlo Fatese diensteifrig hinter ihren Schreibtischen. Was allerdings vor ihnen lag, konnte er nicht sehen, er tippte jedoch eher auf ein Kreuzworträtsel als auf eine Dienstakte. Beflissen kamen beide auf ihn zu und reichten ihm die Hand und drückten diese lange, wie einem verschollen geglaubten Seefahrer, der nach jahrelangem Umherziehen endlich wieder den heimatlichen Hafen erreicht hatte. „Also, meine Herren, ich mache es kurz", begann er seinen Bericht.

„Was die Bilder betrifft, so haben wir Glück gehabt. Die Kollegen in Mailand konnten sie entwickeln. Allerdings weiß ich noch nicht, was ich von den Motiven halten soll." Mit diesen Worten griff er in seine Tasche und holte den Umschlag mit den entwickelten Bildern hervor und breitete sie auf dem Schreibtisch aus. „Fast immer derselbe Bildausschnitt nur mit wechselnden Personen und Autos. Es scheint so, als habe Bruno die Freier damals fotografiert. Das wiederum würde auch zu seinen Tagebucheintragungen passen. Vielleicht wollte er die Personen erpressen oder er wollte sie öffentlich an den Pranger stellen. Für die Version des Erpressens käme Silvia Wizoracik als seine Komplizin in Frage. Wollte er die Freier allerdings öffentlich bloßstellen, so war dies sicherlich nicht im Interesse dieser Dame, denn dann hätten sie ihrem Geschäft nachhaltig geschadet." Beide nickten stumm und sahen auf die Fotos. Aus ihren Gesichtern war nicht abzulesen, ob sie mehr wussten als sie jetzt zugaben, aber das hatte der Kommissar auch nicht erwartet. „Außerdem werden wir bei Emilio Scara einen Speicheltest durchführen, sobald wir entsprechendes Material an Brunos Überresten sichergestellt haben." Bei diesen Worten beobachtete er genau die Reaktionen von Carlo Fatese. Dieser stand noch über die Bilder gebeugt ihm gegenüber an dem großen Schreibtisch. Wie zu erwarten bekam er einen roten Kopf als würde ihm klar, dass sich jetzt die

Schlinge um den Hals seines Freundes Emilo Scara enger ziehen würde. Diese Bestätigung genügte Bernardo und im beifälligem Ton fuhr er fort: „Was hat denn Ihre Suche bezüglich der Aufzeichnungen über den Tod von Veronika Stanza ergeben?"
Thomaso Baldo räusperte sich kurz: „Also, Herr Kommissar, wie schon vermutet, sind die Aufzeichnungen ziemlich spärlich, aber wir haben die Einträge gefunden mit dem dazugehörigen Arztbericht. Tod durch Genickbruch. Viel mehr steht da nicht." Mit diesen Worten reichte er ihm eine schmale, verblichene Handakte. „Danke, meine Herren, die werde ich mir heute als Gute-Nacht-Lektüre zu Gemüte führen. Wenn sonst nichts mehr anliegt, melde ich mich wieder hier bei Ihnen, sobald es etwas Neues gibt." Mit diesen Worten steckte er die Bilder und die dünne Akte in seine Tasche und verabschiedete sich. Er ließ zwei verdutzte Polizisten zurück, die nicht so recht wussten, was sie mit den neuen Informationen anfangen sollten. Aber das war beabsichtigt. Und nach ihren Reaktionen zu schließen, wussten die beiden jetzt noch weniger als vorher. Somit konnten sie keinen Schaden anrichten und Bernardo hatte hoffentlich freie Bahn. Sicherlich würde Carlo Fatese heute Abend seinem Freund Emilio Scara von dem geplanten Speicheltest erzählen, aber vielleicht hatte das schon dessen Schwager vom Polizeipräsidium aus gemacht.

Mittlerweile war es Abend geworden, aber er entschloss sich dennoch kurz beim Pfarrhaus vorbeizuschauen. Warmes Licht fiel von der offenen Haustür in den Garten und er erkannte die Silhouette des Hochwürden, der auf der Bank an der Hauswand saß. „Wenn ich ungelegen komme, sagen Sie es bitte, Hochwürden, aber ich wollte mich nach Ihrem Befinden erkundigen." Mühsam löste sich der Schatten von der Hauswand und kam auf ihn zu. „Das nenne ich eine schöne Überraschung, mein lieber Kommissar. Treten Sie ein." Er hielt ihm die Gartentür auf und machte eine einladende Handbewegung in Richtung der Bank. Bernardo folgte der Einladung und ließ sich auf der Bank nieder. Sein Gastgeber stellte sogleich ein zweites Glas vor ihn und schenkte ihm Rotwein ein. Jetzt wird es Zeit, dass ich diesen Fall löse, sonst kehre ich ohne Mörder, aber mit einem Leberschaden zurück, dachte sich Bernardo, während sich der Monsignore neben ihn setzte. „Ihre Fürsorge beschämt mich. Aber außer der Schnittwunde, die schlimmer aussah als sie war, bin ich heil davongekommen. Und einer Prellung der Rippen, das will ich nicht verschweigen. Aber was gibt es Neues? Konnten Sie in Mailand etwas über die Fotos herausfinden oder über diese Prostituierte?"
Sein Gegenüber wirkte sehr interessiert am aktuellen Stand der Ermittlungen, fast etwas zu neugierig, wie Bernardo bemerkte. Deswegen würde er ihn

noch etwas auf die Folter spannen. „Als erstes habe ich Ihnen für Ihren Genesungsprozess etwas Gutes aus Mailand mitgebracht." Mit diesen Worten holte er die Salami aus der Tasche und reichte sie ihm. Der Pfarrer nahm sie dankend entgegen und roch vorsichtig daran, ehe er verzückt die Augen schloss und in ernstem Ton sprach: „Ich danke Ihnen von Herzen. So etwas Gutes bekommen Sie hier nicht. Auch wenn ich mich als Geistlicher eigentlich nicht den fleischlichen Gelüsten hingeben sollte, so ist auch bei mir der Geist willig, doch das Fleisch eben schwach." Das schelmische Blitzen seiner schwarzen Augen war auch im Dunklen zu erkennen und der Kommissar fragte sich, wie er diese zweideutige Bemerkung einordnen sollte. Auf jeden Fall hatte er die starke Vermutung, dass dem Hochwürden die Frage nach dem aktuellen Stand der Ermittlungen wesentlich mehr unter den Nägeln brannte als die Befriedigung seiner fleischlichen Gelüste. Wie auch immer die aussehen mochten.

Deswegen ging er auch nicht auf dessen Bemerkung ein, sondern wechselte das Thema. „Felizita hat mir erzählt, dass ihre Mutter am Freitag gestorben sei. Sie hätten sie ins Krankhaus begleitet, was ich sehr schön finde. Es hat Felizita sicherlich den Halt gegeben, den ein Mensch in dieser Situation braucht." Hochwürden nahm einen weiteren Schluck aus seinem Weinglas. „Ich hoffe sehr, dass ich ihr wenigstens etwas Trost und Halt in dieser schweren Stunde spenden konnte. Es war eine Erlösung für Maria. In diesem Alter und so schwer krank, da kann man dem Herrn nur danken, wenn er ein Einsehen hat und das Leiden nicht durch irgendwelche irrsinnigen medizinischen Maßnahmen noch verlängert wird. So konnte die Tochter ihre Mutter in Frieden begleiten und verabschieden. Finden Sie das nicht auch?" Bernardo wollte dieses Thema jetzt nicht weiter erörtern und so stimmte er ihm bei. Allerdings konnte er sich eine kleine Anmerkung nicht verkneifen: „Da haben Sie Recht. Es ist ein Geschenk, wenn der Himmel ein Einsehen hat und man dann gehen darf. Aber leider hat der Himmel das nicht immer..." Im schwachen Licht sah er den alten Geistlichen nicken. „Aber jetzt erzählen Sie doch mal. Was macht unsere Suche nach Brunos Mörder?" Bernardo hatte sich überlegt, was er auf diese Frage antworten sollte. Er wollte unbedingt die Reaktionen im Gesicht seines Gegenübers sehen, deshalb wandte er ihm den Kopf zu. „Wir hatten Glück und konnten die Bilder entwickeln. Sie zeigen alle das gleiche Motiv. Wahrscheinlich aus einem Versteck heraus fotografiert. Jedes Mal ist der Kastenwagen der Prostituierten darauf zu erkennen, allerdings steht immer ein anderer Wagen davor. Immer seitlich, so dass wir leider die Kennzeichen nicht erkennen können, aber auf manchen sind die unterschiedlichen Personen durchaus zu erkennen." Dann erläuterte er seine beiden Theorien über

Bruno und Sylvia. Entweder wollten sie gemeinsam die Freier erpressen oder Bruno wollte sie im Alleingang bloß stellen. Für die letzte Variante sprachen Brunos Eintragungen im Tagebuch. Beides würde aber den Kreis der Verdächtigen stark ausweiten, insofern diese davon Kenntnis erlangt hätten. Nachdem die Bilder aber noch nicht entwickelt waren, gilt diese Möglichkeit zum Glück als eher unwahrscheinlich." Als er geendet hatte, fragte der Monsignore, ob er die Bilder in Augenschein nehmen dürfe. „Bei diesem Licht, Hochwürden, werden Sie darauf nichts erkennen, aber das werden wir nachholen." Die Neugierde des Pfarrers war förmlich zu spüren, doch jede weitere Nachfrage seinerseits hätte ein schlechtes Bild auf ihn geworfen und so verkniff er sich einen weiteren Vorstoß. „Leider haben wir die Adresse dieser Silvia Wizoracik noch nicht ermitteln können, aber wir sind guter Dinge, dass wir sie bald ausfindig machen werden." Dann erzählte er ihm noch von dem geplanten Speicheltest und registrierte eine gewisse Enttäuschung des Geistlichen. „Sie glauben noch immer, dass es sich bei Brunos Mörder um Emilio Scara handeln könnte?" „Wir müssen alle Eventualitäten überprüfen. Vielleicht werden wir alle Bewohner von San Giorgio zu einem freiwilligen Test auffordern. Oder wir beziehen im ersten Schritt nur alle Personen mit ein, die in direktem Kontakt zu Bruno standen oder mit ihm in Verbindung gebracht werden können,

wie Jose Stanza aus der Bäckerei oder Maria Opolos, auf deren Gelände wir den Toten gefunden haben. Wie Sie sehen, arbeiten wir vielleicht nicht sehr Aufsehen erregend, aber dennoch nachhaltig. Und was habe ich von Ihnen lernen dürfen? Man muss der Zeit auch eine Chance geben. Mittlerweile bin ich mir sehr sicher, dass wir den Schuldigen schon bald finden werden."
Der Pfarrer schwieg und auch Bernardo wollte jetzt nicht mehr sprechen. Es war spät geworden und so verabschiedeten sie sich. Der Kommissar versprach, schon bald mit den Bildern vorbeizukommen.
Der Spaziergang zu seiner Pension war eine Wohltat. Die Luft war jetzt angenehm kühl und Bernardo überlegte, warum der Pfarrer ein solches Interesse an diesen Fotos hatte. Hatte er Angst selbst darauf zu erkennen zu sein? Irgendwie passte das nicht. Denn selbst wenn dem so wäre, eine Todsünde würde das nicht sein. Außerdem war es jetzt schon über zwanzig Jahre her und somit mehr als verjährt. Welchen Grund konnte es sonst geben? Auch die Enttäuschung des Geistlichen darüber, dass er weiterhin Emilio Scara für den möglichen Mörder hielt, konnte Bernardo nicht einordnen. Als er sein Zimmer erreicht hatte, war es schon zu spät für einen Anruf zu Hause und so schickte er eine Kurznachricht an Irene, in der er ihr und Luca eine gute Nacht

wünschte und versank dann selbst schnell in einen tiefen Schlaf.

**Erinnerungen**

Vielleicht wachte Bernardo so hungrig auf, weil der Parmaschinken, den er für sich selbst in dem Delikatessengeschäft erstanden hatte, über Nacht im gesamten Zimmer seinen Duft verbreitet hatte. Auf jeden Fall hatte er eine ruhige Nacht mit tiefem, erholsamem Schlaf hinter sich.
Nach einem kurzen Besuch im Badezimmer streifte er sich seine Kleidung über und schlug den gewohnten Weg in Richtung Speisezimmer ein. Er fand einen gedeckten Tisch vor mit einer Thermoskanne heißen Kaffees und einer kurzen Nachricht von Felizita, die ihm mitgeteilte, dass sie bereits außer Haus sei. Insgeheim war er froh sein Frühstück in aller Ruhe genießen zu können und so ließ er sich ausgiebig Zeit. Er genoss die Stille, die im ganzen Haus herrschte. Dabei kam ihm das Gespräch des gestrigen Abends im Garten des Pfarrhauses wieder in den Sinn. Sollte er dem Hochwürden tatsächlich die Bilder zeigen? Er selbst konnte ihn auf keinem der Abzüge erkennen, aber was hätte das schon geheißen? Weder wusste er, welche Autos die Besucher von Sylvia damals fuhren, noch wie sie vor zwanzig Jahren ausgesehen hatte. Was hatte er also zu verlieren, wenn er ihm die Bilder zeigen würde? Er beschloss, es auf einen Versuch ankommen zu lassen.

Nachdem er sich auf seinem Zimmer geduscht hatte, rief er Luciano Sales an. Die Bemerkungen des Pfarrers und die Worte von Felizita ließen ihm keine Ruhe. Darüber wollte er mehr erfahren. Nach dem dritten Klingeln hörte er die vertraute Stimme Lucianos. Sie klang so unfreundlich wie immer. Sicher hatte er Bernardos Nummer auf dem Display gesehen. Eine gute Möglichkeit auszuloten, ob die gestrige Auseinandersetzung zwischen Ricardo, ihm und Luciano bei diesem irgendwelche Verstimmungen hinterlassen hatte. Er meldete sich so unbefangen und freundlich wie es ihm möglich war. „Buongiorno, Luciano! Hoffentlich geht es dir gut? Und bevor du mich dezent darauf hinweist, ja ich benötige wirklich wieder deine Hilfe. In der Schweiz gibt es meines Wissens einige Sterbehilfevereinigungen. Einer meiner Ansprechpartner, ein Pfarrer, hat darüber einige Andeutungen gemacht und mich würde interessieren, ob es irgendwie möglich ist herauszufinden, ob er dort vielleicht Mitglied in einer dieser Gesellschaften ist. Meinst du, das ist möglich?"

Der Kommissar war sich zuerst nicht sicher, ob Luciano noch am Telefon war, aber nach einigen Sekunden antwortete dieser dann doch. „Also, zuerst kann ich dir mitteilen, dass wir noch keine Erkenntnisse über diese Sylvia Wizoracik haben. Aber vielleicht kann ich dir dazu heute Nachmittag mehr sagen. Ich habe, formulieren wir es einmal so, eine

vielversprechende Spur. So und jetzt gib mir den Namen deines Pfarrers. Ich werde schauen, was ich machen kann." Bernardo buchstabierte ihm den Namen und bedankte sich brav für die Unterstützung. Anschließend verließ er das Haus in Richtung des Anwesens der Scaras. Der Weg war kurz und es erschien ihm wieder wie ein Déjà-vu, als er erneut vor dem großen Eingang mit der schweren Holztür stand. Er musste dieses Mal auch nicht klingeln, denn der alte Silvi Scara öffnete die Tür, noch bevor Bernardo diese erreicht hatte. Der freundliche Gesichtsausdruck, den er bei seinem letzten Besuch gezeigt hatte, war auch jetzt erkennbar. „Die Polizei am Morgen bedeutet hoffentlich, dass Sie den Mörder gefunden haben und damit die Unschuld meines Sohnes bewiesen ist. Treten Sie ein und dann sind wir gespannt, was Sie zu berichten haben." Er trat einen Schritt beiseite und ließ Bernardo eintreten. „Den Weg kennen Sie bereits. Gehen Sie einfach in dasselbe Zimmer wie beim letzten Mal. Ich werde in der Zwischenzeit nach Emilio sehen."
Der Kommissar nahm das Angebot an und setzte sich an den großen, wuchtigen Holztisch aus alter Eiche. Es dauerte auch nicht lange, da erschien der Alte in Begleitung seines jüngsten Sohnes. Bernardo war erleichtert diesen hier zu sehen. Insgeheim hatte er schon gefürchtet, dass dieser vielleicht nach der Nachricht über einen möglichen Speicheltest geflohen sei. Emilio reichte ihm grußlos die

Hand und setzte sich mit seinem Vater ihm gegenüber auf einen der zahlreichen Stühle. Bernardo hatte keine Lust auf ein langes Geplänkel und wählte die direkte Eröffnung. „Vielen Dank, meine Herren, dass Sie sich nochmals für mich Zeit nehmen. Sicherlich interessiert es Sie den aktuellen Stand der Ermittlungen aus erster Hand zu erfahren." Diesen dezenten Hinweis auf das dorfinterne Kommunikationssystem konnte er sich nicht verkneifen. „Wenn Ihre Aussage, Signor Emilio Scara, richtig ist und Sie tatsächlich nichts mit Brunos Tod zu tun haben, kann ich Ihnen gute Nachrichten überbringen. Wir werden in sehr kurzer Zeit eine verwertbare DNA, die wir an Brunos Leiche fanden, vorliegen haben. Wenn wir Ihre Zustimmung zu einem Abgleich mit Ihrer DNA mittels eines Speicheltests erhalten und dieser negativ ausfällt, können wir Sie mit ziemlicher Sicherheit aus dem Kreise der Verdächtigen ausschließen. Sollten Sie Ihre Zustimmung verweigern, benötigen wir einen richterlichen Beschluss, der in der Regel zwei bis drei Tage benötigt. Wie denken Sie darüber?" Bernardo hatte die beiden genau beobachtet, als er seinen kurzen Vortrag hielt. Aber keiner der beiden schien besorgt oder beunruhigt zu sein, was ihn selbst ziemlich entmutigte. „Ich weiß zwar nicht, wie du darüber denkst", mit diesen Worten blickte Emilio kurz zu seinem Vater hinüber, um dann zu Kommissar Bertini gewandt fortzufahren, „aber ich finde die Idee sehr gut. Wenn wir damit meine Unschuld beweisen können, stehe ich Ihnen uneingeschränkt zur Verfügung!" Der Alte nickte zustimmend und der Kommissar konnte nur rätseln, ob die beiden unheimlich gut blufften, da sie wussten, dass es nie zu diesem DNA-Abgleich kommen würde oder aber dieser Emilio hatte wirklich nichts mit dem Mord zu tun. Es blieb ihm nichts weiter übrig als sich für die Kooperation der beiden zu bedanken und den Rückzug anzutreten.

Die Verabschiedung hatte fast schon familiären Charakter und Bernardo war froh, als er wieder zurück in seinem Zimmer war. Der Besuch war der erste Tagespunkt gewesen und trotzdem fühlte er sich jetzt schon müde und erschöpft. Als er sich kurz auf sein Bett legte, ließ er in Gedanken nochmals das Gespräch Revue passieren, kam aber zu keinem anderen Ergebnis. Nach einem kurzen Nickerchen raffte er sich auf und verstaute abermals die Fotos und dieses Mal die Pralinen für Genoveva in seiner Tasche. Das Wetter hatte gewechselt und der strahlende Sonnenschein war einem wolkenverhangenen Himmel gewichen. Vielleicht würde es Regen geben. Trotzdem beschloss er den Besuch bei Genoveva zu Fuß zu erledigen.

Auf dem Weg zu ihr fragte er sich, was die Alte wohl zu den Fotos sagen würde. Er war auf ihre Reaktion gespannt. Eigentlich wollte er auch noch im

Polizeirevier vorbeischauen, verwarf aber den Gedanken daran ziemlich schnell, denn er war nicht besonders erpicht darauf die beiden so schnell wiederzusehen. Und was hätte er mit ihnen auch besprechen sollen? Schon von weitem erkannte er die gebückte Gestalt der alten Genoveva in ihrem Garten. Als er schon direkt an ihrem Gartenzaun stand, räusperte er sich vorsichtig und die Alte richtete sich mühsam auf. Doch als sie Bernardo erkannte, schienen sich die unzähligen Falten in ihrem Gesicht zu glätten und sie schenkte ihm ein fast mädchenhaftes Lächeln. „Herr Kommissar, ich habe dich eigentlich gestern erwartet!" Ihre Begrüßung klang vorwurfsvoll und zugleich liebenswürdig. Sie öffnete das quietschende Gartentor und beide beschlossen, sich vor dem Haus auf der Bank niederzulassen. „Ich wollte dich wirklich schon gestern besuchen, aber gestern ist es leider etwas spät geworden. Vielleicht reicht das… um dich zu besänftigen?" Mit diesen Worten holte er die Pralinen aus seiner Tasche und reichte sie ihr. Wie alt Genoveva genau war, konnte er nicht sagen, aber dass man in diesem Alter immer noch erröten konnte, fand er sehr sympathisch. „Du Charmeur, ich wusste vom ersten Augenblick an, dass du weißt, wie man mit Frauen umgeht. Ich danke dir sehr." Bereits während sie dies sagte, öffnete sie die kleine Schachtel und bot ihm eine Praline an, bevor sie sich selbst eine nahm. Schweigend genossen beide die süße

Schokolade. Genoveva wollte er nicht auf die Folter spannen und so begann er mit seinen Schilderungen über seinen Besuch im Mailänder Polizeipräsidium. Er erzählte ihr, dass sie leider noch nichts über den Aufenthaltsort von Sylvia in Erfahrung bringen konnten, aber dass dies nur eine Frage der Zeit sei. Dann erzählte er ihr von den Fotos, die er während seiner Schilderungen aus der Tasche zog und ihr reichte. „Lass dir bitte Zeit beim Betrachten. Ich setze große Hoffnung in dich. Vielleicht erkennst du etwas darauf, was uns weiterhelfen kann."
Viele Minuten vergingen, in denen sie Foto für Foto in ihren ruhigen, aber sehr faltigen Händen hielt und betrachtete. Der Kommissar betrachtete in dieser Zeit den kleinen Garten. Sie hatte tatsächlich damit begonnen ihr Kleinod wieder zu pflegen. Es freute ihn, dass sie dazu die Kraft gefunden hatte. Dichte Wolken ließen nur noch wenig vom blauen Himmel dahinter erkennen und schon bald würde es Herbst und dann Winter werden. Der erste Winter, den die Alte mit der Gewissheit verbringen musste, dass alle Hoffnung Bruno jemals wieder lebend in ihre Arme schließen zu können, gestorben war. Aber vielleicht war sie auch erleichtert diese jahrelange Ungewissheit abstreifen zu können. Die Zeit würde es zeigen.
„Dieser Lump!" Genovevas Stimme rüttelte ihn aus seinen Gedanken. Ihre Finger zeigten auf ein Bild, das sie in den Händen hielt. „Ich bin mir ziemlich

sicher, dass dies das damalige Auto unseres früheren Bürgermeisters ist. Nicht nur weil es rot war, sondern auch weil ich ihn dahinter erkenne. Er steht bei Sylvia. Auch wenn ich nur seinen Eierkopf von hinten sehe, den würde ich überall erkennen. Hatte damals eine hübsche Frau und zwei Kinder. Irgendwann hat ihn der alte Scara abserviert und ist seitdem selbst Bürgermeister. Von dem hätte ich das nicht gedacht." Bernardo spürte wie sein Jagdinstinkt erwachte. „Wo wohnt dieser ehemalige Bürgermeister jetzt? Kannst du mir das sagen? Vielleicht kann er uns Hinweise geben und wir vergessen in seinem Interesse das Bild?" Genoveva lächelte traurig. „Ich glaube nicht, dass du ihn mit diesem Bild zu einer Aussage bringen wirst. Er wohnt jetzt nämlich hinter der Kirche, auf dem Friedhof." Bernardo musste sich beherrschen um nicht wütend zu werden. Immer wenn er in diesem Fall glaubte eine winzige Spur zu haben, löste sich diese sofort wieder in Wohlgefallen auf. Deshalb war das einzige, was er erwiderte: „Schade und ich dachte schon wir hätten einen Ansatz." Genoveva war schon beim vorletzten Bild angekommen. „Tut mir leid, aber das war bisher der einzige, den ich erkannt habe." Bernardo wollte ihr die Bilder schon wieder abnehmen, als ihr Blick auf das letzte im Stapel fiel. Sie zog die Augenbrauen nach oben und betrachtete das Foto sorgfältig von allen Seiten. Ihr nicht verständliches Gemurmel machte ihn fast wahnsinnig.

Es schien, als habe die Alte etwas entdeckt, konnte es aber nicht einordnen.

‚Niemanden unter Druck setzen und immer Ruhe bewahren', er dachte an diese Worte seines damaligen Lehrers Ignazio. Genoveva hatte ihren Blick vom dem Foto abgewandt und ihr Blick glitt zu einem unsichtbaren Punkt in weiter Ferne. „Eigentlich kann das gar nicht sein, was ich hier sehe. Es passt nicht, ich bin mir noch nicht ganz sicher. Vielleicht bringe ich auch die Zeiten durcheinander. Warte hier einen Augenblick, ich bin gleich wieder zurück!"

Mit entschlossenem Schritt verschwand sie im Haus, um sich nach einigen Minuten mit ihrem Kirchengesangbuch wieder neben ihn zu setzen. Der Kommissar verspürte jetzt noch weniger Lust als sonst vorgegebene Gebete herunterzuleiern oder kirchliche Lieder zu singen, aber er ließ die Alte gewähren. Er sah wie sie zwischen den Seiten einen kleinen Stapel von Sterbebildchen herausnahm und durchsah. Als sie fand, wonach sie gesucht hatte, steckte sie die anderen wieder in ihr Gebetbuch und hielt ihm das aufgeklappte Sterbebild eines gewissen Guiseppe Monti hin. Bernardo sah sich das Foto auf der Innenseite an und erblickte einen sehr alten und wohl auch kranken Mann, der sicher über neunzig Jahre alt war. „Das Auto auf diesem Foto hier", sie zeigte auf die letzte Aufnahme, die sie jetzt wieder in den Händen hielt, „dieses Auto gehörte dem alten Guiseppe. Zuerst dachte ich, dieser Schwerenöter, aber damit habe ich ihm Unrecht getan. Der hat sicher nicht die Dienste von Sylvia in Anspruch genommen. Sieh dir mal das Sterbedatum an. Er starb am 23.11.1996. Sicher nicht an Überanstrengung in Liebesdingen, sondern weil er endlich von seinem langen Leiden erlöst wurde. Guiseppe war über Jahre hinweg fast ausschließlich bettlägerig und für einen Ausflug zu Sylvia wäre er niemals im Stande gewesen. Aber, dass es sein Auto ist, da bin ich mir ziemlich sicher. Oder gibt es sehr viele grüne Fiat Pandas mit einer roten Beifahrertür?" Sie sah ihn triumphierend an und Bernardo musste neidlos anerkennen, dass sie auch allen Grund dazu hatte. „Genoveva, du kommst mit zu mir nach Mailand. Dort brauchen wir immer gute Polizistinnen." Dabei zwinkerte er ihr zu. „Aber ganz im Ernst, wer kann dann mit dem Auto dieses Signor Monti unterwegs gewesen sein?" Sie überlegte nicht lange. „Der Alte Monti wollte sein Auto auch dann nicht verkaufen, als er schon ans Bett gefesselt war. Ich habe ihn öfter besucht. Außer dem Hochwürden und mir haben das nur sehr wenige getan. Guiseppe hat immer noch an ein Wunder geglaubt, aber als die Schmerzen zu groß wurden, durfte er zum Glück friedlich einschlafen."

Bernardo glaubte nicht richtig gehört zu haben. Jetzt fing auch noch Genoveva mit diesem Thema an und gebrauchte fast die gleichen Worte. Aber jetzt war nicht die Zeit sich darüber Gedanken zu machen. Das musste warten. „Das bedeutet, dass eigentlich nur du und Hochwürden in sein Haus kamen und Zugang zu seinem Autoschlüssel hatten?" Bernardo fielen wieder die Worte Hochwürdens zum Thema fleischliche Gelüste ein. Vielleicht gab es doch einen Zusammenhang, den er noch nicht erkannte. „Nein, Bernardo, ganz so einfach ist es auch nicht. Als es ihm zusehends schlechter ging, kam auch täglich ein Pflegedienst. Und auch seine Schwester hatte einen Hausschlüssel. Mehr fällt mir dazu leider nicht ein." Bernardo erläuterte noch seine beiden Thesen, warum Bruno die Fotos gemacht haben könnte und fragte Genoveva nach ihrer Meinung. „Bernardo, vielleicht meint eine Mutter oder Stiefmutter alles von ihren Kindern zu wissen. Aber, dass dem nicht so ist, zeigt uns das Leben. Nur in einem Punkt bin ich mir absolut sicher. Bruno hätte niemals jemanden erpresst. Eher hätte er die Verlogenheit und Doppelmoral der Dorfbewohner aufgedeckt. Das würde ich ihm zutrauen. Vor allem, wenn er dadurch, aus seiner Sicht, Sylvia einen Dienst erwiesen hätte. Und ehrlich gesagt, ich hätte ihn unterstützt, wenn ich es gewusst hätte." Bernardo erhob sich. „Vielen Dank, Genoveva. Du hast mir vielleicht mehr geholfen als du dir vorstellen kannst. Jetzt brauche ich etwas Zeit um die Puzzlestücke zusammenzusetzen und bevor es zu regnen beginnt, mache ich mich lieber auf den Heimweg.

Aber eine letzte Frage habe ich noch. Besaß oder besitzt unser Hochwürden eigentlich ein eigenes Auto?" Ihre Antwort kam schnell. „Nein, so lange ich mich erinnern kann, hat er noch nie ein Auto besessen." „Danke, Genoveva, ich melde mich bei dir." Sie spürte, dass er jetzt alleine sein wollte und hielt ihn nicht auf.

Bernardo machte sich mit schnellen Schritten auf den Heimweg. Er lief schneller als sonst. Die Bewegung tat ihm gut und er brachte das Durcheinander in seinem Kopf wieder in geordnete Bahnen. In seinem Zimmer würde er sich auf sein Bett legen und nachdenken. Er spürte die ersten Regentropfen und ging noch schneller.

Als er bei der Pension angekommen war, spürte er wie sein Herz aufgeregt schlug. Von seinem Zimmer aus sah er nach draußen, wie es jetzt anfing immer stärker zu regnen. Das Gewitter ließ bestimmt nicht mehr lange auf sich warten. Da erkannte er Felizita, wie sie hektisch die Wäsche von der Leine im Garten abnahm. Bernardo war zu sehr Gentleman um ihr nicht zu helfen und so öffnete er seine Terrassentür und eilte ihr zu Hilfe. Als alle Wäsche in den Körben verstaut war, rannten sie beide zum Haus zurück. Schwer keuchend stellten sie ihre Last auf dem Boden ab und ließen sich auf den Treppenstufen, die zum oberen Stockwerk führten, nebeneinander nieder. Felizita strich sich eine nasse Haarsträhne aus dem Gesicht, welches seinem nun ganz

nah war. „Sie sind ein richtiger Held. Vielen Dank für die Rettung." Nicht nur ihr Haar war nass, auch ihr weißes Kleid war vollkommen durchnässt und Bernardo wusste nicht, wohin er schauen sollte. Es wäre auch dem alten Guiseppe Monti in seinen letzten Tagen aufgefallen, dass sie nichts darunter trug. Vielleicht war Bernardo früher ein erfolgreicher Jäger gewesen, doch er hatte geglaubt, dass diese Zeiten inzwischen ein für alle Mal vorbei seien. Doch im Augenblick er spürte, dass er sich getäuscht hatte. Seit er Irene das erste Mal gesehen hatte, war er nie wieder so in Versuchung geraten. Deswegen nahm er seinen ganzen Willen zusammen und stand wieder auf. „Ich denke, ich habe mehr die Wäsche gerettet als Sie!" Und um der Situation die hochexplosive Spannung zu nehmen, wechselte er schnell das Thema. „Ich kannte Ihre Mutter zwar nicht, aber wenn es Ihnen recht ist, würde ich Ihnen gerne morgen meine Ehre erweisen und an der Trauerfeier teilnehmen." Felizita sah ihn mit ihren großen dunklen Augen durchdringend an. „Das ist sehr nett von Ihnen, aber die Beerdigung wurde verschoben."
Sie wandte den Blick von ihm ab und ihre Augen füllten sich mit Tränen. Sie rang mit sich, ob sie noch weitersprechen sollte, doch sie wusste, dass Bernardo den Grund auch so bald erfahren würde. „Man hat meiner Mutter unmittelbar nach ihrem Tod irrtümlicherweise nochmals Blut abgenommen. Das sollten die Krankenschwestern eigentlich

bei einer anderen Verstorbenen machen, die an irgendwelchen Medikamentenstudien teilgenommen hatte. Auf jeden Fall fand man im Blut meiner Mutter Spuren von Zyankali und noch einem anderen tödlichen Stoff. Ein Polizist aus Mailand hat mich heute Morgen angerufen und mir mitgeteilt, dass eine Obduktion angeordnet worden sei. Das Krankenhaus und die Polizei können sich nicht erklären, wie dieses Gift in das Blut meiner Mutter gelangt sei. Sie schlug die Augen nieder und erhob sich. „Es wird sicher eine Erklärung dafür geben, aber jetzt ist die Beerdigung zunächst einmal verschoben." Sie hob einen der Körbe auf und ging an ihm vorbei. „Und jetzt sollte ich mich um die Wäsche kümmern, sonst kann ich sie nochmal waschen." Ohne ihn noch ein weiteres Mal anzusehen verschwand sie mit dem Wäschekorb in der Hand in Richtung Waschküche. Bernardo stand noch immer wie angewurzelt da. Er hatte durchaus eine Vermutung wie das Zyankali in die Blutbahn der alten Maria Calvcao gelangt sein konnte. Vielleicht hatte der Monsignore Felizita deshalb am Freitag zu ihrer Mutter ins Krankenhaus begleitet. Und was hatte Genoveva vor noch nicht einmal einer Stunde über den Tod von Guiseppe Monti gesagt? Bernardo lief es kalt den Rücken herunter.
Froh wieder in seinem Zimmer zu sein legte er sich auf sein Bett und dachte nach. Allerdings nur kurz,

denn sein Handy klingelte und auf dem Display erkannte er Lucianos Telefonnummer. „Ich hoffe der Herr Kommissar hat kurz Zeit für einige Neuigkeiten?" Luciano klang wie immer, sein Tonfall schwankte zwischen mürrisch und beleidigt. Vielleicht konnte Bernardo als einer der Wenigen so gut mit ihm umgehen, weil er immer versuchte hinter einem seltsam anmutenden Auftreten den Menschen zu sehen. So antwortete er auch jetzt ohne auf Lucianos Worte im Detail einzugehen. „Luciano, auf deinen Anruf habe ich schon sehnlichst gewartet. Was hast du herausgefunden?" Bernardo richtete sich auf und spürte schlagartig eine innere Anspannung, als Luciano mit seinem Bericht begann. „Na ja, zuerst die schlechte Nachricht. Also dein Pfarrer, dieser Signor Alexandre Salardi, ist zumindest bei den beiden großen Schweizer Sterbehilfevereinen kein offizielles Mitglied. Eigentlich dachte ich, es wäre wesentlich schwerer auf die Server dieser Vereine zu gelangen. Zumal doch die Schweiz bekannt ist für ihre Netzsicherheit." Das war Bernardo zwar neu, aber es war auch nicht sein Spezialgebiet. Eigentlich war es überhaupt nicht sein Gebiet und so unterbrach er Luciano nicht, als dieser fortfuhr: „Auf jeden Fall war es ziemlich einfach die Sicherheitsvorkehrungen ihrer Netzwerke zu umgehen. Es gibt allerdings noch weitaus mehr Vereine, die es sich zum Ziel gemacht haben humanes Sterben entweder aus tatsächlich altruistischen oder vielleicht auch aus kommerziellen Motiven heraus anzubieten. Nachdem ich aber etwas gefunden habe, das dich sehr wohl interessieren könnte, habe ich die Suche dann vorerst eingestellt. Es gibt einen eingetragenen Verein namens „Mouette Bleue". Ein wirklich bescheuerter Name wie ich finde, aber das tut jetzt nichts zur Sache. Vorstand dieses Vereins ist ein gewisser Herr Raimondo Salardi."

Bernardos Herzschlag beschleunigte sich als er den Nachnamen hörte. Dieser Name war ziemlich selten und an Zufälle glaubte der Kommissar schon lange nicht mehr. Luciano kostete seinen Erfolg aus, denn die Pause, die er einschob, dauerte Bernardo eindeutig zu lang. „Luciano, spann mich bitte nicht weiter auf die Folter, wer ist Raimondo Salardi?" „Der Bruder deines Monsignore, so einfach ist das. Er lebt, laut des Eintrages auf der Homepage des Vereins, schon seit über dreißig Jahren in der Schweiz und ist der Gründer des Vereins. Reicht dir das oder soll ich die anderen Vereine auch aufs Korn nehmen?" Natürlich wusste Luciano, dass das jetzt überflüssig war, aber er wollte seinen Erfolg auskosten. „Nein, das musst du jetzt selbstverständlich nicht mehr. Du hast erstklassige Arbeit geleistet. Außerdem stimme ich dir zu. Wer nennt denn seinen Verein ‚Blaue Möwe'? Klingt wirklich ziemlich komisch." Hörte er so etwas wie ein Lachen von Luciano? Sicher war er sich nicht, aber dieser erzählte sogleich weiter. „Das Logo dieses Vereins ist auch tatsächlich eine blaue Möwe auf weißem Grund. Aber ich denke, die bieten nur One-Way-Flüge an." Über diese Bemerkung musste Bernardo innerlich lächeln. Der schwarze Humor Lucianos war im gesamten Kollegenkreis bekannt und berüchtigt. Er notierte sich den Namen der Organisation und auch den des Bruders des Hochwürden auf einen Zettel, als Luciano weitersprach: „Zudem habe ich auch in der Sache mit der Signora Sylvia Wizoracik etwas herausgefunden."

Bernardos Aufregung wuchs jede Sekunde und er spürte wie seine Handflächen feucht wurden. „Also, das war wirklich ein hartes Stück Arbeit. Ich musste ziemlich viele Buchstabenvariationen ausprobieren, bis ich einen Treffer hatte, aber ich bin mir sicher, jetzt die Richtige gefunden zu haben. Vor der landesweiten Einführung von computergestützten Erfassungsprogrammen konnte man seinen Namen einfacher ändern. Zum Beispiel dadurch, dass man seinen Ausweis als verloren gemeldet hat. Wenn man dazu noch aus dem Ausland stammte, war ein Abgleich mit dem tatsächlichen Namen schwierig und aufwändig. Viele Sachbearbeiter bei den Meldebehörden und den Rathäusern haben sich nicht viel Mühe mit einem tatsächlichen Abgleich des Namens gemacht, sondern einfach das eingetragen, was die entsprechende Person angab. In deinem Fall hat die Signora Wizoracik einfach das z mit dem c gewechselt, als sie ihren Pass verloren gemeldet hat. Das war übrigens genau vier Wochen nach Brunos Tod. Auch dieser Sachbearbeiter hat wohl nicht sehr genau gearbeitet, denn im später EDV-mäßig erfassten Bericht steht unter dem Vermerk „Nachweis" nur die Eintragung: ‚Nach eigenen Angaben'. Und so wurde aus Sylvia Wizoracik plötzlich Sylvia Wicorazik. Hört sich zwar gleich an, aber nach den Namensangaben in der Akte, die du von den beiden Kollegen erhalten hast, hätten wir sie nie gefunden. Heute heißt sie übrigens Sylvia Veronti, seit neun Jahren verheiratet mit einem Pietro Veronti, Steuerberater mit einer eigenen Kanzlei in Alessandria. Die beiden haben einen achtjährigen Sohn und wohnen auch in Alessandria. Brauchst du die Adresse?" Bernardo war so baff, dass er den Witz gar nicht verstand, sondern brav antwortete: „Ja, natürlich, die wäre sehr hilfreich." Er notierte sich die Adresse unter dem Namen von Raimondo Salardi. „Eigentlich weißt du es selbst, Luciano, aber du bist erstklassig! Und du kannst es auf die lange Liste der Dinge schreiben, die du bei mir gut hast." Auch wenn Luciano sonst vielleicht ein komischer Kauz war, als Ermittler im Innendienst gab es keinen besseren. „Vielen Dank, Kommissar, ich schreibe es mir auf. Übrigens, laut Routenplaner sind es neununddreißig Kilometer zu dieser Sylvia. Du hast Glück gehabt, sie hätte auch nach Oslo ziehen können." Da war er wieder, dieser spezielle Humor, den nur wenige verstanden. Bernardo bedankte sich nochmals und beendete das Gespräch. Jetzt war Land in Sicht. Vielleicht erhoffte er sich zu viel von der Begegnung mit dieser Sylvia, aber das glaubte er nicht. Dazu war er schon zu lange Polizist. Auch sein Bauchgefühl sagte ihm, dass er jetzt auf der richtigen Spur war. Und diese Intuition hatte ihn selten im Stich gelassen. Er ging zu der großen Terrassentür und sah hinaus. Leichter Regen hatte eingesetzt und wusch den Staub der vergangenen Sonnentage von den Getreidehalmen, die sich leicht im Wind bewegten. Was bedeutete die Erkenntnis, dass der Bruder von Hochwürden Chef dieser Organisation war? Natürlich gelangte man so diskret und zuverlässig zu den Medikamenten, die es offiziell in Italien nicht gab und die dem Leben ein sehr schnelles Ende bereiten konnten. War es das, was Genoveva über den Tod des alten Guiseppe Monti angedeutet hatte, als sie von einer Erlösung des Leidens sprach? Und was war mit Felizitas Mutter geschehen, in deren Blut man solche Substanzen gefunden hatte? Es lag auf der Hand und man musste kein Polizist sein um zu erkennen, dass diese Ereignisse und die Aussagen des Pfarrers nur zu gut zueinander passten. Spielte Hochwürden den lieben Gott auf Erden, der bestimmen durfte, wer wie lange zu leiden hatte oder nahm er selbst Schuld auf sich, um andere zu erlösen? Welcher Ansatz war richtig?

Eine Frage, über die sich seit vielen Jahren die Menschen bitterböse stritten und für die es vielleicht mehr als nur eine Antwort gab. Bernardo beschloss diese Angelegenheit fürs erste nach hinten zu schieben und sich weiter mit der Suche nach Brunos Mörder zu beschäftigen.

Sein Versprechen gegenüber Ignazio fiel ihm wieder ein und er rief ihn sofort an. Zum Glück hatte er ihn gleich in der Leitung und nachdem er ihm alles geschildert hatte, kamen beide zu dem Entschluss es auf einen Überraschungsbesuch bei Sylvia ankommen zu lassen. Im schlechtesten Fall würde er den Weg umsonst auf sich nehmen, falls er sie nicht zu Hause antreffen würde. Dieses Risiko war überschaubar. Sollte er aber Glück haben und sie sprechen können, wäre der Überraschungsmoment auf seiner Seite. Sie einigten sich auf dieses Vorgehen und Ignazio erzählte noch, dass er seit seinem Telefonat mit dem Citychief Carlo Lessi nichts mehr von diesem gehört habe. Außerdem hatte sich ihr oberster Chef auch nicht im Labor nach Ergebnissen über eventuelle DNA-Spuren von Bruno erkundigt. Das hätte Ignazio sofort erfahren, da der Leiter der forensischen Abteilung ein alter Freund von ihm war und Ignazio ihn gebeten hatte, ihm sofort Bescheid zu sagen, wenn irgendwelche Anfragen über den Stand der Untersuchungen gestellt würden. Gut, wenn man Freunde hat, dachte sich Bernardo und beendete das Gespräch.

Heute war es schon zu spät für die Fahrt nach Alessandria. Zudem hoffte er bei einem Besuch am Vormittag vielleicht alleine mit der Signora Sylvia sprechen zu können. So beschloss er heute noch den angekündigten Besuch im Pfarrhaus hinter sich zu bringen und dann morgen früh nach Alessandria zu fahren. Er rief Irene an und freute sich, als er Luca im Hintergrund lachen hörte. Sein kleiner Sohn wollte unbedingt mit ihm sprechen und erzählte ausgiebig von einem Besuch mit der Kindergartengruppe in den Zoo. Wie gerne wäre er jetzt bei den beiden gewesen. Die Stimme Lucas erfüllte ihn zugleich mit Freude und Heimweh. Es wurde Zeit, dass er wieder nach Hause kam. Mit dem Versprechen, bald wieder bei ihm zu sein, verabschiedete er sich. Trotz des inzwischen stärker gewordenen Regens machte er sich mit seiner Tasche und einem kleinen Regenschirm bewaffnet auf den Weg. Mittlerweile war es Abend geworden. Zum Glück hatte er heute Nachmittag noch seinen Parmaschinken gegessen und fühlte sich somit gestärkt für das Treffen mit dem Geistlichen. Von seinem morgigen Besuch bei Sylvia würde er nichts erzählen und auch nichts von seinen neuen Erkenntnissen. Seine Schritte lenkte er automatisch in Richtung Dorf und Pfarrhaus. Durch den wolkenverhangenen Himmel fiel wenig Licht und bald würde die Dunkelheit über San Giorgio liegen wie ein schwerer Mantel von

Geheimnissen und Intrigen. Wann hatte er das Vertrauen zu Monsignore Salardi verloren? Wenn das zutraf, was mehr als wahrscheinlich war, wie sollte er ihn dann einordnen? Satan oder Engel, Heiliger oder Pharisäer, Mörder oder Erlöser? Und wie konnte er diese Taten mit der Lehre seiner katholischen Kirche in Einklang bringen? Hatte er sich schon so weit von der kirchlichen Doktrin entfernt, dass es ihm egal war oder stand er noch nie mit ganzem Herzen hinter den Glaubenssätzen seiner Kirche? Eine Windböe peitschte ihm den Regen ins Gesicht und er stemmte sich, die Tasche noch fester an sich gedrückt, mit seinem Schirm dagegen. Es schien als wäre das gesamte Dorf ausgestorben. Keine Menschenseele war mehr auf den Straßen und dem großen Platz zu sehen. In einiger Entfernung sah er die gewaltige Kirche vor sich. Das große Bauwerk hatte in den letzten Jahrhunderten jedem Sturm und Regen getrotzt und wirkte jetzt gespenstisch und geheimnisvoll.
Er wollte schon den Weg zum Pfarrhaus einschlagen, als er einen Lichtschein sah, der durch eine geöffnete Tür nach draußen fiel. Eine große, schlanke Gestalt verschwand schnell im Schutze der einbrechenden Dunkelheit und des Regens durch den Garten auf die Straße. Die Tür wurde schnell geschlossen und der Lichtschein erlosch. Bernardo wollte wissen, wer bei diesem Wetter dem Pfarrer einen Besuch abgestattet hatte und beschleunigte seine

Schritte. Allerdings vergebens, denn die schwarz gekleidete Gestalt verschwand um das Haus herum in den Gassen. Auch wenn die Sicht schlecht war, konnte er unter dem schwarzen Kopftuch dunkle Haare ausmachen. Es handelte sich auf jeden Fall um eine Frau und er war sich fast sicher, dass es Maria Opolos war, die wie eine Sünderin auf der Flucht war. Bernardo öffnete das Gartentor und klopfte an die Tür, die noch vor wenigen Augenblicken so schnell geöffnet und gleich wieder geschlossen wurde. Es dauerte auch nicht lange, da erschien der Monsignore im Türrahmen. „An ihren Taten werdet ihr sie erkennen. Treten Sie ein, Herr Kommissar. Ich habe Sie erwartet." Seine gute Stimmung wirkte aufgesetzt und sein Gesicht sah alt aus. Bernardo nahm die Einladung an und trat in die offene Küche. Jetzt hatte er schon einige Besuche hier hinter sich, aber die Küche hatte er so noch nie wahrgenommen. Bei seinem letzten Aufenthalt standen auch mehr die Untersuchung des Monsignore und das Verbinden dessen Schnittwunden im Vordergrund. Eine alte Kommode an der Wand und ein kleiner, aber sehr massiv wirkender, alter Holztisch mit vier Stühlen bildeten das einzige Mobiliar neben einer einfachen Küchenzeile, für die man in einem Mailänder Antiquitätengeschäft sicherlich viel Geld zahlen müsste. Der Boden war abgetreten und wirkte mit seiner authentischen Patina und den verschieden farbigen Steinen auf eine einfache Art sehr schön. Als wäre er schon immer hier gewesen und könnte viele Geschichten erzählen über das Kommen und Gehen seiner Bewohner. Und noch etwas entging seiner Aufmerksamkeit nicht. Im gesamten Raum lag der Geruch eines schweren Parfums. Kein jugendlicher Duft, aber auch nicht der Geschmack von älteren Frauen. Eher etwas Reifes, durchaus Sinnliches. Also war er mit seiner Vermutung Maria Opolos betreffend doch nicht so falsch gelegen. Er dachte an den Badezimmerschrank und die über Nacht verschwunden Utensilien, die auf einen männlichen Besucher hingewiesen hatten. Konnte es sein, dass Hochwürden selbst dieser ominöse Besucher war? Bernardo schrak aus seinen Gedanken auf, als er eine Hand auf seiner Schulter spürte und wie aus weiter Ferne das Wort „Wein" zu ihm durchdrang. Der Geistliche zog seine Hand zurück und sah ihn fragend an. „Sie scheinen mir gerade in Gedanken versunken zu sein. Ich hatte Sie gefragt, ob Sie ein Glas Wein mit mir trinken möchten?"

Der Kommissar sah ihn verdutzt an. Manchmal versank er tatsächlich so in seinen Überlegungen, dass er sein Umfeld nicht mehr wahrnahm und auf dieses wirkte, als wäre er nur noch körperlich anwesend, was soweit auch stimmte. Schnell versuchte er seine Gedanken zu sammeln und setzte sich auf den angebotenen Platz. „Entschuldigen Sie, Hochwürden, ich war soeben in Gedanken woanders. Gerne trinke

ich mit Ihnen ein Glas Wein, wenn ich Sie nicht störe. Als ich soeben auf Ihr Haus zulief, sah ich, dass Sie gerade einen Besuch verabschiedeten. Und da habe ich mich gefragt, ob ich vielleicht ungelegen komme?" Sein Gastgeber hatte nicht nur die Flasche Wein und zwei Gläser, sondern auch die Salami, die er von Bernardo geschenkte bekommen hatte und etwas Brot auf den Tisch gestellt, bevor er ihm gegenüber Platz nahm. „Sie kommen nie ungelegen. Aber ich muss gestehen, dass ich erst etwas später mit Ihrem Besuch gerechnet habe." Elegant hatte er die Frage nach dem Besuch übergangen. Eine einzelne Kerze stand auf dem Tisch und brannte bereits. „Dürfte ich mir schnell die Hände abwaschen? Bei diesem Wetter habe ich wohl etwas abbekommen." Er zeigte etwas schuldbewusst auf seine Finger und ohne eine Antwort abzuwarten ging er zu dem Spülbecken der Küchenzeile.
Wie er vermutet hatte, standen dort zwei Weingläser, wobei eines eindeutig die Spuren von Lippenstift aufwies. Nachdem er sich alibimäßig etwas Wasser über die Hände hatte laufen lassen, trocknete er sie an einem Spültuch, welches auf der Küchenzeile lag, ab und setzte sich wieder. Ob der Hochwürden dieses Manöver durchschaut hatte, wusste er nicht einzuschätzen. Aber eigentlich war es ihm auch egal. Im Schein der Kerze wirkte sein Gegenüber noch älter. Die kleinen Falten um die schönen dunklen Augen waren tief und es schien als

würde eine Fassade im Begriff sein langsam, aber stetig zu bröckeln. „Wie schmeckt Ihnen die Salami, Hochwürden?" Dieser sah ihn an und überlegte kurz. „Zum Glück zwingen Sie mich mit meiner Antwort nicht zu einer Lüge, denn wie Sie wissen, sollte man das in meinem Beruf vermeiden. Sie schmeckt ganz ausgezeichnet. Eine Weile widmeten beide sich schweigend dem Wein und ihrem einfachen Mahl. Der Wind pfiff ein leises Lied durch die Ritzen des Gemäuers und nur das zart trommelnde Prasseln des Regens begleitete ihn.
Nach einer Weile und bereits beim zweiten Glas Wein angekommen reichte Bernardo ihm Brunos Fotografien. „Das sind die besagten Fotos. Vielleicht erkennen Sie jemanden auf den Bildern? Das könnte uns weiterhelfen." Bernardo hatte das Foto mit dem alten Fiat von Guiseppe Monti als letztes in dem Stapel eingeordnet. Monsignore Alexandre Salardi nahm die Aufnahmen entgegen, erhob sich schwerfällig und ging zur Küchenzeile. Eine einzelne, nackte Glühbirne hing von der Decke und nachdem er sie eingeschaltet hatte, warf sie ihr grelles Licht in den Raum. Wie er so unter dem Lichtschein stand und die Fotos eines nach dem anderen betrachtete, wirkte er gebeugt und bedrückt. Hier stand ein Mensch, der wie auch immer eine große Last trug, die ihn zu erdrücken schien. Seine Hände zitterten, aber er ließ sich Zeit mit seinen Studien.

Als er das letzte Foto betrachtete, zuckte sein rechtes Auge. Ein Reflex, den niemand unter Kontrolle bringen konnte, der aber unter Umständen viel verriet. Auch dieses Bild sah er lange an, bevor er es zu den anderen steckte, das Licht löschte und sich wieder setzte.

Bevor er antwortete nahm er einen großen Schluck Wein. „Leider muss ich Sie enttäuschen. Zum einen sind diese Aufnahmen schon über zwanzig Jahre alt, zum anderen muss ich gestehen, dass mir die Eitelkeit schon lange ihm Weg steht eine Brille zu kaufen. Außerdem mache ich mir nicht viel aus Autos. Zwar besitze ich einen Führerschein, aber mein Interesse an Wagen hielt sich schon immer in engen Grenzen. Und den schemenhaften Umrissen der Personen im Hintergrund kann ich keine bekannte Person zuordnen. Für solche Aufnahmen habe ich Bruno damals die Kamera und die Möglichkeiten des Entwickelns eigentlich nicht zur Verfügung gestellt. Aber wenn wir sein Motiv dafür in Betracht ziehen, legitimiert das natürlich sein Handeln. Glauben Sie wirklich, er wollte die Fotos veröffentlichen und die Freier bloß stellen? Dann könnte doch einer von ihnen für den Mord verantwortlich sein?" Seine Stimme sagte etwas anderes als seine Worte. Als spürte er das selbst, schüttelte er den Kopf. „Nein, eigentlich glaube ich das selbst nicht. Außerdem, woher hätte die Person wissen sollen, dass sie fotografiert wurde? Was denken Sie?" Seine Augen sahen fragend zu Bernardo hinüber. „Ich denke auch, dass diese Möglichkeit eher unwahrscheinlich ist. Was mir allerdings zu denken gibt, ist die Aussage von Genoveva. Auf dem letzten Bild hat sie eindeutig das Auto von Signor Guiseppe Monti erkannt. Ein alter blauer Fiat Panda mit einer roten Beifahrertür. Dann hat sie mir sein Sterbedatum an Hand eines Sterbebildchens gezeigt und gesagt, dass ihn bereits Jahre zuvor seine Krankheit ans Bett gefesselt habe. Somit scheidet er als Fahrer und auch als Besucher von Sylvia aus." Er sah den Geistlichen bei diesen Worten fragend an. „Und dann hat Sie Ihnen gesagt, dass ich mir den Wagen manchmal ausgeliehen habe? Was auch stimmt. Aber da war ich nicht der einzige. Das haben einige in der Nachbarschaft gemacht, zumal der Autoschlüssel auch immer im Schloss steckte. Das hat sie Ihnen sicherlich auch gesagt. Hätte ich vor zwanzig Jahren die Dienste einer Prostituierten in Anspruch genommen, hätte ich es Ihnen schon bei unserem ersten Besuch gesagt. Vielleicht hätte es kein gutes Licht auf mich als Geistlichen geworfen, den Menschen in mir aber sicherlich menschlicher erscheinen lassen. Und ich würde auch nicht beschwören, dass ich in meinem ganzen Leben so etwas noch nie gemacht habe. Was nicht heißt, dass ich es getan habe. Aber selbst wenn, halte ich es für eine verzeihbare Sünde. Waren Sie schon mal bei einer Hure?" Seine Augen

blitzten kurz auf und Bernardo erkannte den schelmischen Versuch Angriff als die beste Verteidigung zu platzieren. „Da halte ich es wie Sie. Ich sage nicht, dass es noch nie so gewesen ist, aber auch wenn es in der Vergangenheit einmal passiert wäre, welche Rolle würde es heute noch spielen?"
Touché, dachte der Kommissar, so einfach lasse ich mich nicht einfangen. „Schade, dass uns die Bilder nicht weiterbringen. Aber vielleicht können andere Bewohner von San Giorgio mir damit weiterhelfen. Aber jetzt habe ich Ihre Gastfreundschaft lange genug strapaziert und darf mich für heute verabschieden." Mit diesen Worten erhob er sich und spürte wie der Geistliche von seinem etwas überraschten Aufbruch verwirrt schien. „Wegen mir dürfen Sie gerne noch länger bleiben. Eines ist mir noch wichtig Ihnen mit auf den Weg zu geben. Vielleicht glauben Sie, dass ich Ihnen nicht alles sage, was ich weiß. Und dem ist auch so. Aber ich spüre auch Ihr Verständnis für meine Lage. Vielleicht ist es wie mit dem Wein. Ernten wir die Trauben zu früh, sind sie sauer. Beginnt die Lese zu spät, sind die Früchte verdorben. Alles ist jetzt in seinem Lauf und Sie werden schon bald wissen, wer Bruno ermordet hat. Mehr kann ich Ihnen nicht sagen und ich danke Ihnen für Ihr Verständnis, mein Freund." Seine Stimme klang dunkel und die Worte hatte er mit Bedacht gewählt. An der Tür verabschiedeten sich die beiden und drückten sich fest die Hand.

Als Bernardo sich an der Gartentür nochmals umsah, stand im Licht des Hauses ein beschwerter alter Mann, der die Hand zum Abschied hob und ihm nachsah. Der Regen hatte zum Glück nachgelassen und der Kommissar machte sich schnellen Schrittes auf den Nachhauseweg. Warum hatte er nicht gesagt, dass sie gemeinsam den Mörder finden würden? So wie er es in der Vergangenheit immer getan hatte? Und was meinte er damit, wenn er immer wieder vom richtigen Zeitpunkt sprach? War er mit dem Schuldigen in Kontakt und versuchte ihn zu einem Geständnis zu bewegen? Diese Möglichkeit schien nahe zu liegen. Er hoffte nur, wenn dem so wäre, dass dies bald der Fall sein würde. Lange wollte er nicht mehr hier in San Giorgio bleiben. Mit diesen Gedanken erreichte er die Pension und sein Zimmer. Von Felizita sah und hörte er nichts. Aber vielleicht war sie bereits zu Bett gegangen, was er auch tat und bald darauf den tiefen Schlaf des Gerechten schlief.

**Späte Reue**

Bernardo wurde von den ersten Sonnenstrahlen geweckt, die den Weg in sein Zimmer gefunden hatten. Das Zwitschern der Vögel durchdrang die friedliche Stille des Morgens. Ein Blick auf seine Uhr zeigte ihm, dass er früher als gewöhnlich aufgewacht war.

Nachdem er das Bad verlassen hatte, machte er sich auf den Weg zum Frühstück. Felizita hatte schon den Tisch gedeckt, als er eintrat. „Buongiorno, Signora!" Sein Gruß wurde von ihr nur knapp erwidert, als sie ihm den Kaffee einschenkte. „Sie müssen heute leider ohne mich essen, ich bin eigentlich schon weg. Aber wenn Sie noch etwas brauchen, bedienen Sie sich einfach." Nach dieser kurzen Erklärung war sie auch schon verschwunden. Zurück blieb ein etwas verwunderter Kommissar, der nicht so recht wusste wie er ihre Reaktion einzuordnen hatte. Vielleicht war sie wegen der Ermittlungen über den Tod ihrer Mutter allen Polizisten gegenüber vorsichtig geworden. Oder ihr Tagespensum ließ wirklich kein ausgiebiges Frühstück zu. Wie dem auch sei, er würde sich sein Frühstück auch alleine schmecken lassen.

Nachdem er die Straßenkarte aus seinem Zimmer geholt hatte, studierte er nebenher den Weg nach Alessandria. Nach über einer Stunde und mehreren

Tassen Kaffee beendete er sein Mahl und ging zurück auf sein Zimmer. Brunos Bilder verstaute er ebenso in seiner Tasche wie den Zettel mit der genauen Adresse und machte sich auf den Weg.

Kaum hatte er San Giorgio hinter sich gelassen, drängten sich ihm wieder die Fragen auf, zu denen er unbedingt eine Antwort suchte. Wie würde Sylvia reagieren, wenn unvermittelt ein Polizist vor ihrer Tür stand und sie mit Fragen über Bruno behelligte? Warum erkannte der Monsignore gestern den Wagen des alten Guiseppe Monti nicht, wenn selbst Genoveva auf den ersten Blick das Auto erkannt hatte? Blufften die Scaras nur, weil sie genau wussten, dass ein DNA-Abgleich nicht möglich war? Oder hatte einer von Sylvias Freiern Bruno entdeckt, als er die Fotos aus seinem Versteck heraus gemacht hatte? Aber warum hatte der Täter dann nicht die Kamera und die Filme verschwinden lassen? Oder war der Unfall von Veronika Stanza doch kein Unglücksfall, sondern stand mit Bruno in Verbindung? Vielleicht hatte ihr Bruder, Jose Stanza, seine Schwester gerächt? Oder vielleicht kam auch der Vater von Veronika Stanza als Täter in Frage? Auch er könnte eventuell den Tod seiner Tochter gerächt haben, insoweit Bruno dabei eine Rolle gespielt hatte. Die Landschaft zog an ihm vorbei und auch die Fahrt über die einsamen Landstraßen konnten Bernardos Gedankenkarussell nicht stoppen. Nach einer knappen Stunde Fahrt erkannte er Alessandria vor sich. Es war schon sehr lange her, dass er zum letzten Mal da gewesen war. Erinnern konnte er sich kaum noch an die Stadt und nachdem er zweimal Passanten nach der Straße gefragt hatte, fand er auch das Haus, welches am Stadtrand in einer guten Wohngegend stand.

Seinen Wagen parkte er vor dem im toskanischen Stil erbauten Gebäude, welches darauf schließen ließ, dass die Eigentümer überdurchschnittlich gut verdienten. Zurückhaltend, aber dennoch luxuriös ohne zu protzen, so wirkte das Anwesen, welches von einem großen Garten umgeben war. Auf Grund der Größe hätten sicherlich auch zwei Familien hier wohnen können, aber es fand sich nur ein Name auf dem Klingelschild. Inständig hoffte er den Weg nicht umsonst gemacht zu haben und das Überraschungsmoment auf seiner Seite gut ausnutzen zu können, als bereits die große Haustür geöffnet wurde und eine schlanke Frau auf ihn zukam. Ihre blonden Haare waren gelockt und ihre Figur konnte durchaus als sehr gut bezeichnet werden. Je näher sie kam, desto sicherer war sich Bernardo die richtige Person vor sich zu haben. Ihr Alter schätze er auf Ende dreißig, was durchaus passen würde. „Buongiorno, zu wem möchten Sie denn?", waren die ersten Worte, die sie an ihn richtete. Innerlich war er stolz auf sich den Polizeiausweis dieses Mal nicht vergessen zu haben, als er ihn aus seiner Jackentasche fischte und ihr zeigte. „Mein Name ist

Bernardo Bertini, Kommissar aus Mailand und ich suche eine Signora Sylvia Veronti." Er sah sie an und sie nickte. „Das bin ich. Wie kann ich Ihnen behilflich sein?" Ihre dunklen Augen verrieten keine Nervosität, aber die kleinen roten Flecken an ihrem Hals zeugten vom Gegenteil. „Ich habe nur ein paar Fragen an Sie. Wenn Sie kurz Zeit haben, sollten wir das vielleicht im Haus besprechen?" Wieder nickte sie und öffnete die Gartentür, um ihm dann wortlos zum Haus voran zu gehen. Sie durchquerten eine große Eingangshalle, die wie der Wohnbereich in schlichtem Weiß gehalten war. Auch die Einrichtung war geschmackvoll und wenig überladen. Sie bot ihm einen Platz auf einem bequemen Sofa an und der Kommissar ließ sich darauf nieder. Die Bilder an den Wänden hätten sicherlich auch Irene gefallen. Modern, aber nicht abstrakt. Ein offener Kamin mit Familienfotos auf dem Sims korrespondierte perfekt mit den ausgesuchten Antiquitäten und den cremefarbenen Vorhängen. Sie bot ihm Kaffee an, den er gerne annahm.
Auf dem Weg hierher hatte er sich überlegt, welche Strategie für dieses Gespräch wohl am besten wäre, hatte sich dann aber wieder entschieden es von der Situation und seinem Bauchgefühl abhängig zu machen. „Ich stehe Ihnen gleich zur Verfügung. Nur ein kurzes Telefonat und dann bin ich mit frischem Kaffee bei Ihnen." Sie nahm das schnurlose Telefon von einem kleinen Beistelltisch und entschwand

durch die große Terrassentür nach draußen. Das Gespräch dauerte keine zehn Sekunden und er fragte sich, mit wem sie wohl gesprochen hatte. Als sie wieder eintrat und den Weg zur offenen Küche einschlug, verstand Bernardo, dass sie den Männern damals den Kopf verdreht hatte, allen voran Bruno. Auch jetzt, zwanzig Jahre später, war sie noch eine sehr attraktive Frau mit langen Beinen und einer natürlich anmutigen Art sich zu bewegen. Ihre enge Jeans unterstrich ihre gute Figur und der ausgewaschene Pullover passte hervorragend dazu. Als er das Geräusch der Kaffeemaschine hörte, stand er auf und betrachtete sich die Fotos auf dem Kaminsims. Sie zeigten Sylvia, ihren Mann und einen kleinen Jungen. Dieser musste zum Zeitpunkt der Aufnehme in Lucas Alter gewesen sein. Ein hübscher Junge, dessen blonde Haare sofort an seine Mutter erinnerten. Der Mann daneben war sicherlich sein Vater. Bernardo schätze ihn auf Ende vierzig. Er besaß gleichmäßige Gesichtszüge und insgesamt ein attraktiven Äußeres. „Sie interessieren sich für Familienfotos?" Bernardo zuckte leicht zusammen, als er Sylvias Stimme hinter sich hörte. „Als Polizist interessiere ich mich für so ziemlich alles", hörte er sich selbst sagen und nahm wieder Platz. Der Duft frischen Kaffees erfüllte den Raum und Sylvia setzte sich ihm gegenüber. Sie hatte zwei Tassen auf den Couchtisch gestellt und schlug die Beine übereinander. „Nachdem Sie sicherlich nicht wegen unserer Familienfotos gekommen sind, erlauben Sie mir die Frage, was Sie hierher führt?" Um etwas Zeit zu gewinnen nahm er einen Schluck Kaffee und setzte dann die Tasse vorsichtig wieder ab. „Zuerst einmal danke ich Ihnen, dass Sie sich die Zeit nehmen. Wir untersuchen einen Mordfall, der zwanzig Jahre zurückliegt und sind bei den Ermittlungen auf Ihren Namen gestoßen. Bei dem Toten handelt es sich um einen jungen Mann namens Bruno Scalleri. Seine Leiche wurde in einem verlassenen Steinbruch gefunden. Sagt Ihnen der Namen etwas?" Signora Veronti sah ihn die ganze Zeit aufmerksam an. Die roten Flecken an ihrem Hals waren noch immer zu sehen und auch ihre distanzierte Art schien einer gewissen Unsicherheit zu weichen. Sie lehnte sich etwas zurück und überlegte. „Herr Kommissar, ich denke Sie hätten sich nicht die Mühe gemacht, wenn Sie nicht genau wüssten, dass ich Bruno kannte. Vielleicht sollten wir das Geplänkel beenden und uns offen miteinander unterhalten. Auch wenn diese Epoche in meinem Leben nicht mein Lieblingsthema ist, wie sie sicherlich verstehen werden. Lassen Sie uns das Gespräch auf der Terrasse weiterführen. Eigentlich rauche ich nur noch selten und nur dann, wenn unser Sohn schon im Bett ist, aber jetzt brauche ich eine Zigarette. Hoffentlich verstehen Sie das?"

Bernardo verstand nur zu gut und folgte ihr mit den beiden Kaffeetassen nach draußen, wo sie an einem kleinen Tisch Platz nahmen. Nachdem er von seinen eigenen Rauchgewohnheiten erzählt hatte, mussten beide schmunzeln, so sehr glichen sich ihre Angewohnheiten. Er selbst holte ein Päckchen aus seiner Tasche und als er ihr Feuer gab, bemerkte er wie ihre Hände zitterten.

Nach dem ersten tiefen Zug begann sie zu erzählen. „Ich war damals neunzehn Jahre alt. Wir wohnten in einem kleinen Dorf, eine Stunde von Warschau entfernt. Meine Eltern waren arme Bauern und hatten ihre Mühe meine fünf Geschwister und mich zu ernähren. Es war bei mir wie bei so vielen Mädchen damals und wahrscheinlich auch heute noch. Mit Versprechungen wurden wir ins vermeintlich gelobte Land gelockt, aber was uns da erwartete, war nicht das erwartete Paradies. Nach vier Wochen in Berlin bin ich Hals über Kopf nach Italien geflüchtet. Von dem wenigen Geld, das ich in dieser Zeit verdient hatte, habe ich mir einen Kastenwagen kauft. Mir war es egal wohin, nur so weit weg von Berlin und meinem damaligen Freund wie möglich."

Dieses Wort spuckte sie fast aus und auch nach dieser Zeit glühten ihre Augen noch immer hasserfüllt auf. „Und so bin ich eben nach San Giorgio gekommen. Von anderen Leidensgenossinnen habe ich ge-

hört, dass man in Italien auf dem Straßenstrich relativ schnell Geld verdienen kann. Und wie Sie sicherlich erfahren haben, gelang mir mein Vorhaben auch. Und dann stand irgendwann Bruno vor mir. Als er mich das erste Mal ansprach, war sein Kopf knallrot und ich dachte er möchte vielleicht bei mir seine Unschuld verlieren. Aber dem war nicht so. Er wollte nur reden. Anfangs kam er zwei- bis dreimal in der Woche. Aber schon bald besuchte er mich täglich. Wir hatten ein Verhältnis wie Bruder und Schwester. Auch wenn mir klar war, dass er sich mehr erhoffte. Er war eine Seele von einem Menschen. Bis zu diesem Abend hätte ich es niemals für möglich gehalten, dass er so zornig werden könnte. Ach, mein Mann weiß übrigens von meiner Vergangenheit. Nach Brunos Verschwinden habe ich noch einige Tage gearbeitet um keinen Verdacht auf mich zu lenken, aber ich habe es dann nicht mehr ausgehalten. Als auch noch seine Mutter mich besuchte und fragte, ob ich etwas über Brunos Verschwinden wüsste, habe ich meine Zelte abgebrochen."
Bernardo spürte von Satz zu Satz mehr eine innere Anspannung in sich aufsteigen. Diese Frau wusste eine Menge über Brunos Verschwinden. Ungewollt spannte sie ihn auf die Folter, in dem sie ausführlich und für seinen Geschmack zu langsam erzählte. Aber er durfte sie jetzt nicht unterbrechen und so saß er einfach nur still da und hörte ihr zu.

„Sie können mir glauben, es ist kein Tag vergangen, an dem ich nicht an diese Zeit und an Bruno gedacht habe. Gemeinsam mit meinem Mann haben wir oft darüber gesprochen. Auch über die Möglichkeit zur Polizei zu gehen und alles zu erzählen, was ich darüber weiß. Aber jedes Mal sind wir zu dem Schluss gekommen, dass es Bruno auch nicht mehr lebendig machen würde. Die Situation an diesem Abend ist so rasend schnell eskaliert, dass ich es auch heute noch nicht verstehe, wie es dazu kommen konnte."
Je länger sie sprach, desto deutlicher wurde ihr osteuropäischer Akzent, der bisher überhaupt nicht heraus zu hören war. Sie schilderte den Abend ruhig und gefasst. Als sie erzählte, durch wen und wie Bruno ums Leben kam, liefen Tränen über ihre Wangen. Bernardo saß regungslos in seinem Stuhl. Seine Handflächen schwitzten, sein ganzer Körper vibrierte. Wie konnte er das übersehen haben. Warum war es ihm nicht gleich aufgefallen? Jetzt ergab alles einen Sinn. Eigentlich hätte er schon viel früher erkennen müssen, wer Bruno getötet hatte! Seine Gedanken rasten wie aufgeschreckte Vögel durch seinen Kopf. Tausend Puzzleteile fügten sich zu einem großen Bild. Sie hatte sich wieder etwas beruhigt und erzählte weiter. „Als ich dann vor einigen Tagen in der Zeitung gelesen habe, dass eine Leiche in San Giorgio gefunden wurde und diese Person vor ungefähr zwanzig Jahren ermordet worden sein sollte, war mir klar, dass jetzt der richtige

Zeitpunkt gekommen war um reinen Tisch zu machen. Insgeheim habe ich es vielleicht auch die ganzen Jahre über gehofft, dass dieser Zeitpunkt irgendwann kommen würde. Da habe ich ihn nach all der Zeit das erste Mal wieder angerufen. Die Telefonnummer war noch dieselbe und wir haben lange über diesen Abend damals gesprochen. Auch er will, dass die Sache nun aufgeklärt wird und ich habe ihm versprochen meinen Teil dazu beizutragen. Er hat mich nur gebeten noch etwas abzuwarten. Vielleicht brauchte er die Zeit für sich, ich weiß es nicht. Und er bat mich…" Da brach sie ab und sah zu Boden.

Bernardo sprang auf und ging vor ihr in die Knie. „Um was bat er Sie, Signora, um was? Sie müssen es mir sagen! Vielleicht ist es wichtig!" Er hatte eine dunkle Vermutung und hoffte inständig, dass er sich täuschte. Sylvia kämpfte mit sich, ob sie ihm davon erzählen sollte. Wieder rannen Tränen über ihr schönes Gesicht. Aber Bernardo blieb unnachgiebig. Er flehte sie förmlich an. „Ich habe den Wunsch nicht so recht verstanden, aber er war immer gut zu mir und so versprach ich, ihn sofort anzurufen, wenn die Polizei sich bei mir melden würde. Er sagte nur, dass er es wissen müsste. Warum, kann ich Ihnen nicht sagen. Deswegen habe ich ihn nach Ihrem Eintreffen vorhin kurz angerufen." Bernardo wusste nur zu gut, warum. Er geriet nicht schnell in Panik, aber jetzt stand er kurz davor. Wenn er nicht sofort handelte, würde es noch einen zweiten Toten geben und das wollte er um jeden Preis verhindern. Er versuchte seine Stimme so ruhig wie nur irgendwie möglich klingen zu lassen. „Signora Veronti, Sie müssen sofort mit mir mitkommen, wenn Sie nicht möchten, dass wir noch einen Toten zu beklagen haben!" Mit diesen Worten zog er sie bereits hoch, schnappte sich seine Tasche und Jacke und schob sie in Richtung des Wohnbereiches. „Wenn es so ist, wie ich vermute, könnte Ihre Anwesenheit vielleicht verhindern, dass es zum Äußersten kommt!" Auch wenn sie es nicht verstand, stimmte sie zu. Bernardo schloss die große Glastür, während sie sich eine Jacke schnappte und mit ihm zum Wagen rannte. Der Kommissar wendete seinen Wagen und raste mit ihr davon. Er wollte von unterwegs aus die Kollegen der Polizeiwache anrufen und ihnen Instruktionen geben, als er merkte, dass der Akku seines Handys leer war. Bernardo fluchte laut. „Sylvia, haben Sie ein Handy dabei?" Er musste sie fast anschreien, denn der Motor des Alfas dröhnte extrem laut. Als er kurz zu ihr hinüberblickte, sah er, wie sich ihre Finger in das Leder des Sitzes gruben. „Mein Handy liegt zu Hause." In der Hektik hatte sie es einfach liegen lassen. Wieder fluchte Bernardo, während die Tachonadel fast am Anschlag angekommen war. Wenn er bei seinem Hinweg eine knappe Stunde gebraucht hatte, so rechnete er damit, es jetzt vielleicht in der Hälfte der Zeit zu schaffen. Er betete, dass sie nicht zu spät kamen. Wie viel Zeit war seit dem Anruf eigentlich vergangen? Bernardo hatte jetzt keine Zeit sich darüber Gedanken zu machen. Seine Hände umklammerten das Lenkrad noch fester. Seine ganze Konzentration galt dem Fahren. Warum hatte er nicht auf Ignazio gehört und einen Wagen aus dem Fuhrpark genommen? Über Funk hätte er die Kollegen verständigen können. Aber jetzt war es zu spät für diese Einsicht. Der rote Alfa jagte über die Landstraßen als wäre er auf der Rennstrecke. Die Anzeige der Motortemperatur zeigte ihm, dass sein roter Liebling diese Strapazen nicht mehr lange durchhalten würde, aber darauf konnte er jetzt keine Rücksicht nehmen. Er musste so schnell wie möglich im Dorf sein und mit ihm sprechen. Nach einer halben Stunde sah er von weitem den Kirchturm. Jetzt waren es nur noch wenige Minuten und er würde wissen, ob sich diese halsbrecherische Fahrt gelohnt hatte. Er bog mit quietschenden Reifen in das kleine Dorf ein und brachte das Auto direkt auf dem Kirchplatz zum stehen. Wenn Sylvia beim Anblick der Kirche schlechte Erinnerungen überkamen, so ließ sie es sich zumindest nicht anmerken. Fast gleichzeitig sprangen beide aus dem Wagen und sie folgte ihm. Bernardo rannte nach rechts zum Pfarrhaus, riss das Gartentor auf und versuchte die Haustür zu öffnen. Sie war abgeschlossen. Wie ein Verrückter hämmerte er dagegen. „Monsignore Salardi, machen Sie

die Tür auf!" Kurz hielt er inne, aber er hörte nur von weitem die Klänge der Orgel. Übte der Organist oder was hatte das zu bedeuten? Schnell drehte er sich auf dem Absatz um und rannte wieder zurück zum Hauptportal der Kirche. „Bitte, lieber Gott, lass diese Tür offen sein!"
Sein Stoßgebet wurde erhört. Sylvia stand so dicht hinter ihm, dass er ihren Atem im Nacken spürte, als er den schweren Flügel des Portals aufdrückte. Die Musik der Orgel wurde lauter und Bernardo war mit einem Satz an der zweiten Innentür, die den Kirchenraum vom Vorraum trennte. Bei seinen Besuchen standen diese Flügel immer offen, deswegen hatte er sie bisher nicht wahrgenommen. Mit einem Ruck riss er den schmiedeeisernen Türgriff nach unten, aber die Tür ließ sich nicht öffnen. Mit den Fäusten schlug er so heftig dagegen, als wollte er sie zum Einsturz bringen. „Monsignore Salardi, machen Sie keine Dummheiten! Öffnen Sie die Tür!"
Sein Schreien blieb unbeantwortet. Nur die Orgel war zu hören. Sylvia tippte ihm auf die Schulter und zeigte nach rechts. Dort führten die alten Holztreppen zum Chorgestühl. Sie wartete seine Antwort nicht ab, sondern sprang die Holztreppe nach oben. Bernardo rannte hinter ihr her. Als er oben angekommen war, stand sie bereits an der Brüstung und starrte nach unten in das Innere der Kirche. Sein Atem ging keuchend und sein Herz hämmerte wie wild in seiner Brust. Das Bild, das sich den beiden

bot, glich einer Theaterinszenierung. Vorne am Altar stand der Monsignore Salardi im schwarzen Talar. Das große Kreuz trug er jetzt darüber. Das Licht der beiden Kerzen flackerte. Im ersten Moment war Bernardo sprachlos. Die Orgel spielte noch immer, jetzt ein getragenes Ave Maria und die einfallenden Sonnenstrahlen brachen sich in den bunten Scheiben der Fenster und tauchten die Szene in ein warmes Licht. Es hatte den Anschein als bete der Geistliche, aber aus der Entfernung konnte man das nicht sicher sagen. Sylvia hatte sich als erste unter Kontrolle und rief so laut es ging: „Alexandre, bitte, hör mich an! Ich habe dem Kommissar alles erzählt. Dich trifft keine Schuld!" Da hob der Geistliche kurz den Kopf und sah zu ihnen nach oben. „Sylvia, du bist ohne Schuld. Ich aber nicht. Verzeiht mir, wenn ich mir schon nicht vergeben kann."
Bernardo blickte nach unten. Er schätzte die Entfernung bis zum Steinboden auf mindestens acht Meter. Selbst wenn er versucht hätte zu springen, hätte er nach dem Aufprall nichts mehr verhindern können. Es blieben ihm also nur Worte, um das Unausweichliche vielleicht doch noch abwenden zu können und so rief er ihm zu: „Monsignore, werfen Sie Ihr Leben nicht weg! Es war ein Unfall. Sie konnten nichts dafür!" Aber seine Worte verhallten im großen Kirchenraum und gingen unter in der Musik der Orgel. Monsignore Salardi hob nicht einmal den Kopf, sondern sprach leise ein Gebet. Es blieb ihnen

nichts anderes übrig als unfreiwillig Zuschauer eines großen Dramas zu werden.
Nachdem er sein Gebet beendet hatte, griff er in eine kleine Dose, die neben den Kerzen auf dem Altar lag. Mit einer langsamen Bewegung griff er hinein und hielt eine kleine Tablette zwischen den Fingern. Wie eine Hostie hob er sie nach oben und rief: „Herr, vergib mir!" Bernardo wusste, was jetzt kam und zog Sylvia zu sich um ihr den Anblick zu ersparen. Wie in Zeitlupe nahm der Monsignore zuerst einen Schluck aus dem Weinkelch und legte sich dann die Tablette auf die Zunge. Mit einem kräftigen Biss zerteilte er die tödliche Kapsel und schluckte sie hinunter. Zuerst blieb er ganz ruhig stehen und Bernardo hoffte schon, dass die Tablette vielleicht keine Wirkung zeigen würde. Aber schon nach einigen Sekunden griff sich der Monsignore an den Hals, kippte zuerst vornüber auf den Altartisch und fiel dann nach hinten auf die Steinplatten. Im Fallen hatten seine Hände die Kette des umgehängten Kreuzes zerrissen. Es war, als wäre ein Fluch gebrochen worden. Langsam drehte der Kommissar Sylvia in Richtung des Treppenabgangs. Die Orgel spielte noch immer. Jetzt erkannte er, dass es sich um einen elektrischen Mechanismus handelte, der das Instrument automatisch spielen ließ. Er zog den Stecker aus der Steckdose und eine gespenstische Ruhe breitete sich aus.

Als er unten aus der Kirche trat, raste ein Polizeiauto auf den Kirchplatz zu und Carlo Fatese und Thomaso Baldo sprangen aus dem Wagen. Warum sie für die zweihundert Meter den Wagen genommen hatten, würde für immer ihr Geheimnis bleiben. „Chef, wir haben gesehen wie Sie um die Kirche gerannt sind und dachten uns Sie bräuchten vielleicht Unterstützung!" Bernardo erklärte ihnen mit kurzen Worten, dass der Monsignore Salardi soeben Selbstmord begangen hätte und sie bitte die Tür zum Pfarrhaus öffnen sollten, was die beiden auch sofort mit brachialer Gewalt ausführten. Als sie ihr Werk beendet hatten, drängte sich Bernardo an ihnen vorbei und wies sie an, kurz draußen zu warten. Auf dem Küchentisch lagen zwei Umschläge, die er an sich nahm. Dann bat er sie herein. Durch das Pfarrhaus gelangten die beiden in die Sakristei und von dort aus in die Kirche. Nun waren sie eine Zeitlang beschäftigt.

Er setzte sich vor das Haus auf die Bank, wo er mit dem Monsignore noch gestern Abend gesessen war. Sylvia nahm neben ihm Platz. Der erste Umschlag war an ihn persönlich adressiert. Er öffnete ihn vorsichtig und begann zu lesen. „Mein lieber Kommissar. Jetzt, wo Sie diese Zeilen lesen, bin ich schon einen Schritt weiter. Hoffentlich habe ich mit meinem Glauben Recht und es gibt einen Himmel. Als Brunos Leiche gefunden wurde, war mir klar, dass es eine Frage der Zeit sein würde, bis ich mich der

Verantwortung zu stellen hätte. Aber leider bin ich feige. Manchmal war ich kurz davor Ihnen alles zu erzählen, aber mir hat der Mut gefehlt. Hoffentlich gelingt es mir mit diesen Zeilen all Ihre Fragen zu beantworten. Ich habe Ihnen versprochen, dass Sie Brunos Mörder finden würden und dieses Versprechen habe ich gehalten. Wenn auch etwas verspätet, aber ich benötigte diese Zeit um den richtigen Weg für mich zu finden. Alles begann mit den Geschichten, die im Dorf über Sylvia kursierten. Hinter vorgehaltener Hand hörte ich von diesem wunderschönen jungen Mädchen, dass dort auf der Landstraße ihre Liebesdienste anböte. Es ließ mir keine Ruhe mehr und schon nach meinem ersten Besuch war ich ihr erlegen. Da ich selbst kein Auto hatte, habe ich mir für meine Treffen mit ihr den Wagen von Guiseppe Monti ausgeliehen. Ich wusste nicht, dass auch Bruno ein regelmäßiger Besucher Sylvias war, wenn auch aus anderen Gründen. Eines Abends schwärmte er bei Sylvia wieder von mir und wohl auch von meinem sündenfreien Leben. Sie wollte ihm die Augen öffnen und erzählte aus ihrer Verärgerung über seine Blauäugigkeit, dass auch ich zu ihren Freiern zählte. Bruno konnte das nicht glauben und war außer sich. Er zwang Sylvia mit ihm gemeinsam zu mir zu fahren. Er wollte es aus meinem Munde hören. Als ich die Tür öffnete, stürzte er sofort herein und fragte mich, ob das stimmte, was Sylvia ihm erzählt hätte. Als ich ihm geantwortet habe, dass auch ich ein Sünder sei, wurde er hysterisch und begann mich anzubrüllen. Er ging auf mich los und drückte mich gegen den Küchenschrank. Seine Hände umklammerten meinen Hals und drückten zu. Ich bekam keine Luft mehr und ergriff hinter mir das große Kreuz, das bis zu diesem Zeitpunkt auf einem kleinen Marmorsockel befestigt war und auf der Kommode stand. Damit wollte ich auf seine Arme schlagen, traf ihn jedoch am Kopf. Er fiel augenblicklich nach hinten und schlug mit dem Kopf auf der Tischplatte auf. Er brach sich das Genick und war sofort tot. Es waren die schlimmsten Minuten in meinem Leben. Bruno ist wie ein Sohn für mich gewesen und ich hatte ihn getötet. Sylvia, die bis zu diesem Zeitpunkt im Türrahmen gestanden hatte, rannte nach draußen und fuhr davon. Bis sie mich vor einigen Tagen anrief, hatte ich all die Jahre nie wieder etwas von ihr gehört. Die Leiche habe ich später am Abend mit Guiseppe Montis Auto zu dem alten Stollen gefahren. Maria Opolos und ich standen uns bis vor einiger Zeit sehr nahe. Daher wusste ich, dass sie an diesem Abend bei ihrer Schwester in Genua war und erst am nächsten Morgen zurückkommen würde. Damals hatte ich einen Hausschlüssel und wusste, dass ich mit diesem das Schloss des Stollens öffnen konnte. Nachdem ich Brunos Leiche ganz hinten im Stollen abgelegt hatte, fuhr ich nach Hause. Ich wollte seinen Leichnam nicht irgendwo im Wald ablegen. Das hätte ich nicht übers Herz gebracht. Später wollte ich ihn unbemerkt in einem alten Grab auf dem Friedhof beisetzen, aber auch dafür hat mir der Mut gefehlt. So habe ich Wochen später das Schloss ausgewechselt in der Hoffnung, dass niemand auf seine Leiche stoßen würde. Maria Opolos wusste von alledem nichts und ich bitte Sie auch, soweit es Ihnen möglich ist, Ihr Wissen über unsere Beziehung geheim zu halten. Sie ist eine sehr bewundernswerte Frau, die es nie leicht gehabt hat im Leben. Als Zeichen meiner Buße habe ich das Kreuz, mit dem ich Bruno erschlagen habe vom Sockel gelöst und mir um den Hals gehängt. Seit diesem Tag habe ich es nicht mehr abgelegt. Es sollte mich jede Stunde an meine Tat erinnern. Von da an habe ich mich auch unserer Schwerstkranken angenommen. So konnte ich einige Menschen von ihrem ausweglosen Leid erlösen und habe selbst die Schuld auf mich genommen. Vielleicht halten sie mich für anmaßend und selbstherrlich, aber das war nicht meine Motivation. Ich bin kein Märtyrer, sondern wollte helfen und habe versucht etwas gut zu machen. Auch ich werde meinem Leiden auf diese Weise ein Ende setzen. Ich weiß, dass ich viele Sünden begangen habe, aber bedenken Sie, auch ich bin nur ein Mensch. Meine letzte Bitte an Sie ist groß, aber vielleicht können Sie mir diesen Wunsch noch erfüllen. Behalten Sie diesen Brief für sich. Ich habe

Ihnen mein offizielles Geständnis in den zweiten Umschlag gelegt und ich hoffe, es ist ausreichend um den Fall abzuschließen. Vielleicht können Sie mir vergeben, ich selbst konnte es nie. Ich wünsche Ihnen von Herzen ein langes, glückliches Leben. Ihr Monsignore Salardi." Bernardo reichte den Brief Sylvia und bat sie diesen zu lesen, während er den zweiten Umschlag öffnete.

Darin befand sich das offizielle Geständnis und Bernardo las sorgfältig die handgeschriebenen Zeilen. „Ich, Monsignore Alexandre Salardi, habe am Abend des 21.09.1996 Bruno Scalleri im Streit getötet. Ich bedaure diese Tat aus tiefstem Herzen. Sie geschah in Notwehr, als ich mich gegen einen Angriff von ihm zur Wehr gesetzt habe. Dennoch trifft mich die Schuld. Die Leiche habe ich persönlich im Stollen von Maria Opolos abgelegt, nachdem ihr Mann mir vor vielen Jahren den Schlüssel dazu gegeben hatte um dort alte Kirchenbänke einzulagern, was aber nie geschah, da wir einen anderen Platz dafür gefunden hatten. Signora Opolos wusste zu keinem Zeitpunkt etwas über die Todesumstände Brunos sowie seine letzte Ruhestätte. Alle, denen ich durch meine Tat fürchterliches Leid zugefügt habe, vor allem dich, meine liebe Genoveva, bitte ich um Verzeihung. Gezeichnet Monsignore Alexandre Salardi."

Bernardo faltete das Geständnis und legte es wieder in den Umschlag. „Signora Veronti, stimmt das, was der Hochwürden in seinem Brief an mich geschrieben hat?" Sie sah ihn aus traurigen Augen an und nickte. Bernardo nahm ihr den Brief ab, holte sein Feuerzeug hervor und zündete das Papier an. Kleine Aschereste segelten zu Boden. Er hatte den Wunsch des Monsignore erfüllt. Warum sollte man jetzt noch Sylvia Veronti oder Maria Opolos mit Fragen quälen, die unnötig waren, nur um den Vorschriften zu genügen. Thomaso Baldo trat zu ihnen und stellte sich stramm vor den Kommissar. „Chef, das hier haben wir auf dem Altar gefunden." Er reichte Bernardo eine kleine weiße Dose mit einer blauen Möwe darauf. „Sehr gut." Darin hatte sich wahrscheinlich das Zyankali befunden, mit dem sich der Hochwürden aus dieser Welt verabschiedet hatte. „Legen Sie es zu den anderen Beweismitteln. Und hier ist das Geständnis des Hochwürden. Er gesteht darin, Bruno aus Notwehr getötet zu haben. Meine Arbeit hier ist erledigt. Ich werde heute noch nach Hause fahren. Schreiben Sie bitte Ihre Berichte und schicken Sie mir diese dann morgen nach Mailand. Und noch etwas. Bitte fahren Sie die Signora nach Hause. Wir haben uns zufällig getroffen und ich musste sie mit hierher nehmen. Sie hat nichts mit unserem Fall zu tun." Thomaso Baldo nickte eifrig und verschwand. „Das ist sehr nett von Ihnen, Herr Kommissar. Vielen Dank." Sie schenkte ihm ein dankbares Lächeln, als er sich verabschiedete und auf das Haus der alten Genoveva zuging.

Schon von weitem sah er die Alte vor ihrem Haus auf der Bank sitzen. Die Gartentür quietschte wie bei seinem ersten Besuch und wortlos setzte er sich neben sie.

Beide schwiegen lange, bis sie mit zitternder Stimme die Stille durchbrach: „Ist er tot?" Bernardo nickte und er spürte, dass sie es schon geahnt hatte. „Er war vorhin bei mir und hat mir alles erzählt." Tränen fielen auf ihr Kleid und Bernardo legte den Arm um sie. „Zuerst konnte ich es nicht glauben, aber an seinen Worten spürte ich, dass er die Wahrheit sagte. Ich habe ihm keine Vorwürfe gemacht. Was hätte das auch für einen Sinn gehabt? Er bat mich um Verzeihung und ich habe ihm meine Hand gereicht. Dann ist er wortlos gegangen."

Bernardo spürte, dass sie jetzt allein sein wollte und reichte ihr zum Abschied die Hand. „Genoveva, du bist eine starke Frau und ich bin dankbar, dass ich dich kennenlernen durfte. Ich wünsche dir von Herzen alles Gute." Sie standen sich gegenüber und diese kleine Alte umarmte den großen Kommissar kurz, bevor sie ihn energisch von sich wegschob. „Und du schaust jetzt, dass du wieder zu deiner Familie kommst. Die braucht dich mehr als dieses elende Dorf. Hau schon ab!" Mit diesen Worten schob sie ihn auf den Gehweg und ging zurück zu ihrer Bank vor dem Haus.

Bernardo holte seinen Wagen, der noch immer vor der Kirche stand. Mittlerweile hatte sich schon eine

Gruppe Schaulustiger vor der Kirche versammelt, welche in staatstragender Art und Weise von Carlo Fatese im Zaum gehalten wurde. Bernardo winkte ihm zum Abschied und fuhr zurück zu seiner Pension.

Im Telegrammstil informierte er Ignazio am Handy über die Ereignisse und versprach ihm einen ausführlichen, persönlichen Bericht für den morgigen Tag. Dann verstaute er seine Habseligkeiten in wenigen Minuten in seinem Koffer. Als er diesen zum Wagen trug, kam ihm Felizita entgegen. „Sie reisen ab?" Es schien als wären die Neuigkeiten noch nicht bis zu ihr vorgedrungen und so erzählte er ihr in kurzen Worten von den Ereignissen. „Somit ist meine Arbeit hier beendet. Ich danke Ihnen ganz herzlich für Ihre Gastfreundschaft und Ihre Hilfe. Aber bevor ich fahre, beschäftigt mich noch eine Frage. Wenn sich herausstellt, dass Ihre Mutter tatsächlich durch Zyankali von ihrem Leiden erlöst wurde, könnte man von aktiver Sterbehilfe ausgehen. Als Sie letzte Woche mit dem Monsignore bei Ihrer Mutter waren, saßen Sie da die ganze Zeit mit ihm am Bett oder haben Sie das Zimmer vielleicht einmal für einen kurzen Besuch der Toilette verlassen? Und vielleicht ist Ihre Mutter genau in diesem Moment verstorben? Denn es könnte doch sein, dass der Monsignore Ihre Mutter ohne Ihr Wissen von ihrem Leiden erlöst hat? Vielleicht hat er Ihnen nichts davon gesagt, weil Sie dagegen gewesen wären? Das ist mir einfach so eingefallen. Denn, wenn es so gewesen wäre, sollten Sie das unbedingt den Kollegen erzählen, wenn diese Sie zum Verhör vorladen."

Mehr konnte er nicht für sie tun und Felizitas vielsagendes Lächeln zeigte ihm, dass sie seine Botschaft verstanden hatte. „Jetzt, wo Sie es erwähnen, fällt es mir wieder ein. So hat es sich tatsächlich abgespielt. Das werde ich so zu Protokoll geben. Danke, dass Sie mich daran erinnert haben." Wortlos gaben sie sich die Hand und Bernardo fuhr vom Hof.

Er folgte der Straße durch das Dorf, das ihm so viele Geschichten erzählt hatte. Einmal noch würde er zurückkehren und zwar zu Brunos Beerdigung. Das hatte er Genoveva gegenüber zwar nicht erwähnt, aber es war ihm ein persönliches Anliegen, sie in dieser schweren Stunden zu begleiten. Am Ortsende erkannte er die Werkstatt von Ucello Aretino. Gemeinsam mit seinem jungen Gehilfen, Pietro Bramanti, stand er auf dem Hof vor einem Wagen und gestikulierte aufgeregt. Bernardo stoppte seinen Wagen dicht vor den beiden, die ihm jetzt erschrocken die Köpfe zuwandten. Schnell stieg er aus und ging auf Ucello Aretino zu. „Keine Angst, mein Auto läuft hervorragend. Ich wollte Ihnen nur sagen, dass Sie einen hervorragenden Gehilfen haben.

Nicht nur einen wahren Fachmann, sondern auch einen mutigen jungen Mann, der sich nicht so schnell einschüchtern lässt. Das findet man nicht alle Tage. Passen Sie gut auf ihn auf!" Der kleine Pietro wuchs bei Bernardos Worten um mindestens einen Meter und seine roten Wangen zeigten, wie stolz er war. Der Angesprochene beugte sich zu Pietro hinunter und flüsterte ihm etwas ins Ohr, worauf dieser in Richtung Werkstatt verschwand. „Danke für Ihre freundlichen Worte. Er hat mir seine Tat schon gebeichtet. Und insgeheim bin ich auch stolz auf ihn. Ich verspreche Ihnen auf unseren jungen Helden aufzupassen." Während er diese Worte an Bernardo richtete, kam der kleine Pietro aus der Werkstatt zurück und hielt das Modell des roten Alfa Romeos in den Händen, welches Bernardo schon bei seinem ersten Besuch bestaunt hatte. Der Kleine überreichte es ihm. „Ein Geschenk von meinem Chef und mir." Bernardo war ob der Geste sichtlich gerührt, strich dem kleinen Pietro über den Kopf und bedankte sich. Hupend und winkend fuhr er vom Hof und sah die beiden im Rückspiegel wie sie immer kleiner wurden und irgendwann verschwanden.

## Epilog

Die Sonne stand hoch am Himmel, als der rote Alfa Romeo auf der Landstraße gemächlich seinem heimatlichen Ziel entgegen steuerte. Durch die geöffneten Scheiben drang warme Luft in den Wagen. Bald würde es Herbst werden und dann kam der Winter. Bernardo hatte seine Kassette mit klassischer Musik eingelegt und eine leise Wehmut überkam ihn. Wenn man einen Schuldigen überführt hatte, so ließ man doch auch immer Menschen in ihrem Leid und ihrer Trauer zurück. Daran konnte auch er nichts ändern.
Auf dem Beifahrersitz lag ein großer Strauß Blumen für Irene. Dieses Mal hatte Bernardo ihn nicht vergessen.

Danke

Mein Dank gilt vor allem meiner Lektorin, die es oftmals nicht leicht hat und es versteht auch aus wirren Fragmenten einen logischen Satz abzuleiten, meiner Unterstützerin, die immer zur Stelle ist, wenn ich sie brauche, meiner Freundin, die mich auch ohne Worte versteht, meiner schärfsten Kritikerin, die sich jeden Einwand anhört, aber am Ende doch meistens Recht behält, meiner großen Liebe, meiner Inspiration, meiner Motivationstrainerin und Antreiberin, wenn die menschliche Schwerkraft wieder übermächtig scheint, meiner Muse, meiner Beraterin, meinem Rechtschreibgenie, kurz und gut meiner Frau und Freundin, ohne die dieses Buch niemals fertig geworden wäre.